VANESSA SCHÖCHE

BROKEN Will

BIS ICH MIT DIR
ZU TRÄUMEN WAGE

ROMAN

VAJONA

Dieser Artikel ist auch als E-Book erschienen.

BROKEN Will – Bis ich mit dir zu träumen wage

info@vajona.de

Druck und Verarbeitung: TOTEM.com.pl, ul. Jacewska 89,
88-100 Inowrocław
Printed in Poland
Lektorat und Korrektorat: Désirée Wandschneider
Umschlaggestaltung: Julia Gröchel unter Verwendung von Motiven von Rawpixel
Satz: VAJONA Verlag, Oelsnitz

ISBN: 978-3-948985-02-8

VAJONA Verlag

Es sind oft die kleinsten Dinge, aber auch die unerwarteten Bekanntschaften und die scheinbar überraschenden Entscheidungen, welche wir treffen, die unser Leben verändern. Die uns träumen, aber auch wieder leben lassen.

Sei Du selbst und lebe, wofür Du brennst!
Träume, wage & sei glücklich!

TRIGGERWARNUNG

In diesem Buch werden Themen wie Misshandlung, verlorener Lebenswille und Tod angesprochen oder aufgegriffen. Bitte hört auf euer Gefühl, ob ihr damit umgehen könnt und möchtet.

Wer meine Geschichten kennt, der weiß, dass ich großen Wert auf Hoffnung, Mut und Selbstfindung lege.

Wenn ihr euch nicht gut fühlt, wenn ihr selbst unter Misshandlung und/oder Suizidgedanken leidet, seid mutig. Holt euch Hilfe von Freunden, der Familie oder bei Menschen eurer Wahl. Ihr seid niemals allein!

PLAYLIST

A-Ha, Ingrid Helene Håvik: *The Sun Always Shines On TV*

Andrea von Kampen: *If You See Her, Say Hello*

Cameo: *Word Up*

Sam Smith: *I'm Ready*

Fenne Lily: *Hypochondriac*

Snow Patrol: *Called Out In The Dark*

Johnnyswim: *Don't Let It Get You Down*

Snow Patrol: *Open Your Eyes*

Purple Disco Maschine: *Hypnotized*

Jules Larson: *You Know It's True*

Tristan Prettyman: *Say Anything*

A Fine Frenzy: *What I Wouldn't Do*

Mads Langer: *I'm Still Fact*

Fenne Lily: *What's Good*

Snow Patrol: *New York*

Kodaline: *High Hopes*

Ellas: *Seven Billion*

Dermont Kennedy: *Giants*

1

Willow

Der heutige Tag zeigt mir, wie unfair und gnadenlos das Leben sein kann. Wie finster und angsteinflößend. So sollte das Dasein einer Achtzehnjährigen nicht verlaufen. Ich sollte viel eher studieren oder einen Beruf erlernen, der mir Spaß macht und mir eine Perspektive schenkt. Stattdessen bin ich von Sekunde zu Sekunde verzweifelter und sehe weder einer positiven Zukunft, geschweige denn einem hoffnungsvollen Morgen entgegen. In dem letzten halben Jahr musste ich gezwungenermaßen erwachsen werden. Es wird sich jetzt herausstellen, ob ich es wirklich geworden bin.

Mein Leben hat sich bis heute nicht besonders gut entwickelt. Aber, als mir die Worte »Ich habe Krebs« mit solch einer realen Wucht entgegengeschmettert wurden, fragte ich mich, was meine Seele noch alles verkraften muss.

Das Erste, was ich dachte, war: *Nicht du auch noch, Mum. Nicht du. Bitte tu mir das nicht an. Lass mich nicht allein. Nicht jetzt.*

Dabei konnte meine Mutter nichts für ihre Erkrankung. Sie hat es sich sicherlich nicht ausgesucht.

Mein Körper reagierte auf eine Weise, die mir leider nicht allzu fremd erschien. Pure Angst kroch meine Adern hinauf. Mich drückte es gegen die Wand unseres Flurs, nachdem Mum aus dem Krankenhaus zurückkam und mir ohne eine liebevolle Begrüßung – wie sie es sonst eigentlich immer tat – das Ergebnis mitteilte. Als hätte man mir eine Faust in den Magen gerammt und mir damit jegliche Luft genommen.

Mum wirkte niedergeschlagen, traurig, hoffnungslos. Ich sah in ihre grünen Augen und suchte vergebens ein Fünkchen Unwahrheit in den drei Wörtern. Aber Mum scherzte nicht. Sie log nicht. Denn das tat sie nie.

Dann hielt ich mich an den Armen, unfähig, mich weiter zu bewegen. Und irgendwann schüttelte ich nur fassungslos meinen Kopf, während die Tränen über Mums Wangen rollten.

Ich schlang meine zitternden Hände um ihren Hals und sie drückte mich ebenso fest an sich.

»Willow, …« Dass mich meine Mum bei vollem Namen nannte, machte mir noch bewusster, wie ernst die Situation sein musste.

Die drei Worte konnten sich doch nicht einfach in mein Leben beißen, in unser Leben, und glauben, dort bleiben zu können. Nein! Es musste eine Möglichkeit geben, etwas gegen diese grausame Bedeutung unternehmen zu können. Und als ich begann, weinend an Mums Schulter darüber nachzudenken, wusste ich: Es gab eine Möglichkeit, diese drei Worte zu verändern. Das wusste ich, so jung ich auch war. So jung ich auch bin.

»Du wirst doch dagegen ankämpfen, oder Mum? Der Arzt hat dir doch sicherlich zu einer Therapie geraten?« Ich weinte die bittersten Tränen, die man nur weinen konnte. Ich konnte nicht mal dafür garantieren, dass sie all meine Worte verstanden hatte.

»Ich werde nichts dagegen tun …«, murmelte sie in mein Haar. Genauso traurig, genauso zittrig, genauso mitgenommen wie ich.

Fassungslos schüttelte ich erneut mit dem Kopf. »Nein. Nein. Nein. Sag mir, dass du etwas gegen den Krebs unternehmen wirst. Deinetwegen. Meinetwegen. Unseretwegen.«

»Es tut mir so leid, Willow.« Mum flüsterte, nein sie hauchte mir diese Entschuldigung gegen meine Wange, bevor sie einen flüchtigen Kuss auf ihr hinterließ.

Hatte sie überhaupt verstanden, was ich gesagt habe? Was ich gemeint habe?

Wie sehr habe ich Mum davon zu überzeugen versucht, gegen den Krebs anzukämpfen.

Gemeinsam mit mir.

Gemeinsam für uns.

Aber es war aussichtslos. Denn heute stehe ich hier. Und das völlig allein.

Ich gleite in ein schwarzes, knielanges Kleid und stülpe mir eine blickdichte Strumpfhose über meine nackten Beine. Mit schnellen Zügen kämme ich meine roten Haare durch und binde mir einen Zopf. Das runde, antike Medaillon meiner Mum liegt mir um den Hals. Wenn ich es öffne, sehe ich mich – mit ungefähr sieben Jahren – und meinen Vater, der kurz nach diesem Bild verstarb.

Auch Krebs.

Bauchspeicheldrüsenkrebs.

Es scheint, als würden uns die Krebskrankheiten in der Familie regelrecht heimsuchen.

Die Kette ist das Einzige, neben ein wenig Geld auf ihrem Konto, was mir von meiner Mum geblieben ist. Und ich bin irgendwie nicht bereit, sie abzunehmen. Geschweige denn mich davon zu trennen. Ich umgreife das Medaillon, so fest ich kann, und unterdrücke gleichzeitig die beißenden Tränen in meinen Augen.

Ich vermisse dich. Ich vermisse dich so sehr.

Die wenigen Sachen, die noch in der Wohnung herumliegen, stopfe ich in meine Reisetasche. Ein paar Wechselklamotten, mein Portemonnaie, meine Kosmetik und einen Schlafsack.

Die Gestalt, die ich im Spiegel betrachte, bevor ich diese Wohnung für immer verlassen werde, erinnert mich an etwas Zerbrochenes.

Zerbrochen, an der Vergangenheit und Gegenwart. Dennoch gewillt, ihr Leben irgendwie auf die Reihe zu bekommen. Gezwungenermaßen allein.

Dann stülpe ich mir meine Boots über die Füße, werfe die Reisetasche über meine Schulter und sperre die Wohnungstür hinter mir ab.

Während ich in den Hausflur trete und langsam die Treppen hinunterlaufe, bin ich mir bewusst, dass ich diesen hallenden Klang niemals wieder hören werde. Einen Klang, der mich seit meiner Kindheit täglich umgeben hat und meine Sinne dennoch nicht immer an wohltuende Dinge erinnert.

Ich trete auf den Fußgängerweg hinaus und sehe zu den Wolken hinauf. Die Wolkendecke über Seattle ist dunkelgrau und lässt kaum ein Fünkchen Licht hindurch. Der Himmel widerspiegelt mein Leben. Trostlos und finster.

Deswegen werde ich diese Stadt verlassen. Das ist sicher.

Als sich die Haustür hinter mir automatisch schließt, sehe ich bereits Mr. Carter, den Vermieter, auf dem Gehweg stehen. Er wartet auf mich und war so freundlich, mir genügend Zeit zu lassen, um die Wohnung vollständig auszuräumen.

Vorsichtig kommt er auf mich zu und reicht mir seine Hand. »Hallo, Ms. Wright. Ich möchte Ihnen zuerst mein herzliches Beileid aussprechen.«

Mein Körper zittert und ich friere, während er diese Sätze ausspricht. Denn diese Worte zeigen mir, dass alles verflucht real ist. Dass ich nicht in einer Endlosschleife eines Albtraumes festhänge. Und doch versuche ich, so tapfer wie nur möglich zu bleiben. Obwohl ich nicht annähernd eine Ahnung habe, wie es mit mir weitergehen soll. Ich bin achtzehn. Und noch viel zu jung, um allein, ohne elterlichen Beistand, durch die Welt zu ziehen. Zu jung, um nur auf mich selbst gestellt zu sein.

»Vielen Dank, Mr. Carter. Und danke, dass ich alles in Ruhe verpacken konnte.«

Die meisten Möbel habe ich verkauft. Manche sind auf dem Sperrmüll gelandet. Ich habe nur das Nötigste und Bedeutendste behalten.

»Das ist doch selbstverständlich.« Sein gehemmtes Lächeln, das unter einem gekräuselten Bart teilweise versteckt wird, zeigt mir, dass er gar nicht so genau weiß, wie er mit mir umgehen soll.

»Hier sind die Schlüssel. Ich hoffe, das sind alle«, sage ich und versuche, mich dieser drückenden Situation zu entziehen.

»Machen Sie sich deswegen keine Gedanken. Für Sie alles Gute, Ms. Wright. Ich hoffe, Sie finden einen Weg zu Ihrem Frieden und zum wahren Glück.«

Das hoffe ich auch. Irgendwie.

In den kommenden Stunden stehen mir jedoch weder Frieden noch ein Hauch Glück bevor. Das ist sicher.

Denn heute ist der Tag. Ein Tag, den ich seit dieser Diagnose so sehr fürchtete. Die Beerdigung, und der damit verbundene Abschied von meiner Mutter. Das einzige Stückchen Familie, was mir nach dem Tod meines Vaters blieb.

Mir scheint es, als hätte ihr Körper solange durchgehalten und all seine Kraft zusammengenommen, bis ich alt genug bin. Alt genug, dass für mich laut Gesetz kein Vormund mehr notwendig ist. Gleichzeitig lang genug, um noch ein letztes Mal unseren Tag miteinander zu verbringen. Denn wie es der Zufall wollte, bin ich zu Mums siebenundzwanzigstem Geburtstag auf die Welt gekommen. Doch nun werde ich meinen Geburtstag ohne sie feiern müssen. Es ist Zeit, mich von ihr zu verabschieden. Und dieser Gedanke setzt mir mehr zu, als ich mir in den letzten Tagen eingestehen wollte.

Nach wenigen Minuten der Busfahrt erreiche ich den Friedhof, auf dem ein kleines rotes Ziegelgebäude steht, in dem die Trauerreden abgehalten werden. Ich habe die Beerdigung, so gut es ging, mit dem Bestattungsinstitut organisiert. Das Geld, das ich beim Möbelverkauf erzielt habe, fließt vollständig in das Begräbnis. Und doch standen mir damit nicht wirklich viele Mittel zur Verfügung. Aber ich weiß, dass meine Mutter darauf niemals Wert gelegt hätte. Den Wert machte sie immer an anderen Dingen fest. Ihre Worte hallen in meinem Kopf wider.

Auch wenn alles, was glänzt, wertvoll erscheinen mag, sind es doch die Taten unserer Mitmenschen, die bedeutungsvoll sind.

Wahrscheinlich raubte ihr diese Überzeugung spätestens nach ihrer Brustkrebsdiagnose den Lebenswillen. Traurigerweise glaubte meine Mutter fest daran, dass sie die Erkrankung verdient hatte. Einmal hörte ich sie sagen, sie müsse sich für ihr Handeln und ihre Entscheidungen, die mein Leben auf grausame Weise beschwerten, verantworten. Der Krebs war Mums Bestätigung, dass sie eine Art Buße tun müsse.

Ich konnte ihr nie absprechen, dass ihr Entschluss einen Großteil dazu beitrug, dass sich mein Leben so entwickelte, wie es letztendlich der Fall war. Aber dennoch würde ich ihr nie die Schuld für die vergangenen Grausamkeiten geben. Denn eine Sache ist sicher: Meine Mutter, Eva Wright, hätte niemals zugelassen, dass man mir wehtut. Sie hat es schlichtweg nicht gewusst. Und dass sie nichts mitbekam, lag an mir – meiner Verschwiegenheit.

Mum liebte mich, so sehr sie nur konnte. Und diese Liebe war Balsam für meine Seele. Doch mit ihrem Tod verschwand auch meine Chance auf Heilung.

Und jetzt bin ich irgendwie wütend auf sie. Nicht wegen dem, was passiert ist, sondern weil sie sich einfach aufgab. Denn während mein Vater damals gegen diese verfluchte Krankheit ankämpfte und sich einer Chemo nach der anderen unterzog – einige Monate Leben herauszögerte -, versuchte meine Mutter nicht einmal, zu kämpfen. Sie entschied sich für den Tod statt für das Leben, als sie die Diagnose und die damit möglichen Optionen gesagt bekam. Ihre Entscheidung stand fest: Ein schneller Tod anstelle einer Chemotherapie.

Dadurch war es abzusehen, dass sie sehr bald sterben würde. Unausweichlich. Der schmerzhafte Entschluss hat ihr die Zeit an meiner Seite verkürzt. Zeit, die ich gebraucht hätte, um wieder meinen Seelenfrieden zu finden. Aber Mum hat mich mit all dem Grauen in meiner Seele zurückgelassen. Dabei brachte mir jeder einzelne Tag mit ihr nach all den Ereignissen so viel Frieden. Jede weitere Minute schenkte mir Hoffnung. Doch mit ihrem Gehen verließ mich gleicherweise der Glaube ans Leben. Kann man das irgendwie verstehen?

Ich versuche, meine Gedanken zu sammeln. Aber meine Beine wirken mit jedem Schritt, den ich auf das Gebäude zulaufe, schwächer. Es mag Einbildung sein, aber überall sehe ich ihr Gesicht, welches meinem so sehr ähnelte. Ich rieche Mums Parfüm, das sie tagtäglich auf ihrer Haut trug und das ich immer so sehr verabscheute. Es roch zuckersüß und beißend zugleich. Jetzt hingegen fehlt mir der Duft. Jetzt, wo es zu spät ist und ich meiner Mum nicht mehr sagen kann, was mir noch alles an ihr fehlt.

Zum Beispiel ihr Lachen. Es war ehrlich. Selbst in den schmerzhaften Stunden. Ihre Augen funkelten bis zu ihrem Sterbetag, wenn sie mich ansahen. Zumindest dann, wenn Mum sich von keinen Schuldgefühlen übermannen ließ. Ich liebte ihre fuchsroten Haare, die sie mir vererbte. Aus diesem Grund trage ich meine Mähne mit absolutem Stolz und am liebsten offen.

Bevor sich unser Leben von Grund auf zum Negativen änderte, kannte ich keine Frau, die so sehr eins mit ihrer eigenen Energie war wie meine Mum. Sie erhob mir gegenüber niemals die Stimme und war immer die Ruhe in Person. In ihrer Gegenwart konnte man einfach nicht wütend sein. Aber sie ist jetzt nun einmal nicht mehr hier. Also bin ich wütend.

Sofort steigen mir wieder die Tränen in die Augen, obwohl ich so hart darum gekämpft habe, sie zu unterdrücken.

Als ich das Ziegelgebäude betrete, ist alles so schlicht, wie ich es geplant habe. Der riesige Raum ist im vorderen Bereich mit wenigen bunten Blumensträußen verziert. Hauptsächlich mit Lilien. Mums Lieblingsblumen. Zwischen ihnen steht der geschlossene Sarg. Dem Redner habe ich vor einigen Tagen eine CD mit wenigen Songs mitgegeben, die mich an sie erinnern. Gerade ertönt *The Sun Always Shines On TV* von *A-Ha* in der Akustikversion. Es schmerzt unheimlich, diese Töne anzuhören.

Mit einer nickenden Geste gibt mir der ältere Redner zu verstehen, dass es gleich losgeht. Allmählich dreht er die Musik leiser.

Wenige mitleidige Blicke sind auf mich gerichtet, als ich mir in der vordersten Reihe einen Platz suchen möchte. Weder meine Mutter noch ich hatten viele Kontakte. Im Großen und Ganzen gab es nach Daddys Tod immer nur uns beide. Und dennoch sind flüchtige Bekannte vor Ort, die sich von ihr verabschieden möchten. Aber kaum einer von ihnen traut sich, auf mich zuzukommen. Unwissend, mit mir umzugehen.

Die wenigen Leute nehmen ihre Plätze ein. Ich starre auf den Sarg und zupfe immer wieder an meinen Haarspitzen herum. Eine kleine Ablenkung von der deprimierenden Aura, die den Raum schier erdrückt und meinen Körper umhüllt. Anders würde ich wahrscheinlich sofort in Tränen ausbrechen.

Wiederholt schließe ich die Augen und versuche,

mit regelmäßigen Atemzügen die Kontrolle über meinen Körper zu bewahren. Ich verfolge die Worte des Redners, die emotional und ebenso tiefgründig sind. Sie eröffnen alles, was es über meine Mum und ihr Leben zu sagen gibt.

»... Eva war eine wundervolle Mutter und eine liebende Ehefrau, die den Kampf gegen den Krebs verlor.«

Ein bitteres Lächeln gleitet über meine Lippen.

Wie kann man gegen etwas verlieren, wenn man nicht einmal den Willen hat, dagegen anzukämpfen?

Nach seiner Rede und einem tröstenden Blick in meine Richtung heben Angestellte des Bestattungsunternehmens den Sarg meiner Mutter an. Hinter ihnen laufe ich mit den wenigen Gästen zu einem ausgehobenen Grab. Es ist ein angenehmer Ort, an dem sie begraben wird, und wohl der schönste für sie selbst. Direkt neben der Ruhestätte meines Vaters. Auch, wenn Mum sich auf zwei weitere Beziehungen nach seinem Tod einließ, war mein Dad ihre wahre Liebe, über die sie niemals hinwegkam. Ich habe seither auch nie wieder erlebt, dass meine Mum so tief geliebt hat. Obwohl ich ein Kind war, als Daddy starb, spürte ich jeden Tag die enge Verbundenheit der beiden. Die wahre Liebe sozusagen, die niemals ein Ende nehmen wird. Die Raum und Zeit überwindet und über den Tod hinausgeht. Aufrichtig und ehrlich. Das war die Liebe zwischen Eva und Jim Wright.

Die Sonne blitzt das erste Mal an diesem Tag durch die dicke Wolkendecke und strahlt in mein Gesicht. Es ist warm und für einen kurzen Moment glaube ich, dass meine Mutter, gemeinsam mit meinem Dad, bei mir ist, um mir Kraft zu schenken. Doch tröstend fühlt sich diese Situation keineswegs an.

Ich verlor an jenem Tag im August nicht nur meine Mutter. Ich verlor irgendwie meine beste Freundin. Vor ihrer Diagnose taten wir fast alles zusammen. Wir erledigten gemeinsam die Wocheneinkäufe und gingen regelmäßig ins Kino. Unsere Mittwochabende verbrachten wir auf der Couch, um *Friends* zu suchten. Einmal die Woche aßen wir in unserem italienischen Lieblingslokal in der Stadt und vergaßen alles um uns herum.

»Es ist Zeit, sich von Eva Wright zu verabschieden«, spricht der Redner und holt mich damit erneut aus meinen Gedanken.

Als sich die Gäste nach und nach verabschieden und hinterher das Grab verlassen, bleibe ich allein zurück. Dann bricht es unaufhaltsam aus mir heraus, wie ich es vor wenigen Minuten noch zu verhindern versuchte. Schwach und verzweifelt lasse ich mich auf den feuchten Boden sinken und fange unabwendbar an, zu weinen.

Wie soll eine Achtzehnjährige allein zurechtkommen? Mit all diesen Wunden auf der Seele? Wie?

Nur langsam rapple ich mich auf und richte mein Kleid. Ich will nicht aufgeben. Ich möchte probieren, ein anständiges Leben zu führen.

»Du musst dich zusammenreißen und leben, Will. Du hast es ihr versprochen«, flüstere ich schwach zu mir selbst.

Doch in diesem Moment fehlt mir die Kraft, meine eigenen Worte umzusetzen. Und der Abschiedsbrief meiner Mutter, den ich in den Händen halte und den ich mich bis jetzt nicht zu lesen getraut habe, zieht mir erneut den Boden unter den Füßen weg.

Meine geliebte Will. Meine geliebte Tochter.

Diese Zeilen schreibe ich dir, weil ich weiß, dass es nur wenige Tage sein können, bis mich der Tod zu sich holt. Ich spüre, dass mich die Krankheit innerlich zerfrisst. Ebenso meine Schuldgefühle dir gegenüber. Will, ich liebe dich von ganzem Herzen. So stark, wie eine Mutter ihre Tochter nur lieben kann. So sehr, dass der Gedanke, was das Monster dir alles angetan hat, mehr schmerzt als der Gedanke an den Tod selbst. Ich werde mir niemals verzeihen können, dass ich ihn in unsere Wohnung geholt habe. Dass ich dieses Scheusal in deine Nähe ließ.

Eines verstehe ich nicht, mein Kind. Warum hasst du mich nicht? Warum verurteilst du mich nicht? Denn nicht du hättest mich beschützen müssen, sondern ich dich!

Die Vergangenheit hat mir gezeigt, wie stark du bist, Will. Wie mutig und tapfer. Was du bereit bist, zu geben, ohne nur einen Hauch nehmen zu wollen. Aber irgendwann, Willow, musst du nach deinem Glück greifen und es an dich ziehen. Du darfst dann NUR an dich denken. Denke nicht an andere oder an etwas, das der Vergangenheit angehört. Nur so kannst du glücklich werden. Bitte versprich mir, dass du die kämpferische Haltung, die dir dein Vater geschenkt hat, die Ehrlichkeit und Aufrichtigkeit niemals verlieren wirst. Hätte ich nur einen

Hauch davon gehabt, dann hätte ich vielleicht erkannt, was um mich herum passiert.

Du bist das schönste Geschenk, das mir dein Vater machen konnte. Und die Einsicht, dass ich auf dieses kostbare Geschenk nicht vernünftig aufgepasst habe, zerreißt mich.

Ich will, dass du weißt, dass es mir schrecklich leidtut. Dass ich so gern eine bessere Mutter für dich gewesen wäre. Ich die Vergangenheit für dich ändern würde, wenn ich könnte.

Aber jetzt gibt es nur noch eine Sache, die ich dir auf den Weg geben kann ...

Lebe, Will, und erfülle dir deine Träume. Egal, was es auch kosten mag. Du musst deinen Träumen hinterherjagen und glücklich werden, verstehst du?

Bitte vergiss niemals, dass ich dich liebe!
Für immer, bis in die Ewigkeit. Deine Mutter Eva!

Versprich mir, dass du jeden Tag einen Grund zum Lächeln findest! Versprich es mir!

2

Fast fünf Jahre später

Willow

Jeder weiß, dass er irgendwann sterben muss. Auch ich habe mich mehr als nur einmal damit auseinandergesetzt. Dabei überkommen mich ganz genaue Szenarien, wie ich in den Tod finden würde. Von Mal zu Mal sind es andere.

Entweder ertrinke ich, weil mich seine unkontrollierte Kraft ins eiskalte Wasser drückt. Dann ersticke ich, weil er seine rauen Hände um meinen Hals legt und immer fester zupackt. Mal liegt eines seiner Jagdmesser bedrohlich nah an meiner Kehle und es bedarf nur noch weniger Millimeter und einer Bewegung, bis mir die Klinge ins Fleisch schneidet.

Doch eine bedeutende Sache bleibt bei jeder dieser Möglichkeiten dieselbe: Das Letzte, das ich vor meinem Tod sehe, sind seine Augen, die sichergehen wollen, dass ich den Faden meines Lebens verliere. Es ist sein erregtes Grinsen, das mir zeigen soll, dass er mir überlegen ist. Und keiner ist bei mir, um seinen schweren Körper von mir zu stoßen. Keiner ist hier, um dieses Scheusal von mir loszukriegen. Ich bin gezwungen, all seine Taten über mich ergehen zu lassen, weil ich zu schwach bin.

Ich hasse das faltige, massive Gesicht von Ronald, das sich jede Nacht in meinen Kopf schleicht. Gleichzeitig fürchte ich mich vor diesem einnehmenden und freundlichen Lächeln, das er nur zum Schein aufsetzt. Doch noch mehr hasse ich die Vorstellung, dass er einmal mit meiner Mum liiert war.

Aber er war ein Meister der Manipulation.

Ronald war damals Anfang fünfzig und sein stämmiger Körper ließ erahnen, dass er enorme Kraft besaß. Dennoch wirkte er zunächst wie ein schutzbringender Teddybär, der niemals jemandem ein Haar krümmen würde. Naiv zu glauben, man könnte aus der Optik eines Menschen dessen Charakter herauslesen.

Ronald wusste seinen Charme einzusetzen und schwor meiner Mum die große, verständnisvolle Liebe. Anfangs kümmerte er sich um mich. War liebevoll und freundlich. Gab sich Mühe mit mir, um eine angenehme Beziehung zur Tochter seiner Freundin aufzubauen.

Doch irgendwann fing er an, mir Angst einzujagen. Anders, als es ein Freund der Mutter tun sollte, strich er mir genüsslich durch mein Haar. Sobald ich ein Kleid trug, legte er seine großen Hände auf meine nackten Schenkel. Die stöhnenden Geräusche, die er dabei ausstieß, wenn meine Mum nicht im Raum war, höre ich noch immer.

Ich glaubte viel zu lange an Einbildung. Denn Ronald war immer nett und freundlich gewesen. Doch als er eines Nachts unaufgefordert in mein Zimmer kam und auf mich herabstierte, wusste ich, dass etwas gehörig falsch lief.

Die erste Zeit starrte er nur, während ich so tat, als würde ich schlafen. Jedoch gab es ihm irgendwann einen Kick, wenn er in mein Zimmer schlich, mich wach rüttelte und mir sein Jagdmesser an die Kehle hielt. Ich sah ihm an, dass er die Macht, welche er über mich besaß, liebte. Vor allem dann, wenn er mich auf den Bauch drehte und auf meinem Rücken seine abscheulichen Erinnerungsmale mit dem Messer hinterließ. Ich würde die Narben niemals losbekommen und sie würden mich immer an Ronald erinnern.

Irgendwann konnte ich nicht mehr einschlafen, weil ich wusste, dass Ronald nochmal zu mir ans Bett kommen würde.

Meine Schreie unterdrückte er mit seiner Hand und dieser bestimmende Druck, dieser Kick, brachte ihn letztendlich zum Höhepunkt. Ich hatte furchtbare Angst – Angst vor dem Tod – und ekelte mich zugleich. Spätestens nach dem dritten, vierten Mal wusste Ronald, dass mich niemand hören und vor allem dass ich niemandem etwas sagen würde. Denn seine Drohung war eindeutig.

Sagst du nur ein Wort, bist du nicht die Einzige, der es so ergehen wird. Du gehörst mir. Hast du verstanden?

Diese Hilflosigkeit, die sich damals in meinem Körper auf und ab bewegte, fühle ich noch heute.

Obwohl es fast sechs Jahre her ist, dass ich in eine so bedrohliche Situation schlitterte, verfolgen mich meine Albträume und die Angst, die dahinter stecken, noch immer.

Als ich aus Seattle verschwand, dachte ich, meine Ängste blieben an diesem Ort zurück. Ich redete mir ein, dass ich sie mit meinem Fortgehen dort gelassen hätte. Denn der Gedanke, über 3000 Meilen zwischen mich und meine Furcht gebracht zu haben, brachte mir Frieden. Zumindest so lange, bis die Albträume von vorne begonnen haben.

Nicht erst heute ist mir bewusst geworden, dass man vor seinen Ängsten nicht davonlaufen kann. Dass man vor seiner Vergangenheit nicht davonlaufen kann. So etwas zu denken, ist der größte Irrsinn. Und einst geglaubt zu haben, ich käme mit meinen Schüben allein zurecht, grenzte schon fast an Dummheit.

Der heutige Tag beweist mir wieder einmal: Ich komme nicht alleine zurecht! Nicht so, wie ich es gern möchte, es mir vorstelle.

Das Wissen, dass mich Ronald hier niemals finden kann, sollte mich beruhigen. Ich bin weit weg von alldem und habe nichts hinterlassen, was auf meinen Verbleib hinweisen könnte. Keine Familie und vor allem keine Freunde. Ich vermute sogar, dass er noch immer seine Strafe absitzen wird. Denn irgendwann hatte ich den Mut, es meiner Mutter zu sagen. Aber auch nur, weil man die blauen Flecken an meinem Oberkörper und die Schnitte am Rücken nicht mehr verheimlichen konnte. Ronald wurde unvorsichtig und ließ sich immer mehr von seinem abscheulichen Verlangen übermannen.

Während des Prozesses stellte sich heraus, dass Ronald ein krankhafter Lügner war und ein manipulatives Verhalten besaß. Sein Selbstwertgefühl ragte bis in den Himmel hinauf. Doch sein Gewissen war kleiner als eine Ameise. Er hatte schlichtweg keins. Alles, was er war, und vermutlich weiterhin ist, ist ein Psychopath.

Eigentlich ist dieser Teil meiner Vergangenheit abgeschlossen. Und trotzdem komme ich nicht zu meiner Ruhe zurück.

Im Grunde bin ich gar kein ängstlicher Mensch. Es wäre in meinem Job auch fatal. Aber sobald es um ihn geht, sobald es um meine Vergangenheit und diese verfluchten Träume geht, die sich immer wieder in mein Hirn schleichen und meinen Hals zuschnüren, spielen meine Synapsen verrückt. Auf eine grauenvolle Art und Weise. Ich habe nur Angst vor Ronald, obwohl er mir nichts mehr tun kann. Ist das nicht absoluter Irrsinn? Für mich ist diese Tatsache jedenfalls unverständlich.

Auf Anraten meiner besten Freundin Tammy suchte ich mir vor wenigen Monaten professionelle Hilfe, um das Vergangene endlich verarbeiten zu können. Wenn es nach ihr geht, hätte ich mir schon viel eher Hilfe suchen müssen, und ich weiß, dass sie damit recht hat. Spätestens nach der Beerdigung meiner Mutter wäre es an der Zeit gewesen.

Tammy litt unter meinen nächtlichen Schreien.

Sie sorgte sich immer mehr. Und ich selbst war es auch leid, mir meine Nächte von meinen Albträumen bestimmen zu lassen.

Ein wohltuender Schlaf ist mir heilig und ich brauche ihn mehr als alles andere, wenn ich meinen Job als Barkeeperin vernünftig ausüben will.

Ich bin auf das Geld angewiesen. Ständig mit dunklen Augenringen bei meiner Chefin Clara aufzutauchen und erneute Kassierungsfehler zu begehen, ist das Letzte, was ich gebrauchen kann.

Also sitze ich gerade, wie jeden Mittwochnachmittag, bei Dr. Tanner im Praxisraum.

Für mich war es schwierig, den Weg zu meiner Therapeutin einzuschlagen. Es war mit mindestens genau so vielen Ängsten verbunden, wie schon in mir stecken.

Am Anfang hasste ich es, über meine Gedanken zu sprechen und das Erlebte wieder an mich heranzulassen, mich damit auseinanderzusetzen. Nach der ersten Stunde fühlte ich eine Unruhe in mir, die mich ebenso den Schlaf kostete wie meine Albträume. Danach war ich kurz davor, die Zeiten bei Dr. Tanner sausen zu lassen. Aber ich habe dennoch wieder und wieder den Willen gefunden, hierherzukommen. Dr. Tanner sprach mir Mut zu und war erfreut darüber, dass ich nicht die Flinte ins Korn geworfen habe. Offenheit, meint sie, ist zwingend notwendig in den Sitzungen.

Also bin ich so offen, wie es mir möglich ist. Dr. Tanner ist es wichtig, keine meiner Grenzen zu überschreiten. Mir nicht erneut das Gefühl zu geben, es wiederhole sich etwas, indem jemand meine „rote Linie“ missachtet. Dafür bin ich ihr dankbar.

Nach und nach taue ich gegenüber meiner Therapeutin auf. Zu ihr und Tammy bin ich so ehrlich wie zu keinem anderen. Mit dem Unterschied, dass Tammy alles weiß. Jedes Detail, jedes Gefühl.

Die eine Stunde in der Woche auf der leicht abgenutzten Ledercouch zu sitzen und mit ihr so einiges aufzuarbeiten, ist jetzt unerlässlich für mich geworden. Seit kurzer Zeit fühle ich mich hinterher besser und innerlich ruhiger. Was wohl auch an Dr. Tanners Art liegen mag.

Sie versucht, mir nicht das Gefühl zu geben, in meinem Leben versagt zu haben. Und doch kann ich von diesem Gedanken schlecht ablassen. Denn ich habe nichts erreicht, was ich mir in meiner Kindheit oder in meiner Teenagerzeit erträumte. Rein gar nichts. Das Einzige, was ich zustande bekommen habe, ist wegzulaufen. Vor dem, was mich an meine Vergangenheit und den Tod meiner Eltern erinnert. Und ich habe nicht vor, jemals wieder nur einen Fuß nach Seattle zu setzen. Und das ist doch sowas wie versagen, oder?

Dr. Tanner diagnostizierte bei mir eine posttraumatische Belastungsstörung, die durch meine unverarbeiteten Erlebnisse ausgelöst wird. Sie steckt Hoffnung in mich und sieht wahrscheinlich irgendwas, das ich nicht wirklich erkennen kann.

»Wie geht es dir heute, Willow?«, fragt sie mich.

Dr. Tanner, eine Frau mittleren Alters, sitzt auf ihrem bordeauxfarbenen Ohrensessel und blickt zu mir rüber. Immer wenn ich sie sehe, hat sie ihr mittelblondes, schulterlanges Haar zu einem Zopf gebunden.

Die hohe, dennoch sehr friedliche Stimme wirkt jedes Mal so beruhigend auf mich ein, dass ich meine Zeit bei ihr gern verdoppeln möchte. Aber meine Therapeutin ist sehr gefragt und ihr Terminkalender dementsprechend voll. Nicht, dass sie einem ihrer Patienten in der Sitzung die Pistole auf die Brust setzen würde, weil die Zeit dem Ende naht. Nein. Sie plant vom Prinzip her immer eine halbe Stunde länger ein, ohne einem das Gefühl von Zeitdruck zu vermitteln. Mal davon abgesehen, dass ich mir weitere Stunden bei ihr allein kaum leisten kann. Die Sitzungen bei Dr. Tanner kann ich nur wahrnehmen, weil die Krankenkasse, die Clara für mich übernimmt, einen Teil bezahlt.

»Es häuft sich wieder«, antworte ich ehrlich auf die Frage, wie es mir geht.

Meine Antwort notiert sie sich in der Patientenakte, die auf ihren verschränkten Beinen liegt.

In den letzten drei Tagen habe ich gemerkt, dass es mir weitaus schlechter geht. Was mit hoher Wahrscheinlichkeit an meinem Geburtstag und dem Sterbetag meiner Mutter liegt, die sich Tag für Tag nähern. Meine nächtlichen Panikattacken werden schlimmer, intensiver.

Ich kann mich wohl ein wenig glücklich schätzen, dass mich meine Ängste nur in der Nacht einholen und mich über den Tag bis in den späten Abend in Ruhe lassen. Doch sobald ich meine Augen schließe und in den Schlaf finde, fängt alles von vorne an.

Furcht. Panik. Schreie.

Langsam schweift Dr. Tanner von mir ab und fixiert ihren Kalender, der an einem rostigen Nagel an der beigen Wand Halt findet.

»Liegt es daran, dass der Sterbetag deiner Mutter bevorsteht?«, fragt sie und dreht sich erneut zu mir zurück.

In etwas über zwei Wochen steht der Geburtstag von mir und meiner Mum bevor. Der 22. Juli. Ein Tag, den ich seit ihrem Tod nicht einmal gefeiert habe. Wie könnte ich ohne sie? Weitere zwei Wochen, bis ihr Sterbetag an mein Herz klopft und mich daran erinnert, dass sie mich kampflos zurückließ.

Ich sehe auf meine Hände hinunter, die sich angespannt zu festen Fäusten ballen. Eigentlich ist die Anspannung für mich und Dr. Tanner Antwort genug.

Der Gedanke an meine Mutter schmerzt. Nicht nur, weil ich sie vermisse und sie geliebt habe, wie nur eine Tochter ihre Mutter lieben kann. Hinter diesem Schmerz steckt so viel mehr. Beispielsweise fehlendes Verständnis, verbunden mit ununterdrückbarem Zorn. Alles zusammen lässt sich schlecht vereinen, ohne Bauchschmerzen zu bekommen.

»Möglich.«

»Du weißt, Willow: Wenn dir irgendeine Frage von mir unangenehm ist, musst du mir niemals Rede und Antwort stehen. Denn du darfst immer eine Grenze ziehen. Es kann sein, dass du dich nach unserem Gespräch nicht gut fühlst. Und das wollen wir doch nicht, oder?«

Dr. Tanner gab mir in der Vergangenheit die Zeit, Vertrauen zu ihr aufzubauen, bis ich bereit war, gewisse Dinge von mir abzuladen. Heute nähere ich mich einem weiteren Schritt, den ich früher oder später gehen muss.

»Ich weiß, Dr. Tanner. Aber ich glaube, es ist wichtig, endlich einmal über sie zu sprechen.« Denn das habe ich die letzten fünf Jahre so gut wie nie getan.

Ihre schmalen Lippen öffnen sich und beginnen, eine Frage zu formulieren, vor der ich mich schon Monate, wenn nicht sogar Jahre gefürchtet habe. Ich habe mich niemals getraut, sie mir selbst einmal zu stellen.

»Gut, Willow. Wie fühlst du dich gerade, wenn du an sie denkst?«

Nervös greife ich in mein langes, natürlich rotes Haar und drehe die Spitzen um den Zeigefinger. Dann halte ich das Medaillon meiner Mum fest umschlossen in den Händen.

»Ich vermisse sie. Und doch bin ich wütend«, murmle ich. »Sehr wütend.« Und wahrscheinlich ist diese Aussage noch immer untertrieben.

Ich finde es nicht richtig, für seine Mutter, die einem so viel Liebe schenken wollte und es sicherlich getan hat, solch Groll zu empfinden. Gerade weil sie tot ist. Aber ich bin wütend. So wütend, dass ich gern einen lauten Schrei von mir geben würde.

»Es ist vollkommen okay, wenn du deinen Gefühlen freien Lauf lässt. Nur so kannst du deine Emotionen verarbeiten und ein wenig mehr mit dem Tod deiner Mutter und der Vergangenheit abschließen.« Dr. Tanner fixiert mich mit ihren grauen Augen, was mich veranlasst, ihr entschlossen zuzunicken.

»Arbeitest du weiter an deinen Zeichnungen?«, fragt sie mit einer angenehmen Vorsicht.

»Wenn ich nachts aufwache, versuche ich es. Und manchmal gelingt mir wirklich eine Skizze. Es fühlt sich wie die einzige Ablenkung an, die ich habe.« Daran war vor einigen Wochen nicht im Entferntesten zu denken. Diese Tatsache sehe ich mal als Fortschritt und Dr. Tanner vermutlich auch. Selbst wenn jede Skizze im Mülleimer landet.

»Das ist gut. Es ist wichtig, ein beruhigendes Ventil zu finden, wenn man von seinen Ängsten heimgesucht wird. Und das Zeichnen beruhigt dich.«

»Nur finde ich, dass es der falsche Grund ist, weshalb ich zeichne. Früher tat ich es aus absoluter Leidenschaft und Hingabe. Heute zeichne ich zur Ablenkung, damit ich ein wenig besser einschlafen kann. Es fühlt sich falsch an, weil auch nichts Vernünftiges dabei herauskommt.«

Ich zeichne, seitdem ich einen Stift halten kann, und damals fühlte es sich wie ein Teil von mir selbst an. Früher zeichnete ich, weil ich es wollte und es mir unglaublichen Spaß machte. Aber sobald man etwas muss, stecken weder Leidenschaft noch Hingabe dahinter. Nach allem, was passiert ist, habe ich nicht nur den Glauben ans Leben verloren, mir ist auch die Begeisterung fürs Zeichnen abhandengekommen.

Und es ist verdammt schwer zu akzeptieren, dass ich diese Leidenschaft vielleicht niemals wiederfinden werde. Eine Leidenschaft, die meinen Dad im Leben ebenso begleitete. Er liebte das Zeichnen und die Kunst. Es war eine Besonderheit, die mich tagtäglich an ihn erinnerte, sobald ich den Stift mit Begeisterung in der Hand hielt. Die Erinnerung an ihn entgleitet mir mit jedem Tag, der an mir vorbeizieht, immer mehr. Mit jedem Tag wird die Erinnerung an meinen Vater trüber, unerreichbarer.

Deswegen muss ich zugeben: Das Zeichnen hinter mir lassen zu müssen, schmerzt mehr, als den Glauben ans Leben verloren zu haben.

3

Willow

Durch meine Kopfhörer ertönt der instrumentale Anfang von *If You See Her, Say Hello.* Ich finde immer mehr Gefallen an der leicht sentimentalen und ruhigen Musik. Mag daran liegen, dass ich mehrere Tage die Woche mit elektronischen Tönen beschallt werde und mir die ruhigen Klänge einen angenehmen Ausgleich geben.

Der sanfte Wind weht durch mein Haar und nach all den Jahren in Clearwater kann ich endlich die warme Luft genießen. Ebenso die Sonne, die auf meine helle Haut prallt. Ein leichter Sonnenbrand ist demnach vorprogrammiert, obwohl ich mich täglich etwa dreimal eincreme. Aber ich gehöre nun mal nicht zu der Sorte von Menschen, die sich wenige Male in die Sonne legen müssen, damit die Haut einen schützenden und angenehm braunen Teint bekommt. Gefühlt bleibt meine Hautfarbe genauso, wie sie immer ist. Hell, fast blass. Das Einzige, was sich in der prallen Sonne verdunkelt, sind die Sommersprossen im mittleren Teil meines Gesichts. Und ich kann nicht behaupten, dass ich sie sonderlich mag. Ganz im Gegensatz zu meiner Mutter. Als sie noch am Leben war, behauptete sie, die winzig kleinen Flecken würden mein Gesicht versüßen und engelsgleicher erscheinen lassen.

Es hat gedauert, bis ich mich an das Klima im Bundesstaat Florida gewöhnt hatte. Während in Seattle die Höchsttemperaturen im Sommer bei fünfundzwanzig Grad liegen, wird es in Clearwater über dreiunddreißig Grad heiß. Und das ist weiß Gott keine Seltenheit. Auch der heutige Tag, Anfang Juli, bringt meinen Körper ganz schön ins Schwitzen.

Das Klima hier ist selbst im Winter mild und warm, immer mit einem leichten Wind von der See.

In der Innenstadt, dem *Cleveland Street District*, gibt es jede Menge zu erleben: tolle Geschäfte, Bars, Restaurants und das 1921 restaurierte Capitol Theatre mit Musikveranstaltungen in kleinerem Rahmen und jedem Genre. Nur bin ich zu selten hier, um alles vollends erleben zu können.

Clearwater ist in jeglicher Hinsicht das absolute Gegenteil von Seattle. Viel wärmer, viel schöner und wohltuender. Vermutlich bin ich deswegen vor fünf Jahren hier gelandet und dageblieben.

Heute und morgen sind meine freien Tage. Nachdem ich die Praxis von Dr. Tanner verlassen habe, laufe ich durch die Straßen auf der Suche nach einem halbwegs vernünftigen Outfit für heute Abend. Tammy besteht darauf, dass ich sie zu einer Party begleite, die im Nirgendwo stattfinden soll. Nach so einer Sitzung ist mir eigentlich nicht annähernd nach Gesellschaft, aber Tammy zuliebe habe ich zugesagt.

Mein Budget gibt nicht allzu viel her, sodass ich mich auf jeden Fall für ein Kleidungsstück entscheiden werde, das ich nicht nur einmal anziehen kann.

Innerlich kommt ein wenig Hoffnung auf, dass ich auf keiner Studentenparty landen werde. Ich weiß nicht genau, warum ich eine Schar Studierender meide. Vielleicht, weil sie mich an etwas erinnern, das ich niemals haben werde. Nämlich die Möglichkeiten, meine Träume zu verwirklichen.

Sogar wenn ich irgendwann das nötige Geld für ein Studium hätte, würde mir erneut irgendwas dazwischenfunken und ebenso alles vermasseln, wie es schon seit meiner Jugendphase der Fall ist. Das glaube ich nicht, weil ich ein pessimistischer Mensch bin – denn das bin ich ganz und gar nicht. Das sage ich, weil ich absoluter Realist bin.

Ich hatte einst die Chance, genau das zu studieren, was mein lang gehegter Traum war. Nämlich Kunst. Aber nach der Krebsdiagnose meiner Mutter ist diese Chance sofort verpufft.

Wie hätte ich das emotional allein bewerkstelligen sollen? Wie hätte ich es finanziell schaffen sollen? Die Studiengebühren waren zu hoch für mich.

Die Vorstellung, ich könnte irgendwann ein Studium anfangen und mir meine Kindheitsträume damit erfüllen, ist genauso abwegig wie die Tatsache, dass ich beispielsweise einmal auf den Mond fliegen werde. Ich halte an keinem Wunschdenken mehr fest. Denn was bringt es, sich an etwas zu klammern, das einen immer weiter in die Tiefe zerrt, weil es sich eher entfernt, statt greifbar nah wird. Deswegen ergreife ich das, was wirklich realistisch und gegenwärtig ist.

All die Kraft, die man in seine Träume steckt, die ja dann doch nie in Erfüllung gehen werden, zerstört einen innerlich. Ebenso wie die Hoffnungen, die zerplatzen.

Meine Vergangenheit hat mich eins gelehrt: Wenn man einmal den schwarzen Peter im Leben zugeschoben bekommen hat, ist es unmöglich, ihn wieder loszuwerden.

Aus diesem Grund habe ich keine großen Erwartungen ans Leben und mich mit dem, was es mir zur Verfügung gestellt hat, arrangiert.

Ich bin auch ernsthaft dankbar für das wenige, was mir geblieben ist. Meine Gesundheit, trotz all der Narben an meinem Körper, die einen erahnen lassen, dass mein Leben nicht immer problemlos verlief. Ich bin dankbar, eine Chance bekommen zu haben, auf eigenen Beinen zu stehen. Mein eigenes Geld verdienen zu können. Auch wenn es ganz bestimmt nicht mein Traum war, hinter einer Strandbar bis tief in die Nacht Drinks zu mixen und mich viel zu oft von versoffenen Kerlen begaffen zu lassen. Doch, das wohl Beste, was mir geschehen ist, nennt sich Tammy. Meine beste Freundin. Mein Fels in der Brandung. Die loyalste Seele auf Erden.

Tammy ist Studentin an der *University of South Flo-*

rida. Und ich würde mich selbst belügen, wenn ich leugnen würde, dass es nicht Momente gab, in denen ich auf Tammy neidisch wurde. Weil sie ihren Traum leben kann. Völlig unkompliziert.

Es ist keine Eifersucht, die Wut gegenüber Tammy in mir hochbeben lässt, und das weiß sie auch. Es ist eher ein Groll auf mich selbst. Denn, wenn ich vor einigen Jahren vielleicht sofort den Mut zur Wahrheit gehabt hätte, wäre meine Mutter nicht mit diesen immensen Schuldgefühlen belastet worden. Vielleicht hätte sie um ihr Leben gekämpft. Vielleicht könnten wir dann beide heute in New York leben, weil sie ihren Krebs besiegen konnte. Falls es wirklich so gekommen wäre, würde ich mit Sicherheit in diesem Moment in die Semesterferien starten. Ich müsste nicht jeden Mittwoch bei Dr. Tanner sitzen, um über meine Vergangenheit zu reden. Ich könnte nachts eventuell vernünftig schlafen.

Aber wer weiß das alles schon. Ich werde die Antworten auf all meine Vermutungen niemals hundertprozentig bekommen. Weil ich nun mal Entscheidungen getroffen habe, die nicht mehr rückgängig zu machen sind. Und ich glaube fest daran, dass jeder Entschluss, den wir fassen, unser Leben bis in den Tod beeinflussen wird.

Und durch all diese Entscheidungen stehe ich hier, auf einer Nebenstraße in Clearwater und blicke durch meine Sonnenbrille auf einen weißen Schriftzug.

Sunny Fashion.

Ich bin schon öfter an dem kleinen Laden, dessen

Schaufenster so liebevoll gestaltet ist, vorbeigelaufen und dennoch habe ich ihn bisher nicht einmal betreten. Aber das soll sich heute ändern.

Einige Sekunden verweile ich vor den Schaufensterpuppen, ehe ich mich vollständig entschließe, einzutreten. Ich drücke die Glastür auf und geradewegs kommt mir die klimatisierte Luft entgegen.

Welch Segen ...

Wie von außen erwartet, erstreckt sich der Laden auf etwa sechzig, siebzig Quadratmeter und trotz der geringen Größe habe ich wohl noch nie schönere Klamotten gesehen.

Links und rechts sind rustikale Holzregale angebracht, in denen die verschiedensten Teile in voller Ordnung einen Platz finden. Kleider, Shirts, Röcke, Shorts, aber auch lange Jeanshosen. Vor ihnen mannshohe Schneiderpuppen, die in sommerliche Outfits getaucht sind. In der Mitte des Raums stehen drei Tische, auf denen Accessoires ausgebreitet wurden. Gürtel, Handtaschen und Portemonnaies.

Ich schwebe fast durch die kurzen Gänge voller stilvoll weißer Shirts und bin imstande, eines an mich heranzuziehen, um es an meinen Oberkörper zu halten. Der Drang, in dieses schöne, samtig weiche Shirt hineinzuschlüpfen, steigt. Doch ich wage es nicht. Ich spiele ja nicht einmal mit dem Gedanken, das Preisschild umzudrehen.

Du kannst es dir sowieso nicht leisten, Will. Also lege es zurück und geh einfach. Such dir einen anderen Laden.

Sunny Fashion wirbt mit »Jedes Stück ein Unikat«.

Schon allein aus diesem Grund weiß ich gar nicht, weshalb ich hier reingegangen bin. Ich werde mir kaum eins dieser wunderschönen Teile leisten können. Und obwohl ich mir immer wieder einrede, endlich den Laden zu verlassen, laufe ich weiter zu den kurzen Shorts.

Im Augenwinkel sehe ich, dass eine Frau, schätzungsweise in meinem Alter, auf mich zu kommt und mich mit einem warmen Lächeln begrüßt.

»Willkommen bei *Sunny Fashion.* Ich bin Anna. Kann ich dir behilflich sein?« Sie streift ihre langen braunen Haare hinter ihr Ohr und steckt ihre Hände locker in die Taschen des wundervollen, marineblauen Rocks, den sie trägt.

»Ich sehe mich nur ein wenig um. Ich gehe heute Abend auf eine Party und habe dafür nichts Passendes«, erwidere ich.

»Eine Party also? Ich würde dir gern ein Outfit zeigen, das dir sehr gut stehen könnte.«

Noch immer umgreife ich das Shirt, welches ich an mich gezogen habe.

»Ich bin besser gleich ehrlich. Ich glaube nicht, dass nur eines dieser Teile in meinem Budget liegt«, antworte ich.

Die Verkäuferin verliert ihr warmes Lächeln mit meiner Aussage keinesfalls. »Keine Sorge, wir haben auch reduzierte Stücke da. Komm doch mal mit.«

Sie nimmt mir das Shirt aus den Händen und legt es ins Regal zurück. Dann folge ich ihr zu einem schwarzen Holzgestell, über dem der Schriftzug Sale prangt.

»Hier sind Stücke, die wir schon einige Zeit in unseren Regalen liegen haben. Ladenhüter sozusagen«, sagt Anna und gleitet mit ihrer flachen Hand über das Regal. »Und ich glaube, dieses Teilchen könnte dir unfassbar gut stehen«, spricht sie weiter und zieht ein smaragdgrünes Stück Stoff heraus. »Du hast wundervolle rote Haare. Tolle grüne Augen. Eine schöne Figur. Und es scheint mir, als hätte dieses Teil auf dich gewartet.« Anna schüttelt es einmal aus, um mir zu zeigen, was genau sich hinter dieser auffallenden Farbe verbirgt.

Und sie hat recht. Der Jumpsuit ist sehr hübsch. Vor Freude hüpfe ich innerlich auf und ab, während ich dieses Kleidungsstück schärfer begutachte. Dabei will ich mein aufgesetztes Pokerface nicht verlieren. Nur gelingt mir das vermutlich vor keinem. Nicht mal vor einer fremden Person. Denn meine Gefühlsregung scheint mir die Verkäuferin direkt anzusehen.

»Er gefällt dir, oder? Zieh ihn doch mal an!«

Mein leichtes Schmunzeln überfällt ein klein wenig Skepsis.

»Keine Sorge. Er ist um sechzig Prozent reduziert und kostet nur noch achtundvierzig Dollar.«

»Ehrlich?«

»Ehrlich. Also probiere ihn mit gutem Gewissen an.«

Ich greife nach dem Jumpsuit und laufe mit ihm in die Umkleidekabine, welche sich direkt hinter mir befindet.

Rasch pelle ich mich aus dem pastellrosa Plisseerock

und dem schwarzen T-Shirt. Dann schlüpfe ich in den Jumpsuit hinein, der sich mit der ersten Berührung meiner Beine wie eine zweite Haut anfühlt.

»Ich schließe gern den Reißverschluss, wenn du so weit bist«, sagt Anna.

Wenn ich ihrem Angebot nachkomme, ist mir bewusst, dass sie gleich die vielen gewölbten und leicht verblassten Narben im unteren Bereich meines Rückens nicht übersehen wird. Dennoch ignoriere ich den Gedanken und beschäftige mich nicht weiter damit. Mir egal, wenn sie die Narben als solche erkennt und mich anstarrt. Und Anna wird mich anstarren. Denn das tun sie alle.

»Bin so weit«, erwidere ich dennoch mit gewisser Zurückhaltung.

Langsam schiebt sie den Vorhang zur Seite und ich spüre, wie mein Puls am Hals schneller zu schlagen beginnt.

Bitte sprich mich nur nicht darauf an.

Wie nicht anders zu erwarten, mustert mich Anna, bevor sie mir vorsichtig den Reißverschluss am Rücken zuzieht. Es sind zwar nur Millisekunden, die Anna eine kleine Furche auf die Stirn bringen, und doch spüre ich diesen kurzen Moment des Starrens intensiver, als ihr wohl bewusst ist. Vielleicht hofft sie sogar, dass ich es nicht mitbekomme. Aber ich bin die letzten Jahre mehr als sensibel für die starrenden Blicke geworden und dankbar dafür, wenn man einfach kein Wort darüber verliert.

Also werde ich genauso über ihren Gesichtsausdruck hinwegsehen, wie ich es immer tue, wenn jemand die Male meiner Vergangenheit fixiert.

Es ist egal, Will. Es geht niemanden etwas an. Vergangenes ist vergangen.

Nachdem Anna den Jumpsuit ein letztes Mal an meinen Schultern gerichtet hat, betrachte ich mich mit prüfenden Blicken im Spiegel.

Und zur Hölle. Ich hätte niemals geglaubt, dass ich darin so gut aussehen würde, wie ich mich tatsächlich fühle.

»Er steht dir fantastisch!«

Dem will ich nicht widersprechen.

Denn mir gefällt der Anblick meiner roten Haare, die über den samtig, grünen Stoff fallen. Die feinen Ärmel des Jumpsuits legen sich angenehm über die Schultern. Auf Höhe der Taille ist ein Band zu einer kleinen Schleife geknotet. Irgendwie finde ich, dass es meine schmale Figur angenehm kurvig wirken lässt. Der V-Ausschnitt zeigt nicht zu viel, aber auch nicht zu wenig und im Ganzen geht mir der Jumpsuit bis zur Mitte meiner Oberschenkel. Ich fühle mich wohl. Pudelwohl.

Wenn auch alles an diesem Anblick miteinander harmoniert, überlege ich, ob ich mir das Stück Stoff wirklich leisten kann. Ob ich nicht irgendwo etwas Günstigeres finden würde.

Aber als ich mich umdrehe und erkenne, dass der halboffene Rücken mit leichter Spitze versehen ist und der Stoff selbst die Narben auf meiner Haut verdeckt, steht die nächste meiner Entscheidungen fest.

»Ich nehme ihn!«

4

Willow

Während ich die Wohnungstür öffne, schallt mir Tammys Stimme entgegen. Sie singt aus voller Kehle. Laut, schief und unberechenbar. Aber ihre lockere Art gefällt mir schon, seitdem ich sie kenne. Damit versprüht sie pures Leben und sie animiert mich jedes Mal, mitzusingen. Irgendwann trällere ich genauso laut, genauso schief, genauso unberechenbar.

Meine Stimmbänder summen, während ich die Tür hinter mir zudrücke und mich die angenehm klimatisierte Luft unserer Wohnung umhüllt.

Kaum durch die Eingangstür getreten, befindet sich rechts ein kleines Foyer mit der Küche und links ein großzügiger Wohn- und Essbereich.

Das Haus, in dem wir leben, hat zwei Wohnungen und entspricht der typischen Holzrahmenbauweise Floridas. Die Fassaden bestehen aus relativ schmalen, weiß gestrichenen Brettern. Von außen hat das Haus optisch einen Hang zur Verspieltheit. Das Satteldach ist deutlich in die Tiefe gezogen und die überdachte

Veranda umfasst die gesamte Breite des Objektes. Tammy und ich sitzen manchmal gern darauf und beobachten unsere Umgebung.

Gemeinsam teilen wir uns die Wohnung im Erdgeschoss, die einen separaten Eingang besitzt.

Da ich kein Auto habe und die weiten Strecken mit dem Fahrrad zurücklegen muss, ist die Lage für mich absolut ideal. Ich fahre beispielsweise nur zehn Minuten zu meiner Arbeit. Tammy hingegen muss mit ihrem Renault vierzig Minuten zur Universität in Tampa einplanen. Wir haben erst dort nach einer Wohnung Ausschau gehalten, um Tammy den Weg zu verkürzen. Denn ich hätte überall einen Job hinter der Bar übernehmen können. Aber in dieser Großstadt eine Wohnung zu finden, die unseren wenigen Anforderungen entsprach, schien zu dieser Zeit unmöglich zu sein.

Das komplette Grundstück hier gehört einem älteren Ehepaar, das vor Jahren aus dem Haus ausgezogen und in den Bundesstaat Massachusetts zu seinen beiden Töchtern gezogen ist. Tammy und ich hatten Glück, dass wir etwas gefunden haben, das weder sanierungsbedürftig schien noch unser Budget gesprengt hat. Letzteres war nicht sonderlich hoch, was das Vorhaben, etwas Vernünftiges zu finden, nicht unbedingt leichter machte. Ich glaube, das Ehepaar hatte zum Schluss ein wenig Mitleid mit uns, was uns am Ende nur zugutekam. Nicht nur, dass sie die Miete angepasst haben. Obendrein haben sie die Böden und die Bäder in beiden Wohnungen saniert.

Ein hässlich brauner Teppich zierte die Wohnung während der Besichtigung. Nun liegt ein angenehm rotbraunes Parkett aus. Statt den schlichten, weißen Fliesen hatte das Bad vor unserem Einzug noch immer die beigen Kacheln der siebziger Jahre an Boden und Wänden.

Aber wir waren nicht wählerisch und hätten die Wohnung vermutlich auch unverändert übernommen. Doch jetzt ist sie mehr als ausreichend für uns beide.

Jeder hat sein eigenes Zimmer. Das Badezimmer sowie den Koch-, Ess- und Wohnbereich teilen wir uns.

Obwohl die Wohnung keinen Luxus widerspiegelt, besitzen wir alles, was man braucht. Die vier Wände sind gemütlich und doch minimalistisch eingerichtet.

Der offene Wohn- und Essbereich ist schlicht möbliert. Eine beige Couch und ein kleiner Tisch stehen auf dem Parkettboden. Einige Schränke hängen an der Wand, in denen wir ein wenig Kerzendeko eingeräumt haben. Unseren Esstisch haben wir aus einem Secondhandladen, ebenso die vier zusammengewürfelten Stühle, die daran stehen.

Die offene Küche – mit anthrazitfarbenen Schränken, schönen Quarz-Arbeitsplatten und Geräten aus Edelstahl – haben wir Tammys Eltern zu verdanken. Sie haben ihr die Küche als eine Art Einzugsgeschenk überlassen.

Zu unserer Wohnung gehört ein kleiner Garten, der vom Wohnzimmer aus erreichbar ist. An meinen freien Tagen genieße ich dort die untergehende

Abendsonne. Irgendwie entspannt es mich.

Während mir der Song zu *Word Up* von *Cameo* entgegenschallt, stelle ich die Einkaufstüte ab und streife mir meine braunen Boots von den Füßen.

Tammy steht mit dem Rücken zu mir am Herd und brät, dem Geruch zufolge, ihre berühmt-berüchtigten Pancakes. Mein Magen nimmt den Duft sofort wahr und hinterlässt als kleines Zeichen ein Knurren, das ich in meinem Bauch deutlich spüren kann.

Wie ich liebt Tammy die Kalorienbomben. Manchmal isst sie den ganzen Tag nichts anderes. Keine Ahnung, wie es meine beste Freundin schafft, dennoch so sportlich auszusehen. Sie walkt zugegebenermaßen zweimal die Woche, aber sicherlich ist sie einfach mit einem unfassbar guten Genpool gesegnet. Ich habe ihre Eltern erst wenige Male bei uns angetroffen. Doch die flüchtigen Begegnungen reichen, um sagen zu können, dass ihre Mutter mindestens genauso sportlich erscheint wie Tammy. Ihre Haut zeigt nicht annähernd die Falten einer Mitte Fünfzigjährigen. Tammys Mum ist nach fünf Kindern rank und schlank. Also muss es der Genpool sein. Definitiv.

Tammys Semesterferien haben bereits begonnen. Demnach ist es kaum verwunderlich, dass sie den ganzen Tag nur in ihrem knappen Schlafpyjama umherläuft und ihre schulterlangen honigblonden Haare zu einem messihaften Dutt verknotet hat.

»Hey Tammy«, begrüße ich sie. Darauf bedacht, meine Stimme nicht von der Musik oder Tammys kreischendem Gesinge übertönen zu lassen. Doch anscheinend bin ich nicht laut genug.

Also nähere ich mich langsam meiner besten Freundin und tippe ihr auf die Schulter.

»Wohoooo.« Mit Schwung dreht sie sich erschrocken zu mir um und sieht mich mit ihren aufgerissenen Augen panisch an. Für dieses leuchtende Blau in ihren Iriden, das mich an einen klaren Himmel erinnert, würden manche Frauen vermutlich töten.

Schützend hält sie den hölzernen Pfannenwender vor ihr Gesicht, was mich veranlasst, unaufhaltsam loszuprusten.

Nach ihrer Sekunden andauernden Schockstarre stellt Tammy das Küchenradio, welches sie mit ihrem Handy verbunden hat, leiser. »Wi, willst du mich umbringen? Ich dachte, du bist sonst wer. Ein Verrückter oder so.«

»Und da hast du geglaubt, der Pfannenwender hätte dich beschützen können? Der schreckt nicht mal eine Maus ab.« Ein leises Grunzen überfährt meine Lippen, das ich mit meiner Hand sofort ersticken will. Ich hasse es, wenn das passiert, und doch lache ich weiter.

»Ich hätte demjenigen das Ding schon um die Ohren gehauen. Das verspreche ich dir. Der Pfannenwender und ich waren in der Vergangenheit immer ein Team«, antwortet Tammy selbstsicher und wedelt mit dem Holz vor meiner Nase herum.

»Nimm das nächste Mal trotzdem lieber gleich die Pfanne«, zwinkere ich ihr zu und wische mir mit den Fingerspitzen die Lachtränen aus den Augenwinkeln.

»Sei froh, dass ich es nicht getan habe. Aber vielleicht. Beim nächsten Mal.« Theatralisch hält sich Tammy ihre Hand auf die Brust. »Mein Herz krabbelt langsam wieder in meinen Brustkorb.«

Mit einer wegwerfenden Handbewegung grinse ich sie nur an und übergehe ihre gekünstelte Geste.

Aber Tammy schließt die Augen und zieht einmal scharf die Luft ein, um ihre melodramatische Ader ein letztes Mal zu unterstreichen.

Mit ihr zusammenzuleben, fühlt sich unbeschwert an. Sie ist ordentlich und zuverlässig.

Seitdem sich unsere Wege gekreuzt haben, verstehen wir uns wie liebende Schwestern. Selbst wenn ich mich anstrenge, kann sich keine meiner Gehirnzellen an eine Situation erinnern, in der es in den letzten vier Jahren einmal Krach zwischen uns gegeben hätte.

Dennoch möchte ich nicht leugnen, dass es Eigenschaften und Verhaltensweisen zwischen uns gibt, die unterschiedlicher kaum sein könnten.

Im Gegensatz zu mir ist meine beste Freundin quirlig, voller Zuversicht und verdammt ehrgeizig. Sie ist entschlossen genug, jederzeit neue Leute in ihr Leben zu lassen. Tammy ist wagemutig und ihr fällt es leicht, zu vertrauen.

Ich hingegen halte die Menschen um mich herum gern auf Abstand. Und man muss dabei wohl nicht erwähnen, dass meine sozialen Kompetenzen dürftig sind. Ich bin einfach verdammt gut darin, Menschen zu meiden – zumindest so lange, bis ich mit ihnen interagieren muss. Also nur im Job oder wenn Tammy mich bittet, mit ihr unter Leute zu gehen. Und selbst dann halte ich mich nur an meine beste Freundin. Dr. Tanner nannte es in einen der Sitzungen einen gewissen Selbstschutz, den ich mir nach meinen Erlebnissen wohl automatisch angeeignet habe.

Innerlich weiß Tammy, dass ihr Mann fürs Leben schon irgendwo geduldig auf sie warten wird. Sie ist verliebt in die Liebe und blickt gern ihrer vorgeplanten Zukunft voller Euphorie entgegen.

Ich wiederum ziehe die Liebe nicht in Betracht. Wahrscheinlich bin ich die letzten Jahre ein emotionaler Snob geworden. Unfähig, Gefühle aufzubauen oder sie auf irgendeine Art und Weise zuzulassen. Als hätte mein Herz vor fünf Jahren, spätestens mit dem Tod meiner Mum, aufgehört zu schlagen.

Wenn es jemanden gibt, mit dem ich mich vergleichen müsste, stünde der Blechmann von *Der Zauberer von Oz* in meinem Spiegelbild. Wie er wünsche ich mir eine Mitte, die fühlen und lieben kann, und doch ist es hoffnungslos, überhaupt auf diesen Moment zu warten.

Das letzte Mal, als ich so richtig verliebt war, ging ich auf die High School. An das Bauchkribbeln und Herzrasen, was ich einst verspürte, kann ich mich nur vage zurückerinnern. Wenn ich meine Erinnerungen an dieses Gefühl herauszukramen versuche, ist es wie weggeblasen. Das Gefühl, das die Situation oder den Menschen so besonders werden lässt. Ich fühle nur dumpfe und starre Emotionen.

Also verliebe ich mich grundsätzlich nicht mehr.

Denn zusätzlich weiß ich, dass mit meiner Vergangenheit niemals jemand zurechtkommen würde.

Aber wenn ich an meine High-School-Zeit denke, wird mir bewusst, dass damals alles in Ordnung schien.

Nach all den Unterschieden, die Tammy und mich prägen, ist es schon fast eigenartig, dass sie sich gerade mich als Freundin rausgepickt hat. Aber ich möchte gar nicht in Erwägung ziehen, was mit mir geschehen wäre, wenn sie mich nicht unter ihre Fittiche genommen hätte. Und deswegen kann ich über unsere Freundschaft nur unglaublich froh sein.

»Möchtest du auch welche?«, fragt Tammy verlockend und schielt auf das Teiggebäck.

»Na klar. Gern.« Niemals würde ich mir ihre Pancakes entgehen lassen.

Mit stolzem Lächeln erwidert Tammy meine absolut sichere Antwort. »Zwei Minuten noch.«

Während sie am Herd steht, hole ich aus einem der Schränke bereits zwei Teller heraus und suche mir im Schieber das Besteck zusammen. Dann gehe ich zum Tisch und breite alles sorgfältig aus. Tammy liebt Schokocreme. Also findet das Glas neben meinem geliebten Ahornsirup und einer Packung Käse Platz. Es mag für so manche ekelerregend sein, aber ich liebe Ahornsirup, der sich durch geschmolzenen Käse windet.

Zeitgleich schenke ich uns jeweils ein Glas mit Sodawasser ein und setze mich an den Tisch.

Eilig läuft Tammy mit einem riesigen Berg Pancakes, den sie akkurat auf einen Teller gestapelt hat, zu mir. Dabei zieht sie ihre Lippen schmatzend zusammen. »Lecker. Lecker. Leckerrrrr.«

»Wer soll das denn alles essen?«, frage ich, während mir Tammy bereits drei Pancakes vom Berg hinunterschiebt.

»Na wir. Du wirst mich lieben, wenn wir heute Nacht nach Hause kommen und unsere Mägen nach Pancakes schreien. Wir bekommen immer Hunger, sobald wir mehr als drei Gläser Wein getrunken haben.« Wie recht sie hat. »Und heute wird es nicht bei drei Gläsern bleiben, Wi. Der Abend ist quasi umso-o-h-o-o-nst.« Aufgekratzt klatscht Tammy in ihre Hände und hüpft überdreht auf der Stelle. Ich muss wieder kichern, als ich die Frau so sehe.

Nachdem sie ihren Freudentanz vollzogen hat, setzt sie sich an den Tisch, schmiert sich die Schokolade auf die Pancakes und zerteilt sie grob. Dann schiebt sie sich ein Stück nach dem anderen in den Mund, was ihr ein genüssliches Stöhnen entlockt.

»Umsonst? Wo genau gehen wir hin, Tammy?«, frage ich stirnrunzelnd.

»So ein Typ aus einem meiner Kurse hat uns zum Haus seiner Eltern eingeladen. Sie sind wohl im Urlaub oder so.«

»Also eine Studentenparty, was?« Yeah. Freude kocht auf.

»Keine Sorge. Ich glaube, ich bin eine der wenigen aus der Uni, die kommen werden«, murmelt Tammy mit vollem Mund.

»Warum das?«

»Naja. Timothy Clark ist nicht besonders freundlich zu anderen. Er studiert, weil er wohl irgendwie studieren muss. Und das lässt er die meisten Leuten an der Universität spüren.« Weil er studieren muss? Wer ist dieser Timothy?

»Wie lässt er es denn die Leute spüren?« Ich merke, wie sich meine Augen kritisch zusammenziehen.

»Herablassend vielleicht?« Tammy zuckt unwissend mit ihren Schultern. »Ich weiß nicht genau, wie ich das beschreiben soll. Auf den ersten Blick wirkt er wirklich wie ein arroganter Schnösel. Mit der festen Überzeugung, er sei etwas Besseres. Seine Eltern sind hoch angesehene Leute in Clearwater, wie ich mitbekommen habe. Aber im Grunde ist Timothy ganz okay. Zu mir ist er jedenfalls ganz nett.«

»Zu dir ist er also ganz nett?« Einer meiner Mundwinkel hebt sich merklich in die Höhe.

»Mich mag er irgendwie.«

»Er mag dich irgendwie«, ziehe ich Tammy auf.

»Ja, er mag mich, Wi. Aber nicht so, wie du denkst. Ich habe versprochen, dass wir kommen. Also gehen wir da heute auch hin.«

»Deswegen bist du heute besonders gut gelaunt, was? Wegen der Party«, stelle ich fest.

»Ich bin doch immer besonders gut gelaunt«, erwidert Tammy und hebt fragend eine Augenbraue in die Höhe.

Natürlich ist sie das. Nur leuchten heute ihre blauen Augen viel extremer, als es sonst der Fall ist. Ich weiß, dass sie innerlich platzt vor Ungeduld und Vorfreude.

»Schon. Aber heute bist du besonders, besonders gut gelaunt und hippelig dazu«, erkläre ich.

»Es ist weniger wegen der Party. Wir beide haben nur schon so lange nichts mehr gemeinsam gemacht. Und darauf freue ich mich eben. Das wird einfach wundervoll.«

Es stimmt, was sie sagt. Ich hatte die letzten zwei Monate eine Sechstage-Woche im *Claras*. Der zusätzliche Tag hat sich zwar Ende des Monats erfreulich auf meinem Gehaltsscheck sehen lassen, jedoch genauso an meiner Energie gezerrt. Aber ich weiß, wie sehr meine Chefin auf Hilfe angewiesen war.

Ich lasse Tammys letzte Aussage mal im Raum stehen, während ich darauf warte, dass der Käse auf den heißen Pancakes zerschmilzt. Als er dann endlich Fäden zieht, weiß ich, es ist so weit. Mir läuft die Spucke im Mund zusammen, als ich den Ahornsirup langsam über die Pancakes laufen lasse.

»Wie du das nur essen kannst.« Es ist immer wieder derselbe Satz, verbunden mit einer angewiderten Schnute, den Tammy über ihre Lippen gleiten lässt, und immer wieder dieselbe Geste, die ich darauf erwidere. Ein Schulterzucken, gekoppelt mit einem saftigen Grinsen.

Als ich mir den ersten Bissen in den Mund schiebe, fühle ich mich wie im siebten Himmel. »Mhm. Deine Pancakes sind unglaublich.«

»Du versaust sie nur mit deiner Kombination aus Käse und Sirup. Das ist so eklig«, stichelt Tammy.

Aber ich stöhne nur.

Nachdem ich alles in Rekordzeit verputzt habe, lehne ich mich pappsatt zurück. Tammy hingegen legt nochmal zwei Pancakes nach. Wo isst sie das nur hin?

»Wie war eigentlich deine Sitzung bei Dr. Tanner?«, fragt sie mich.

»Ich glaube, ganz gut.«

Es ist seltsam, an die Sitzung zurückzudenken. Denn, seitdem ich von meiner Mutter gesprochen habe, fühle ich mich anders. Nicht gerade besser, aber auch nicht bedeutend schlechter. Anders eben.

Ich bin so weit davon entfernt, endlich den Tod meiner Mutter und ihre Entscheidungen zu akzeptieren. Entscheidungen, die sie auch bewusst oder unbewusst für mich getroffen hatte.

»Du glaubst?«, hinterfragt Tammy.

»Naja. Wir haben heute von meiner Mutter gesprochen«, räuspere ich mich.

Ich bemerke, wie Tammy kurz die Spucke wegbleibt und sie für wenige Sekunden das Kauen unterbricht. »Wow. Das ist wirklich gut, Wi.«

»Es fühlt sich aber nicht so an.«

Ich vermute, ich weiß, warum ich mit dem Tod meiner Mutter noch immer nicht zurechtkomme. Auf dem Weg nach Hause habe ich mir so einige Gedanken darüber gemacht, die mir mehr als sinnig erscheinen.

Ich werde deswegen nicht mit ihrem Tod fertig, weil ich ihr nichts mehr sagen kann, was aber unbedingt ausgesprochen werden muss. Etwas, das mir auf der

Seele liegt.

Zum Beispiel, dass ich wütend auf sie bin, weil sie mich allein gelassen hat, in der dunkelsten Zeit meines Lebens. Weil sie überhaupt der Grund war, dass ich diese Zeit durchleben musste. Ich will ihr sagen, dass ich sie dennoch liebe. Ich will ihr gern ins Gesicht sagen, dass ich weiß, dass es niemals in ihrer Absicht lag, mich der Dunkelheit zu überlassen. Aber ich würde auch nicht leugnen, dass ich deswegen so sauer und enttäuscht bin, weil sie einfach gegangen ist. Sie den leichten Weg vorgezogen hat, statt mit mir den schweren zu gehen und zu kämpfen. Und das nur, weil ihr Geist und ihre Seele zu schwach waren, sich gegen das Leben und seine Tiefpunkte zu stellen. Das schlechte Gewissen zerfraß meine Mum innerlich.

»Das ist doch ganz klar. Du verbindest mit ihr nicht nur Positives«, erwidert Tammy verständnisvoll.

»Schon, aber es ist nicht richtig, so sauer auf seine Mum zu sein. Es ist einfach nicht richtig, wie ich finde.«

»Doch, Wi. Ist es! Du hast jedes Recht, wütend zu sein.« Tammy legt ihre Gabel beiseite und verweilt mit ihrer Hand auf meiner. »Du. Hast. Jedes. Recht. Dazu.« Wenige Worte, die sie mir nachdrücklich, auf liebe Weise, eintrichtern will. Bestimmend und mit so einer Stärke, dass ich ihren schmalen Lippen folgen muss. »Das bedeutet nicht, dass du sie nicht liebst. Das tust du, sonst wärst du nicht so wütend.«

Tammy ist im Bilde. Sie weiß alles, was ich in meiner Vergangenheit durchmachen musste. Sie kennt die unschöne Wahrheit über all die Narben auf meinem Körper und die Geschichte, die hinter jeder einzelnen steckt.

Tammy und ich lernten uns eines Abends auf meiner alten Arbeit kennen. Sie nahm vorübergehend einen Aushilfsjob an, um sich ein wenig Geld dazuzuverdienen, solang ihr Studium noch nicht begonnen hatte.

Es war seltsam, aber als wir uns das erste Mal im *Old Diner* gegenüberstanden, fanden unsere Herzen direkt zueinander. Freundschaftlich.

Ich hatte nie eine Freundin im Leben. Umso seltsamer erschien es mir, als ich einer fremden Person sofortiges Vertrauen schenkte.

Ich wollte mit Tammy ins Gespräch kommen. Meine Pausen und später irgendwann auch einen Teil meiner Freizeit mit ihr verbringen. Also machten wir regelmäßige Filmabende auf der Couch oder unternahmen etwas zusammen.

Tammy gegenüber war ich von Anfang an positiv gestimmt. Gut möglich, dass es an ihrer Leichtigkeit liegt, die sie in den Alltag bringt. Sie ist unvoreingenommen und versucht, ebenso wie ich, hinter die Fassade eines Menschen zu sehen. Die Mühe machen sich nicht viele.

Trotzdem dauerte es ein Jahr, bis ich mich Tammy vollständig öffnete. Weil sie einfach nicht mehr über meine Narben hinwegsehen konnte und nicht lockerließ. Im Nachhinein war es auch gut so. Denn die Tatsache, dass sie einen Teil der Last, die mein Geheimnis mit sich bringt, von mir nehmen wollte, macht sie zu einem ganz besonderen Menschen in meinem Leben. Dem wohl wichtigsten Menschen. Ich hätte mich komplett verloren, hätte Tammy mich nicht wieder etwas zurück ins Leben gezogen.

Ihre Anwesenheit zeigt mir jeden Tag, dass ich nicht alleine bin und dass ich jemanden an meiner Seite habe, auf den ich mich voll und ganz verlassen kann. Mein Geheimnis ist bei ihr sicher und ich weiß, dass sie niemals jemandem etwas sagen würde, was nicht aus meinem eigenen Mund stammen könnte. Sie überlässt mir die Entscheidung und akzeptiert, wann ich rede und wann ich es nicht tue. Deswegen fällt mir jede Kommunikation mit ihr, über meine Vergangenheit, auch so leicht. Tammy übt keinen Druck aus. Wer funktioniert schon unter Druck?

Kurz bevor Tammys Studium begann, beschlossen wir, zusammenzuziehen. Dass es wunderbar klappen würde, wussten wir schon, ehe wir die Zusage für diese Wohnung in der Tasche hatten.

»Aber ich möchte, dass du weißt, dass ich stolz auf dich bin, Wi. Es ist für dich nicht einfach, über deine Mutter zu reden. Das weiß ich.«

»Vielen Dank, Tammy.« Ehrliche Worte, die mir die Welt bedeuten.

»Außerdem, wie pflege ich gern zu sagen?« Tammy löst ihre sanfte Berührung.

»Einen Schritt nach dem anderen«, antworte ich.

»Genau. Und du bist heute mindestens drei Schritte vorwärtsgegangen. Darauf kannst du so stolz sein, Wi.

So stolz!«

Nur bin ich das nicht. Noch nicht.

Während Tammy das letzte Stück in ihren Mund schiebt, schielt sie über meine Schulter hinweg zur Garderobe.

»Ich sehe, du hast für heute Abend etwas gefunden?«, stellt sie erfreut fest. »Auch noch von *Sunny Fashion*?«

»Sieht ganz so aus, ja«, grinse ich. »Die Auswahl war begrenzt. Aber ich denke, du kannst dich so mit mir sehen lassen.«

»Wir beide in Kombination fallen in jeder Montur auf. Selbst in einem Kartoffelsack. Du, schön wie ein Rubin, ...«

»... und du, schön wie das Licht der Sonne.«

»Aber gemeinsam verrückt wie der Hutmacher.«

Diese Feststellung veranlasst uns, beide gleichzeitig loszulachen. Gedankenlos und frei.

»Dieser Jumpsuit sieht unglaublich an dir aus, Wi. Vor allem betont er deine krassen Augen.«

Tammy sitzt in ihrem knappen Outfit auf meinem Bett und strahlt über beide Ohren. Sie trägt ein schwarzes Shirt und einen Jeansrock, der an ihrer Taille beginnt und in der Mitte ihrer Oberschenkel endet. »Und das Stück hat nicht mal fünfzig Dollar gekostet?«

»Nicht mal fünfzig Dollar«, erwidere ich stolz.

Was für ein Glücksgriff!

»Ein Grund, nochmal diesen Laden zu betreten«, fordert Tammy.

»Absolut. Warum haben wir das eigentlich nicht schon viel eher getan?«

»Gute Frage.«

Ich lege mir mein gewelltes Haar über die Schultern, richte das antike Medaillon und trage ein letztes Mal Lippenbalsam auf, bevor ich dem Spiegel meinen Rücken zudrehe.

»Du bist wirklich süchtig nach dem Zeug«, kommentiert Tammy kopfschüttelnd.

»Jeder hat sein Laster.« Genüsslich verdrehe ich meine Augen, presse meine Lippen aufeinander und lasse ein amüsantes Ploppen ertönen.

Dann schwebt mein Blick über meine Schulter. Mein Inneres versichert sich nochmals, dass man keine der Narben auf meinem Rücken nur ansatzweise erkennen kann.

Ich bin froh, dass ich so gut wie alle Spuren, die an meinem Körper haften, unter einem Stück Stoff verstecken kann. Nicht dass ich mich für sie schäme. Aber ich hasse die Fragen, die meistens aufkommen, wenn jemand sie erblickt. Und dass die Narben auf einer Party die Blicke vieler anziehen, ist so gar nicht das, was ich beabsichtigen möchte.

»Keine Sorge, alles sitzt perfekt!«, sagt Tammy.

Mein Blick trifft ihren. »Sicher? Ich habe keine Lust, dass sich andere den Mund darüber zerreißen.«

»Ganz sicher.« Tammy formt ihren Zeige- und Mittelfinger zu einem „V“, das bei ihr als Versprechen gilt.

»Gut, dann können wir los, oder?«, erwidere ich und schnappe mir meine kleine, schwarze Umhängetasche, die neben meinem Spiegel hängt.

Darin verwahre ich mein Geld, mein Handy, den Wohnungsschlüssel und meinen Pflegestift.

Tammy stemmt sich vom Bett hoch und steht kerzengerade auf ihren High Heels. Etwas, das uns ebenso unterscheidet. Sie kann High Heels tragen. Und Himmel, wie Tammy darin laufen kann, beeindruckt mich. Mir hingegen tun die Füße und Waden schon weh, wenn ich mir vorstelle, so etwas anziehen zu müssen.

»Können wir. Es wird ein fantastischer Abend werden, der unser Leben verändert!«, antwortet Tammy und klatscht dabei freudig in die Hände.

Träumerin, denke ich mir und lasse dennoch meine gehobenen Mundwinkel für mich sprechen.

5

Josh

Man sollte glauben, ich wäre gern hier. Und es gibt sicherlich Schlimmeres als den Anblick dieser halbnackten Frauen, die vor meinen Augen die Hüften kreisen lassen. Sie bewegen sich in ihren knappen Outfits gleichmäßig im Takt der Musik, die den Garten meiner Eltern beschallt.

Einige von ihnen fixieren mich, mustern mich. Dabei ist sich keine von ihnen bewusst, wie sehr ich die Schnauze voll von solchen transparenten Frauen habe.

Man muss kein Genie sein, um zu erkennen, was in ihren Köpfen so vor sich geht. Ich bin keineswegs mit Arroganz überzogen und doch bin ich mir sicher, dass gut neunzig Prozent dieser Frauen mit mir schlafen würden, wenn ich es darauf anlegen wollte.

Hinterher würden sie sich wie eine Klette an mich hängen und irgendeinen Beziehungsquatsch von sich geben. Denn das tun die meisten. Einen großen Teil trägt der Name meiner Familie dazu bei, der mich interessant macht. Die meisten hier wissen, wer ich bin. Doch keine interessiert sich für mein wirkliches Ich. Der Nachname Clark bringt Frauen dazu, jemandem wie mir etwas vorzuspielen, das sie überhaupt nicht sind.

Gleichzeitig wusste ich schon immer, wie ich auf das weibliche Geschlecht wirke. Und, auch wenn ich nicht stolz darauf bin, gab es eine Zeit, in der ich dieses Wissen, samt meinem Familiennamen, zu gern ausgenutzt habe.

Damals machte ich mir zwischenzeitlich nicht einmal die Mühe, mir deren Namen zu merken, obwohl sie sich unter meinem nackten Körper rekelten. Entweder war sie die Blonde mit den blauen Augen, die Kleine mit der üppigen Oberweite oder die Schokogebräunte mit einem Arsch, der die Geilheit in mir zum Beben brachte. Aber die Vorstellung, mit Ende zwanzig weiterhin über zig nackte Frauenkörper zu gleiten, hat irgendwann ihren Reiz verloren.

Früher liebte ich das Gefühl, wenn die Frauen nach meiner Nase tanzten und unter meinen Händen zu Wachs wurden. Und Fuck, wenn ich noch heute daran denke, was einige mit sich haben machen lassen, nur um mir zu gefallen, ... Nur um für mich die eine zu sein, die es niemals geben wird.

Doch die Zeiten ändern sich. So auch die Vorlieben. Und ich hab eindeutig Bock auf eine Frau, die intellektuell auf meinem Niveau ist. Die genau das möchte, was ich auch will. Einfachen, unkomplizierten Sex, der nicht darauf hinausläuft, sich hinterher irgendeinem

Gefühlschaos auszusetzen. Eben das Gegenteil dieser Gattung des weiblichen Geschlechts, die sich in diesem Moment vor meinen Augen zur Schau stellt.

Heute und hier, nach einigen Monaten der Enthaltsamkeit den Blick über die halbnackten Körper der Mädels auf dieser Party gleiten zu lassen, fällt mir durchaus leichter als gedacht. Was mir nur beweist, dass ich über solche Frauen hinweg und schier nicht interessiert bin.

Und wenngleich ich in den vergangenen Jahren einige Beziehungen hinter mich brachte, bin ich immer mehr zu der Erkenntnis gekommen, dass dieses typische Klischeedenken nicht in mein Leben passt. Ich brauche keine feste Frau, keine Kinder und kein Haus, um glücklich zu sein.

Ob ich jemals das Gefühl von Liebe in mir verspürt habe, ist sowieso fraglich. Ich bezweifle sogar, dass es sowas wie die wahre Liebe wirklich gibt.

Theorien zufolge ist Liebe ein Trick der Evolution, um das menschliche Überleben zu sichern. Im Gehirn regt der Anblick des Geliebten vor allem das Belohnungssystem an. Areale, die für rationales Denken und das Einschätzen anderer Menschen zuständig sind, fahren ihre Aktivität herunter. Mit wenigen Worten: Liebe ist eine Täuschung.

Und meine gescheiterten Beziehungen bestätigen mir diese Theorie. Jeder ist sich doch selbst der Nächste. Also, warum nicht gleich unverbindlich bleiben? Zumal ich kein Bock habe, für jemanden ein Sprungbrett zu sein.

Wie dem auch sei.

Ich bin an diesem Abend nur auf dem riesigen Grundstück unserer gespielten Vorzeigeeltern, um die Lage im Griff zu behalten, sollte mein kleiner Bruder wieder einmal die Kontrolle über seine Party verlieren. Er versicherte mir zwar, dass unsere Eltern darüber Bescheid wüssten, nur habe ich so meine Zweifel an dieser Behauptung. Nach dem Aufgebot der Polizei vor wenigen Monaten würden sie solch eine Feier nie wieder zulassen. Dessen wiederum bin ich mir sicher. Aber ich verpfeife meinen Bruder nicht, sodass ich mir die undankbare Aufgabe zugeteilt habe, ein Auge auf die Leute hier zu haben.

Gerade laufe ich durch die kleinen Grüppchen, welche um den ovalen Pool verteilt stehen, und versuche, die Minderjährigen darunter rauszupicken und sie des Grundstücks zu verweisen, was aber gar nicht so leicht ist. Warum sehen selbst die Jüngsten unter ihnen aus wie Anfang zwanzig?

Ich stelle mich unter den beleuchteten Pavillon, der mir einen besseren Überblick über die Lage verschafft.

Als ich mich entspannt an einem der Holzpfeiler zurücklehne, höre ich meinen Namen durch die Musik erklingen.

»Josh!« Als ich nicht sofort reagiere, ruft man mich erneut. So laut, dass ich nicht mehr verleugnen kann, ihn gehört zu haben.

Während ich mich umdrehe, sehe ich vier bekannte Gesichter durch das breite Gartentor laufen. Tony, David, Mike und Harry. Kumpels von mir, seit

Kindertagen.

Ich nähere mich ihnen und begrüße jeden mit einem Handschlag.

»Hey Leute. Was führt euch hier her?« Warum frage ich das überhaupt, wenn ich die Antwort schon erahnen kann?

»Dein Bruder hat durchblicken lassen, dass heute eine Party steigt. Und wie ich sehe, ist sie im vollen Gange«, antwortet David.

Er fährt sich mit seiner Zunge über die Lippen, als er über meine Schulter sieht und die Mädels am Pool beobachtet. David ist der Breiteste in unserer Clique. Weil er seit Jahren pumpt wie ein Wahnsinniger. Außerdem ist er mit seinen neunundzwanzig Jahren durch und durch noch immer ein absoluter Aufreißer.

»Euch hat er also auch Bescheid gegeben.«

War ja klar. Ich kann nur hoffen, dass mein Bruder nicht halb Clearwater eingeladen hat.

Timothy, wenn diese elende Party wieder mit einem Polizeiaufgebot endet, lernst du mich kennen.

»Schade, dass du es nicht getan hast«, entgegnet David.

»Ich hatte keine Ahnung, dass es etwas Größeres werden soll. Ich bin nur hier, um Timothy vor dem Schlimmsten zu bewahren.«

»Ach Josh, bleib locker. Wird bestimmt ’ne schöne kleine Gartenparty.« Die Ironie liegt auf klein.

Grob überschlagen sind jetzt schon zweihundert Leute auf dem Grundstück meiner Eltern. Und wir haben es erst kurz nach einundzwanzig Uhr.

»Tut mir einen Gefallen und habt ein Auge auf die Leute hier. Ihr wisst, was das letzte Mal passiert ist.«

Vor acht Wochen schaffte es mein Bruder tatsächlich, irgendwelche Drogendealer ins Haus meiner Eltern zu holen. Nicht nur, dass sie vor seinen Augen gedealt haben, sie haben auch die Getränke gepanscht. Ich bin froh, dass Timothy es sofort mitbekam und gleich selbst die Polizei rief, um die Dreckstypen dranzukriegen.

»Machen wir. Aber dennoch, hab heute mal ein wenig Spaß, Kumpel«, antwortet Harry. Eigentlich der Nerd unter uns.

Von wegen Spaß. Ich habe gar keine Zeit, um mich hier aufzuhalten. Lieber würde ich meine Trainingspläne für morgen ausarbeiten und durchgehen. Alles, was ich heute nicht schaffe, bedeutet doppelter Stress für den kommenden Tag.

Aber ich sehe es als meine Aufgabe – die Aufgabe eines großen Bruders eben –, Timothy und die Party im Auge zu behalten. Zu Hause würde ich demnach kaum Konzentration finden.

Wahrscheinlich sind die kommenden Stunden wieder eine Art Rebellion gegen unsere Eltern. Und wer kann es Timothy schon verdenken. Mein Bruder gibt seit Jahren sein Bestes, unseren Vater stolz zu machen. Durchaus gibt er sich mehr Mühe, als ich es jemals tat. Möglicherweise, weil ich früh genug begriffen habe, dass es vergeudete Zeit ist, dem nachzueifern.

Unser Vater wird nie zufrieden mit dem sein, was

ich mir aufgebaut habe. In seinen Augen bin ich nur ein Mann, der das Firmenerbe mit Füßen tritt und Kraft in etwas investiert, sogar verschwendet, von dem man niemals leben kann.

Leben. Da hat wohl jeder eine andere Ansicht, wie es für einen selbst laufen soll. Meine Eltern glauben, man lebt nur richtig, wenn das Bankkonto mit Millionen gefüllt ist. Viel zu viel, um es irgendwann überhaupt einmal ausgeben zu können. Aber Hauptsache man hat es. Denn Geld beruhigt – die Weisheit meiner Mutter. Das Leben läuft in ihren Augen nur richtig, wenn die Angestellten, und vor allem die eigene Familie, immer schön nach der Nase des Oberhauptes – meines Vaters – tanzen. Meine Eltern sehen nur ihre Sicht und nur dieser Blickwinkel zählt für sie.

Doch für mich hat das Leben eine andere Bedeutung. Ich bin weder auf dieser Erde, um nach anderen Nasen zu tanzen. Noch bin ich hier, um etwas zu tun, was ich nicht machen will.

Es hat gedauert, aber nach all den Jahren bin ich endlich an einem Punkt angekommen, an dem es mir egal ist, was meine Eltern über mich denken. Mir ist nur wichtig, mich glücklich zu machen. Ich will jeden Morgen in den Spiegel schauen können, ohne mich schämen zu müssen, keine eigenen Entscheidungen getroffen zu haben. Ich bin keine Marionette und werde auch niemals eine sein. Und was interessieren mich Meinungen anderer. Ich muss schließlich dieses Leben leben.

Ich kann nur hoffen, dass Timothy auch bald auf

diesen Trichter kommt. Denn das Pharmaziestudium ist für ihn die reinste Folter. Es ist nicht annähernd das, was er machen will. Schon allein, weil er gar kein Faible für Chemie oder Biologie hat. Geschweige denn für die Medizin. Und gewisse medizinische Kurse lassen sich nun einmal nicht vermeiden. Aber er tut es unserem Vater zuliebe. Um endlich die Anerkennung zu bekommen, die er sich wünscht.

Nach zwei Stunden ist die Party so richtig im Gange. In diesem Moment fange ich an, meinen Bruder zu verfluchen. Denn die Personenanzahl hat sich verdoppelt. Auch, wenn der Garten unserer Eltern weitaus mehr Platz bietet, sind das Partygeschrei und die Musik dennoch viel zu laut. *Sam Smith* schreit mir sein *I'm Ready* regelrecht ins Gesicht.

Und dass ich meinen Bruder erst ein Mal auf dieser verfluchten Party gesehen habe, stresst mich noch mehr. Ständig rennt er woanders herum. Nur nicht hier, um seine Leute im Blick zu behalten.

Als ich ihn dann endlich, mit einem Eimer in den Händen, aus unserem Haus kommen sehe, laufe ich ihm entgegen.

Sofort erkennt er meinen wütenden Blick, den er mit einem schmalzigen Grinsen erwidert.

»Wie viele Leute sollen das noch werden, Timmy?«, frage ich aufgebracht.

»So viele waren nicht geplant«, erwidert er und fährt sich mit seiner Hand durch das Haar.

Eine Angewohnheit, die mich ebenso packt, wenn ich nervös werde.

»Mein Gott, denkst du auch zwischendurch mal nach? Da ist der Stress doch wieder vorprogrammiert. Ich hoffe, du weißt, dass es unsere Eltern so oder so rausfinden werden. Und erzähl mir nicht, sie wüssten Bescheid. Spätestens, wenn Ms. Sunner wieder mal ihre Klappe nicht halten kann, bist du dran.« Ich sehe es schon vor mir. Die siebzigjährige Nachbarin und wie sie aufgebracht und wütend unseren Vorhof stürmt. Nur um unserem Vater von diesem Massenauflauf zu erzählen und ihm die Hölle heiß zu machen. Meine Eltern werden wieder in Grund und Boden versinken, weil es in der Nachbarschaft so rüberkommen könnte, als hätten sie ihre Söhne nicht im Griff. »Glaub ja nicht, dass ich dir morgen dabei helfe, die Sauerei mit wegzumachen.«

»Musst du auch nicht, Josh. Ich hab das schon alles im Griff.«

»Du hast also alles im Griff, kleiner Bruder? Dass zwei deiner Puppen schon betrunken in den Pool gefallen sind, hast du auch mitbekommen, ja?«

Seine schmalen Augen reißt er erschrocken auf. »Was? Verdammt. Nein. Ist was passiert?«

»Sie waren noch in der Lage, sich selbst rauszuziehen«, erkläre ich wütend. »Sag mal, kennst du all die Leute überhaupt?«

Dass Timothy jetzt nur kleinlaut grinst, sagt alles.

»Schließ wenigstens die Türen ab, damit keiner was mitgehen lässt. Und stell dich moralisch schon mal auf unsere Eltern ein.«

Es ist nicht so, dass ich Timothy nicht lieben würde. Das tue ich, mehr als er selbst ahnt. So, wie es nun einmal zwischen Geschwistern ist. Ich würde alles für ihn tun. Aber manchmal frage ich mich, wo sein Verstand geblieben ist und warum er immer und immer wieder dieselben Fehler macht.

»Ist ja gut. Ich werde das spätestens um zwei Uhr beenden und mich heute auch zurücknehmen. Versprochen.«

Als ich bereit bin, ihm trotz seiner gespielten Einsicht eine weitere Standpauke zu halten, sehe ich ungewollt an ihm vorbei. Dabei bleiben meine Blicke an einer ziemlich süßen Rothaarigen kleben, die sich wenige Meter vom Pool entfernt befindet und zu der Musik bewegt. Vermutlich mit ihrer Freundin, die mir permanent den Rücken zudreht.

»Halt es dieses Mal, Timmy!«, sage ich leicht abgelenkt und leiser, als ich es geplant habe. Denn meine Blicke hängen noch immer an dieser reizvollen Erscheinung, die in einem smaragdgrünen Outfit steckt. Die Kombination – rotes und fülliges Haar, das wie ein Schleier über ihr Dekolletee gleitet, verbunden mit dem freien Lachen, das den ganzen Garten erstrahlt – wirkt erstaunlicherweise verdammt fesselnd auf mich.

Als kleines Friedensangebot klopft mir mein Bruder auf die Schulter, was ich nur flüchtig wahrnehme. »Mache ich. Wir sehen uns dann, Josh.«

»Wir sehen uns dann«, murmle ich und lehne mich

wieder an einen Holzbalken des Pavillons, verschränke die Arme vor meiner Brust und beobachte genüsslich die zierliche Schönheit.

Ich habe keine Ahnung, was genau mich für diesen Moment an ihr fesselt. Vielleicht ihre verdammt schönen fuchsroten Haare, die ihr bis zur Taille reichen? Oder ihre fülligen Lippen? Lippen, die überraschenderweise nicht in eine künstliche Farbe getaucht sind. Denn sie wirken aus der Ferne natürlich. Wahrscheinlich ist es aber auch nur schön anzusehen, wie sie tanzt. Nämlich mit einer Körpersprache, die nicht darauf bedacht ist, Blicke auf sich zu ziehen. Die Schöne bewegt sich unverkennbar aus Spaß. Denn sie formt ihre großen Augen zu kleinen Schlitzen und lacht, aus tiefstem Inneren. Ihre Freundin nimmt sie an die Hand und dreht sie immer wieder unter ihren Armen hindurch, was der Schönen ein noch intensiveres Lachen entlockt.

Wer ist sie bloß? Die Frau, die aus der Menge heraussticht wie ein leuchtender Komet im Dunkeln der Nacht.

6

Willow

Es ist schön, mal nicht nur diejenige zu sein, die anderen beim Tanzen zusieht. Ich mag den Song von *Sam Smith* und der heutige Abend, gemeinsam mit Tammy, ist der Lockerste seit Langem. Ich vergesse alles um mich herum und lebe das Jetzt.

Und obwohl ich gern weitertanzen würde, bin ich ganz schön aus der Puste.

»Lass uns was trinken gehen«, schreie ich Tammy ins Ohr.

»Da bin ich auf jeden Fall dabei!«, erwidert sie lauthals und hebt ihren Daumen in die Luft.

Wir gehen gemütlich zur provisorisch angelegten Bar, die aus vier Tischen besteht. Obwohl die Auswahl reichlich ist und man frei zwischen Bier, Schnaps, Mixgetränken und Sekt wählen kann, fixiere ich direkt die gekühlten Weinflaschen. Tammy und ich trinken den ganzen Abend über einen wunderbar fruchtigen Rosé. Noch bevor ich zu einer der Flaschen greifen kann, stellt sich ein junger Mann zwischen uns und den Tisch. Fast schon nervös durchkämmt er mit der freien Hand sein hellbraunes Haar und fixiert uns.

Mit einem roten Eimer in der anderen Hand grinst er erst mich und dann Tammy an. Seine braunen Augen verfangen sich gewollt in ihrem Gesicht, bis seinen schmalen Lippen ein zurückhaltendes »Hey« entflieht.

»Timothy, hey!«, begrüßt ihn Tammy ausgelassen. »Ich hab schon Ausschau nach dir gehalten.« Sie tritt einen Schritt näher an ihn heran und umarmt ihn zur Begrüßung.

»Hast du?«, erwidert er und kneift fragend seine Augen zusammen.

Langsam löst sich Tammy von der Umarmung.

»Natürlich. Du hast uns schließlich eingeladen. Wie unhöflich wäre es, dem Gastgeber nicht mal ein Hallo entgegenzubringen? Aber darf ich dir erstmal meine beste Freundin vorstellen? Das ist Wi. Wi, das ist Timothy.«

»Hey, Timothy«, begrüße ich ihn winkend.

Der junge Mann reicht mir seine Hand. »Echt cool, dass ihr gekommen seid. Ich hoffe, euch gefällt die Party.«

»Bisher finden wir es ziemlich gut. Oder, Wi?«

»Mir gefällt es hier!«, erwidere ich ehrlich.

»Was hast du da eigentlich drin?«, fragt Tammy und zeigt auf den Eimer, den Timothy fest umschlossen in seiner Hand hält.

»Oh ja. Den habe ich für uns gefüllt. Mögt ihr Sangria?«

Tammy und ich sehen uns an und prusten los.

»Wir lieben Sangria«, werfen wir gleichzeitig ein.

»Da habe ich ja Glück gehabt«, freut sich Timothy und bittet uns freundlich, ihm zu folgen.

Und dieser sympathische Typ soll ein herablassender Arsch sein? Kaum vorstellbar.

Nachdem uns Timothy in den hintersten Bereich des Gartens geführt hat und wir mit vier weiteren Leuten in einer Sitzraufe sitzen, neigt sich der Sangria langsam dem Ende zu.

Hier ist die Musik angenehm hörbar und doch nicht zu laut, sodass man sich vernünftig unterhalten kann.

Ich war schon etwas erstaunt, als ich gesehen habe, wo die Party stattfindet. Dieses Grundstück strotzt vor Reichtum. Seien es der Pool, die kleinen luxuriösen Highlights wie der mittig angelegte Springbrunnen oder die Villa, zu der dieser weitläufige Garten gehört.

Ich führe mir den langen Strohhalm zwischen die Lippen und nehme ein letztes Mal einen kräftigen Schluck. Danach reicht es für mich. Langsam merke ich, wie mir der Alkohol zu Kopf steigt.

»Möchtest du noch?«, frage ich Tammy.

»Gern.«

Ich reiche ihr meinen Strohhalm und mit einem Zug leert Tammy die kleine Pfütze, die sich noch im Eimer befindet.

»So lecker«, schmatzt sie.

In der Zwischenzeit beobachte ich die vier Fremden, die sich angeregt unterhalten. Mein ungehaltener, angeschwipster Blick schweift zu Timothy, der Tammy und mir gegenübersitzt.

Der Kerl beobachtet meine Freundin und nebenbei bemerkt könnte ich schwören, dass ihm immer wieder ein sanftes Lächeln entflieht, was er sofort zu ersticken versucht. Das verrät mir mehr, als er vermutlich erahnen mag. Denn Fakt ist: Der Typ fährt eindeutig auf meine beste Freundin ab.

Ich versuche, Timothy in ein Gespräch zu verwickeln. Eigentlich gar nicht meine Art. Aber mir ist es wichtig, zu wissen, welcher Typ Mann an Tammy interessiert ist. Also fahre ich mit Vorsicht meine Fühler aus. »Tammy erzählte mir, dass ihr euch aus einem der Kurse kennt.«

»Richtig.« Nur langsam löst sich Timothys Blick von Tammy. Er lehnt sich zurück und verschränkt entspannt die Arme vor seiner Brust.

»Bist du also auch auf dem Weg, Arzt zu werden, Timothy?«

Seine sonst so angenehme Mimik wird ernst. »Nein. Es deutet alles darauf hin, dass ich in die Pharmaindustrie einsteigen werde.« Aus Timothys Stimmbändern entflieht nicht gerade die größte Begeisterung.

»Und das ist auch genau das, was du willst?«, frage ich direkt und ohne Umschweife.

In diesem Moment richtet sich seine ganze Aufmerksamkeit auf mich. Als hätte ich ihm eine schwerwiegende Frage gestellt.

»Das hat mich so noch keiner gefragt.«

»Nicht mal du dich selbst?«

»Naja. Irgendwie stand nie großartig mehr zur Auswahl. Ich bin eben ein Clark.«

»Ein Clark?« Was soll das denn bitte heißen?

»Meiner Familie gehört ein Pharmaunternehmen. Deswegen …« Timothy stoppt kurz und reibt sich sein Kinn. »Es ist kompliziert. Ich bin irgendwie gespalten«, versucht er, sich zu erklären. Während ich versuche, den Hang zur Verständnislosigkeit zu unterdrücken, indem ich den kritischen Blick in meinem Gesicht wieder lockere.

Aber es ist ärgerlich, erneut auf einen Studenten zu stoßen, der keine Ahnung hat, was er mit seinem Studium überhaupt anfangen soll. Der sich nicht im Klaren darüber ist, ob es das ist, was er später wirklich machen möchte.

Etwas, das mir niemals passieren könnte. Schon im Kindesalter wusste ich, dass ich Kunst und Kunstgeschichte studieren würde, wenn sich einmal die Chance dazu bieten sollte. Und wenn ich mir dann aussuchen könnte, wo, wäre meine Wahl auf das *Pratt Institute* in New York gefallen. Die führende Kunsthochschule in den USA. Aber spätestens als mein siebzehntes Lebensjahr anbrach, ahnte ich, dass es niemals zur Verwirklichung meines Traums kommen würde. Obwohl er zum Greifen nah war. Doch die Diagnose meiner Mutter warf alles um.

Als ich gern näher auf Timothys Gesagtes eingehen möchte, mischt sich Tammy in unser Gespräch.

»Also ich möchte unbedingt Ärztin werden. Das

war schon immer klar. Für mich gibt es nichts Besseres, als die Vorstellung, Kinderärztin zu sein! Ich möchte irgendwann den Menschen, vor allem aber den Kindern, in Krisengebieten helfen. Ihnen beistehen.«

Tammy ist auf dem besten Weg dahin und ich gönne es ihr von Herzen. Denn sie wird einmal Leben retten. Und irgendwie hat meine Freundin, meine Seelenverwandte, des Öfteren schon mein Leben gerettet. Das letzte Mal, als sie mich gebeten hat, Dr. Tanner aufzusuchen.

7

Josh

Die rothaarige Frau, mit einer Körpersprache, die vor Selbstbewusstsein strotzt, ist in der tanzenden Menge verschwunden. Ich ertappte mich regelmäßig dabei, wie ich sie genau fixierte, um herauszufinden, was sie spricht, wie der Klang ihrer Stimme ist oder welche Augenfarbe sie hat. Denn von meiner Warte aus konnte ich nichts von alledem wahrnehmen.

Aber so schnell mir die Schöne aufgefallen ist, so schnell war sie wieder unauffindbar. Ich habe den restlichen Abend Ausschau nach ihr gehalten. Jedoch nichts. Sie war weg.

Keine Ahnung, warum ich meine Zeit für die Suche nach ihr geopfert habe. Vielleicht, weil sie der Typ Frau ist, bei der ich meine enthaltsamen Vorsätze schon einmal über Bord werfen würde.

Dennoch bin ich mir ziemlich sicher, dass jemand wie sie vergeben ist. Und wenn nicht, ist sie bestimmt auf etwas Festes aus. Demnach nichts, auf was ich unbedingt scharf bin. Ändert nichts an der Tatsache, dass mir ihr besonderes Aussehen und ihr schmaler und doch kurviger Körper ziemlich gut gefallen haben.

Gegen drei Uhr ging der Abend dann endlich zu Ende. Instinktiv wusste ich schon beim Betreten der Party, dass ich Timothy nicht mit dem Chaos allein lassen werde. Wieder einmal schlug mein Bruderherz zu laut, sodass ich es nicht über mich gebracht hätte, einfach zu verschwinden.

Also haben wir weitere zwei Stunden damit verbracht, den Garten auf Vordermann zu bekommen. Eines muss man ihm lassen. Mein Bruder hat sich wirklich zurückgenommen. Vielleicht entwickelt er doch so langsam eine gewisse Reife.

Ich trank kaum einen Schluck Alkohol. Über den ganzen Abend hielt ich mich an zwei Bier und einer Flasche Wasser auf. Ich wollte mein Auto nicht dort stehen lassen müssen. Außerdem sollte ich fit sein, wenn in fünf Stunden mein Wecker klingelt.

Timothy drängelte auf einen Absacker im Haus unserer Eltern. Aber einen Fuß in dieses Haus zu setzen, versuche ich, absolut zu vermeiden. Und mit jedem Mal, das ich auf dem Grundstück verweile, wird das abstoßende Gefühl in meiner Magengegend intensiver. In diesen geheuchelt perfekten Wänden ist einfach viel zu viel vorgefallen.

Dafür musste ich Timothy vorhin versprechen, Freitagabend mit ein paar gemeinsamen Freunden fortzugehen. Die Bitte konnte ich meinem Bruder nicht abschlagen.

Ich bin erleichtert, als ich meine Wohnungstür öffne

und mir Stormy entgegenspaziert. Dieses Gefühl hätte mich in meinem Elternhaus sicher nicht übermannt. Ich streife mir die Schuhe am Läufer ab und trete in den langen schmalen Flur. Dann schließe ich hinter mir die Tür. Gleichzeitig werfe ich meinen Schlüssel in eine Holzschale auf der Kommode und gehe in die Hocke.

»Na Kleiner. Kamst du allein zurecht? Ist etwas später geworden.«

Als Antwort bekomme ich ein sanftes Miauen.

Stormy ist gut ein Jahr bei mir. Ich fand den kleinen Kater in einer Mülltonne vor meiner Wohnung. Irgendwelche abartigen Menschen haben ihn wie Restmüll entsorgt. Doch nicht nur das. Der Kleine hat anscheinend ziemlich viel mitmachen müssen. Als ich ihn zum Tierarzt brachte, stellte er eine gebrochene Rippe fest. Zudem hatte er sieben Schnittwunden, die wulstige Narben an seinem pelzigen Körper hinterlassen haben, auf denen kein Fell mehr wächst. Dabei war er gerade mal wenige Wochen auf der Welt. Wenn ich daran denke, kocht mein Blut noch immer.

Für mich stand fest, dass ich den kleinen Kerl behalten wollte. Bei mir war er sicher. Und ich finde, er hat sich recht gut eingelebt. Jetzt sind wir sowas wie ein eingespieltes Team geworden.

Fremde betreten meine Wohnung nur selten, fast gar nicht. Denn aus Erfahrung weiß ich, dass die meisten Menschen über Stormys Erscheinung entsetzt sind. Sie überspielen diese Reaktion mit einem verlogenen Lächeln. Diese Verlogenheit hinterlässt in mir allein die pure Wut. Nur die engsten Freunde sehen meinen Kater so, wie ich ihn sehe. Als verschmusten Stubentiger, der sich einen Spaß daraus macht, meine neuen Kunstlederstühle zu zerkratzen.

Ich laufe in die Küche, fülle mir ein Glas mit Leitungswasser auf und exe es hinunter. Dieser Raum vereint in sich das Design meiner ganzen Wohnung. Modern mit einer Tendenz zur Eleganz.

Auch wenn es meine Eltern nicht sind, bin ich selbst verdammt stolz auf die eigenen vier Wände.

Jedes kleinste Möbelstück, jeden Bodenbelag und jede Farbe an den Mauerwerken habe ich selbst bearbeitet und mich handwerklich daran versucht.

Für die meisten widerspiegelt eine Wohnung eine gewisse Banalität. Es ist nichts Besonderes, das Zuhause loszulassen und seinen Weg zu gehen, der oft mit einer eigenen Wohnung startet. Und man sollte glauben, dass es für jemanden wie mich, der Eltern mit haufenweise Kohle hat, ein Leichtes gewesen wäre, auszuziehen. Aber so war es nicht.

Obwohl ich mit Anfang zwanzig einen Fond ausbezahlt bekommen habe, haben mir meine Eltern den Auszug und mein Leben nicht leicht gemacht. Wie oft sagten sie mir, ich hätte versagt? Wie oft sagten sie mir, ich käme allein niemals zurecht? Wie oft haben sie mir gezeigt, dass ich für sie ein Nichts bin? Zu oft!

Heute ist der Fond größtenteils aufgebraucht, was mir kein seltsames Gefühl gibt. Ganz im Gegenteil. Ich verdiene mit dem, was mich glücklich macht, meinen Lebensunterhalt. Und anders als mein Vater glauben mag, komme ich wunderbar über die Runden. Denn es gibt nun einmal mehr als die Pharmaindustrie.

Vom Fond habe ich mir mein Leben aufgebaut, so wie es jetzt ist. Und ich finde, es war mein Recht, das Geld meiner Eltern dafür zu benutzen, mich glücklich zu machen. Zumal ich es bei ihnen im Hause über zwei Jahrzehnte nicht annähernd war, weil sie mich wie einen Fußabtreter behandelt haben, statt wie ihren Sohn.

Möglicherweise hätten sie Gegenteiliges getan, wenn ich mich auf ein Pharmazie- oder Medizinstudium eingelassen hätte. Doch vor sieben Jahren habe ich mich dagegen entschieden und das Studium abgebrochen. Diese Entscheidung hat eine Lawine in meiner Familie ausgelöst.

Dass es nicht leicht werden würde, meine Eltern davon in Kenntnis zu setzen, wusste ich. Aber das sich dieser Abend so zuspitzen sollte, hätte ich nicht erwartet.

Als ich die Worte »Ich habe das Studium abgebrochen« aussprach, sah mich mein Vater, in seinem perfekt geschneiderten Anzug, entsetzt an. Als ich meine Gründe für die überlegte Entscheidung erklären wollte, stand er ruckartig vom Tisch auf, packte mich am Kragen, schlug mir ins Gesicht und schubste mich aus dem Esszimmer heraus. Ich landete auf dem kalten Marmorboden und sah zu der wütenden Visage meines Vaters hinauf. Ein Anblick, den ich niemals vergessen werde.

Immer wieder brüllte er auf mich ein, was für ein Versager ich sei. Er schrie mir ins Gesicht, welche Enttäuschung ich für die Familie Clark sei und dass sie sich noch mehr für mich schämen würden.

Wenige Sekunden später rappelte ich mich wortlos auf und packte am selben Abend meine Sachen zusammen. Als ich die Haustür öffnete, weiterhin mit dem zornigen Geschrei meines Vaters im Nacken, fühlte ich dennoch so etwas wie Freiheit. Es war zumindest der erste Schritt in diese Richtung.

Einige Monate kam ich erstmal bei David unter, bis ich diese Wohnung hier fand.

Diese vier Wände widerspiegeln meine Selbstständigkeit und meine Unabhängigkeit, die mir niemals wichtiger waren.

Nach diesem Abend voller Eskalation mied ich mein Elternhaus über Monate. Dass meine Mutter zugesehen hat, wie Jerry mir gegenüber handgreiflich wurde, werde ich ihr nie verzeihen. Sie trat nur einen Schritt hinter ihn, sah mit irritierten Blicken auf mich herab. Sie liebt ihn bedingungslos, deshalb würde sie es kaum wagen, ein Wort gegen meinen Vater zu erheben.

Sowas soll Liebe sein? Nein, danke. Darauf verzichte ich gern.

Und dass sie Tage später mit Vorwürfen um sich schmiss, machte die Situation nicht besser. Ihre Worte hallen bis heute nach.

»Warum bedenkst du nicht erst einmal alle deine Entscheidungen und verinnerlichst, wie sie sich auf andere auswirken

können, bevor du sie fällst. Es geht nicht nur um dich, Josh!«

Jetzt weiß ich, dass es nur um mich geht. Selbst wenn es nicht immer danach aussah, bin ich mir heute bewusster denn je, dass es die richtige Entscheidung war, das Studium abzubrechen.

Mit meinem Bruder traf ich mich regelmäßig. Zum Beispiel in meiner Wohnung. Manchmal holte ich ihn aus der Schule ab und begleitete ihn ein Stück auf dem Heimweg.

Vielleicht habe ich damals mit dieser Sache eine große Last auf Timothys Schultern abgelegt. Sicherlich erwarten meine Eltern nun von ihm alles, was ich ihnen nicht geben wollte. Aber ich bin nach all den Jahren darüber hinaus, mich weiter von einem beißenden Gewissen lenken zu lassen. Timothy ist alt genug, um selbst zu entscheiden, was er im Leben machen will.

Viele Monate nach dem Vorfall verspürte ich regelmäßig, wie sich heiße Wut in mir zusammenbraute, wenn ich meinen Vater ansah.

Aber über die Jahre hat sich das Verhältnis zwischen mir und meinen Eltern ein wenig gebessert. Wir können einen Raum betreten, ohne uns mit Blicken zu töten. Doch die Kühle herrscht noch immer zwischen uns. Und mein Wunsch, sie aus meinem Leben verbannen zu können.

Ich drehe den Wasserhahn der Spüle auf und wasche mit etwas Spülmittel mein Glas aus, bevor ich in das Schlafzimmer marschiere, in dem bereits Stormy auf mich wartet.

Wie ein Stein fällt mein energieloser Körper auf das Boxspringbett. Stormy legt sich um meinen Kopf, und bevor sich meine Augen vollständig schließen, ich jegliche Erinnerung an die Vergangenheit verdränge, kann ich nicht fassen, dass mich wieder das schöne, pastellfarbene Gesicht von heute Nacht in meinen Gedanken überfällt.

Mein Gott, Josh, reiß dich mal zusammen. Anscheinend lebst du schon zu lange abstinent. Vielleicht solltest du ausnahmsweise mal wieder deinen Bedürfnissen nachgeben.

8

Josh

Die heutige Nacht ist feuchtwarm. Das Rauschen des Meeres nähert sich mit jedem Schritt. Ebenso wie die Musik, die durcheinander von jeder Strandbar aus erklingt.

Ich war schon viel zu lange nicht mehr hier. Deswegen bin ich Timmy fast ein wenig dankbar, dass er den Einfall hatte, statt einer Disko wieder die Lokale am Strand aufzusuchen. Ist entspannter, wie ich finde.

Unser erster Anlaufpunkt ist das *Claras*, dessen weißer Schriftzug mir schon aus der Ferne entgegenleuchtet. Die Strandbar liegt entlang der Düne am südlichen Ende von *Clearwater Beach* und bietet eine entspannte und geschmackvolle Atmosphäre. Auf der weitläufigen Holzterrasse, die teilweise überdacht ist, sind Lichterkugeln in unterschiedlichen Größen angebracht, die es einen Hauch gemütlicher wirken lassen. Die Bar, welche an ein kleines Restaurant grenzt, ist mit einem Reetdach gedeckt und spiegelt den üblichen Stil der Strandlokale in Clearwater wider.

Im *Claras* finden wir direkt einen Tisch für sieben.

Wir haben es kurz nach zwanzig Uhr und können somit den Sonnenuntergang erleben, der sich gerade vor unseren Augen abspielt. Je nach Wetterlage kann das Sinken der Sonne mit einem beeindruckenden Farbenspiel verbunden sein, das manchmal nicht nur im Abendrot erstrahlt, sondern auch gelbe, violette oder gar grüne Farbtöne aufweist. Ich sehe mir dieses Naturphänomen gern an, nur weiß das keiner.

Noch ertönt um uns herum ruhige Musik. *Hypochondriac* von *Fenne Lily.* Das wird sich die nächsten zwei, drei Stunden ändern, wenn immer mehr partywütige Leute die Bars anpeilen und dadurch die Boxen der Anlage hochgedreht werden. Vor allem, da es langsam dem Wochenende zugeht.

Mir steigt der Geruch von brutzelnden Steaks und Meeresfrüchten in die Nase, was meiner Magengegend ein leises Knurren in entlockt.

»Was wollt ihr? Ich gebe die erste Runde aus«, spricht Mike voller Euphorie.

Wenn man ihn kennenlernt, wirkt er auf den ersten Blick recht griesgrämig, was seine kleine bärige Erscheinung noch unterstreicht. Aber im Grunde genommen ist er ein feiner Kerl.

»Du gibst mal einen aus? Gibt es etwas zu feiern?«, scherzt Harry und sieht über seine Nerdbrille hinweg.

»Bin heute eben gut drauf. Also sagt schon, bevor ich es mir anders überlege.«

Um dieses seltene Angebot von Mike zu nutzen, bestellt sich jeder von uns ein Bier.

»Und bestell mir separat bitte ein Steak«, antworte ich.

»Oh ja. Mir auch«, erwidert Timothy.

»Geht klar.«

Nachdem ich schon seit einer halben Stunde auf dem Trockenen sitze, laufe ich an die Bar. Es sind so einige Leute vor mir. Also stütze ich mich auf dem Holztresen ab und warte.

Ich ziehe mein Handy aus der Hosentasche und blicke flüchtig auf das Display. Sofort sichte ich eine Nachricht von Joanne, die mich ziemlich frostig stimmt. Und das nur, weil diese Frau so unfassbar nervt.

Hey Josh, hab dich im Claras gesehen. Wir Mädels haben einen Strandspaziergang gemacht. Würden später mal vorbei schauen. Was hältst du davon? ;-)

Nichts halte ich davon. Genau das will und muss ich ihr schreiben. Damit sie nicht noch mehr in das Vergangene reininterpretiert.

Joanne rückt mir immer recht lästig auf die Pelle. Und nur weil wir vor langer Zeit einmal was miteinander gehabt haben, glaubt sie, da wäre mehr zwischen uns. Sie ist der Grund, dass mich solche anhänglichen, naiven Frauen total langweilen und teilweise auch abschrecken. Joanne ist krampfhaft auf der Suche nach dem Mann fürs Leben. Aber da ist sie bei mir an der falschen Stelle. Nur kapiert sie das nicht.

Dass mit Joanne hätte niemals passieren dürfen. Aber ich war ausnahmsweise ganz schön besoffen und nicht mehr in der Lage, meine Gehirnzellen zusammenzunehmen.

Ich kenne sie bereits eine Weile, sodass ich Joanne zu der Zeit absolut durchschauen konnte. Ich wusste, auf was sie aus war und auf was sie noch immer aus ist. Aber, obwohl sie Grips hat, leidet Joanne an Wahnvorstellungen. Mit Sicherheit sieht sie uns gemeinsam vorm Traualtar stehen und einander die ewige Liebe schwören. Dabei muss sie doch merken, dass ich sie meide.

Dass ich mich an diese eine Nacht nur sehr vage erinnern kann, erwähne ich ihr gegenüber lieber nicht. Nur vereinzelte Augenblicke – wie sich ihre blauen Augen an meinem Gesicht festgenagelt haben und Joanne wiederholt meinen Namen stöhnte – habe ich nicht vergessen.

Als ich gerade dabei bin, die ersten halbherzigen Wörter in mein Handy zu tippen, holt mich eine sanfte Stimme in die Realität. Ich bin der Nächste, um meine Bestellung zu ordern. »Was kann ich dir bringen?«

Wie magnetisch angezogen, schweife ich vom Handy ab und blicke in verdammt schöne, grüne Augen auf. Augen, die mir mehr als unbekannt sind und dennoch so groß und tiefsinnig scheinen, als könnten sie direkt in mein Inneres sehen. Als wüssten sie, welche Worte ich mir für Joanne soeben zurechtgelegt habe.

Aber als dann noch die fuchsroten Haare wie ein Wasserfall über die Schultern der zarten Person gleiten, bleibt mir die Spucke weg. Die junge Frau beugt sich ein wenig zu mir vor. Ein antikes Medaillon, das um ihren Hals hängt, legt sich auf den Tresen. Ich schlucke schwer und kann kaum glauben, dass sie es ist, die mit ihrer zarten Erscheinung vor mir steht. Und dieses Mal so nah, dass ich nicht nur ihre Augenfarbe erkennen kann, sondern auch die feinen Sommersprossen auf ihrer kleinen Nase. Sicherlich fand ich Sommersprossen nie attraktiver an einer Frau.

Für Millisekunden schweifen meine Blicke in ihren V-Ausschnitt, der mein Blut ganz schön zum Kochen und meine Synapsen zum Tanzen bringt.

Die Frau vor meinen Augen, deren Körpersprache vor Selbstbewusstsein strotzt, ist die Rothaarige, die sich vor wenigen Tagen in einem verdammt heißen smaragdgrünen Outfit gezeigt hat. Auf der Party, im Garten meiner Eltern. Nur dass sie heute ein anliegendes, blau-weiß gestreiftes Stoffkleid trägt, das auf der Mitte ihrer Oberschenkel endet und ihre leichten Kurven reizvoll betont.

Fuck, du musst dich zusammenreißen, Josh.

Meine Gedanken sind wie weggeblasen und ich versuche, gezwungenermaßen, zusammenzubekommen, was genau ich hier will. Also stottere ich nur ein wackliges »Ähm« vor mich hin.

»Tut mir leid. *Ähm* haben wir nicht«, erwidert sie und grinst im selben Atemzug.

Ihr grüner Blick wirft leichte Fragezeichen in meine

Richtung und ihre Wangen schlagen immer tiefere Grübchen. Ob sie erkennt, wie verdammt anziehend sie in diese Situation auf mich wirkt? Dabei macht sie nur ihren Job. Und doch klopft mir mein Puls am Hals spürbar und rasant gegen die Haut.

Mach dich nicht zum Vollidioten, Josh.

Verwirrt schüttle ich den Kopf, um mich endlich aus meiner Erstarrung zu lösen.

»Ja, sorry. Ich hätte gern ein Bier, bitte«, räuspere ich.

»Aber sicher. Kommt sofort«, erwidert sie freundlich.

Schwungvoll dreht sich die schöne Frau um, läuft zur gegenüberliegenden Theke, in der die Zapfanlage integriert ist, und lässt mir ein Bier ein.

Ich beobachte sie in ihrem Tun und mustere genüsslich ihren wohlgeformten Körper. Dabei stoppe ich an ihrem verflucht heißen Hintern.

Eine Ohrfeige für deine Gedanken.

Als sie mir das kühle Blonde auf den Tresen stellt und mich abkassiert, kann ich meinen Blick nur schwer von ihr lösen. Aber hinter mir verlängert sich sekündlich die Schlange, sodass ich gezwungen bin, den Platz freizugeben.

Ich schenke ihr ein Lächeln, was sie erwidert, bevor sie sich dem nächsten Gast widmet, ich ihr den Rücken zudrehe und unseren Tisch anpeile.

Hier wirst du heute noch so einiges bestellen. Das ist sicher.

Langsam drängle ich mich an einer Horde Leute vorbei, als ich ein gespieltes, unerträglich hohes

Lachen höre, das selbst durch die ansteigende Musik hallt. Ich muss sie nicht einmal sehen, um erahnen zu können, dass es sich dabei um Joanne handelt.

Wohl oder übel hat sie sich in meiner Abwesenheit mit zwei ihrer Freundinnen zu uns gesellt. Dass mir sofort die Haare zu Berge stehen, lässt sich daher kaum vermeiden.

David unterhält sich im Moment mit Joanne, die mit dem Rücken zu mir steht, während ich mich auf meinen Stuhl setze und die Augen verdrehe. Innerlich hoffe ich ja, dass sie mich nicht bemerkt. Aber das zu glauben, grenzt an Naivität. Die Frau erfasst mich schon auf hundert Meter Entfernung.

Als wären all ihre Sensoren gleichzeitig angeschlagen, wirbelt sie zu mir herum, ohne David überhaupt ausreden zu lassen. »Hey, Josh.«

Meine Laune kippt. »Joanne.«

Ich nippe an meinem Bier, um dieses nervtötende Gefühl in mir zu ertränken. Aber Joanne macht es mir nicht leicht, nicht genervt zu sein.

»Du hast nicht auf meine Nachrichten reagiert.«

Seit Tagen und Wochen textet mich diese Frau zu. Es sind zwar nur banale Worte, die mich dennoch zur Weißglut treiben. *Wie geht es dir, Josh?, Was machst du gerade, Josh?, Wann sehen wir uns, Josh?* Fast jeden Tag dieselbe Leier.

Sie ist der absolute Beweis dafür, sich lieber an die unkomplizierten Frauen zu halten.

Dieser eine verfluchte Abend. Dieser verfluchte Schnaps.

Vermutlich hätte ich ihr vorhin einfach mal zurückschreiben sollen. Dann wäre es zu verhindern gewesen, dass sie nun am Tisch steht und wieder an mir hängt wie eine Klette. Hätte ich nur die Nachricht an sie zu Ende geschrieben und auf diesen verflixten Senden-Button gedrückt. Aber möglicherweise wäre es egal gewesen, was ich ihr zurückgeschrieben hätte. Sie wäre so oder so gekommen. Entweder um sich an mich zu kleben oder mir eine Szene zu machen.

»Wüsste auch nicht, warum ich das hätte tun sollen. Ich hatte nichts zu schreiben. Geschweige denn zu erzählen«, sage ich trocken.

»Mhm. Das ist schade. Dabei hat doch eigentlich jeder etwas zu erzählen.« Sie zupft an den Spitzen ihrer platinblonden Haare herum. »Wann sehen wir uns denn mal wieder, Josh?«

Ich lehne mich auf meinem Stuhl zurück, verschränke die Arme vor meiner Brust und versuche, so desinteressiert wie nur möglich rüberzukommen. Aber Joanne ist hartnäckig.

Sie wendet sich ganz von David ab und setzt sich auf den Stuhl direkt neben mir. Dabei wandert ihre Hand auf meinen Oberschenkel.

»Tun wir das nicht gerade?«, frage ich mürrisch.

Joanne ahnt nicht, wie abturnend diese ganze Farce gerade ist. »Nein, Josh. Du weißt, wie ich das meine. Nur wir zwei eben.«

Mein Zeigefinger wandert genervt zu meiner Schläfe. Dabei ziehe ich scharf die Luft ein. »Joanne, ich glaube, du interpretierst da zu viel in die Sache hinein. Es war nur dieses eine Mal, verstehst du?«

Ich nehme ihre Hand von meinem Bein, um ein klares Zeichen zu setzen.

Joannes Augen krümmen sich empört zu kleinen Schlitzen. »Du willst also nicht mehr, ja? Gar nicht? Niemals?«

»Nein. Es war nur der Alkohol. Wenn ich die Zeit zurückdrehen könnte, würde ich es tun«, versichere ich ihr. Ganz nach dem Motto: Lieber eine bittere Wahrheit als eine versüßte Lüge.

Damit will ich sie nicht in eine peinliche Situation bringen, also versuche ich, so leise wie möglich zu sprechen, damit nur Joanne mich hören kann.

Doch theatralisch, wie nun einmal die meisten Frauen sind, zieht sie die Aufmerksamkeit meiner Freunde auf uns. Wie eine Furie steht sie vom Stuhl auf und schreit mich an. »Du bist genauso ein Arsch wie alle anderen, Josh Clark.«

Für einen kurzen Moment glaube ich, sie würde ihre Handflächen sprechen lassen. Doch sie stampft nur rasend vor Wut auf ihren hochhackigen Schuhen aus dem Lokal. Gemeinsam mit ihren Freundinnen.

Die Blicke und das Grinsen meiner Freunde sprechen Bände. Und mir wird wieder einmal klar, was einfacher Sex auslösen kann.

Ich exe in einem Zug mein Bier hinunter und lasse keine Zeit verstreichen, um mir das Nächste zu holen.

Mein Gang führt mich direkt an meine neue Lieblingsbar. Nicht weil ich vorhabe, die süße Rothaarige in ein Gespräch zu verwickeln. Sondern weil sie etwas Positives ausstrahlt, das ich nach der Aktion mit

Joanne gut gebrauchen kann.

Zum Glück habe ich nur einen Kerl mittleren Alters vor mir, der soeben sein Getränk bezahlt. Doch anstatt sein Bier zu nehmen und an seinen Platz zurückzukehren, lallt er die Schöne unverschämt an.

Wie gern er durch ihr rotes Haar streichen würde, wenn sie auf ihm säße. Dass seine Handflächen nach ihrem Hintern gieren. Wie schön sie doch sei.

Gut, Letzterem kann ich nicht widersprechen. Dennoch, die Unverschämtheit stinkt bis zum Himmel. Eine solche Frau macht man mit Anstand an. Nicht mit Dreck.

Anhand ihres leicht verkrampften Gesichtsausdrucks erkenne ich, dass ihr diese Situation zuwider ist. Also ignoriert sie ihn und möchte sich meiner Bestellung widmen.

Doch die Dreistigkeit des aufdringlichen Kerls übertrifft alles. Er umgreift fest ihr Handgelenk und hindert sie daran, weiterzugehen. Der Typ packt so derb zu, dass sie keine Möglichkeit hat, ihre Hand zurückzuziehen oder sich von der Umklammerung zu lösen. Und ich gebe zu, der Anblick gefällt mir ganz und gar nicht.

»Lass los!« Ihre sonst so großen, leuchtenden Augen funkeln wütend. Ich erkenne in ihnen einen tobenden Sturm, der bereit ist, auszubrechen. Und ich weiß nicht, warum dieses Gefühl soeben in mir aufkeimt, aber ich will verhindern, dass dieser Sturm das Leuchten ihrer Augen verdrängt.

»Du unterhältst dich jetzt mit mir, Baby, und sagst

mir, was du für ein Problem hast. Werd mal ein bisschen locker!«

»Lass los, habe ich gesagt!« Entschieden bemüht sie sich, die unkontrollierte Hand von ihrem Gelenk loszulösen.

Es bedarf keines weiteren Wortes mehr, sodass ich eingreife. »Lass sie los und nimm deine dreckigen Finger von ihr!« Meine Stimme klingt gereizt und doch kontrolliert.

»Was mischst du dich denn da jetzt ein? Verschwinde!«

»Ich habe gesagt, nimm deine dreckigen Finger von ihr!« Nun bin ich es, der sein Handgelenk umgreift und so fest zudrückt, dass er gezwungen ist, sie loszulassen. Dann packe ich den Kerl am Kragen seines Hemdes und schubse ihn vom Tresen weg.

»Sieh zu, dass du fortkommst, bevor noch Schlimmeres passiert!« Mein Blick wirkt bedrohlich. Dass weiß ich, ohne mir einen Spiegel vorhalten zu müssen.

Solche widerwärtigen Typen hasse ich wie die Pest. Sich an Frauen auslassen, weil sie sich beim zarten Geschlecht überlegen fühlen und glauben, damit eine gewisse Dominanz ausleben zu können. Aber ganz sicher nicht vor meinen Augen.

»Ist ja gut, Mann. Bleib locker«, gibt der Typ kleinlaut von sich und hält schützend seine Hände vor die Brust.

Er dreht mir den Rücken zu und ich sehe, dass er schwankend die Bar verlässt. Wir haben es nicht einmal null Uhr und der Kerl ist jetzt schon dicht.

Ohne weiter über diesen Drecksack nachzudenken, gebe ich mich der Unbekannten hin. Mein Blick schwebt zu ihrem Handgelenk, welches sie mit ihrer anderen Hand fest umschließt. Ihrem leicht verzerrten Gesicht nach zu urteilen, schmerzt es.

Obwohl ich diese Frau kaum kenne, zerteilt mich soeben dieser Anblick. Gern würde ich mir ihr Handgelenk genauer ansehen, um sicherzugehen, dass sie okay ist. Aber ich nehme mir nicht das Recht heraus, sie zu berühren.

Aus Nervosität oder Schmerz kreist die Schöne ihr Handgelenk.

»Ist alles okay?«, frage ich daher behutsam.

Ihre grünen Augen landen auf meinem Gesicht.

»Vielen Dank!«, spricht sie fast flüsternd, sodass ich diese Worte durch die Musik kaum verstehen kann. Aber ich kann sie von ihren fülligen, geschwungenen Lippen lesen.

»Nicht dafür.« Eigentlich hätte ich mehr tun müssen, als ihn nur vom Tresen wegzuschubsen. Der Typ wird glauben, es bei der nächsten Gelegenheit erneut versuchen zu können. Vielleicht nicht mehr hier im *Claras*. Aber Möglichkeiten gibt es schließlich zur Genüge. »Aber du hast mir meine Frage nicht beantwortet.«

Ihr verwirrter Blick gleitet zwischen meinen Augen und meinen Lippen hin und her. Als wüsste sie nicht, was genau ich meine.

»Ist alles okay?«, frage ich erneut und zeige mit einer nickenden Geste auf ihr Handgelenk.

»Achso, ja. Na klar. Es ist alles okay«, versichert sie mir. Doch so wirklich abnehmen kann ich es der Unbekannten nicht.

»Du solltest es kühlen.« Ich merke selbst, wie dieser Satz nach einer Bitte klingt.

»Das sollte ich. Aber sag mir erst, was du bekommst.« Ihre Grübchen auf den Wangen schlagen leichte Schatten, die mich animieren, ebenso zu lächeln. Und selbst wenn es nur langsam geschieht, keimt wieder dieses wundervolle Leuchten in ihren Augen auf, das mich ab der ersten Sekunde in den Bann gezogen hat.

»Ich nehme ein Bier, bitte.«

Nachdem sie mir erneut ein kühles Blondes gezapft hat und ich imstande bin, zu bezahlen, legt sie ihre Hand auf meine.

Trotz der abendlichen siebenundzwanzig Grad fühlt sich ihre Haut recht kühl an. Wahrscheinlich der Schock oder die Panik, die der Typ kurzzeitig in ihr ausgelöst hat.

»Geht aufs Haus. Für den Retter in der Not.«

»Wirklich?«

»Wirklich«, besteht sie.

»Dann sollte ich wohl öfter widerwärtigen Typen den Marsch blasen und dir etwas Schutz bieten. Wenn es dafür das Bier aufs Haus gibt«, spaße ich.

»Vielleicht solltest du das, ja. Oder ich eigne mir ein paar Tricks an und beschütze mich zukünftig selbst.« Die Unbekannte lacht und verdammt, ich mag ihr Lachen, das pure Ehrlichkeit widerspiegelt. »Wäre zumindest für Clara die besser Option.«

»Clara?«, hinterfrage ich.

»Meine Chefin. Ich weiß nicht, ob sie deine Rettungsaktionen auf Dauer bezahlen kann.«

Ah, daher der Name dieser Strandbar. Nun ergibt das einen Sinn.

»Das bist du ihr doch sicherlich wert.«

Die Unbekannte zuckt locker mit ihren Schultern. Und während ich mich wieder in ihrem Lächeln verliere, merke ich blöderweise, wie der nächste Gast hinter mir so langsam ungeduldig wird. »Gut, dann hoffentlich bis bald. Und immer schön kühlen.« Fordernd richte ich meinen Zeigefinger auf ihr Handgelenk.

»Werd ich tun. Vielen Dank nochmal.«

Als ich ihr den Rücken zudrehen will, mache ich in letzter Sekunde kehrt. »Apropos, ich bin Josh.«

»Hey, Josh«, erwidert sie lächelnd.

»Hast du auch einen Namen?«

»Den habe ich mit Sicherheit.« Einer ihrer Mundwinkel wandert frech nach oben.

Die süße Provokation in ihren smaragdgrünen Augen verrät, dass sie mir nicht so leicht sagen wird, wie sie heißt und wer sie ist. Die Unbekannte spielt viel lieber mit meinem fragenden Blick. Und ich kann nicht behaupten, dass es mich sonderlich stört, dass sie mir gerade einen Hauch überlegen ist und ich derjenige bin, der zuckend an der Angel hängt. Mal was anderes.

9

Willow

Der heutige Abend zeigt mir erneut, wie sehr ich meinen Job manchmal verfluche. Ich hasse es, wenn das passiert. Wieder ein Besoffener, der nichts Gutes im Sinn hat. Doch dieses Mal eskaliert die Situation völlig. Seine raue Hand legt sich um mein Gelenk und packt immer fester zu. Aufs Neue kann ich nichts gegen diese Macht, die jemand über mich hat, tun.

Ich habe regelmäßig mit unverschämten Flirts zu tun, aber noch nie ist einer so extrem handgreiflich geworden, dass ich Schmerzen davontrage.

»Lass los!« Meine Stimmfarbe verrät meine Angst, und lässt die Worte aus meiner Kehle nur jämmerlich erklingen. Wie naiv zu glauben, ich wäre gegenüber fremden Menschen völlig angstfrei.

»Du unterhältst dich jetzt mit mir, Baby, und sagst mir, was du für ein Problem hast. Werd mal ein bisschen locker!« Sein Atem stößt den säuerlichen Geruch von Bier und Schnaps aus. Dabei ist mir bewusst, dass der meiste Alkohol, der durch sein Blut rinnt, über meinen Tresen ging. Welch Ironie.

»Lass los, habe ich gesagt!«, schießt es erneut aus mir heraus.

Ich weiß nicht genau, warum ich in diesem Augenblick so anfällig bin. Aber die innerliche Panik, die mich nur im Schlaf heimsucht und die meinen Brustkorb durchströmt, kann ich immer beißender spüren. Nicht mehr lang und sie hat mich vollends im Griff.

Es ist nicht er. Er wird es nie wieder sein. Es ist einfach nur ein Besoffener. Es ist nicht der Erste, der aufdringlich wird. Reiß dich zusammen, Will. Wehr dich!

Und doch breitet sich in meiner Kehle ein fürchterliches Engegefühl aus und unterdrückt die Luft in meiner Lunge. Ich merke, wie mein Körper zu zittern beginnt, mir schwindlig und schlecht wird.

Im Augenwinkel sehe ich, wie ein anderer Kerl die Situation beobachtet. Mich durchzuckt die Angst, dass er nur zusehen wird und mich allein der Lage überlässt. Nichts tut. Denn so sind die meisten Menschen.

Umso überraschter und erleichterter bin ich, als das Gegenteil eintritt. Sein sichtlich trainierter Oberkörper, der mit einem weißen Shirt bedeckt ist, spannt sich merklich an. Während ich erneut versuche, mein Handgelenk aus der groben Berührung zu ziehen, ertönt seine kontrollierte, tiefe Stimme. »Lass sie los und nimm deine dreckigen Finger von ihr!«

Doch der Besoffene denkt gar nicht daran. »Was mischst du dich denn da jetzt ein? Verschwinde!«

Ehe ich mich versehe, hat sich die Figur des Fremden zwischen den Betrunkenen und mich geschoben.

»Ich habe gesagt, nimm deine dreckigen Finger von ihr!« Der Unbekannte umgreift im gleichen Atemzug das Handgelenk des Besoffenen, was ihn zwingt, mich endlich loszulassen. Dann packt er den Mistkerl am Kragen seines Hemdes und schubst ihn vom Tresen weg.

»Sieh zu, dass du fortkommst, bevor noch Schlimmeres passiert!« Sein Blick wirkt bedrohlich und dennoch verspüre ich das Gefühl von Sicherheit, wenn ich in die haselnussbraunen Augen des Mannes sehe. Keine Ahnung, woher diese Empfindung kommt. Schließlich kenne ich den Kerl in keiner Weise.

Doch dieses sichere Gefühl entgleitet mir genauso schnell, wie es gekommen ist.

Sobald mich die Hilflosigkeit einholt, welche eigentlich immer nur Ronald in mir hervorbringen konnte, überzieht die panische Reaktion meinen Leib mit einer eisigen Kälte. Genauso wie eben. Ich habe Gänsehaut.

Wie konntest du nur wieder zulassen, dass dir sowas passiert?

Die Gedanken an die Vergangenheit überrennen mich. Es ist, als könnte ich sein Jagdmesser wieder direkt an meiner Kehle spüren.

Innerlich stehe ich neben mir. Gleichzeitig bin ich wütend auf mich und auf die Unfähigkeit, meinen eigenen Körper zu beschützen.

Wie damals erstarre ich und unternehme nichts. Das Einzige, zu dem ich in der Lage bin, ist weiterhin das Gefühl von Panik zu produzieren.

Alles wird gut! Tief einatmen, Will. Tief einatmen.

Dieses Mantra habe ich bisher immer nur nachts benutzen müssen. Ich hasse es, dass mich mein Inneres dazu bringt, es während der Arbeitszeit hervorzukramen. Ich ziehe scharf die Luft ein und wieder aus. Immer und immer wieder.

Der einfühlsame Blick des Fremden holt mich aus meinen angstüberfluteten Gedanken. Sein Braun schwebt auf meinem Gelenk, das ich mit der anderen Hand fest umschließe.

»Vielen Dank!«, murmle ich viel zu leise, als dass er es hören könnte. Ich bin wie benommen.

»Nicht dafür. Aber du hast mir meine Frage nicht beantwortet.«

Mit mir selbst beschäftigt, gleitet mein verwirrter Blick nur zwischen seinen Augen und seinen Lippen hin und her.

»Ist alles okay?« Mit einer nickenden Geste zeigt er auf mein Handgelenk.

»Achso, ja. Na klar. Es ist alles okay.« Ein gespieltes Schmunzeln entgleitet meinen Lippen, das meine Lüge untermalen soll. Denn nichts ist okay. Rein gar nichts.

»Du solltest es kühlen.« Die Augen des Fremden werden schmaler. Sein Blick fordernder.

»Das sollte ich. Aber sag mir erst, was du bekommst.« Mein breites Barkeeperlächeln findet in mein Gesicht zurück. Das A & O in diesem Job.

Sei immer freundlich, und wenn du jemandem etwas schuldig bist, dann sei noch freundlicher.

»Ich nehme ein Bier, bitte.«

Als er für sein Bier bezahlen will, lege ich meine Hand auf seine. Und ich möchte gar nicht leugnen, dass diese Berührung und seine Wärme einen großen Teil meines Unwohlseins vertreiben. »Geht aufs Haus. Das ist das Mindeste.« Darauf bestehe ich.

Für wenige Minuten unterhalten wir uns und ich genieße die einzelnen Worte, die über seine vollen Lippen kommen. Ich mag die Ruhe, die er ausstrahlt, und den Gedanken daran, dass sich wirklich jemand gegen diesen Betrunkenen aufgelehnt hat, statt nur zu- oder wegzusehen. Der fremde Mann vor meinen Augen schien geradewegs mutig und furchtlos zu sein. Seine muskulöse und sympathische Erscheinung unterstreicht das Bild, das ich von ihm habe.

Nach nur wenigen Sätzen drängelt der nächste Gast, was uns beide veranlasst, den Smalltalk hier und jetzt zu beenden.

»Gut, dann hoffentlich bis bald. Und immer schön kühlen«, rät er mir.

»Werd ich tun. Vielen Dank nochmal.«

Als ich mich dem nächsten Gast zuwenden möchte, weil es nun einmal mein Job von mir fordert, dreht sich der Fremde ein letztes Mal zu mir um. »Apropos, ich bin Josh.«

»Hey Josh«, schmunzle ich.

»Hast du auch einen Namen?«, fragend hebt er sein Kinn in die Luft.

Tatsächlich schafft es der Unbekannte erneut, mir ein ehrliches Lachen zu entlocken, das einem Kichern gleicht. »Den habe ich mit Sicherheit.«

Ich versuche, mich auf die nächsten Gäste zu konzentrieren. Aber es scheint mir nie schwerer gefallen zu sein. Die bedrohliche Situation und die damit verbundenen Emotionen überfluten meinen Körper.

Ich danke Josh. Dass er eingegriffen hat, ist keine Selbstverständlichkeit. Viele hätten nur zugesehen und mich diesem Typen überlassen.

Das sage ich, weil ich mir gewisse Vorurteile dahingehend erlauben darf. Damals habe ich zu lange miterlebt, dass Menschen – selbst Leute, die mich kannten – etwas gesehen hatten, das nicht richtig schien. Und doch schritten sie nicht ansatzweise ein. Sie hinterfragten es nicht einmal.

Josh hingegen tat es.

Ich kann froh sein, dass er daneben stand und den lästigen Kerl von mir losbekommen hat. Denn der Griff um mein Handgelenk tat ziemlich weh.

Kleine Äderchen der Wut pulsierten auf Joshs Stirn, als er den abscheulichen Typen packte und ihn vom Tresen wegschubste. Noch rechtzeitig, dass ich den panischen Würgreflex unterdrücken konnte. Er hat es geschafft, die Ruhe zu bewahren, und schien besonnen. Diese Ruhe schwappte vermutlich auf mein zitterndes Gemüt über. Denn, wenn mich solch ein angstergreifender Schub nach meinen Träumen übermannt, entkomme ich sofort der Situation, indem ich mich im Badezimmer einsperre, vor Panik zittere und meine Angst erbreche. Aber dieses Mal stand ich nur da und beobachtete, wie ein fremder Mann für mich die Lage regelte.

Danke Josh. Danke, dass es Menschen gibt, die nicht weg- sehen.

Nach sechs weiteren Bestellungen und einigen Minuten, die zwischen mir und der grauenvollen Situation liegen, atme ich noch immer scharf den Druck in meinen Lungen aus. Dann straffe ich den Oberkörper und schlucke den dicken Kloß in meinem Hals herunter.

Es ist alles gut. Es ist vorbei, Will.

Ich spüre eine sanfte Berührung auf den Schultern, die mich für einen kurzen Moment zusammenzucken lässt.

»Hey, Will. Sorry. Ich wollte dich nicht erschrecken. Aber ich habe vorhin in letzter Sekunde gesehen, was passiert ist. Ist alles okay? Es tut mir leid, dass ich's nicht eher gecheckt habe«, fragt Simon.

Simon und ich sind oft zusammen für den hinteren Bereich der Bar eingeteilt. Während ich Vollzeit hier arbeite, schenkt er nur einige Stunden in der Woche im *Claras* aus. Dennoch ist Simon nicht weniger auf das Geld angewiesen. Seine Eltern zahlen ihm zwar die Wohnung, in der er lebt. Für Essen und seine Freizeitaktivitäten muss er, neben seinem Wirtschaftsstudium, selbst aufkommen.

»Ja, Simon. Alles gut. Ich denke, ich muss mein Handgelenk nur ein wenig kühlen.«

Mit einem verhaltenen Lächeln und seiner schlaksigen Erscheinung lässt er von mir ab, als er sieht, dass es mir einigermaßen gut geht.

»Du hattest Glück, dass der Typ eingegriffen hat.« Das hatte ich. »Möchtest du nach Hause? Ich kann Clara fragen, ob sie deinen Teil der Bar übernimmt.« Die Sorge in seiner Stimme ist kaum zu überhören und es ist nett, mich das zu fragen.

Die Schichten mit Simon sind meine Lieblingsschichten. Er ist unglaublich freundlich, zuvorkommend und hilfsbereit. Ein richtiger Gentleman eben. Aber ich lehne ab und schüttle nachdrücklich mit meinem Kopf. »Schon okay. Ist ja nicht mehr so lang!«

Nach Heimgehen wäre mir allemal. Aber ich bin auf die Stunden und das Geld hier angewiesen. Also ist Heimgehen absolut keine Option. »Und bitte sag Clara nichts davon, okay? Sie macht sich nur unnötige Sorgen.« Ich weiß, was ich da von Simon verlange.

Nachdenklich streift er sich durch sein lockiges Haar. »Ich sag ihr nichts. Versprochen. Aber pass bitte auf dich auf. Das ist nicht das erste Mal, dass ...«

Ich unterbreche ihn, bevor er weitersprechen kann. »Ich weiß. Ich pass auf mich auf, okay?«

Es wird vermutlich auch nicht das letzte Mal gewesen sein, dass ich so einer Situation unterliege. Irgendwie ziehe ich solche Typen unerklärlicherweise an. Aber in Zukunft muss ich wieder die Kontrolle über mich und meinen Körper behalten. Ich kann mich nicht auch noch in meinem Alltag von Panikattacken beherrschen lassen. Das würde mir alles vermasseln.

Die letzten zwei Stunden ziehen sich wie Kaugummi.

Als ich mit einem Lappen über den Tresen wische, sehe ich im Augenwinkel, dass Tammy das *Claras* betritt. Allein. Dabei war sie doch heute mit einer Freundin verabredet.

In ihrem knappen, schwarzen Kleid setzt sie sich auf den letzten freien Stuhl. Reflexartig verstecke ich meine Hände unter dem Tresen und räume alibimäßig die angefangenen Schnapsflaschen hin und her. Ich möchte nicht, dass sie etwas von dem heutigen Abend erfährt und mich auf den Verband anspricht, den mir Simon vor wenigen Minuten zur Stabilisierung angebracht hat.

Ich bemerke, wie sich ihre Mundwinkel leicht nach oben manövrieren. »Hey Wi!«

»Na Tammy, hast du deine Runde schon gedreht? Du bist zeitig.«

Fast jedes Wochenende läuft sie die Lokale am Strand ab. Ihr Abschluss ist dann das *Claras*.

»Schon. Aber bisher war es recht öde. Sarah wollte nach Hause und da dachte ich, ich besuch dich jetzt schon.« Sarah ist eine ihrer Kommilitonin. »Aber weißt du, wen ich hier entdeckt habe?« Tammy weckt eine gewisse Neugier in mir. Was daran liegen kann, dass ihre Stimme dramatisch nach oben hüpft und in einen quirligen Unterton verfällt.

»Wen denn?«, frage ich.

»Timothy.« Tammy wackelt verdächtig mit ihren

Augenbrauen und legt ein übertrieben breites Grinsen in ihr Gesicht. Sie plant doch wieder irgendwas.

»Achso? Ich habe ihn noch nicht gesehen. Bestell ihm liebe Grüße.«

»Mach ich. Ich hab ihn und ein paar seiner Freunde jetzt zu uns nach Hause eingeladen. Spieleabend. Ich hoffe, das ist okay für dich.«

Tammy liebt es, Party- oder Spieleabende zu organisieren. Ich stoppe sie nie in ihrem Tatendrang. Und da über uns seit Monaten keiner weiter wohnt, scheint es sonst niemanden zu stören, wenn schallende Musik aus unserer Wohnung tritt.

»Aber sicher«, zwinkere ich ihr zu. »Ich werde dann sowieso tot ins Bett fallen. Heute war ein anstrengender Abend.« Ich wage es nicht, mehr über die letzten Stunden auszuplaudern. Wenn ich Tammy alles haarklein erzählen würde, würde sie vermutlich völlig ausflippen. Des Öfteren bat sie mich, einen anderen Job anzutreten. Einen Job, der mich vor solchen betrunkenen Aktionen abschirmt. Aber Fakt ist, so viele Möglichkeiten bleiben mir nicht. Und ich sollte lieber dankbar dafür sein, überhaupt irgendwo mein Geld verdienen zu können. Ich habe zwar einen recht guten High-School-Abschluss, aber das war es auch schon. Ich habe nichts erlernt oder jemals ein College besucht.

»Machst du denn noch lang?«, fragt sie mich, während sie ihre schulterlangen Haare zu einem Zopf knotet.

»Nein, ich denke bis halb eins. Simon hat mir

angeboten, heute abzusperren.«

»Simon, du bist genial!«, schreit Tammy über meine Schulter hinweg.

Keine Ahnung, ob er ihre lauten Worte durch die hallende Elektromusik hören kann. Aber vermutlich tut er das. Denn er streckt seinen Daumen in die Höhe und zwinkert Tammy zu.

Innerlich bete ich, dass die Nacht schnell vorbeigehen möge. Ich brauche mein Bett, samt eines ruhigen Schlafs. Ganz dringend!

10

Willow

Ich konnte Simon nicht mit dem Chaos im *Claras* allein lassen. Also haben wir zusammen aufgeräumt und die Bar abgesperrt. Clara, unsere Chefin, saß noch immer in ihrem kleinem Hinterzimmer, um die Abrechnungen zu beenden. Wo sie nur die Energie herbekommt, von früh bis tief in die Nacht zu arbeiten?

Gemeinsam schieben Simon und ich unsere Fahrräder nebeneinander her. Er begleitet mich nach Hause. Genauso wie er es in der Vergangenheit schon oft getan hat. Dass er den kleinen Umweg erneut auf sich nimmt, schätze ich an ihm. Denn ich hasse es, allein in der tiefsten Nacht nach Hause zu fahren oder zu laufen. Mir ist klar, dass deswegen mein nächtlicher Job nicht besonders praktisch ist.

Vor meiner Wohnung angekommen, lege ich das Sicherheitsschloss um den Rahmen meines Fahrrads und bringe es an der Innenseite des Gartenzauns an.

»Da sind wir wieder einmal. Danke, dass du mich

begleitet hast.«

»Immer wieder gern, Will. Eine Frau sollte zu dieser Zeit nicht allein draußen umherfahren.« Lächelnd legt Simon einen Arm um meine Schultern und verabschiedet sich. »Bis morgen.«

Ich habe Simon nie gesagt, wie sehr ich es mag, wenn er mich Will nennt. »Bis Morgen.«

Simon dreht sich ein letztes Mal zu mir um, bevor er seinen Weg nach Hause einschlägt, und reibt sich den Nacken. »Ach, Will?«,

»Ja?«

»Schon bitte deine Hand.« Sein besorgter, grauer Blick trifft meinen. »Und schlaf gut.«

Ich nicke zaghaft. »Mach ich. Schlaf du auch gut, Simon.«

Seiner athletischen Erscheinung sehe ich so lange nach, bis sie in der Dunkelheit verschwindet. Selbst wenn er großartig nichts von mir weiß, ist Simon wohl sowas wie mein Freund. Vielleicht nicht gerade mein bester Freund. Aber jemand, auf den neben Tammy Verlass ist.

Schon während ich die Veranda betrete, umspielen verschiedenste Töne die harmonischen Klänge von *Called Out In The Dark* von *Snow Patro*l. Zum einen höre ich tiefe Männerstimmen. Zum anderen ist Tammys Lachen in diesem Wirrwarr wiederzuerkennen.

Als ich den Knauf unserer Wohnungstür drehe und in den Flur marschiere, ist der stechende Schmerz in meinem Handgelenk nicht annähernd zu ignorieren.

Ein »Autsch!« entgleitet meinen Lippen und reflexartig mustere ich die schmerzende Stelle.

Aber Tammys kreischendes, mitreißendes Gekicher ist einmalig und zaubert mir in diesem Augenblick ein Grinsen ins Gesicht.

Ich lasse meinen Rucksack zu Boden sinken, streife mir meine schwarzen Boots von den Füßen und laufe ins Wohnzimmer. Ich möchte wenigstens so freundlich sein, jeden zu begrüßen, um mich im gleichen Atemzug zu verabschieden.

Manchmal, so auch heute, spüre ich meine Beine kaum. Ich hasse dieses betäubende Gefühl und den stechenden Schmerz in meinen Fußsohlen. Und doch weiß ich, dass ich mich dankbar schätzen sollte, einen halbwegs vernünftigen Job zu haben.

Ein Blick in den Garderobenspiegel zeigt mir das Elend der heutigen Nacht. Die letzten Stunden hängen mir ganz schön nach. Mit der gesunden Hand fahre ich durch meine zerzausten Haare, um die Katastrophe ein wenig zu ordnen. Die Zeit zum Glätten hätte ich mir heute Morgen sparen können. Denn so eine feuchtwarme Nacht kräuselt meine Haare auf furchtbare Weise zu ungleichmäßigen Locken.

Dann folge ich der Musik und laufe ins Wohnzimmer. Tammys blauer Blick legt sich sofort in mein Gesicht. »Wi. Endlich!«

Drei Männer und sie sitzen um unseren Couchtisch herum und spielen eine abgewandelte Version von *Wer bin ich*. Natürlich als Trinkspielvariante – falsch geraten, einmal trinken.

Ihre leicht geröteten Wangen lassen Tammy ein

wenig beschwipst wirken. Kein Wunder, denn vor ihr stehen eine leere Flasche Wein und ein gefülltes Schnapsglas mit unserem Lieblingslikör. Haselnuss.

Es scheint, als wäre Tammy an der Reihe, zu erraten, welchen Namen sie auf der Stirn kleben hat. Aus den wenigen Metern lese ich eine Figur, die mich herzhaft zum Schmunzeln bringt, weil sie meine Freundin nicht besser beschreiben könnte. Zumindest charakterlich.

»Na«, erwidere ich Tammys Begrüßung und lehne mich mit verschränkten Armen in den Türrahmen. Darauf bedacht, meine verbundene Hand in meiner Armbeuge zu verstecken. Sollte mir gelingen, denn ich war schon immer eine Meisterin darin, Schmerzen zu überspielen.

Immer schön lächeln.

»Wi, kannst du mir einen Tipp geben?« Tammy verdreht ihre Augen nach oben, um wenigstens einen Hauch lesen zu können. Trotzdem scheitert sie kläglich. Erwartungsvoll sieht sie zu mir und ich muss nicht lange überlegen, bis mir etwas dazu einfällt.

»Ich sehe ihr optisch etwas ähnlich. Du hingegen bist charakterlich wie ...«, gebe ich ihr als Tipp.

»Anna. Aus *Die Eiskönigin.*«

Ein breites Grinsen umspielt meine Mundwinkel, das ihr zeigen soll, wie recht sie hat.

Der Tipp musste sein, weil wir uns den Film schon zig Mal angesehen haben. Manchmal müssen wir einfach Kind sein, um der Welt zu entkommen. Und immer wieder machen wir Witze darüber, wie ähnlich wir Anna sind. Aber eben nur gemeinsam.

Ich besitze die roten Haare, die feinen Sommersprossen und die helle Haut.

Tammy gleicht der Figur charakterlich. Sie ist mehr gewagt als anmutig, und manchmal handelt sie, bevor sie denkt. Aber sie ist der optimistischste und warmherzigste Mensch, den es gibt. Genau wie Anna. Meine beste Freundin ist mit einer Furchtlosigkeit, einer Gib-nicht-auf-Einstellung und einem Vertrauen in andere bewaffnet. Eigenschaften, die ich vermutlich niemals besitzen werde.

»Ha. Habt ihr das gesehen? Gegen Wi und mich würdet ihr untergehen.« Voller Freude springt meine beste Freundin auf und dreht sich hüpfend im Kreis.

Timothy ist der Nächste, dessen Erscheinung ich wahrnehme. Er wendet sich zu mir, erhebt sich von der Couch und steuert lächelnd auf mich zu. Obwohl wir uns erst ein einziges Mal gesehen haben, umarmt er mich, als wären wir altbekannte Freunde. »Hey, Wi.«

Und es fühlt sich gar nicht so fremd an, wie es sich anfühlen sollte.

Was ist los, Will?

»Hey, Timothy. Alles okay?«, entgegne ich freundlich und noch immer kann ich keinen herablassenden Schnösel an ihm erkennen.

»Alles bestens und bei dir?« Langsam lässt Timothy von mir ab und setzt sich auf seinen Platz zurück.

»Immer«, flunkere ich.

Ich durchleuchte weiter unser Wohnzimmer und stoppe bei einem Mann, schätzungsweise Ende zwanzig, der über seine Nerdbrille hinweg auf mich sieht. Wirkt recht sympathisch, wie ich finde.

Dann fällt mein Rundumblick in ein überraschtes Gesicht, das mir bekannter nicht sein kann. Ich meine, wie könnte ich ihn vergessen?

Für einen Moment erstarre ich. Nicht weil erneute Panik in mir auflodert, sondern weil das Braun in seinen Augen direkt an dem Schloss meiner verschlossenen Seele rüttelt.

Ich wage es kaum zu glauben und doch ist es so real, wie ich hier stehe. Vor mir, und auch noch auf meinem Lieblingsplatz, sitzt Josh. Der Retter in der Not. Ein fremder Mann, der mich in einem schwachen Moment kennengelernt und damit gleichzeitig, auf ungewollte Weise, an Stellenwert gewonnen hat, weil er nicht nur zusah. Einen emotionalen Stellenwert, den ich bis heute allen anderen Menschen, außer Tammy, verwehrte. Aus Selbstschutz und Angst.

Vorhin – zu beschäftigt mit mir selbst – ist mir entgangen, wie gut der Kerl aussieht. So gut, dass er nur mit den Fingern schnipsen müsste, damit ihm die Frauen haufenweise hinterherrennen. Wenn sie es nicht so schon tun. Und ich lege meine Hand dafür ins Feuer, dass er sich dessen bewusst ist. Auf eine einnehmende Art wirkt der Kerl durchaus attraktiv. Selbst auf jemanden wie mich.

Seine Lippen, die kaum perfekter geformt sein könnten, umspielt ein verdächtiges Grinsen, als er checkt, welcher Zufall sich hier abspielt. Ein Dreitagebart bedeckt sein Kinn und legt einen sanften Schatten auf seine Wangen.

Ich mustere den Fremden und beobachte in jenem Moment, wie er sich mit seiner Hand durch sein dunkles Haar fährt.

Das leichte Flattern in meiner Magengrube, das Josh in mir auslöst, ist eine natürliche biologische Reaktion, die ich gekonnt ignorieren kann. Anders sieht es dagegen mit diesem unbestimmbaren Gefühl in meinem Herzen aus. Ein undefinierbares Kribbeln, ein seltsames, sanftes Stechen. Und doch wird mir sofort klar, dass er die Art Mann ist, von der sich jede Frau fernhalten sollte. Emotional. Er ist zu schön, zu einnehmend, zu perfekt.

Ich versuche zu erahnen, was in diesem Moment in Joshs Kopf vor sich geht. Doch es misslingt mir. Und für das Mustern, das soeben stattfindet, haue ich mir gedanklich selbst auf den Hinterkopf.

Man sollte glauben, dass meine Aufregung sekündlich nachlässt. Aber vor ihm zu stehen und diesen fremden Augen unabsichtlich zu erlauben, mich zu durchleuchten, lässt mein Herz in Wirklichkeit bis zum Hals schlagen.

Joshs Blick ruht nach etlichen Sekunden immer noch auf mir, und ich kann beinah körperlich spüren, wie er an mir auf- und abwandert. Langsam. Genüsslich. Als hätte der Typ alle Zeit der Welt für sich beansprucht.

Mit jedem weiteren Moment, der vergeht, beginnt sich Hitze in mir auszubreiten, bis ich das Gefühl habe, ich würde unter Clearwaters Mittagssonne stehen und zerschmelzen.

Aber ich denke nicht daran, mein Selbstbewusstsein in meiner derzeitigen Aufregung zu vergraben. Ich habe es heute schließlich schon einmal verloren. Also werfe ich ein selbstsicheres, kopfnickendes »Hey« in den Raum.

Während der Kerl mit der Nerdbrille meine Begrüßung nickend erwidert, grinst Josh weiterhin nur in seinen Zeigefinger hinein, der wiederholt über sein Kinn streichelt. Seine Grübchen werden tiefer und er zieht nicht einmal jetzt in Erwägung, seinen Blick von mir zu lösen.

Verdammt, wer ist der Typ und was will er hier in unserer Wohnung?

11

Josh

Hätte ich gewusst, dass ich in diesen vier Wänden auf sie treffen würde, hätte ich mich sicherlich nicht gesträubt, Harry, Timothy und seine Bekanntschaft zu begleiten. Wie sehr würde ich mich ärgern, wenn ich die Chance auf dieses Wiedersehen verpasst hätte.

Der Rest unserer Truppe ist schon recht zeitig in das nächste Lokal weitergezogen, während Timothy im *Claras* von einer witzigen Blondine Besuch bekam. Wohl eine Bekannte aus der Uni.

Tammy lud uns direkt zu einem Spieleabend in ihre Wohnung ein. Mein Bruder war hellauf begeistert von der Idee, wohlwissend, wie sehr ich Spieleabende verabscheue. Harry schloss sich ihnen liebend gern an. Ihm kam die Einladung gelegen, denn er mag es heute etwas ruhiger.

Ich hingegen wollte lieber im *Claras* bleiben, die Unbekannte beobachten und sichergehen, dass es ihr an nichts fehlte. So etwas zu tun und mich rückzuversichern, liegt einfach in meiner Art. Aber mein Bruder bestand wieder einmal darauf, dass ich ihn begleite.

Die grobe Berührung des Betrunkenen und die hinterher zerbrechliche Unbekannte vor meinen Augen, das ging mir ganz schön unter die Haut und nicht mehr aus dem Kopf. Folglich konnte ich nur mit schlechtem Gewissen das *Claras* verlassen.

Aber, wie es das Leben anscheinend will, steht die Schöne hier, direkt vor mir. Mit einem Selbstbewusstsein, das mir den Speichel im Mund vertreibt. Ihre Erscheinung widerspiegelt nicht annähernd die eingeschüchterte Frau hinter der Bar.

Ihr Körper gleicht dem einer sanften Ballerina und doch strahlt er eine immense Stärke aus, die Wi nur interessanter für mich macht. Sie wirkt in diesem Augenblick wie eine majestätische Löwin, die genau weiß, dass ihr nichts und niemand etwas anhaben kann. Und hätte ich die übergriffige Situation heute Abend nicht selbst miterlebt, würde ich ihr diese Haltung auch vollends abnehmen und nicht glauben, dass ihr jemand etwas tun könnte.

Dass bedeutet nicht, dass sie mir wie ein Püppchen vorkommt, das auf Hilfe angewiesen ist. Ganz im Gegenteil. Aber es gibt trotzdem immer etwas im Leben, das einem für einen kurzen Moment eine verfluchte Angst einjagt. Einen bedrohlichen Moment, der fremde Hilfe einfordert. Das heißt nicht, dass man schwach ist, nur weil man der Situation für wenige Sekunden allein unterliegt.

Auch mich überkommt in seltenen Fällen eine

gewisse Furcht. Meine Angst ist es, nicht für jemanden da sein zu können, der tatsächlich meine Hilfe braucht. Dabei ist es egal, ob ich die Person kenne – emotional mit ihr verbunden bin – oder nicht. Vermutlich deswegen mein übertriebener Beschützerinstinkt wie am heutigen Abend.

Grundlegend glaube ich nicht an das Schicksal. Doch im Augenblick vermute ich stark, dass Wi und ich uns öfter über den Weg laufen sollen. Nur warum?

Mir mag der Sinn dahinter verborgen bleiben, dennoch ist es erstmal recht schön, ihren Namen zu kennen. Wenigstens einen Teil davon. Ich kann mir nicht vorstellen, dass sie wirklich nur Wi heißt. Aber selbst wenn es ein Spitzname ist, passt er zu ihr.

Ich mag die roten Haare, die sich am Ende mancher Strähnen zu sprunghaften Locken formen und sich über ihre kleinen und doch kurvigen Brüste legen. Verbunden mit den smaragdgrünen Augen, die in ihrem Gesicht funkeln, ist Wis Erscheinung ein absolutes Highlight.

Wie sie im Türrahmen steht, in ihrem schlichten und doch so heißen Outfit, lässt mich ziemlich unanständige Gedanken entwickeln, die ich lieber kleinhalten sollte. Bevor sich an manchen Stellen etwas regt, die besser keine Aufmerksamkeit auf sich ziehen.

Und doch kann ich es nicht lassen, Wi anzusehen. Mein Blick beißt sich an ihren Lippen fest. Sie sind voll und genauso natürlich, wie ich sie in Erinnerung habe. Allein mir vorzustellen, wie sie schmecken, bringt alles in mir auf Hochtouren.

Keine Ahnung, wann ich mal eine so geheimnisvolle und schöne Frau gesehen habe. Eine Frau, die gleichzeitig stark und so hauchzart wirkt. Die allein durch ihren Anblick sämtliche Gefühlsregungen in mir aufleben lässt, die ich eigentlich tief in mir vergraben habe. Und das, obwohl ich sie kaum kenne.

Ich schmunzle, streichle mein Kinn und verziehe meinen Mund zu einem schiefen Lächeln, als ich für wenige Sekunden diese reizvollen Gefühle und Gedanken einfach mal zulasse.

Josh, du bist eindeutig untervögelt, wenn du gerade so auf die Frau abgehst.

Es ist doch schlicht und einfach seltsam, dass mein Bruder sie schon kennt, während ich mich die ganze Zeit gefragt habe, wer genau sie ist. Timmy ist eigentlich keiner, der so schnell Freundschaften schließt. Vor allem nicht mit Frauen. Eine Eigenschaft, die wir zu gern teilen. Und doch sitzen wir hier wegen ihm. Oder besser gesagt: Dank ihm!

Timothy nahm Wi zur Begrüßung in seine Arme, was Seltenheitswert hat. Dass ich mich frage, ob er Interesse an ihr hat, lässt sich somit nicht verhindern.

»Wi, du hast gesagt, du machst nur bis halb eins.« Tammy dreht die Uhr an ihrem Handgelenk in die richtige Position. »Wir haben es kurz nach halb zwei«, stellt sie verwundert fest.

»Ich konnte Simon nicht allein mit dem ganzen Chaos lassen. Ich habe ihm ein wenig geholfen.«

Mein Blick wandert zu ihrer Hand, die Wi gekonnt in ihrer Armbeuge versteckt. Darf keiner von heute

Abend erfahren oder warum tut sie das?

»Du bist zu gut. Hat er dich wieder heimgebracht?«

»Hat er«, erwidert sie.

Ihr entgleitet ein zartes Schmunzeln, das ich nicht unbedingt deuten kann.

»So ein Gentleman. Simon ist der Beste.«

Simon? Wer ist dieser Simon denn überhaupt?

»Das ist er. Aber wie dem auch sei. Ich wünsche euch noch einen schönen Abend. Ich brauche mein Bett.«

Ein eigenartiges Gefühl durchströmt meinen Körper, als Wi gehen will. Ich würde sie gern in ihrer Entscheidung umstimmen, sie näher kennenlernen. Aber nach so einem Abend kann ich gut verstehen, dass sie ihre Ruhe braucht.

Doch mein Bruder sieht das Ganze völlig anders und hindert Wi am Gehen. »Nein. Nein. Nein. Das wäre ja mehr als unfair.«

»Wie meinst du das?«, hinterfragt Wi und zieht dabei ihre kleine Nase kraus. Noch immer steht sie in verschränkter Haltung im Türrahmen.

»Du bist mit deiner verräterischen Aktion ins Spiel eingestiegen, Wi.« Timmy hebt seinen Zeigefinger in die Luft und starrt sie fordernd an.

»Was? Nein.« Wi schüttelt entschieden mit dem Kopf.

»Aber sowas von. Hast du etwa Angst, dass ihr Mädels gemeinsam gegen uns verlieren könntet oder was ist los?« Timothy grinst frech und versucht, die schöne Erscheinung herauszufordern. Und wenn sie nur ein klein bisschen so tickt wie ich, wird es klappen. Und genau das tut es.

»Das wir verlieren?«, zischt sie.

Ich kann mir mein Grinsen nicht mehr verkneifen. Und, dass Timothy sie so langsam am Haken hat, macht die Situation nur amüsanter. Für mich und Harry ist es ein ungewohntes Bild, wie Timmy sich soeben verhält. Es liegt einfach nicht in seiner Art, Frauen zum Bleiben zu bewegen. Die zweite der wenigen Charaktereigenschaft, die wir miteinander teilen. Mein Bruder macht sich nicht die Mühe, Frauen zu irgendetwas zu überreden. Mir hingegen kommt dieser kurzweilige Sinneswandel ziemlich gelegen. Mir gefällt seine herausfordernde Art.

»Es sieht ganz danach aus, als hättest du Angst, in den tiefen Abgrund des Verlierens zu fallen.«

»Das können wir nicht zulassen«, mischt sich Tammy ins Wortgefecht und heizt die Situation damit ein bisschen mehr an.

Und dann erscheint eine Mimik in diesem porzellanähnlichen Gesicht, die entschlossen wirkt. »Gebt mir ein paar Minuten. Ich zieh mir wenigstens etwas anderes an und dir danach die Hosen aus, Timothy. Nur um dich in den tiefen Abgrund des Verlierens zu stoßen. Versprochen.«

Mit einem selbstsicheren Lächeln macht Wi auf der Türschwelle kehrt und verschwindet leichtfüßig im angrenzenden Flur.

Damit ist eins absolut sicher. Die Frau hat was. Nämlich meine ganze Aufmerksamkeit.

12

Josh

»Verdammt. T-u-t mir leid«, kichert Tammy, als sie mir ihren Wein über die Hose schüttet.

Reflexartig springt sie auf, eilt in die Küche und wirft mir eine Küchenrolle zu. Doch die hilft nur bedingt, denn die nassen Flecken und das klebrige Gefühl auf der Haut bleiben.

Harry und Timothy begießen sich vor Lachen, was mich nur knurriger stimmt.

Es war sicherlich ein Versehen. Aber Tammy ist langsam recht beschwipst, was ich klar aus ihren lallenden Worten heraushören kann. Und trotzdem möchte sie den Abend weiterlaufen lassen.

Bevor die nächste Runde dieses irrsinnigen Spiels beginnt, will ich mir wenigstens das Gesöff abwaschen, ohne mit diesem penetranten Gefühl auf der Haut für die kommenden Stunden leben zu müssen.

»Tammy, wo ist das Badezimmer?«, frage ich und versuche, mir nicht anmerken zu lassen, wie genervt ich bin. Ein Teil des Weins ist auf der unpraktischsten

Stelle gelandet. Es sieht so aus, als hätte ich mich eingepisst.

»Du gehst rechts. Dann die zweite Tür links.« Mit ihrer Hand zeigt sie in die Richtung, in die auch die schöne Rothaarige verschwunden ist. »Nochmal, tut mir echt leid.«

»Passiert.« Ich setze mein lockeres Lächeln auf, das ich so einigen Frauen bereits vorgespielt habe.

Es soll ja Männer geben, die betrunkene Frauen heiß finden. Wahrscheinlich weil der Großteil dadurch offener wird. Mich hingegen turnen sie total ab. Ich kann es weder leiden, wenn sie lallend vor mir sitzen, noch wenn sie nicht vernünftig geradeaus laufen können.

Ich erhebe mich von der Couch und peile den beschrieben Weg an.

Die erste Tür, an der ich vorbeikomme, gehört bestimmt Wi. Das Badezimmer nebenan ist kaum zu verfehlen. Denn ein altmodisch schwarzes Schild mit dem weißen Schriftzug *Bath* verziert die Holztür.

Als ich sie öffne, über die kleine Bodenschwelle trete und den Blick erhebe, erstarre ich. Ungewollt reißen meine Augen auf, meine Kinnlade fällt und ich verliere damit vollends die Kontrolle über mein Gesicht – ein fremdes Verhalten meinerseits.

Wi kämmt sich in diesem Moment ihre auffälligen langen Haare. Doch das ist nicht das, was mich regungslos in der Tür stehen lässt. Ihren Körper umhüllt lediglich ein rotes Handtuch, das nur knapp über ihren Po reicht. Damit zeigt sie mir unbewusst das vollständige Ausmaß ihrer langen Beine.

Mein Atem geht schneller und in mir regt sich im Moment so einiges.

Fuck ... diese Frau dürfte nicht so verflucht schön sein ...

Bei diesem Anblick vergisst man schon einmal den Grund, weshalb man eigentlich hier rein wollte.

Gelassen, ihre Haarbürste noch immer fest umschlossen, dreht sich die Schönheit zu mir.

Ich kann nicht fassen, dass ich wieder in so einer misslichen Situation feststecke. Vor ungefähr drei Jahren überraschte ich eine halbnackte Frau, die in einer Umkleidekabine eines Modegeschäfts dabei war, sich wieder anzuziehen. Bis heute hallt ihr Schrei, der mir fast einen Tinnitus bescherte, noch immer in meinem Ohr nach. Ich hab nicht die geringste Ahnung, weshalb die meisten Frauen so übertrieben reagieren. Fehlt es ihnen an Selbstbewusstsein oder ist es vielleicht ein weibliches Gen, das in solchen Situationen zur Hysterie neigt?

Deswegen rechne ich im Augenblick mit allem. Warte bereits darauf, dass sich Wis entspannter Gesichtsausdruck in pure Wut wandelt. Dass sie Gegenstände in meine Richtung wirft, um mich aus dem Bad zu jagen oder dass sie einfach nur explosiv drauflosschreit.

Aber hier und jetzt passiert nicht annähernd das, was sich die letzten Momente in meinem Kopf zusammengebraut hat. Wi sieht mich einfach nur an. Und mit jeder Sekunde, die vergeht, spüre ich heftiger, wie nervös ich werde. Unwissend, was kommen wird.

Dann löst sich endlich ihr Schweigen, was mich eigentlich aus meiner Bewegungslosigkeit holen sollte. »Was ist los? Willst du nicht reinkommen oder warum stehst du mitten in der Tür und starrst mich an?« Ihre Stimme klingt ruhig, wirkt weder überrascht noch ungezügelt.

Meine hingegen stockt und verstummt mit jedem Augenblick, den sie genau so vor mir steht. Eigentlich bin ich zu selbstsicher, als dass mich der Anblick oder die Art und Weise, wie sie mit der Situation umgeht, aus der Bahn hauen könnte. Und doch stehe ich vor dieser Schönheit wie ein schüchterner Trottel und bekomme kein Wort über meine Lippen.

Ich höre, wie sich mein Geist über mich kaputtlacht, während sich mein Körper langsam fragt, was eigentlich los ist.

»Josh? Alles okay?« Fragend funkeln mich ihre grünen Augen an.

Warum bringt dich die Situation so aus der Fassung? Sie ist nicht die Erste, die du fast nackt siehst. Du hast bereits viel weniger an einer Frau gesehen. Frauen ohne Handtuch. Richtig nackte Frauen. Jetzt red schon, bevor sie dich für eigenartig hält und du jemanden darstellst, der du gar nicht bist!

»Sorry. Es war nicht abgesperrt.« Ohne nur einen einzigen Moment den Blick von ihrem verdammt heißen Körper zu lösen, werfe ich den Daumen über die Schulter und zeige auf die Tür.

»Ist es nie. Es gab noch nie einen Schlüssel für das Badezimmer«, erklärt sie schulterzuckend.

»Nicht?«, frage ich überrascht.

Wi schüttelt verneinend ihren Kopf.

»Okay, gut zu wissen. Dann warte ich draußen. Gib Bescheid, wenn du fertig bist.«

Als ich mich umdrehen will, stoppt mich der zarte Klang ihrer unbeschwerten Stimme.

»Du musst nicht warten. Zieh die Tür ran und tu, was du ursprünglich hier drin tun wolltest«, erwidert sie mit fremder Gelassenheit, die ich nie zuvor an einer Frau wahrgenommen habe.

»Ich wollte mich nur mal eben ...«, spreche ich und werde von ihrem musternden Blicken unterbrochen. Sie fixiert meinem Oberkörper und schwebt mit ihrem Blick hinunter zu der nassen Stelle auf meiner Hose.

»Kann es sein, dass du dafür etwas zu spät bist? Du bist nass. Da unten.« Wi hält sich ihre Hand vor den Mund und kichert unaufhaltsam drauflos.

»Was? Nein!«, entgegne ich schnell. »Deine betrunkene Mitbewohnerin hat mir ihr süßes Gesöff drübergekippt.«

»Aber sicher. Das würde ich jetzt auch behaupten«, stichelt sie.

Bekommt Wi da gerade einen Lachanfall?

Wer weiß schon, warum, und auch wenn es auf meine Kosten geht, mag ich ihr freies, ungehemmtes Lachen. Ein Lachen, das nachwirkt und pure Ehrlichkeit ausstrahlt.

»Die Situation hier ist unglaublich komisch.« Ein leises Grunzen überfährt ihre Lippen, das sie mit ihrer Hand sofort ersticken will. Ich aber finde es ganz schön süß.

»Ist es das, ja?« Ich ziehe die Tür hinter mir zu, lehne mich gegen sie und verschränke die Arme vor meiner Brust. Ich lasse Wi weiter ungeniert auf meine Hose starren, nur um erneut ihr Lachen zu hören. Dabei schmunzle ich selbst über diese doppeldeutige Situation.

»Schon. Ziemlich«, kontert sie. »Aber tu das. Wasch deine Flecken raus. Tammy ist immer etwas ungeschickt, sobald sie einen Schluck Alkohol getrunken hat.«

Dass unsere lockere Begegnung so ungehemmt und vertraut verläuft, als würden wir uns schon eine Weile kennen, gefällt mir und lässt mich absolute Lässigkeit verspüren. Außerdem finde ich eben zu meiner wahren Männlichkeit zurück, was mir in dieser Situation nur zugutekommt.

»Was du nicht sagst.«

Mit wenigen Schritten nähere ich mich Wi, die sich soeben ihrem Spiegelbild zuwendet und ihre Haare zu einem wild zusammengebundenen Zopf fesselt.

»Hier oben befinden sich die Lappen.« Wi zieht die Tür des Schranks, der sich unter dem Waschbecken befindet, auf. »Hier unten haben wir so einen speziellen Fleckenlöser. Versuchs damit.« Entschieden drückt sie mir die runde Pulverdose in die Hand. »Doch klau mir nicht allzu lange das Wasser.«

Klau mir nicht allzu lang das Wasser? Was soll das bedeuten?

Als würde Wi die durchsichtigen Fragezeichen über meinem Kopf erkennen, reagiert sie. »Ich hüpf schnell unter die Dusche, und sobald ein Wasserhahn zusätzlich läuft, tröpfelt die Brause nur kläglich vor sich hin.«

»Du gehst jetzt duschen? Nackt?« Und erneut verschwindet ein Ansatz meiner eigentlich standhaften Männlichkeit. Eine Männlichkeit, die noch nie eine Frau ins Wanken brachte.

»Ich weiß ja nicht, wie du das machst. Aber die meisten Menschen duschen tatsächlich nackt«, spricht sie trocken. »Und Menschen wie ich müssen sich nach so einer Schicht mal kurz abkühlen.«

»Und du bist dir sicher, dass ich nicht lieber draußen warten soll, bis das passiert ist?«

Kam die Frage wirklich aus meinem Mund? Was will ich bitte draußen, wenn Wi in wenigen Sekunden hier nackt rumhüpfen wird? Ich und mein dämlicher Anstand.

»Tu mal nicht so«, seufzt Wi und verdreht dabei ihre Augen. »Wir wissen beide, dass du nicht sonderlich verklemmt oder zurückhaltend sein kannst. Also benimm dich auch nicht so.«

»Ach, meinst du?« Eine meiner Augenbrauen zieht sich merklich in die Höhe.

»Josh, man sieht dir deine Offenheit regelrecht an. Sie springt einem ja förmlich ins Gesicht.«

Ich bin keineswegs verklemmt, obwohl man es soeben annehmen könnte. Aber nur, weil Wi mich mit dieser Unerschütterlichkeit so ziemlich aus der Bahn wirft und ich einen Hauch Anstand besitze, ihr nicht in diesem Augenblick das Handtuch vom Körper zu reißen. »Sieht man das, ja?«

»Schau doch mal in den Spiegel«, erwidert Wi und zeigt mit einer nickenden Geste auf mein Ebenbild. Unaufgefordert komme ich dem nach. »Du weißt, dass du gut aussiehst. Und du weißt deinen Charme sicherlich auch einzusetzen. Also musst du nicht so tun, als wäre das hier eine absolut neue Situation für dich. Fühl dich frei zu tun, was du möchtest. Geh raus und warte oder bleib hier drin und rubble dir deinen Weinfleck aus dem Schritt.« Provokant setzt Wi den Weinfleck in händisch gezeigte Anführungszeichen.

»Du flehst ja regelrecht darum, dass ich bleibe.« Ein lüsternes Grinsen zeichnet mein Gesicht. »Also bleibe ich sehr gerne.«

»Bilde dir ja nichts darauf ein«, stichelt Wi. Dabei verdreht sie theatralisch ihre Augen.

»Tu ich aber«, erwidere ich ehrlich. »Da soll mal jemand meinen, alle Frauen sind auf gewisse Art und Weise prüde und mit Hemmungen belegt. Das scheint bei dir ja nicht der Fall zu sein. Denn wäre es nicht faktisch eine normale Reaktion mich mit allem, was du findest, aus dem Bad zu jagen?«

»Dich aus dem Bad zu jagen?« Nachdenklich legt Wi ihren Zeigefinger ans Kinn.

»Ich meine, so wie du vor mir stehst, könnte ich auf falsche Gedanken kommen. Es bedarf nur eines Griffs, um dir das dünne Stück Stoff da runterzuziehen«, räuspere ich mich, sehe an ihr auf und ab. Ungewollterweise verliere ich mich ein bisschen in diesem Gedanken.

Unbeeindruckt dreht sich Wi zu mir und verzieht

kaltschnäuzig ihre Augenbraue. »Und was erhoffst du dir dann davon?«

»Wer weiß!? Vielleicht, dass du dich splitterfasernackt um meinen Hals wirfst?« Lässig zucke ich mit meinen Schultern und verziehe den Mund zu einem lüsternen Grinsen.

»Oh mein Gott. Ernsthaft? Da musst du dir wirklich was anderes einfallen lassen.« Wi kneift ungerührt ihre Augen zusammen. Doch meine lüsterne Mimik verschwindet in keiner Weise. »Und keine Ahnung. Vielleicht wäre es faktisch normal, dich aus dem Raum zu jagen. Aber du solltest wissen, dass ich nicht normal bin.« Nicht normal? »Das meine ich nicht auf eine spannende und geheimnisvolle Art, Josh. Von Frauen wie mir lässt man lieber seine Finger. Man rührt sie nicht an. Außerdem ist das, was du sehen könntest, mehr als belanglos. Nichts, was jemand wie du nicht auch woanders viel leichter bekommen könnte. Meinen Körper also freizulegen, lohnt sich auf so viele Weisen nicht.« Dann grinst Wi erneut. »Und ich werde mich dir sicherlich nicht um den Hals werfen. Da fehlt mir einfach das Interesse.«

Wow. Das nenne ich mal Ehrlichkeit. Wo ist die verschreckte Frau von vor wenigen Stunden geblieben? Die, die ich vor dem ekelhaften Typen beschützt habe? Die, die auf Hilfe angewiesen war?

»Jemand wie ich?«, ist das einzige, was ich gewillt bin, zu hinterfragen.

»Jemand wie du, ganz richtig.«

»Und nicht normal? Was genau soll das heißen?«

Verwundert lege ich meinen Kopf schief.

»Ich wäre gern normal und einfach gestrickt. Glaub mir. Aber ich bin es nun mal nicht.«

Ich lass die Aussage mal so im Raum stehen. Aber, falls Wi glaubt, dass mich das abschreckt und mein Interesse an ihr abflacht, hat sie sich geschnitten. Denn das Gegenteil geschieht.

»Und gibt es noch etwas oder belässt du es dabei?«, will ich abschließend wissen.

»Du bekommst noch etwas, denn das ist wohl die wichtigste Tatsache.«

»Jetzt bin ich aber gespannt.« Ich verschränke wieder die Arme vor meiner Brust und warte ab, was Wi zu sagen hat. Selbstsicher sehe ich in ihr Gesicht und noch nie gab es eine Frau in meinem Leben, die diesem Blick standhalten konnte. Bis jetzt.

»Sollte sich dennoch ein unanständiger Gedanke in dir aufbauen, obwohl du weißt, dass man sich auf jemanden wie mich nicht annähernd einlassen sollte, wirst du ihn schleunigst beiseiteschieben müssen. Denn dieser Gedanke – ich sehe ihn dir an, wie du ihn in deinem Kopf bereits erlebst – wird ein Gedanke bleiben und niemals in Erfüllung gehen.«

Obwohl Wi diesen Satz mit absoluter Abgeklärtheit über ihre Lippen gleiten lässt, spüre ich, wie ihr Grün auf mein Braun trifft. Wie diese besondere Farbe versucht, mich zu kontrollieren. Wie ihre Lippen beben und ihre Augen mein Gesicht fixieren.

Mein Puls hämmert sich durch meinen ganzen Körper, während mein Herz einen Salto schlägt. Und

Fuck, bei uns knistert es im Augenblick gewaltig.

»Niemals! Hast du verstanden, Josh?« Ich höre, wie sie auf diese Entschiedenheit pocht. Wie sie mir ihre Bestimmtheit eintrichtern will. Mit allen Mitteln, die sie besitzt. Und verflucht, ihre Mittel sind verdammt sexy und verboten heiß. Diese Tatsache bewirkt genau das Gegenteil dessen, was sie versucht. Nämlich meine Gedanken ihr gegenüber im Zaum zu halten.

»Sicher? Ich meine, es scheint einen Grund zu geben, warum wir uns die letzten Stunden mehrmals über den Weg gelaufen sind. So ganz zufällig.« Einer meiner Mundwinkel tanzt provokant in die Höhe.

Also ich glaube ja fest daran, dass sie meine bittersüße Erlösung sein wird.

Anhand ihres Musterns erkenne ich, dass Wi alles andere als abgeneigt von mir ist. Wie den meisten gefalle ich ihr. Und ich will nicht mal ein Geheimnis daraus machen, dass sie mir ebenso gefällt. Viel zu gut, als dass ich von ihr ablassen könnte.

Diese tiefe Spannung zwischen uns spüre ich deutlich und Wi würde lügen, wenn sie behaupten würde, ihr ergehe es nicht ebenso. Also warum soll nichts zwischen uns passieren?

Alles an Wi schreit nach einem riesengroßen Abenteuer, das man einfach erleben muss. Weil man sonst eine Lawine voller Lust, verbunden mit einem gewissen Kick, verpassen würde.

Außerdem wirkt Wi auf mich nicht gerade wie eine Frau, die sich fest binden möchte. Obwohl ich es vor wenigen Tagen, auf der Party, vermutet habe, bin ich umso erleichterter, wie lässig sie ist. Und dieser freilebende Gedanke reizt mich total. Vielleicht ist jemand wie sie genau das, was ich suche und brauche.

Etwas Heißes, ganz Unkompliziertes und Einfaches. Eine Frau, die es wert ist, meine enthaltsame Einstellung der letzten Wochen zu brechen, weil sie mir nicht am Hals hängen wird wie eine stechende Klette. Eben eine Frau, die mich nicht gedanklich schon vor den Traualtar zerrt, nur weil wir einmal weitergegangen sind. Und ja, ich will mit der schönen Rothaarigen weitergehen und sie spüren. Hören, wie sie meinen Namen stöhnt.

»Absolut sicher.« Bilde ich mir das ein? Oder höre ich eine gewisse Unsicherheit heraus, die sich in diese zwei Wörtchen schleicht. »Und, warum du mir heute mehrere Male über den Weg gelaufen bist, werden wir noch rausfinden.«

»Du bist ziemlich schonungslos, Wi.«

»Warum die Wahrheit vorenthalten, wenn man sich die wertvolle Zeit auch einfach sparen kann. Ich mags eben schonungslos heraus. Denn nur so ist es ehrlich.«

»Du magst es also schonungslos und ehrlich, ja?«

»Dann weiß man sofort, woran man ist.«

Ich grinse bis über beide Ohren und bin bereit, einer himmlisch süßen Versuchung nachzugehen. Damit sie gleich weiß, woran sie bei mir ist.

Frei heraus, schonungslos und ehrlich kannst du sehr gern haben.

»Was grinst du da so?«, fragt Wi.

Entschlossen erwidere ich ihren kritischen Blick

und ziehe sie eigenmächtig dicht an mich. Damit reiße ich sie aus ihrer distanzierten Formation, die mich auf Abstand halten sollte.

Auf meiner Haut spüre ich, wie ihr Atem kurzzeitig stockt, während meiner gleichmäßig und energisch über die Lippen gleitet. Unsere Augen verkeilen sich ineinander.

Wis Gesicht zeigt mir, dass sie nicht mit meiner Art der schonungslosen Wahrheit gerechnet hat.

Ich lege meine Hand locker um ihr Gesicht und lasse ihr dabei genug Raum, um zurückzuweichen, falls es ihr unangenehm ist und ich mich in meiner Annahme täusche.

Und dennoch, die wenigen Stunden unseres Kennens reichen aus, dass sich ihr Körper verselbstständigt und sich immer enger an meinen presst. Vielleicht sogar bedenkenlos greift Wi in mein Shirt hinein, was mir Gewissheit schenkt, dass sie genau weiß, was ich vorhabe. Dass sie es vermutlich, auch wenn sie es nicht aussprechen würde, genauso will. Denn Wi fixiert meine Lippen wie ich ihre. Ich verfolge jede Bewegung ihres Mundes wie ein Süchtiger, nur um aus ihm lesen zu können, wie sie reagieren wird.

Mit absoluter Sicherheit spürt die Schöne, dass ich gerade hart werde, und was noch viel verlockender ist: Sie schreckt davor nicht einmal zurück. Und Gott im Himmel steh mir bei, die Kontrolle zu behalten und ihr nicht dieses dünne Stück Stoff einfach vom Leib zu reißen, sie an ihren Hüften zu packen und etwas mit ihr anzustellen, dass unser beider Untergang sein wird.

Wohlwissend, dass sie jede Tat von mir ins kleinste Detail beobachtet, streiche ich ihr eine Strähne aus dem Gesicht, bevor beide Hände es wieder so sachte umgreifen, als wäre alles an Wi aus Porzellan.

Und selbst wenn ich soeben riskiere, eine geballert zu bekommen, nähere ich mich ihrem holprigen Atem und küsse sie. Nicht wild, nur teilweise getrieben von einem Drang, weiterzugehen. Bestimmend und einfordernd.

Bevor sich unsere Lippen berührten, hatte ich einen festen Plan: Die Frau vor meinen Augen in ihrer Entscheidung umstimmen und sie nicht von der Leine lassen, bis mir das gelungen ist. So wie es jede Frau auch vor ihr tat, soll Wi meine Lust einfordern.

Wi sollte spüren, was sie verpasst, wenn sie weiterhin auf ihrer Meinung beharrt und sich nicht auf das, was wir haben könnten, einlässt.

Nur entwickelt sich in meinem Kopf gerade etwas, das ich mit aller Macht versuche abzuwehren, weil es meinen kompletten Plan umwirft. Mit jeder Sekunde, in der meine Lippen auf ihren liegen, glaube ich, dass ich derjenige bin, der am Haken hängt. Der weiß, was er verpassen wird, wenn Wi sich nicht auf mich einlässt.

Ihre Lippen schmecken nach allem, was ich mir an einer so perfekten Frau jemals ausgemalt habe. Fruchtig mit einem bittersüßen Beigeschmack von mehr. Und dieser Geschmack, dieses Gefühl in meiner Magengrube wird mir zum Verhängnis. Denn ich will sie unbedingt und vermutlich mehr, als sie mich will. Und das nach wenigen Stunden des Kennens.

Nur Sekunden vergehen, bis Wi sich dem Kuss langsam entzieht und ihr Lächeln meine Lippen streift. »Sowas zieht bei mir nicht, Josh.« Es klingt wie ein Flüstern und ist doch so laut, dass man es kaum überhören kann.

Nur widerwillig entferne ich mein Gesicht von ihrem und bringe wenige Zentimeter Abstand zwischen uns.

»Was zieht dann bei dir?«, raune ich erregt.

»Ist doch irrelevant.«

»Du gibst nichts von dir preis, oder?« Ich sehe in ihre Augen und versuche, irgendetwas zu erkennen, mit dem ich etwas anfangen kann. Ein Gefühl, einen Willen, eine Lust. Irgendwas. Doch jede Kleinigkeit bleibt mir verwehrt.

»Ich bin 23 Jahre alt, Sternzeichen Löwe und arbeite in einer Strandbar am *Clearwater Beach*.«

Damit gebe ich mich auf Dauer längst nicht zufrieden. »Immerhin etwas.«

Unter meinen Händen, die weiterhin auf ihren Wangen liegen, spüre ich deutlich die tiefen Grübchen, die sich formen. Wi lächelt und ich tue es ihr gleich.

»Josh?«, raunt sie.

»Mhm?«

»Es scheint, als wärst du dir gerade mehr als sicher, dass ich dir jetzt keine klatschen würde. Obwohl es praktisch eine normale Reaktion einer halbnackten Frau wäre, die von einem Fremden unerwarteterweise im eigenen Badezimmer geküsst wird.«

»Ich bin mir nicht sicher. Nur nehme ich dich beim Wort, wenn du mir sagst, dass du nicht normal bist. Ich gehe nur einer bittersüßen Vermutung nach.«

»Die da wäre?« Langsam löst sich Wis fester Griff von meinem Shirt.

»Dass man bei dir alles über Bord werfen sollte, was man glaubt zu wissen, und es völlig neu angehen muss.«

»Das grenzt an gewissem Wahnsinn. Findest du nicht?« Will schüttelt ungläubig den Kopf.

»Gut möglich.«

»Aber irgendwie war das auch recht mutig, Josh.«

»Ich weiß. Mut liegt in meiner Natur.«

»Sicher, dass dir das nicht zu Kopf steigt? Ich meine, ist dir nicht in den Sinn gekommen, dass ich vielleicht einen Freund haben könnte, der gleich zur Tür reinstürmt und dir eine mitgibt?« Wi grinst provozierend.

»Gibt es denn einen Freund, der gleich reinstürmen könnte?« Diese Worte auszusprechen und sie nach einer Beziehung zu fragen, fühlt sich an wie die reinste Quälerei. Denn das würde alles, was ich die letzten Minuten über Wi geglaubt habe, zunichtemachen. Doch noch schlimmer: Der Gedanke daran, dass sie einen festen Freund haben könnte, würde meine wunderschöne Seifenblase platzen lassen.

Wi lächelt auf meine Frage hin, legt fast unauffällig ihren Kopf schief. Für einen kurzen Moment glaube ich, dass ich keine Antwort darauf bekommen werde.

Doch dann dieses erlösende Wörtchen, das alles in mir in Ektase versetzt. »Nein.«

»Das ist gut«, erwidere ich und versuche dabei, nicht so erleichtert zu klingen.

Wi löst sich gänzlich von mir und gibt mir nicht annähernd die Chance, sie wieder an mich zu ziehen. Sie geht auf Abstand und widmet sich ihrem Handgelenk, das von einem Verband stabilisiert wird. »Du solltest jetzt tun, was du hier drin tun wolltest. Ignoriere, was gerade passiert ist, und dass ich da bin.«

Was ich tun wollte? Was glaubt sie denn, was ich jetzt gern tun will?

Du stehst nur mit einem dünnen Stück Stoff vor mir, welches ich mit Leichtigkeit an einem Ende runterziehen könnte, um deinen Körper vollständig freizulegen. Gott steh mir bei.

Dazu kommt, dass sich mein Verstand nicht mal bemüht, Wi zu ignorieren. Selbst in Klamotten ist es undenkbar, ihre Erscheinung unbeachtet zu lassen. Fast nackt und nach dem Kuss ist es definitiv unmöglich.

In meinem Kopf schwirren eine Vielzahl erregender Gedanken umher, die einfach nicht verschwinden wollen. Normalerweise überlasse ich dem anderen Geschlecht die Initiative. Es war bisher nie nötig, dass ich aktiv werde. Doch auf eine Frau, die so schön ist, möchte ich mich in diesem Moment erneut zubewegen. Ich würde sie, sofern sie es will – und das tun die meisten –, nehmen und dieses dringende Bedürfnis in meiner Hüftgegend stillen. Eigentlich. Mir wäre es egal, dass mein Bruder und Harry oder Wis Mitbewohnerin nebenan sitzen und hereinplatzen könnten. Vermutlich würde mir dieser Gedanke eher noch einen erregenden Kick geben.

Mit aller Selbstbeherrschung darf und werde ich nicht zulassen, dass sich diese reizvolle Strömung wieder auf Hüfthöhe ansammelt und mein Ding erneut hart wird.

Das geht nur, wenn ich erst einmal die Kraft aufbringe und meine süchtigen Blicke von Wis heißen Kurven löse. Nur schleppend schweben sie langsam auf ihre Hand.

Wi nimmt die Bandage vollends vom Gelenk ab und legt sie ordentlich zusammengefaltet neben das Waschbecken. Das Bild vor meinen Augen verdrängt den letzten Rest des erregenden Gefühls, welches bis gerade eben meinen Körper durchflutete. Die Emotionen wandeln sich zur blanken Wut. Impulsiv balle ich meine Hände zu Fäusten, als ich erkenne, dass dieser elende Dreckskerl aus der Bar ihr tatsächlich einen Bluterguss verpasst hat.

Sex mit Wi spielt in meinen Gedanken absolut keine Rolle mehr. Stattdessen nähere ich mich ihr mit wenigen Schritten. »Tut es sehr weh?«

»Nein, schon gut.« Wi lügt. Woran ich das erkenne? Ihr ehrliches Lächeln verwandelt sich soeben in ein falsches Grinsen.

»Ich dachte, du stehst so auf Ehrlichkeit. Weshalb lügst du dann?«

Wi antwortet nicht. Sie sieht mich nur regungslos an und bleibt stumm.

»Darf ich mal sehen?«

Ihr misstrauischer Blick liegt gefühlte Minuten auf meiner Haut, bevor sie mir ihre Hand reicht und ich sie in meine schließen darf.

Während sie sich vor wenigen Minuten ohne jegliche Anspannung von mir küssen ließ, versteift sich ihr Körper nun. Man würde es genau andersherum vermuten.

Vorsichtig taste ich die blutunterlaufene Stelle ab. Ein gedämpftes »Autsch!« flüchtet sich über ihre Lippen, das sie tapfer zu verbergen versucht.

»Du solltest das checken lassen.«

Langsam entzieht sich Wi meiner Berührung. »Nein. Das ist nicht nötig«, wimmelt sie den Ratschlag ab und lenkt das Thema in eine viel zu oberflächliche Richtung. »Wir sollten uns beeilen. Sonst gibt mir Timothy noch Strafpunkte oder sowas. Wer weiß, wozu er alles in der Lage ist.« Es scheint, als wüsste Wi ihr Pokerface einzusetzen. Andere mag sie damit vielleicht täuschen, aber bei mir gelingt es ihr nicht. Wi glaubt, sie könnte damit einfach das Thema wechseln.

»Keine Sorge. So etwas macht er nicht. Du kannst dir Zeit lassen«, versichere ich ihr.

»Und das weißt du so genau, weil?« Ihr Augen werden größer, interessierter.

»Weil Timothy mein Bruder ist und keiner ihn besser kennt«, zwinkere ich ihr selbstsicher zu.

Ihrem Gesichtsausdruck nach zu urteilen, ist Wi überrascht. »Ihr seid Brüder? Sieht man euch gar nicht an.«

»Findest du?« Ich ziehe eine meiner Augenbrauen merklich in die Höhe.

»Naja, ihr habt recht ähnliche Augen. Aber der Rest ist dann doch ziemlich unterschiedlich. Optisch meine ich.«

»Ebenso charakterlich. Glaub mir«, füge ich ihrer Feststellung hinzu.

»Das kann ich nicht beurteilen.« Ihre Schultern zucken leicht nach oben. »Obwohl ...«

»Obwohl was?«

»Naja, du scheinst neue Bekanntschaften recht gern sofort küssen und ins Bett kriegen zu wollen. Das ist bei deinem Bruder irgendwie nicht der Fall. Aber ich kenne ihn auch nicht besonders gut. Schließlich habe ich ihn erst auf der Party vor wenigen Tagen zum ersten Mal getroffen. Vielleicht liegt das ja auch einfach in eurer Familie«, erzählt sie, was mich zum Schmunzeln bringt. Wenn sie meine Familie kennenlernen würde, würde sie merken, dass ich keinem unbedingt ähnlich bin. »Aber warte mal. Warst du dann auch dort? Auf der Party, meine ich. Sie fand ja schließlich auf eurem Grundstück statt.«

»Auf dem meiner Eltern«, korrigiere ich. Ich will mit diesem Anwesen nichts zu tun haben. »Ich war auch dort, ja.«

»Eigenartig, dass wir uns nicht über den Weg gelaufen sind. Dass du mir nicht aufgefallen bist.«

Du bist mir ab der ersten Sekunde aufgefallen, Wi.

Ich kann ihr jetzt schlecht erzählen, dass sie mir an diesem Abend schon ins Auge gesprungen ist, als sie ihren Körper verlockend zur Musik bewegte. Ich sie aus der Ferne beobachtete. Wie kommt das bitte rüber? Sie müsste glauben, ich sei ein Stalker, ein Verrückter, ein Freak. Jemand, der ihr auch noch in der Wohnung aufgelauert hat, um die Chance beim Schopfe zu packen.

»So, dennoch sollte ich.« Drängelnd wirft sie ihren Daumen über die Schulter und zeigt auf die Dusche, die sich hinter einer halb eingezogenen Trockenbauwand befindet.

»Wenn du nichts dagegen hast, warte ich auf dich und lege ihn dir hinterher wieder an«, spreche ich und nehme den Verband in meine Hände.

»Sieht mit wohl gesünder aus, was?«, murmelt sie.

»Immerhin stabilisiert es. Du hast weniger Schmerzen.« Mein Braun trifft ihr Grün. »Und ich weiß, dass du sie hast.«

Es scheint mir, als nehme sie sich ein paar Sekunden Bedenkzeit, bevor sie mir eine Antwort gibt. »Von mir aus kannst du warten.«

Warum nur so misstrauisch, Wi?

Wi läuft zur Dusche. Ich schiele um die Ecke, kann deutlich sehen, wie sie ihr Handtuch zu Boden sinken lässt und hinter einer vorgezogen Wand in die Dusche verschwindet.

Es scheint sie ernsthaft nicht zu stören, dass ich sie nackt sehen könnte. Untypisch. Macht es ihr nichts aus, weil sie vor Selbstbewusstsein strotzt? Oder stecken da andere Gründe dahinter?

Innerlich bin ich hin- und hergerissen, was diese

Frau betrifft. Auf der einen Seite weckt sie in mir das dringende Bedürfnis, sie beschützen zu wollen. Auf der anderen Seite macht sie mich nur unglaublich scharf. Ich sehe sie, ihren verflucht heißen Körper und meine Synapsen drehen völlig durch.

Während ich auf Wi warte, nehme ich mir erneut den Waschlappen, schütte etwas Fleckenpulver darauf und halte ihn kurz unter laufendes Wasser.

Klau mir nicht allzu lange das Wasser, hat sie gesagt.

Ich versuche, mir den Weinfleck aus meiner braunen Hose zu waschen. Gelingt mir jedoch nur bedingt.

Dann warte ich weitere fünf Minuten, bis ich höre, wie die Schöne das Wasser abdreht und aus der Dusche steigt. Fünf Minuten, die ich nie gespaltener gewesen bin. Zwischen, ich erhasche immer wieder einen Blick auf ihre nackte cremeweiße Haut oder ich benehme mich absolut gentlemanlike und warte artig. Auch wenn es keine leichte Entscheidung war und der Teufel in mir immer wieder auf meine Synapsen geschlagen hat, habe ich mich für Letzteres entschieden.

Während Wi sich abtrocknet, scheint es sie keineswegs zu stören, dass immer wieder Teile ihres zarten Körpers in meine Richtung blitzen. Bei Weitem kann ich nicht alles sehen und doch erkenne ich genug – grobe wie auch feine Narben im unteren Bereich des Rückens. Woher hat sie die?

Wi wickelt sich wieder in das rote Handtuch ein. Sie kommt auf mich zu und löst ihren zusammengebunden Zopf. Dann schnappt sie sich den Verband und reicht ihn mir.

»Das hat es nicht wirklich besser gemacht«, kichert Wi und sieht mir wieder locker-flockig auf den Schritt.

»Es war einen Versuch wert«, grinse ich.

Vorsichtig beginne ich, ihr Handgelenk zu umwickeln. Sie zuckt leicht, als ich den Anfang mit meinem Daumen fixiere. »Entschuldige.«

»Schon okay.«

Eine schleichende Stille überzieht den Raum.

»Wi also, mhm?«, spreche ich sie auf ihren Namen an, den sie mir nicht so einfach verraten wollte.

Ihre Mundwinkel gleiten leicht nach oben, während sie meine Hände bei jeder Bewegung beobachtet. »Eigentlich Willow. Aber die meisten nennen mich Wi.«

»Und wie würdest du gern genannt werden?«

Überrascht, mit einer leichten Furche zwischen den Augenbrauen, sieht sie zu mir auf. »Ist das denn wichtig?«

»Für mich schon. Also sag es mir, bitte.«

»Will«, erwidert sie ehrlich.

Ihre Augenpartie entspannt sich und in diesem Moment fällt mir auf, dass ich in die größten Augen blicke, die ich jemals in meinem Leben gesehen habe. »Wenn ich es mir aussuchen könnte, wie mich jeder nennen soll, dann Will. Meine Mum hat mich früher immer so genannt.«

Das Strahlen in den Augen erlischt, nachdem sie den letzten Satz über ihre Lippen hat kommen lassen.

»Und jetzt tut sie das nicht mehr?«, frage ich behutsam nach.

»Sie ist tot«, erwidert Will mit einer Kühle, die mich für einen klitzekleinen Moment erschaudern lässt. Als wäre es ein Thema, über das sie nicht reden möchte.

»Oh, das tut mir leid«, versuche ich mich zu entschuldigen. Ich möchte ihr auf keinen Fall auf den Schlips treten.

»Schon gut. Es ist bereits einige Jahre her, dass sie verstarb.«

Das Woran legt sich auf meine Lippen und doch gehe ich nicht weiter darauf ein. Es gibt schließlich Grenzen. Und dennoch frage ich mich: Ist das der Grund für den Schmerz in ihren Augen, der sich immer wieder für einen Bruchteil einer Sekunde zeigt? Oder ist es nur einer der Gründe? Wo ist ihr Vater und der Rest ihrer Familie?

Warum fragst du dich das, Josh? Warum interessiert dich das? Du gehst niemals näher auf die Gefühlswelt einer Frau ein. Nie hast du dir tiefgründige Gedanken um eine Frau gemacht.

»Aber schon komisch«, murmelt Wi, um die Stille um uns herum zu brechen.

»Was genau?«

»Wie du die Reihenfolge angehst. Fragt man sowas nicht, bevor es zum ersten Kuss kommt?«, schmunzelt sie.

»Zum ersten Kuss? Wird es etwa weitere geben?«, frage ich mit gewissen Erwartungen in der Stimme.

»Halt die Klappe, Josh.« Will lacht. Ungehemmt und ausgeglichen. »Du hattest deine Chance.«

»Und die habe ich doch sinnvoll genutzt, oder etwa nicht? Da ist doch sicher ein weiteres Mal drin.«

Doch Will erwidert nicht ein Wort und grinst nur undurchschaubar vor sich hin.

Ihr Handgelenk ist fast vollkommen stabilisiert. Das restliche Stück der Bandage befestige ich mit einem Haftstreifen, der sich daran befindet.

»Gut, Will. Wie fühlt sich das an?«, frage ich und streife sanft über die verbundene Stelle.

Sie sieht ein weiteres Mal zu mir auf und lächelt. »Besser. Angenehmer.«

»Es ist nicht zu fest?«

»Nein, der Verband fühlt sich gut an. Und auch, dass du mich Will nennst.«

Ich sehe in das leuchtende Grün ihrer Augen.

Das erregende Gefühl, die umherziehenden Gedanken, welche bis vor wenigen Minuten in den Adern umherwanderten und meinen Körper dirigierten, entfliehen nun vollkommen. Nicht, weil die Frau, so wie sie vor mir steht, nicht mehr verflucht scharf wäre, sondern weil dieses Gespräch eine ganz andere Ebene erklimmt. Eine tiefgründigere und innigere Ebene. Eine Ebene, die ich in der Vergangenheit bei anderen Frauen vermisst habe, weil sie sich nur für meine Familie und unser Geld interessierten. Doch nun zweifle ich daran, ob ich diese Tiefgründigkeit zulassen möchte. Obwohl es sich bei Will irgendwie richtig und leicht anfühlt.

Was sich richtig anfühlt, kann unmöglich falsch sein ...

Ungehindert lächle ich. Trotz der Stille, die uns

erneut umgibt. Zumindest so lange, bis ich erkennen kann, dass Will kurz davor ist, etwas loszuwerden. »Vielen Dank, Josh. Danke, dass du vorhin eingegriffen hast. Ganz ehrlich.«

»Hör auf, dich für Selbstverständlichkeiten zu bedanken«, erwidere ich trocken.

»Es ist keine Selbstverständlichkeit. Absolut nicht. Menschen ticken in der Regel anders.« Will zieht sich ihre Hand an die Brust.

»Du scheinst dir damit sehr sicher zu sein.« Ich möchte gern herausfinden, was in ihr vorgeht. Dieses Verlangen zeigt mir, dass ich mehr an Will interessiert bin, als ich vermutlich sollte.

»Ich weiß es. Mehr als du ahnst.«

Ihre Mimik widerspiegelt eine schmerzerfüllte Nachdenklichkeit. Und ich glaube, erkennen zu können, dass ein Hauch ihres Selbstbewusstseins dabei ist, einzubrechen.

»Ich finde es nur logisch, einzugreifen, wenn etwas nicht richtig läuft. Liegt ebenso in meiner Natur.«

»Das ist gut. Sehr gut sogar.« Sie atmet erleichtert aus.

»Schließlich gehört das auch irgendwie zu meinem Job. Ich dürfte mich gar nicht anders verhalten. Das würde sich total widersprechen.«

»Zu deinem Job?« Will legt ihre Stirn in Falten. »Was machst du denn, wenn ich fragen darf?«

Ich bemerke, dass ich die wenigen Zweifel, die ich vor Kurzem hegte, spätestens jetzt ablege. Denn es gefällt mir, dass Will Interesse an mir und meinem

Leben zeigt.

»Interessiert dich das wirklich?«, schmunzle ich.

»Naja, jetzt irgendwie schon.«

So eine Situation ist mehr als neu für mich. Ebenso wie ich in diesem Augenblick imstande bin zu reagieren. »Hast du morgen schon was vor?«

Und da ist es. Die Entschlossenheit, Will in mein Leben zu lassen, wenn sie das möchte. Die Bereitschaft, eine tiefblickende Ebene zu erklimmen.

»Warum fragst du?« Ihr fragender Blick wird von Misstrauen überströmt.

»Hast du was vor, oder nicht?«, erwidere ich und versuche dabei, so freundlich wie möglich zu klingen.

»Naja. Ich bin die ganze Woche ab neunzehn Uhr im *Claras* eingeteilt.«

»Dann lass mich dich morgen Mittag abholen. Vielleicht könnte ich dir eine kleine Hilfe sein.«

Nie habe ich eine Frau gebeten, einen Tag mit mir zu verbringen. Noch nie war ich bereit, einer Frau vollständigen Einlass in mein Leben zu gewähren.

»Eine Hilfe sein? Josh, ich sagte dir bereits, dass ...«

»Nein, Will. Keine Sorge. Ich habe nicht vor, was du denkst, dass ich es habe. Außer du willst es natürlich.« Ich stoppe kurz und grinse lüstern. »Willst du es?«

»Josh!«, zischt sie und boxt mir spielerisch auf den Oberarm.

»Schon gut«, lache ich und hebe abwehrend meine Hände in die Luft. »Es gibt aber tatsächlich etwas, mit dem ich dir helfen kann. Versprochen! Gibst du mir bitte die Chance dazu?«

Eine nachdenkliche Stille umgibt uns, bis Wi ihre fülligen Lippen öffnet. »Sprechen wir von später morgen oder morgen morgen?«

»Wir sprechen von in ungefähr zehn Stunden«, antworte ich.

Will presst ihre Lippen aufeinander und zögert.

»Du kannst mir vertrauen, versprochen.« Ich forme mein Zeige- und Mittelfinger zu einem „V", das mein Versprechen unterstreichen soll.

»Ich vertraue keinem außer Tammy. Und das wird sich nicht ändern«, enthüllt sie mir trocken und für Millisekunden scheint es, als laufe ich gegen eine Stahlwand.

Wow, was hat bloß dazu geführt, dass sie niemandem sonst Vertrauen schenkt?

Doch selbst diese ergreifende Aussage soll mich nicht von meinem Vorhaben abhalten. »Ich werde mir dein Vertrauen verdienen, Will.« Das verspreche ich nicht nur ihr. Das verspreche ich vor allem mir selbst.

»Warum willst du dir die Mühe machen, Josh? Du kennst mich kaum. Und du wirst auch nichts davon haben. Du wickelst mich nicht mit deinem Charme um den Finger.«

Dabei habe ich das doch schon längst. Das weiß ich.

Ich bleibe stumm, erwidere erneut nichts darauf. Denn eigentlich hat Will ja recht. Ich kenne sie kaum. Aber das ändert rein gar nichts. Manchmal sieht man einen Menschen und auf einmal ist da was. Man kann es nicht beschreiben, aber man kann es ganz deutlich spüren. Dabei spielt es überhaupt keine Rolle, ob man ihn das erste Mal oder das hundertste Mal vor sich stehen hat.

Es scheint ein Fight zwischen unseren Augen ausgebrochen zu sein. Mein Braun gegen ihr Grün. Keiner ist gewillt, den Blick vom anderen loszureißen. Keiner wagt es, nur im Entferntesten zu blinzeln.

»Also, dann morgen um eins?« Ich stoppe kurz und setze ein lieb gemeintes »Bitte« nach.

Sie überlegt, versucht regelrecht, zu erkennen, was in mir vorgeht. Was ich vielleicht vorhaben könnte. Und trotz ihrer Zweifel, die sich in ihrem zarten Gesicht widerspiegeln, lässt sie sich auf meine Bitte ein. »Gut. Morgen Mittag. Aber meine Zeit ist begrenzt.«

Von mir aus, Will. Ich werde nicht lang brauchen, um dir beweisen zu können, dass du mir vertrauen kannst. Etwas anderes würde meinen Stolz sonst ziemlich angreifen.

13

Willow

Nach dem Kuss hätte ich unsere Verabredung besser ablehnen sollen. Ich weiß, worauf Josh aus ist. Aber er wird es bei mir nicht finden. Geschweige denn bekommen. Weder Sex noch sonst etwas in der Art. Schon allein die Vorstellung, ich könnte mich je wieder auf etwas in der Richtung einlassen, ist mehr als absurd. Zu alldem gehört Vertrauen, welches ich nicht besitze. Nicht so, wie es benötigt wird.

Zwar handelt sich nur um ein Treffen mit Josh, eine Lappalie –, dennoch steigt meine Skepsis, sobald ich daran denke, ins Unermessliche.

Denn die Vergangenheit lehrte mich, dass ich mich von solchen Männern fernhalten muss. Männer, die wissen, wie anziehend sie auf Frauen wirken. Männer, die glauben, sie könnten jede haben. Eben Männer wie Josh.

Ich weiß, dass er sich seiner Schönheit bewusst ist. Genau solche sind es, die Frauen letztendlich mit ihrem Charme in der Hand haben und nur noch tiefer in den dunklen Abgrund des Lebens reißen.

Mit seinen haselnussbraunen Augen, umrahmt von so dichten Wimpern, dass ich dafür töten würde, und einem Lächeln, das einen ganzen Raum erleuchtet, wickelt Josh jede Frau um den Finger.

Ich würde so gern behaupten, dass seine Ausstrahlung an mir abprallt. Dass der Kuss vollends an mir abgeprallt ist. Aber so ist es keineswegs. Obwohl mein Inneres immer wieder schreit: *Lass nicht zu, dass er etwas von dir bekommt, das du niemals wieder zurückfordern kannst, ohne daran zu zerbrechen.*

Mein Körper ist bisher verdammt gut darin gewesen, solch einen Reiz, wie Josh ihn versprüht, abzuwehren. Aber etwas an ihm ist anders. Und ich weiß nicht, ob ich das gut oder schlecht finden soll. Denn irgendwas an dem Typen zieht mich magisch an.

Dennoch bemühte ich mich mit all meiner Kraft, die Mauer um mich herum aufrechtzuerhalten. Ich glaube fest daran, dass mir das im Badezimmer auch gut gelungen ist. Es bedarf nur einer gewissen Selbstkontrolle und standhafter Vernunft.

Dass mich Joshs Offensive beeindruckt hat, möchte ich nicht leugnen. Und auch die Spannung zwischen uns spürte ich spätestens, als er mich an sich zog. Und ja, für einen kurzen Moment verlor ich mich in seiner entschlossenen Berührung.

Ich bin mir dessen absolut bewusst, und das ist auch gut so. Denn nur, wenn man sich etwas eingesteht, kann man daran arbeiten und etwas daran ändern. Deswegen bin ich überzeugt davon, dass mich kein

Kuss dazu überreden kann, ihn noch näher an mich heranzulassen. Weder körperlich noch emotional.

Seit damals, durch die verletzende Sache mit meinem Ex-Freund aus der High School, bin ich unglaublich vorsichtig, und bevor ich mich auf etwas einlasse, mehr als misstrauisch. Trotz allem kam irgendwann einmal der Tag, an dem mein Inneres endlich etwas ändern wollte. Mein Herz wollte nochmal verliebt sein, sich in die Liebe und die Gefühlswelt stürzen. Es wollte die Schmetterlinge spüren, die auf und ab purzeln, sobald dieser eine Mensch vor einem steht. Welch Fehler diese Entscheidung doch war, mich dem Willen meines Herzens hinzugeben!

Vor über zwei Jahren habe ich mich auf einen Mann aus Clearwater eingelassen. Mark. Es war emotional nichts extrem Tiefgründiges und doch wollte ich einmal den Versuch wagen, mich einem liebevollen Beziehungsleben hinzugeben. Er war nett und ich sah eine Möglichkeit in uns. Aus diesem Grund war ich ehrlich zu ihm, eröffnete Mark den Lebensabschnitt rund um Ronald. Ich ging nicht ins Detail, aber er sollte einfach wissen, auf was er sich einlassen würde. Denn, obwohl ich meine Vergangenheit in Seattle zurückließ, würde sie immer ein Teil von mir bleiben. Optimistisch wie ich war, glaubte ich, dass er mein Leben und das, was ich bin, verstehen könnte. Dass er es akzeptieren würde – mich und meine Fehler. Doch Mark schrieb mich ab und wollte sich die Last nicht auf seine Schultern legen lassen.

Auf der einen Seite war ich unglaublich sauer und

mehr als gekränkt, verletzt. Denn Marks verachtende, zurückweisende Blicke sprachen Bände. Aber wer kann ihm das verübeln? Denn ich habe nun einmal Ängste, die mich noch immer nicht in Ruhe lassen. Vor allem nachts, wenn mich Ronald in meinen Träumen heimsucht. Und wer will sich das bitte antun? Wer will freiwillig meine Panikattacken ertragen, wenn ich es nicht einmal selbst kann? Wer will mich, wenn er jemand Normalen haben kann?

Der Versuch mit Mark hat mir gezeigt, dass es sinnlos ist, einem glücklichen Beziehungsleben nachzueifern. Keiner wird mit dem, was ich bin, jemals klarkommen. Es wird nie Grund genug sein, jemandem nur ansatzweise zu erzählen, was ich in meiner Vergangenheit durchgemacht habe. Ich werde einfach nie wieder zulassen, dass man mich mit den verachtenden Blicken straft, die mir Mark einst zugeworfen hat, bevor er wortlos im Sonnenuntergang verschwand. Gleichzeitig gehe ich nicht mit einer Lüge oder einem Geheimnis in eine Beziehung.

Also? Da ist er wieder. Der unglaubliche Rattenschwanz, der so viele meiner Lebenslagen immer wieder durchkreuzt. Und das mit Mark hätte ich mir im Nachhinein gewissermaßen sparen können.

All das habe ich akzeptiert.

Dazu kommt, dass ich das männliche Geschlecht, die Menschen allgemein, nicht wirklich einschätzen kann. Zumindest nicht voll und ganz. Ich glaubte es zwar einst. Aber meine Vergangenheit hält mir immer wieder das Gegenteil vor Augen.

Also habe ich mich an diese Sorte Mensch angepasst und bin einfach auf gar nichts mehr aus, verlasse mich nur auf mich selbst. Von Tammy abgesehen. Je rationaler man mit seinem Gegenüber umgeht, desto weniger kann er einem das Herz aus der Brust schlagen. Ganz einfache Regel, die es nur zu befolgen gilt.

Und doch besitzt Josh etwas, das ich nie bei einem Mann verspürt habe. Der makellose Kerl strahlt mit jeder Faser seines Körpers pures Selbstbewusstsein aus. Dennoch nicht auf eine arrogante Weise, wie ich finde. Eher auf eine Weise, die zeigt, dass er genau weiß, was er im Leben erreichen will. Dass er genau weiß, wo er im Leben steht.

Er vermittelt mir ein Gefühl von Sicherheit. Und mit Sicherheit kehrt ein gewisses Vertrauen wieder, welches ich unfassbar gern ersticken würde. Ich vergesse nicht, was Josh zu mir gesagt hat. *Ich finde es nur logisch, einzugreifen, wenn etwas nicht richtig läuft.*

Wahrscheinlich hat mich diese Aussage zu etwas überredet, dem ich im Normalfall niemals zugestimmt hätte: Ein Kuss und ein Wiedersehen mit ihm, das nicht dem Zufall geschuldet sein wird.

Viele Menschen sagen mit Leichtigkeit so einen für mich bedeutenden Satz vor sich hin. Es gibt nur wenige, die ihn tatsächlich auch so meinen.

Fakt ist: Ich kann Josh nicht absprechen, dass es kein Gerede seinerseits ist. Schließlich hat er eingegriffen, ohne sich beweisen zu wollen. Er hat einer Fremden beigestanden, obwohl er nichts davon hatte. Keinen Ruhm, keine Anerkennung. Josh hatte keine

Angst, dem Kerl aus der Bar furchtlos entgegenzutreten und ihn in seine Schranken zu weisen. Genau diese Tatsache spaltet mein Inneres.

Und dass mich dieser Kuss einfach nicht loslässt und in meinen Gedanken umherwandert, als hätte er dort seine Zelte aufgeschlagen, macht mich völlig verrückt.

Als seine weichen Lippen auf meinen lagen, habe ich mir so vieles vorgestellt, das lieber verborgen geblieben wäre. Beispielsweise, was unter Joshs Klamotten steckt.

Mit absoluter Sicherheit ein bis in jeden Zentimeter durchtrainierter Körper. Was sonst?

Nicht austrainiert wie ein Bodybuilder. Ich glaube, einfach wie ein Mann, der auf die Kraft seines Körpers angewiesen ist. Ich fühlte es, als ich mich in sein Shirt krallte. Eben ein Körper, der gegen den Typen in der Bar standhalten könnte, wenn es darauf angekommen wäre. Was auch immer Josh beruflich tun mag. Es muss etwas sein, das seine Muskeln definiert. Denn seine Arme sprechen eine ganz eigene Sprache. Oder ich interpretiere zu viel hinein und der Typ geht nur regelmäßig pumpen.

Jetzt sitze ich neben ihm im Wohnzimmer und erwische mich nicht das erste Mal dabei, dass ich Josh beobachte. Ich erspähe alles an ihm.

Jede Pore.

Jede Wimper.

Selbst die leichte Unebenheit auf seinem Nasenrücken kann ich sehen. Woher hat er sie? Hat er sich die Nase etwa mal gebrochen? Aber selbst diese minimale Kleinigkeit, die kaum auffällt, lässt ihn absolut perfekt erscheinen.

Ich fühle weiterhin seine Wärme, die gegen meine Brust drückt. Seine Lippen, die sich bestimmend auf meine legten. Spüre deutlich die Beule, die sich in seiner Hose bemerkbar machte und mich seltsamerweise nicht annähernd abschreckte.

Josh wollte mich und für einen Bruchteil glaubte ich, es auch zu wollen. Aber ohne Frage nicht lang genug, um diesen Schritt auch nur in Betracht zu ziehen, geschweige ihn auszuführen. Und auch jetzt will ich aufhören an das, was im Badezimmer geschehen ist, zu denken. Denn in mir tobt es heftiger, als es sollte.

Konzentrier dich, Will! Und vergiss alles, was sich die letzten zwanzig Minuten abgespielt hat!

Obwohl es trotz der Klimaanlage angenehm in unserer Wohnung ist, habe ich mir eine dünne Jacke übergezogen. Leicht nervös wackle ich auf der Couch hin und her und ziehe mir die Ärmel über die Finger. Ich möchte nicht auf die Bandage angesprochen werden. Also verstecke ich sie, so gut es geht.

»So, dann denkt euch mal jemanden für Timothy aus«, spricht Josh zu Tammy und mir. Dabei liegt sein Blick weitaus länger auf meinem Körper als auf Tammys.

Meine beste Freundin und ich haben einige Punkte Vorsprung gegenüber den Männern, die zu dritt sind.

»Schreib du.« Tammy schiebt mir den leuchtend

gelben Klebeblock und einen Stift in meine Richtung.

Ich greife es und überlege. Was wäre eine schöne Figur für Timothy?

Wie einen Blitz sehe ich es vor meinen Augen. Timothy hat mich herausgefordert, also werde ich ihn dafür büßen lassen. Mein Grinsen auf den Lippen wird breiter, unberechenbarer. Ich schreibe *Dschinni* auf und schiebe den Zettel verdeckt in Tammys Richtung. Sie zieht ihn langsam an sich und verweilt mit ihren Blicken auf meiner Hand.

»Oh mein Gott, Wi. Was hast du an deinem Handgelenk gemacht?« Tammy schiebt den Ärmel meiner Jacke zurück, um einen näheren Blick darauf zu werfen.

»Nichts. I-i-ich ...«, stottere ich und ziehe abrupt die Hand an meine Brust. Autsch.

»Sag nicht, nichts«, unterbricht sie mich aufgewühlt.

»Keine Sorge, Tammy. Nur so ein Typ, der womöglich zu viel hatte«, erwidere ich in der Hoffnung, sie würde es damit gut sein lassen. Aber davon kann ich nur träumen.

»Schon wieder? Das wird immer schlimmer. Wer war es dieses Mal? Ich schwöre dir bei dem Leben meiner Granny, Wi. Ich tu ihm weh.«

»Tammy, bitte. Lass es, ja? Berufsrisiko.«

»Gut sein lassen? Das ist nicht das erste Mal, dass dich jemand angräbt. Und das auch noch so heftig. Weiß Clara davon?« Tammys Stimmfarbe wandert zwischen Empörung und Besorgnis hin und her.

»Nein. Und das soll auch so bleiben.«

Ich kann es mir nicht leisten, dass mich Clara woanders einteilt, weil sie Mitleid verspürt oder das Gefühl hat, ich käme nicht mit den Betrunkenen zurecht.

»Sie sollte davon erfahren. Du weißt, sie erteilt ihm sofort Hausverbot.«

Wäre nicht der Erste. Aber wer weiß, wie lange meine Chefin solche Situationen noch mitmacht. Irgendwann wird es ihr sicherlich zu viel und dann wird sie eine Lösung dafür finden wollen. Und die beste Lösung wäre, mich im angrenzenden Restaurant einzuteilen. Das nächtliche Trinkgeld geht mir damit vollends durch die Lappen.

»Und genau das ist es, was ich nicht will. Das ist auch irgendwie meine Sache, findest du nicht? Außerdem ist längst alles geregelt«, antworte ich frostig, was gar nicht beabsichtigt ist. Ich will doch nur nicht, dass Tammy sich Sorgen macht. Denn das macht sie viel zu oft.

»Du kannst nicht von mir verlangen, dass ich einfach zusehe, Wi. Dass keiner was dagegen unternimmt. Das hat man viel ...«

Sofort unterbreche ich meine beste Freundin. Bevor sie den Satz überhaupt zu Ende sprechen kann. Ich möchte meine Vergangenheit nicht vor fremden Menschen zur Sprache bringen, was Tammy direkt bemerkt. An ihrem Blick erkenne ich, dass sie nicht ein Wort weitergesprochen hätte. Dass mein Geheimnis jederzeit bei ihr sicher sein wird. »Es wurde nicht nichts unternommen. Es ist alles in Ordnung.«

Ich sinke tiefer in die Couch hinein, ziehe meine Beine an die Brust und spüre alle Augen auf mir. Doch ich sehe für wenige Sekunden nur zu Josh.

»Sieht mir aber nicht danach aus.«

Wenn du wüsstest, Tammy. Der Retter in der Not sitzt in diesem Moment neben mir.

»Ist es aber.« Die Sicht in ihre besorgten blauen Augen lässt meinen Magen auf unangenehme Weise rebellieren.

»Wirklich?«

»Wirklich. Versprochen.« Ein leicht verlogenes Schmunzeln kräuselt meine Lippen. Doch Tammy bleibt eisern.

»Wenn das noch ein einziges Mal passiert«, droht sie und überlegt für einen kurzen Moment, was sie anschließend sagen wird. »Dem nächsten Spinner, der dir nur ein Haar krümmt, werde ich gewaltig in den Arsch treten. Dass das klar ist!«

Ich nicke ihr zu und weiß innerlich, dass es kein weiteres Mal mehr geschehen darf. Und ich werde alles dafür tun, dass ich meinen Körper selbst beschützen lerne.

»Ich glaube, wir sollten nun weitermachen«, erwidere ich.

Tammy und ich haben genug diskutiert. Und dass es vor Fast-Fremden geschehen ist, passt mit so gar nicht. Mein Leben geht außer Tammy niemanden etwas an und ich will unbedingt, dass es so bleibt. Nur so kann man jeglichem Schmerz aus dem Weg gehen.

»Warum der *Dschinni*? Ich bin weder blau, noch kann ich Wünsche erfüllen.«

Es hat fast eine Dreiviertelstunde und für jeden von uns zig Lachanfälle gedauert, bis Timothy langsam auf den Trichter kam. Ich bin froh, dass sich die Stimmung nach unserer Diskussion sofort gelockert hat.

»Das stimmt nicht so ganz. Du bist blau hinter den Ohren und es scheint mir so, als könntest du dringend drei Wünsche gebrauchen«, stichle ich und halte mein Kichern nicht zurück.

»Blau hinter den Ohren?« Jetzt kann sich auch Timothy sein Lächeln nicht mehr verkneifen. »Dann verrat mir mal. Welche drei Wünsche wären es denn, die ich dringend benötige?« Grübelnd legt er seinen Zeigefinger ans Kinn.

»Also einer fällt mir direkt ein«, räuspere ich mich.

»Ich höre.«

Mein Grinsen lässt sich nicht unterdrücken. »Eine Person, die gern mit dir dieses Spiel spielt. Denn permanent zu gewinnen wird langweilig. Ebenso, ständig mit dir zu verlieren.« Nun kam sie. Die Spitze meiner Stichelei.

Josh, Tammy und Harry feixen, während Timothys Kinnlade überrascht nach unten fällt. »Das bekommst du zurück, Wi. Versprochen.«

»Ja, ja, Timothy. Als könntest du es mit mir aufnehmen«, lache ich und der eigentlich so fremde Mann vor meinen Augen tut es mir gleich. Als wären wir altbekannte Freunde.

14

Josh

Will wäre die erste Frau, mit der ich in wenigen Stunden den Tag verbringen werde. Zumindest die erste, mit der ich es möchte, es nicht aufgebürdet bekomme.

Ich habe es selbst ein wenig darauf angelegt, dass wir uns in wenigen Stunden sehen. Aber auch nur, weil es sich so ergeben hat. Das Leben wollte es anscheinend nicht anders. Also greife ich im Grunde nur nach dem, was es mir hinhält – Will kennenlernen, in allen Facetten und Momenten.

Wenn ich an ihr Lächeln denke, flattert meine Magengegend. Ich mag dieses Gefühl und möchte fast behaupten, dass ihr Lachen süchtig machen kann, wenn man es sich ein paarmal anhört. Es klingt frei, unbeschwert und voller Leben.

Obwohl *Wer bin ich* bestimmt nicht mein Lieblingsspiel ist, werde ich mich in Zukunft unfassbar gern an diese verflucht heiße Nacht zurückerinnern. Eine Nacht, geprägt von tiefgründigen Momenten und Wills halbnacktem Körper, den ich ganz sicher nicht so leicht aus meinem Gedächtnis radieren kann. Geschweige denn diesen atemberaubenden Kuss, der alles wieder in mir hart werden lässt, sobald ich nur eine Sekunde zu lang daran denke.

Nur trübt eine bedeutende Erkenntnis den Abend. Will ist nicht das erste Mal von einem Kerl belästigt worden. Und diese Tatsache passt mir so gar nicht.

Man sagt, es gibt Menschen, die negative Momente regelrecht anziehen. Und wenn Will so eine Person ist, wird das nächste Mal nicht mehr lange auf sich warten lassen.

Für mich war zu diesem Zeitpunkt klar, dass jemand diese kommenden Male verhindern muss. Und obwohl ich diese Frau kaum kenne, wäre ich gern dieser Jemand für sie.

Aber ich ahne, dass sich Will von niemandem so leicht helfen lässt. Jedenfalls nicht ohne Widerwillen. Also ist es an der Zeit, dass sie selbst lernt, sich zu wehren, um ihren Körper zu beschützen.

Sie darf niemals wieder zulassen, dass sich so ein besoffener Kerl Macht über ihren Körper verschafft. Denn der eigene Körper ist ein Heiligtum, der nur einem selbst gehört. Dass sollte auch Will klar sein.

Wir verabschieden uns von Harry, der angetrunken und nach mehreren Anläufen die Haustür seines Wohnblocks aufsperrt.

»M-acht-s gut, Freunde«, nuschelt er.

Der Kerl hat nie wirklich viel vertragen.

»Tschau«, erwidert Timmy grinsend.

»Komm gut ins Bett«, sage ich.

Zum Abschied hebt er ein letztes Mal seine Hand in die Luft und läuft schwankend ins Treppenhaus.

Vor wenigen Minuten haben wir den recht amüsanten, zufallsgeprägten Abend beendet und ich kann es kaum erwarten, bis der Mittag einbricht.

Will hat mir ihr Wort gegeben. Also werde ich sie bald wiedersehen. Dennoch gibt es eine Sache, die mich schwermütig stimmt und die ich sofort aus der Welt schaffen muss, damit ich dieser Frau mit gutem Gewissen gegenübertreten kann. Nicht dass es irgendwann zu Missverständnissen kommt, die hätten verhindert werden können. Obwohl ich mit dem Kuss schon jetzt zu weit gegangen bin, sollte sich meine Vermutung bestätigen.

»Sag mal, interessiert dich Will?«, frage ich meinen Bruder geradeheraus.

Obwohl wir eine dunkle Nebenstraße mit nur wenigen Laternen entlanglaufen, erkenne ich, wie sich Timmys Augen aufreißen und mich überfordert anstarren. »Wie kommst du denn da drauf? Warum fragst du mich das?« War meine Frage purer Schwachsinn oder fühlt sich Timothy ertappt?

»Ihr hattet sichtlich Spaß und mein kleiner Bruder schien irgendwie verändert«, stelle ich fest.

Ich versuche, mir nicht anmerken zu lassen, dass mich die Vorstellung, er könnte sich mehr von Will erhoffen, beträchtlich stört. Denn diese Gewissheit würde für mich bedeuten, dass ihre Lippen und alles an ihr absolut tabu für mich ist. Auf ewig. Hat etwas mit brüderlichem Ehrenkodex zu tun.

»Das kann gut sein. Wi ist doch auch megasympathisch. Findest du nicht? Sie ist direkt, hat keinen Stock im Hintern. Das ist mal was anderes.«

»Finde ich auch. Du magst sie also, ja?« Sollte es so sein, auf diese eine spezielle Art und Weise, würde ich mich von Will fernhalten müssen. Gleichzeitig würde ich gegenüber Timmy kein Sterbenswörtchen über den Kuss im Badezimmer verlieren. Aber was mache ich mit unserer Verabredung?

»Ich mag sie. Aber nicht, wie du soeben vermutest.«

»Was vermute ich denn? Heute Nacht hast du das erste Mal vor meinen Augen drauf gepocht, dass eine Frau in deiner Nähe bleibt.«

Rück schon raus, Timothy.

»Mag sein.« Er zuckt mit seinen Schultern. »Aber nicht wegen Wi.«

»Nicht ihretwegen? Warum denn dann?«

»Na, ist das nicht eindeutig?«, fragt mein Bruder, als sollte mir schon längst etwas bewusst geworden sein. »Tammys wegen. Wi ist ihre beste Freundin und ich glaube, sie bedeutet ihr unheimlich viel. Da ist es für mich eine Selbstverständlichkeit, mich mit ihr zu verstehen, wenn ich irgendeine reelle Chance bei dieser Frau haben will. Und ich bin froh, dass Wi so unkompliziert ist.«

Ich kann regelrecht hören, wie der Stein von meinem Herzen abfällt. Anscheinend war ich den ganzen Abend so geblendet, dass ich kaum mitbekommen habe, dass mein kleiner Bruder auf Tammy steht.

»Aber dir gefällt sie«, räuspert sich Timmy und tritt

gegen einen kleinen Stein.

»Was?« Als hätte ich seine Anspielung überhört.

»Dir gefällt Wi. Du findest sie heiß«, stellt Timothy fest und versucht gar nicht erst, sein dämliches Grinsen zu verstecken.

»Will.«

»Will?«

»Sie möchte lieber Will genannt werden.« Es ist ihr wichtig, also weise ich meinen Bruder gern darauf hin.

»Du heiliger ...« Timothy bleibt an Ort und Stelle stehen und starrt mir entgeistert ins Gesicht.

»Was ist?«, frage ich überrascht und stecke mir meine Hände in die Hosentaschen.

»Josh Clark. Du bist doch nicht dabei, all deine Vorsätze und Einstellungen über Bord zu werfen und mehr zu wollen als unkomplizierten und bedeutungslosen Sex.« Jedes Wort betont Timothy bestimmend und doch gespannt.

»So ein Blödsinn! Ich bin nicht für was Festes geschaffen.« Abschlägig schüttle ich mit dem Kopf. »Ich kenne die Frau außerdem kaum. Will ist nur interessant. Sie ist locker und nicht so eine Puppe. Das ist mal erfrischend und ich glaube, man kann viel Spaß mit ihr haben.«

Ich finde Will weitaus interessanter, als ich vor meinem Bruder zugeben möchte.

»Spaß, ja? Woher willst du das denn wissen? Ihr saßt vielleicht zwei Stunden nebeneinander auf der Couch.« Timothy wirkt skeptisch, weil er nicht weiß, was ich weiß.

»Ich weiß es eben. Sie wird keine sein, die ich hinterher heiraten muss, wenn da mal mehr passieren wird. Das reizt mich eben.«

»Und mehr ist da nicht?« Timothy zieht fragend eine Augenbraue in die Höhe.

»Nein! Mehr ist da nicht!«

»Na, wenn du das sagst. Dann frage ich mich, weshalb du sichergehen wolltest, dass ich nicht auf Wi stehe. Und ich weiß, dass du das wolltest. Oder warum hast du mich Wis wegen ausgefragt? Wir reden nie über Frauen.«

Ich antworte nichts darauf und bleibe stumm. Irgendwann, aber nicht heute, werde ich Timothy von dem Kuss erzählen.

Er begibt sich aus seiner musternden Haltung und klopft mir auf die Schulter. »Ich stehe auf Tammy, Josh. Du hast also freie Bahn. In allerlei Hinsichten.«

»Halt die Klappe, Timmy«, zische ich grinsend.

»Hör endlich auf, mich so zu nennen«, entgegnet er und boxt mir spaßig in den Bauch. Obwohl Timothy weiß, dass sich diese Tatsache niemals zwischen uns ändern wird.

15

Willow

Ich sitze auf meinem Bett und beobachte ihn dabei, wie sein massiver Körper die wenigen Schritte auf mich zu kommt. Als er sich zu mir auf die Bettkante setzt, hebt er mein Kinn an.

»Du bist so schön, dass es fast wehtut, dich anzusehen. Aber zu wissen, dass du mir gehörst, befriedigt mich, kleine zarte Willow.« Ich hasse den rauen Laut seiner abartigen Stimme.

Noch nie klang mein Name schlimmer, noch nie abschreckender.

Ich gehöre ihm nicht. Ich gehöre niemandem außer mir selbst. Und am liebsten würde ich ihm diese Sätze ins Gesicht schmettern. Aber ich bringe den Mut nicht auf.

Ronalds Augen funkeln vor Erregung. Außerdem stinkt er nach Alkohol. Das tut er immer.

Mit seinem stinkigen Atem haucht er über mein Gesicht.

Mein Herz pocht und die gewohnte Angst kriecht in mir hinauf und benebelt meine Sinne. Denn ich weiß, was jetzt kommt.

»Bitte lass mich. Bitte.« Ihn anzuflehen, ist aussichtslos.

Mein Körper zittert und mit jeder Sekunde bebt alles an mir mehr. Bittere Tränen tropfen über meine Wange. Aber Ronald streicht sie nur mit seinen Fingern weg und droht mir.

»Ein Wort, Willow. Ein einziges Wort und ich statte deiner schönen Mutter einen Besuch ab. Du darfst dabei zusehen, wie ich sie ...«

»Nein«, unterbreche ich ihn stammelnd.

Ein Wort, das ihm die Erlaubnis gibt, das zu tun, was er zu gerne mit mir machen will. Etwas, das Ronalds krankes Hirn befriedigt und meine Mum vor ihm beschützen soll.

»Dreh dich um!«, fordert er.

Dabei muss er diese Worte gar nicht aussprechen, denn er packt mich bereits und dreht mich so, wie er meinen Körper vor sich liegen haben will.

Ich befinde mich auf dem Bauch, als Ronald sich auf meine Beine setzt, mir das schlimmste Gefühl der Enge gibt und unter mein Schlafshirt fährt. Er berührt meine Haut. Furchterregend sanft. Angsteinflößend zärtlich.

»So weich. Viel zu weich!«, raunt er erregt und reibt seine Erregung in seiner Hose an meine Schenkel.

Ronald streift mit seinen rauen Fingerspitzen meine Schulter, bis er schließlich über die noch frischen Wunden wandert, was ihm ein furchtbares Stöhnen entlockt. Dann werden seine Berührungen derber. Viel grober. Ronald fixiert meinen Oberkörper fester, drückt meinen Kopf ins Kissen und beginnt, mir die Luft abzuschnüren. Ich muss ihn nicht ansehen, um zu ahnen, was er in jenem Augenblick tut. Er zieht sein Messer hervor und fährt damit über meinen Rücken. Ohne Druck und ohne mich ein einziges Mal zu schneiden. Er wandert mit dem kalten Eisen meine Wirbelsäule hinab.

Ich presse die Lippen aufeinander und versuche zwanghaft,

alles über mich ergehen zu lassen, was Ronald von meinem Körper fordert. Ich versuche ernsthaft, einen schönen Gedanken zu finden, der mich dieses Szenarium überleben lässt. So lange, bis er endlich seine für ihn beflügelnden Schnitte auf meinem Rücken hinterlässt und mich zu sich umdreht, damit ich weiterleben und atmen kann. Nur um auf das nächste Mal zu warten, wenn er erneut kommt und seine kranken Gelüste mit meinem Körper stillt. Ein Körper, der für mich schon lange keinen Wert mehr hat.

Schweißgebadet schrecke ich hoch und kralle mich in den Saum der Decke. Die Panik durchkämmt meine Adern wie pures Adrenalin und verdrängt die Müdigkeit mit einem Schlag. Wie ich dieses Gefühl, gekoppelt mit dem rasenden Herzschlag und dem Angstschweiß auf meiner Haut hasse.

Hektisch schaue ich mich um. Ich versuche, die Orientierung wiederzufinden, und sehe nach rechts, zum bodentiefen Fenster. Die Sonne scheint mir mitten ins Gesicht. Trotz der Wärme zittert mein Körper. Nicht vor Kälte, sondern aus purer Angst. Meine Blicke schweben durch einen Raum, der mir bekannter nicht sein könnte und mir doch Ruhe schenken sollte.

Tief einatmen, Wi. Du bist zu Hause. In deinem Zimmer. Es war nur ein Albtraum. Wieder einmal.

Ich versuche, mich selbst zu beruhigen, aber es gelingt mir nicht. Während solch einer Panikattacke geht mein erster Gang eigentlich immer direkt zu

Tammy, wenn ich mich nicht im Bad vor lauter Übelkeit übergeben muss.

Es wäre nicht das erste Mal, dass ich ihre Zimmertür öffne und sie mich schlaftrunken empfängt. Denn im Gegensatz zu meinem ist Tammys Schlaf fest und frei.

Ihr gegenüber fällt es mir nicht schwer, Schwäche zu zeigen. Ich muss ihr niemals sagen, was los ist. Selbst in der puren Dunkelheit sieht sie, was in mir vorgeht. Tammy bittet mich immer zu sich ins Bett. Auch jetzt würde sie ihre Decke über uns werfen, mich umarmen und so lange festhalten, bis die Angstzustände verschwinden. Egal, ob sie ihren Kater zu überleben versucht oder nicht. Tammy wäre da! Aber in diesem Moment laufe ich nicht zu meiner besten Freundin. Das tat ich die letzten Wochen zu häufig. Zu oft war sie schon mein Schutzanker. Also lasse ich zu, dass die Wärme der Sonne einen Teil meiner Panik beiseiteschiebt. Doch es fühlt sich nicht annähernd so gut an wie Tammys Trost.

Scharf atme ich den Druck in meinen Lungen aus, straffe meine Schultern und schlucke den Kloß in meinem Hals herunter. Werde ich irgendwann mit alledem abschließen können oder werde ich immer damit leben müssen? Diese Frage stelle ich mir schon seit Jahren. Ich will mit dieser Panik, die meinen Körper durchwandert, als gehöre sie zu mir, nicht leben müssen. Und doch klebt sie sich nach all der Zeit noch immer an mich wie ein alter Kaugummi an die Schuhsohlen.

Das Zittern verschwindet und meine Angst hinterlässt nur noch einen hektischen Atem, während der Wecker auf dem Nachttischschrank auf 10:07 springt.

Klasse. Nachdem ich heute Nacht über eine Stunde gekämpft habe, überhaupt einzuschlafen, hielt meine Ruhe nicht einmal sechs Stunden an.

Ich ringe mich aus dem Bett, tapse über den Holzboden zum Kleiderschrank, suche mir die erstbesten Klamotten raus und gehe ins Badezimmer.

Ich binde die Bandage vom Handgelenk, drehe den Duschknauf auf vierzig Grad und lasse das warme Wasser mit starkem Druck hinauslaufen. Nur langsam schäle ich mich aus dem Pyjama.

Während ich unter dem Wasserstrahl stehe, überkommt mich für einen kurzen Augenblick das Gefühl purer Entspannung und meine Angst entweicht vollkommen. Rasch shampooniere ich mich ein und lasse den restlichen Schaum meinen Körper hinabwandern. Dann drehe ich den Wasserhahn zu, greife nach meinem Handtuch und rubble meinen Körper trocken.

Als ich die letzten Tropfen von den Beinen streiche und mir einen Turban binde, denke ich an Dr. Tanner und wie gern ich heute eine Sitzung bei ihr haben würde. Wunschdenken. Aber ich werde die kommenden Tage damit überbrücken, all meine negativen Emotionen in ein Ventil zu lenken.

Doch bevor ich zurück in mein Zimmer gehe und mit neuen Zeichnungen beginne, schlüpfe ich in die schwarzen Shorts und in das weiße Shirt, das ich aus meinem Schrank gezogen habe.

Meine Gedanken schweifen ab. Josh schleicht sich unaufhaltsam in meinen Kopf. Dabei ist es nicht einmal sein Aussehen, was mir soeben die Konzentration raubt. Es sind die kleinen Dinge.

Was er sagte.

Wie er seine Worte aussprach.

Wie er mich behandelte.

Und seine unfassbar weichen Lippen, die er ohne Zurückhaltung einsetzte.

Gott, diese Lippen ...

Und da sollte man meinen, jemand wie ich sei gar nicht sein Typ. Ich hätte geschworen, dass Josh auf Blondinchen mit üppiger Oberweite und einem prallen Hintern steht. Drei Dinge, die er niemals an mir finden wird. Außerdem würde man sofort vermuten, dass er eine Freundin hat. Um jemanden wie ihm reißen sich doch neunzig Prozent aller Frauen in meinem Alter. Sie würden alles dafür tun, dass sich Josh nach ihnen umdreht und teuflische Dinge mit ihnen anstellt. Verbotene Dinge.

Deswegen frage ich mich, warum er sich dann unbedingt mit mir treffen will? Warum er mich geküsst hat und mich heute Nacht eindeutig in Versuchung führen wollte? Wie seine »Hilfe« aussehen soll? Auf was genau er aus ist? Was ich zu erwarten habe? Ob er so zu jeder Frau ist?

So unfassbar viele Fragen zu diesem Mann, auf die ich keine Antwort habe.

Den Bleistift in meinen Händen zu halten, fühlt sich absolut falsch an. Somit auch jede Linie, die ich ziehe. Die Konturen eines Baumes, der für mich das Leben darstellen soll, gefolgt von einer blühenden Sommerwiese, die den Stamm zärtlich umhüllt, machen mich aufgewühlter statt ruhiger.

Was zeichnest du hier? Das ist völliger Schwachsinn.

Verärgert zerknülle ich das Blatt Papier und werfe es hinter mich. Dann skizziere ich einen Vogel, eine Schwalbe, die für die Hoffnung, Liebe und Freiheit zugleich stehen soll.

Genau so ein Blödsinn. Nichts, was dein Gemüt oder dich widerspiegelt.

Wieder zerknülle ich diese absurde Malerei.

Wenn es nach den Schmerzen in meinem Handgelenk geht, sollte ich es heute lieber lassen. Stattdessen raufe ich mir meine Haare, bis ich gereizt und gedankenlos drauflos zeichne. Eine dicke Linie, gefolgt von einer weiteren dicken Linie. Gemeinsam werden sie zu einer dunklen Figur, die immer weiter Form annimmt. Etwas Düsteres, Grauenvolles und Angsteinflößendes. Es erinnert mich an *Slender Man* mit weitaus fülligeren Konturen. Die Figur vor mir wirkt dick und stärker, als es *Slender Man* je sein könnte.

Keine Ahnung, wie viele Minuten, eventuell Stunden ich mich dieser Skizze hingebe. Aber irgendwann lächle ich, solange mein Geist dabei ist, die Umrisse weiter auszuarbeiten.

Es ist verrückt und dennoch wahr. Aber das erste Mal seit Jahren fühle ich Zufriedenheit, während ich zeichne. Dass mir so etwas Bedrohliches einen Hauch Erfüllung schenkt, irritiert mich, und doch denke ich gar nicht daran, aufzuhören. Es fühlt sich gut an, ehrlich. Also zeichne ich weiter, gebe der Gestalt ein Gesicht. Gebe ihr einen Raum, in der sie sich frei fühlen kann. So lange, bis ich in meinen Taten gestoppt werde.

Ein sanftes Klopfen durchdringt die Wohnungstür und lässt meinen Körper zusammenzucken. Dieses Geräusch wirft mich in die Realität und somit an den Schreibtisch zurück. Es ist lange her, dass ich beim Zeichnen die Zeit vergessen habe. Dass ich mich und meine Probleme vergessen habe.

Es ist mit Sicherheit Josh.

Sobald ich an ihn denke, fahren meine Finger selbstständig über meine Lippen.

Hör auf, an den Kuss zu denken, Will!

Ich erhebe mich vom Stuhl, stopfe die zerknüllten Zeichnungen in den Mülleimer, packe rasch meinen Stapel Skizzen, der sich die letzten Stunden angehäuft hat, und schiebe ihn unter mein Bett. Dann richte ich mir mein weißes Shirt und laufe aus meinem Zimmer.

Ein letzter Blick in den Garderobenspiegel zwingt mich, die gewellte Katastrophe auf dem Kopf zu ordnen. Um die leichten Augenringe mache ich mir eher weniger Sorgen.

Gewisse Aufregung überkommt meinen Körper und ich ziere mich, die Tür zu öffnen. Mag daran liegen, dass diese Situation gerade Seltenheitswert hat und ich es einfach nicht gewohnt bin, Besuch zu empfangen. Normalerweise verbringe ich meine Stunden nicht mit einem Fast-Fremden, der es trotz seines Status wagte, mich intensiver zu berühren, als ich es üblicherweise zulassen würde.

Und du wirst es auch nicht mehr zulassen, Will. Egal, wie sehr dir das gefallen hat!

Konzentriert straffen sich meine Schultern. Ich räuspere mich, damit mir ja nicht die Stimme versagt. Dann laufe ich zur Tür, atme die Luft meiner Lungen aus und umfasse den kühlen Knauf. Ungewollt erstarre ich, als ich die Tür zu mir ziehe und in Joshs strahlendes Gesicht sehe.

Seine haselnussbraunen Augen blicken mich an und schenken mir für diesen Moment eine angenehme Ruhe. Tiefe Grübchen formen sich auf Joshs Wangen und nahezu ansteckend erscheint es wieder – dieses selbstsichere Lächeln, das mich zwingt, es ihm gleichzutun. Ich bemerke, wie sich meine Mundwinkel leicht nach oben beugen.

Seine glatten, dunklen Haare stehen in alle Richtungen ab, was ihn sympathisch wirken lässt. Aber sowas wie Sympathie hatte ich schon seit der Aktion im *Claras* für ihn übrig. Einzelne Strähnen liegen über seiner Stirn.

Ein Dreitagebart bedeckt sein Kinn und legt einen sanften Schatten auf seine Wangen. Er sieht frisch aus, kaum müde.

Josh schiebt seine Hände in die Hosentaschen und

öffnet seinen perfekt geformten Mund. »Na, Will.«

Mir gefällt der beruhigende Klang seiner tiefen Stimme und wie sie mich bei meinem Lieblingsnamen nennt. Ein Name, der mich an die schönen, unbeschwerten Zeiten mit meiner Mum erinnert.

Hör auf, so über ihn zu denken, Will. Hör auf damit.

»Josh«, erwidere ich monoton, nur damit er meine Aufregung nicht bemerkt.

»Bist du bereit?«

»Für was eigentlich genau?« Misstrauen überschattet mein Gemüt.

»Die nächsten Stunden mit mir zu verbringen?« Verspielt sieht er mich an. Joshs Körper ist mit so einem Selbstbewusstsein überzogen, dass einem ganz schwindelig wird. Ich will nicht wissen, wie viele Frauen er damit schon um den Finger gewickelt hat. Und ich weigere mich, die Nächste zu sein, die darauf reinfällt.

»Würdest du ein Nein gelten lassen?«, stichle ich und ziehe eine Augenbraue fragend in die Höhe.

»Eher nicht.« Er schüttelt seinen Kopf, um seine Antwort noch einmal zu untermauern. Sein Dauergrinsen entflieht ihm dabei keinesfalls.

»Dann komm erstmal rein.«

Ich trete einen Schritt zur Seite und fordere ihn mit einer ruhigen Handbewegung auf, hineinzukommen. Immer mit dem Hintergedanken, Abstand zu bewahren. Josh kommt dem nach und sieht sich gelassen im Flur um.

»Es ist hier so ruhig. Wo ist Tammy?« Auch er hat wohl mitbekommen, wie quirlig Tammy sein kann. Vor allem, wenn sie mehr als zwei Gläser Wein in sich hat.

»Der Abend ging bis kurz nach vier. Tammy liegt noch komatös im Bett und wird nicht vor vier aufstehen, schätze ich.«

»Und du bist fit?«

So fit man eben sein kann, nach diesen wenigen Stunden Schlaf. »Ich hatte nicht so viel Alkohol im Blut wie sie. Und außerdem bin ich in der Übung«, zwinkere ich ihm zu.

»Durch das *Claras*, ja?«

»Genau. Manche Abende gehen bis morgens fünf Uhr. Und wenn ich nicht den ganzen Tag vergeuden will, muss ich spätestens ...« Ich sehe auf meine Uhr, die ihren Zeiger auf drei nach eins schlägt. »Spätestens jetzt aufstehen.«

Ich drehe mich zu unserer Garderobe um und damit Josh den Rücken zu. Dann schnappe ich mir meinen geblümten Korkrucksack und bin gewillt, mich ihm wieder zuzuwenden. Stände er nicht längst so dicht hinter mir, dass jegliche Distanz, die ich zwischen uns einhalten wollte, von ihm gebrochen wird.

In meinem Rücken spüre ich Joshs Oberkörper, der sich sanft gegen mich drückt. Die Wärme löst ein Prickeln auf meiner Haut aus, das ich sofort zu ersticken versuche. Mit jeglicher Selbstbeherrschung, die ich in mir finden kann.

Aber dieses Prickeln ist nichts dagegen, was ich

fühle, als seine Hand mein Handgelenk umgreift und er mich sachte zu sich wirbelt.

Will, eigentlich überschreitet er deine Grenzen. Eigentlich sollte dir das Angst machen. Eigentlich.

Entgegen jeder Vernunft erstarre ich und mein Körper wird zu einem unkontrollierbaren Klumpen voller Emotionen, die hier absolut fehl am Platz sind. Entgeistert sehe zu ihm auf und merke sofort, wie sich unsere Blicke anziehen. Wie unaufhaltsame Magneten, die abermals zueinanderfinden würden.

Mit seinen Fingerspitzen streicht er über meine nackten Arme und hinterlässt auf jedem Zentimeter meiner Haut eine erregende Flut der Wärme.

Mir wird heiß.

Sein holzig-frisches Aftershave wandert in meine Nase und spätestens jetzt ist meine Selbstbeherrschung dahin. Denn alles an Josh riecht nach Sicherheit und gleichzeitig nach einem verlockenden Reiz, dem jemand wie ich eigentlich widerstehen sollte. Aus Vernunft. Aus Selbstschutz. Aus Routine.

Und ich verfluche es, dass mir sein Duft soeben meine Sinne vernebelt. Er schickt mich geradewegs in eine andere Welt. In eine perfekte, sorgenfreie Welt, die nichts als Schein ist. In eine Welt, in der es egal ist, was morgen geschieht, weil jeder Tag absolut perfekt laufen wird.

Ohne jegliches Wort nimmt Josh mein Gesicht zwischen seine warmen, weichen Hände. Genauso wie er es letzte Nacht getan hat. Und gottverflucht, ich stehe nur da und mache nichts dagegen. Vermutlich weil ich nichts dagegen machen will. Weil es sich einfach nur gut anfühlt. Weder gedrückt noch beängstigend.

Will, bist du verrückt? Dreh dich weg! Schubs ihn weg!

Joshs Mimik ist gefasst, als wüsste er genau, was er zu tun beabsichtigt. Als hätte er sich Stunden darauf vorbereitet, während ich ins eiskalte Wasser geschmissen werde.

Meine Vernunft schreit Stopp, zeigt mir alles auf, was dagegen spricht, das hier fortzuführen, und eigentlich auch Grund genug wäre, Josh auf Distanz zu halten: Die Vergangenheit.

Aber mein Körper hat sich verselbstständigt, ignoriert die Stimmen in meinem Kopf und presst sich eigenständig an Joshs Brust.

Ich starre ihn noch immer an und habe das starke Bedürfnis, mich irgendwo festzuklammern. Doch mir ist klar, dass es nicht wieder sein Shirt sein darf. Nicht so, wie es letzte Nacht der Fall war. Es darf nicht wieder Josh sein, der mir Halt bietet. Weil er derjenige ist, der mich soeben ins Wanken bringt. Und das mit Vorsatz.

Während seine Daumen über meine Wangen streicheln, forme ich meine Hände zu angespannten Fäusten, die mir die erhoffte Selbstkontrolle zurückgegeben sollen. Die Schlaufe meines Rucksacks drückt sich immer tiefer in die Handflächen. Wobei ich weiß, dass gerade alles, was ich mir im Kopf zusammengebraut habe, glimpflich schiefgehen wird. Ich werde mich dieser Situation weder entziehen, indem ich mich wegdrehe, noch werde ich ihn von mir stoßen.

Mir stockt der Atem und gleichzeitig schnappe ich unwillkürlich nach Luft. Josh muss es merken. Egal wie viel Gefühl er in seinen Handflächen besitzt, egal wie viel Feingefühl in ihm steckt, muss er längst gemerkt haben, wie sich mein Körper vor ihm verspannt. Und doch zieht er seine Hände nicht zurück.

Er kommt mir stattdessen näher und legt seine Lippen auf meine. Bestimmend, fordernd und doch zaghaft.

Der Kuss dauert zwei, vielleicht drei Sekunden an. Nicht lang genug, damit ich vollends realisieren kann, dass er es wieder tut. Genauso gut, genauso einnehmend, genauso sicher wie vor wenigen Stunden.

»Ich wusste gar nicht, dass das *Claras* so lange geöffnet hat«, raunt er lächelnd an meinen Lippen.

Das kann nicht sein Ernst sein ...

»Nur zu besonderen Anlässen«, entgegne ich leise und fernab jeglicher Gedankenwelt.

Während ich diejenige war, die letzte Nacht von ihm zurückwich, um den Kuss zu beenden, ist es nun Josh, der sich einen Schritt von mir entfernt. Mir dabei verträumt in meine Augen sieht und mich anlächelt.

»Zu besonderen Anlässen.« Ein nachdenklicher, fast hingebungsvoller Blick liegt in Joshs Gesicht, als er einen Teil der Wiederholung in seiner Kehle ersticken lässt.

Als mein Kopf wieder zu denken versucht und meine Vernunft überhandnimmt, finde ich besonnene Worte, die diese Situation erklären sollen. »Wird das hier sowas wie ein Ritual zwischen uns?«

Josh nähert sich mir erneut und hinterlässt einen flüchtigen Kuss auf einem meiner Mundwinkel, der alles, was er tut, unterstreichen soll. »Wenn du willst und ich darf?«

Ein Zögern meinerseits übermannt selbst die Stille, die uns umgibt. »Das wirst du wohl rausfinden müssen.«

»Was davon genau?« Josh beißt grübelnd auf seine Unterlippe. Und um Himmelswillen, dieser Anblick sollte in meiner Magengegend nicht dieses wundervolle Kribbeln auslösen.

»Beides.«

Dann findet Joshs selbstsichere Mimik in sein Gesicht zurück, die mich erahnen lässt, was gerade kommt. »Dir gefällt es, wenn ich das tue.«

Langsam nimmt er seine Hände von meinen Wangen und führt sie in seine Hosentaschen zurück.

»Wenn du was tust?«, stelle ich mich dumm.

Wärst du nur annähernd so dumm, fiele es dir nicht so schwer, diese Blödheit vorzuspielen.

»Wenn ich dich küsse. Ehrlich und schonungslos.«

»Das wird wohl jetzt unser Ding, was?«

»Würde mir zumindest sehr gefallen. Und dir auch.«

»Warum bist du dir so sicher, dass mir das gefallen würde?«

»Weil du mich schon längst von dir gestoßen hättest, wenn es nicht so wäre.« Langsam findet seine tiefe Stimme wieder vollends zu ihm zurück.

»Kommt vielleicht noch«, spreche ich schulterzuckend.

Ich kann ihm nicht die Garantie geben, dass ich ihn nicht von mir stoßen werde. Ich bin Meisterin darin, die Menschen um mich herum auf Abstand zu halten.

»Ich glaube nicht dran. Außerdem ...«

Mein kritischer Blick trifft sein Braun. »Außerdem was?«

»Du erschauderst unter meinen Berührungen«, sagt er mit so einer Leichtigkeit, die mich jetzt erst recht zittern lässt.

»Vielleicht ekel ich mich ja?«

»Tust du nicht.«

»Du bist ja ganz schön selbstüberzeugt, Josh.« Ich drücke ihn spielerisch von mir, greife nach meinem Portemonnaie auf der Kommode und schiebe es in meinen Rucksack. Dann werfe ich ihn mir über die Schulter.

Er beobachtet mich dabei und lacht nur. Gelöst und frei.

Der Kerl hat ja wirklich Nerven und normalerweise sollte ich anders reagieren, statt so locker und gelassen. Aber wie schon einmal erwähnt. Ich bin eben nicht normal. Und irgendwann wird das Josh auch mitbekommen. Dann wird er sich von mir abwenden, so wie es jeder bis auf Tammy tat. Und ich werde dafür bereit sein. Nicht so, wie es in meiner Vergangenheit der Fall war.

Erst jetzt wird mir so richtig klar, zu was ich in diesem Augenblick imstande bin. Auf was ich mich da einlasse. Nämlich auf einen Tag im Ungewissen mit einem Mann, der mir fremder und gleichzeitig vertrauter kaum sein könnte.

Vertrauter ...

Ich versuche die Anspannung, die erneut in meinen Körper krabbelt, zu überspielen. Dabei habe ich keine Ahnung, ob mir das auch gelingt. »Also, Retter in der Not. Wo geht es hin?«

»Ist das dein Spitzname für mich?«, lächelt er. Warum hört dieser Kerl nicht auf damit? Sein Dauergrinsen wird mir langsam unheimlich. Und doch klopft mir mein Herz spürbar gegen den Brustkorb.

»Vielleicht.« Ich zucke mit meinen Schultern.

»Gibt eindeutig schlimmere«, erwidert er. »Aber lass dich überraschen, Will.«

Wenn du wüsstest, wie sehr ich Überraschungen hasse.

Dass ihm keine Antwort zu entlocken ist, ahne ich. Denn ich spürte ab der ersten Sekunde an, wie hartnäckig Josh sein kann. Aber irgendwann wird er mit Geschwindigkeit gegen meine eisernen Mauern prallen. Ob er dann wieder aufstehen wird? Ob er sich wieder an mich wagen wird?

Prüfend sehe ich erneut auf meine Uhr am Handgelenk. »Mir bleiben genau vier Stunden.«

»Die reichen völlig aus.«

Josh sieht in den Garderobenspiegel und fährt mit seiner Hand durch sein leicht zerzaustes Haar. Vermutlich um es ein wenig zuordnen. Dabei möchte ich ihm gern sagen, dass das völlig unnötig ist. Dass es gut so aussieht, wie es ist. Aber ich enthalte mich, weil mir eine Äußerung dahingehend gar nicht zusteht.

Ich schnappe mir meinen Wohnungsschlüssel, der am Brett neben der Tür hängt, und bitte Josh nach draußen. Hinter mir fällt die Tür ins Schloss und damit bin ich widerwillig bereit. Bereit, mich überraschen zu lassen von einem Mann, der mich jedes Mal küsst, wenn wir uns sehen, während ich es einfach nicht zustande bringe, ihm dafür eine zu schießen.

Weil es dir gefällt. Weil du es genießt.

16

Josh

Ich mag das Gefühl, ihre Lippen auf meinen zu spüren. Auf der einen Seite hätte ich mir gewünscht, dass Will sich genauso an mir festkrallt, wie sie es letzte Nacht getan hat. Andererseits hätte sie dann meine Unsicherheit gespürt, die ich mit aller Macht im Kopf überspielen wollte. Kaum zu fassen. Denn wenn Josh Clark eins nicht ist, dann unsicher gegenüber dem weiblichen Geschlecht.

Ich habe keine Ahnung, was die Frau in mir auslöst, dass es mir vor Will anders ergeht.

Wie bei unserem Zusammenkommen im Bad hat es einige Minuten gedauert, bis ich zu meiner Selbstsicherheit und der damit verbundenen Überzeugung zurückgefunden habe.

So bin ich es mit einer Frau noch nie angegangen. Meistens hielt ich mich zurück, bis sich eine Frau regelrecht an mich drängte und der Weg ins Bett unausweichlich schien. Nicht ich ergriff in der Vergangenheit die Initiative. Ich forderte innerlich immer, dass sie mich wollten.

Anders ist es bei Will. Ich habe nicht die leiseste Ahnung, ob sie mich ebenso möchte, wie ich es von anderen Frauen gewöhnt bin. Und doch schieße ich bei ihr gern übers Ziel hinaus und fordere die Berührungen regelrecht ein. Schonungslos und ehrlich. Denn genau das scheint unser Ding zu sein, wie sie sagt.

Im Moment liegen mir so einige Fragen auf meiner Zunge, die ich ihr gern stellen würde. Aber ich wage es nicht, nur eine einzige davon zu auszusprechen. Mit der erregenden Begrüßung, ihrem schönen Lächeln und ihren schlagfertigen Antworten muss ich mich wohl erst einmal zufriedengeben. Schon allein diese drei Dinge haben mir den Tag versüßt. Dennoch lechzt mein Inneres nach mehr.

Wir laufen schon eine Weile schweigend nebeneinanderher. Dabei hoffe ich die ganze Zeit, dass sie mir etwas über sich erzählen oder mir Fragen stellen würde.

Ich würde mir gern selbst erklären wollen, warum ich unbedingt mehr über Will erfahren möchte. Normalerweise interessieren mich die Frauen nicht ansatzweise so sehr, wie es bei ihr der Fall ist. In meinen vergangenen Beziehungen habe ich immer ein wenig Hoffnung gehabt, dass sich das Interesse für die Frau sowie die Gefühle entwickeln würden. Doch so kam es nie. Zum Schluss, und ich bin wirklich nicht stolz drauf, gefiel mir nur der Sex, der eine entspannende Wirkung erzielte. Dabei wusste ich, dass meine

Verflossenen im Gegensatz zu mir gefühlstechnisch voll bei mir waren. Jedenfalls liebten sie es, Josh Clarks Freundin zu sein. Die Freundin vom Sohn eines erfolgreichen Pharmaunternehmers. Ob es tiefe Liebe von deren Seite gewesen war, ist ebenso fraglich. Und genau so sollten Beziehungen eben nicht laufen. Deswegen halte ich es normalerweise gern oberflächlich.

Will ist so ganz anders als die Frauen, die ich bisher kennengelernt habe. Sie ist keine, die mir gefallen möchte. Keine, die sich gekünstelt in den Vordergrund drängt. Es scheint, als müsste man sich jede Antwort von ihr verdienen. Und dieser fesselnde Reiz dahinter gefällt mir. Obwohl Geduld zu beweisen, nicht zu meinen Stärken gehört.

Da sie auf der Party war, weiß sie, dass haufenweise Geld in unserer Familie stecken muss. Die Villa, der Garten, die Umgebung schreien ja regelrecht danach. Aber diese Tatsache scheint Will überhaupt nicht zu interessieren.

Ich mag die Natürlichkeit, welche sie ausstrahlt. Innerlich wie äußerlich. Ich nehme ihr jedes Wort ab, das über ihre fülligen Lippen gleitet. Von Mal zu Mal überkommt mich immer mehr der Drang, die Spitzen ihrer wunderschönen roten Haare um meinen Zeigefinger wickeln zu wollen. Es ist sehr erfrischend, mich einer Frau zu widmen, die kaum einen Ansatz von Make-up trägt, das ihr Gesicht verfälscht. Lippen zu küssen, die nicht vom Lippenstift verspachtelt sind.

Will steht zu sich und zu ihrer Hülle, diese Frau beweist mit jedem Zentimeter ihres wohlgeformten

Körpers, dass sie das mit gutem Gewissen auch tun kann.

Trotzdem ist sie keine gute Schauspielerin. Ich erkenne ihr Flunkern und ihre Nervosität. Obwohl sie mir wie ein verschlossenes Buch erscheinen mag, spüre ich, dass in ihr ein schmerzhaftes Feuer brennt. Es gibt einen Grund, weshalb sie ihre Mauern nach oben zieht und sie kaum zu jemandem Vertrauen fassen kann.

Ich frage mich, ob ich den Grund wissen will. Ob ich ihn erfragen sollte. Denn, wenn sich herausstellt, dass Will schweren Ballast auf ihren zarten Schultern trägt, den sie allein nicht bewältigen kann, bin ich scheinbar der Letzte, der sich damit auseinandersetzen sollte. Der Letzte, der ihr helfen kann. Und doch will ich sie unverständlicherweise weiter kennenlernen. Dieser Widerspruch, der durch meine Magengrube fegt, macht mich unfassbar wuschig.

Still laufen wir nebeneinanderher. Ihr rotes Haar tanzt eine eigene Choreografie im sanften Sommerwind. Ich merke, dass Will mich ab und an mustert, obwohl sie sich bemüht, es zu verbergen. Doch ihre Versuche scheitern und ich muss zugeben, dass es mir ähnlich ergeht. Immer wieder schweben meine Blicke über ihrem porzellanähnlichen Gesicht, das mit feinen Sommersprossen verziert ist. Tiefer zu sehen, verbiete ich mir. Sonst werde ich in einem schwachen Moment haltlos, was es zu verhindern gilt.

Nie war Schweigen neben einem Menschen so einfach. Meistens wird man von einem quälenden Zwang überschattet, der ein unangenehmes Gefühl mit sich bringt. Aber mit Will ist es anders, und das spüre ich seit dem ersten Schritt, den wir aus ihrer Wohnungstür gegangen sind.

Ich führe sie in den nördlichen Teil Clearwarters. Rechts von uns reiht sich Laden an Laden und es sind nur noch wenige Meter bis zum Ziel. Doch Will wird nach gut einer halben Stunde sichtlich ungeduldiger. Also redet sie. Allein, von sich aus. »Wo wollen wir hin? Mhm, Josh?« Sie kaut nervös auf den Innenseiten ihrer Wangen herum.

»Ich sagte dir bereits, dass du dich überraschen lassen sollst«, schmunzle ich.

Ihr Grün trifft mein Braun. Gott oder Natur. Was auch immer es ist. Wie kann man solche Augen in die Wiege gelegt bekommen?

»Ich mag keine Überraschungen.«

»Nicht?«

»Nein,« erwidert sie, ohne eine Miene zu verziehen.

Für sie vielleicht eine belanglose Aussage. Für mich endlich ein wesentlicher Fakt über sie.

»Weshalb?«

»Ich habe keinen Einfluss drauf. Bei einer Überraschung muss man alles über sich ergehen lassen. Und das tue ich äußerst ungern. Man weiß nicht, was einen erwartet. Zudem muss man sich darüber freuen, obwohl es vielleicht totaler Blödsinn ist. Denn die Leute erwarten nun einmal, dass man sich freut. Und ich hasse es, Erwartungen erfüllen zu müssen.«

»Wow«, entgleitet es meinen Stimmbändern.

»Was?« Will sieht zu mir auf.

»Das nenne ich mal wieder pure Ehrlichkeit.«

»Alles andere ist bedeutungslos.«

Du glaubst gar nicht, wie verdammt sympathisch dich diese Aussage macht, Will.

»Und du behältst gern die Kontrolle«, wird mir klar.

»Kann man so sagen, ja.«

Ich möchte sie überzeugen, dass es keinen Grund gibt, nervös zu sein. Nicht in meiner Nähe. »Keine Sorge, das ist kein großes Ding. Du sollst dir nur mal etwas ansehen. Gleich da vorne an der Ecke.«

Wir kommen dem frisch sanierten Eckhaus immer näher, und als ich davor haltmache, sieht mich Will fragend an.

»Schau, hier sind wir schon.« Ich werfe meinen Daumen über die Schulter und zeige auf einen blauen Schriftzug, der über der Eingangstür angebracht ist.

»*Sports and protect by Clark*? Was ist das hier?« Fragend zieht Will ihre Augenbrauen zusammen, sodass eine kleine zarte Furche entsteht.

»Ich habe heute Nacht erwähnt, dass ich dir vielleicht ein wenig helfen kann«, erinnere ich sie. »Also, siehe da.«

»Jetzt machst du mich neugierig.« Angespannt zupft sie an wenigen Haarsträhnen herum und zeigt mir damit einen Teil ihrer Aufregung.

»Dann komm mal mit rein. Nicht dass du vor lauter Neugier noch platzt.«

Ich sperre die Glastür auf, während mich ein stolzes Lächeln überflutet.

Tja Will, willkommen in meinem Leben.

17

Willow

Seitdem ich in Clearwater lebe, bin ich nicht ein einziges Mal in diesem Stadtteil gewesen. Daher staune ich nicht schlecht, als Josh auf einen Schriftzug mit seinem Namen zeigt.

Die Fassade des Gebäudes vor meinen Augen ist frisch verputzt und leuchtet reinweiß. Die geschwungene blaue Schrift *Sports and protect by Clark* fällt dadurch besonders auf.

Dass ich ein wenig skeptisch bin, lässt sich wohl kaum verleugnen. Denn ich habe keine Ahnung, wie und womit Josh mir helfen möchte. Dennoch folge ich ihm, als er mich darum bittet. Entweder ich verliere meinen schützenden Verstand, den ich jahrelang gedrillt habe, niemandem zu vertrauen, oder ich sehe in Josh mehr, als mir selbst lieb ist. Sonst würde ich nicht das tun, was ich gerade tue.

Was hat er an sich, dass dich dazu reitet, ihm einfach ins Unbekannte zu folgen? Das tust du nie.

Wir durchlaufen einen kühlen Eingangsbereich, der

mit Marmorfliesen ausgelegt ist. Und ja, ich friere. Aber nicht wegen der Kühle, die sich um mich herum ausbreitet, sondern vor Aufregung.

Dann kommen wir erneut durch eine Glastür und es scheint, als wären wir allein hier. Rechts von uns steht ein unbesetzter Tresen aus Massivholz. Auf ihm liegen Flyer aus, die genau das abbilden, was mich soeben staunen lässt. Von den Decken hängende Boxsäcke, die nur darauf warten, als Übungsobjekt benutzt zu werden. Der großzügige Trainingsraum ist mit Hart- und Mattenboden, Sandsäcken und einem Boxring ausgestattet. Ich schätze, wir befinden uns im Augenblick auf einhundertfünfzig Quadratmetern, die wohl jedes Kampfsportherz höher schlagen lassen. Aber was will ich hier?

Josh läuft zielgerichtet durch die Halle hindurch und öffnet eine Tür, die weitere vier Wände zeigt. Der Boden hier ist ebenso mit Matten ausgelegt. Der Raum bietet zwar eine Menge Bewegungsfreiheit, ist jedoch nicht annähernd so weitläufig wie der vorherige.

»Josh, was genau wollen wir hier? Was ist das hier alles?«, frage ich und bin gewillt, endlich herauszufinden, was das soll.

Er dreht sich zu mir um und geht wenige Schritte auf mich zu, seinen Blick dabei genau in meine Augen gerichtet. »Das hier ist sozusagen mein Baby. Ich habe das ganze Objekt vor zwei Jahren gekauft und damit begonnen, mir den Laden hier aufzubauen.« Josh ist stolz auf das alles hier. Das kann man nicht nur sehen. Seine Euphorie spürt man regelrecht.

»Aber was will ich hier? Ich meine ...«

Er steht in diesem Moment so nah neben mir, dass ich erneut seinen Duft riechen kann. Aber ich lasse nicht zu, dass mir dieser holzig-frische Wohlgeruch meine Sinne vernebelt. Nicht schon wieder. Ich muss doch wenigstens einen Teil meiner jahrelang trainierten Vernunft und meiner Selbstbeherrschung behalten.

»Eigentlich geben wir hier Kampfsporttraining.«

»Aber?« Was will er mir bitte damit sagen? »Halt mich nicht so hin.«

Nun erklärt sich Joshs durchtrainierte Figur. Der Gedanke, der sich immer wieder seit letzter Nacht in meinem Kopf ansammelt, wie es unter seinem Shirt aussehen könnte, zieht mir fast den Boden unter den Füßen weg. Ich schüttle mir diese unpassenden Vorstellungen aus dem Kopf und versuche, mich mit allen Mitteln nur auf die Situation zu konzentrieren. Und doch lässt es sich nicht verleugnen. Josh Clark ist verflucht heiß. Eindeutig berufen dazu, sich die Finger an ihm zu verbrennen.

»Zusätzlich gebe ich drei Mal die Woche einen Selbstverteidigungskurs.«

»Okayyy?« Fragend ziehe ich meine Aussage unweigerlich in die Länge.

Josh grinst genüsslich. Lässt sich mit jeder Antwort, die er mir gibt, alle Zeit der Welt.

»Die Kurse sind Montag-, Mittwoch- und Donnerstagnachmittag. Sie beginnen immer fünfzehn Uhr. Mittwoch wäre noch ein Platz frei.«

»Warum ...?«

Josh unterbricht mich und reibt sich den Nacken. »Nimm an dem Kurs teil, Will.«

Mir stockt der Atem. »Ist das dein Ernst?« Meine Augen müssen wohl so groß wie Bowlingkugeln sein.

»Ist es. Denn du wirkst auf mich so, als würdest du dich nicht gern beschützen lassen. Als wärst du ungern auf andere angewiesen. Also lerne, dich selbst zu beschützen. Dann kann dir so ein Typ von neulich nichts mehr anhaben.«

Josh sieht mich mit einer Ausdruckskraft an, die meinen Körper ganz flau werden lässt. Skeptisch erwidere ich seinen braunen Blick und weiß nicht, was ich darüber denken soll.

Ich stehe hier, in einem für mich unbekannten Raum. Dazu kommt, dass mich Joshs Gegenwart schrecklich nervös macht. Zugleich schenkt er mir eine unerklärliche Sicherheit, die mich innerlich straucheln lässt.

Nur schwer löse ich mich von der Stelle und laufe durch den Raum, der hell und freundlich wirkt. Obwohl es nicht viel zu sehen gibt, schweben meine Blicke über die weißen Wände. Eine der vier Wände ist vollständig verspiegelt und zeigt mir mein Ebenbild. Ein Ebenbild, das schwach und angreifbar wirkt. Zumindest sehe ich mich so. Vielleicht könnten mir ein paar Tricks wirklich nicht schaden? Schließlich habe ich mir damals selbst geschworen, niemals wieder etwas mit mir machen zu lassen, was ich selbst nicht auch will.

Nachdenklich verschränke ich meine Arme vor meiner Brust. »Was kostet denn der Spaß?«

»Nichts.«

»Nichts?«, frage ich und löse mich von meinem Spiegelbild.

»Das ist etwas Ehrenamtliches«, erklärt Josh. »Also, wenn du Lust hast. Mittwochnachmittag.«

»Warum tust du das dann ...« Die meisten Menschen machen nie etwas, sofern nicht genügend für sie selbst dabei herumkommt. So ist unsere Spezies nun einmal. »Wenn nichts für dich rausspringt?«

Ehe ich eine Entscheidung fälle, warte ich Joshs Antwort ab. Als hinge mein Entschluss davon ab, was er erwidern würde.

»Wie soll ich sagen. Ich finde, dass sich keiner etwas gefallen lassen sollte. Jeder sollte die Stärke besitzen, seinen Körper beschützen zu können. Aus diesem Grund habe ich entschieden, drei Mal die Woche so einen Kurs zu geben. Und er wird recht gut angenommen, wie ich finde. Also, Will, hast du auch Lust?«

»Lust schon«, stottere ich. »Irgendwie.« Nachdenklich streiche ich mir über die Stirn.

»Aber?« Josh legt musternd seinen Kopf schief. Es scheint mir, als versuche er, mir erneut in die Seele zu blicken. In dieses geschundene Teil, das auf jegliche Art und Weise zerbrochen in meinem Körper umherwandert.

»Ich weiß nicht so recht.«

»Komm zu einer Trainingseinheit und du wirst sehen, dass es dir Spaß machen kann. Gleichzeitig wirst du dich früher oder später wehren und in einer bedrohlichen Situation selbstbewusst sein können. Du kannst hiermit nur gewinnen. Das von gestern, mit dem Typen, soll sich doch nicht wiederholen, oder?«

Das hat sich schon zu oft wiederholt, will ich sagen. Doch ich versiegle meine Lippen.

»Schon. Es ist nur ...«

»Es ist was?«

»Obwohl ich mittwochs frei habe, kann ich nicht.« Die Sitzungen bei Dr. Tanner sind mir heilig und ohne sie würde ich noch tiefer in meine nächtlichen Angstzustände schlittern. »Nichts, was sich verschieben lässt. Tut mir leid.«

»Jeden Mittwoch?«, hakt er nach.

»Jeden Mittwoch.«

»Aber du würdest kommen, um es dir einmal anzusehen?«

»Vermutlich schon. Außerdem könnte es sich ganz gut anfühlen, sich nicht permanent unterlegen zu fühlen, sobald ein betrunkener Schrank vor einem steht.«

»Dann schaufle ich dir montags oder donnerstags einen Platz frei. Du schaust es dir ganz in Ruhe an, ob das was für dich ist. Wobei ich schon weiß, dass es etwas für dich sein wird.«

»Warum glaubst du das? Du kennst mich doch kaum«, spreche ich. »Wobei dich diese Tatsache auch nicht abhält, mir permanent deine Lippen aufzudrücken.«

Ein flüchtiges Lachen entflieht Joshs Lippen. »Ist

eben so eine Eingebung. Also, welcher Tag ist dir lieber?«

»Geht das denn in Ordnung?«

»Sicher. Wenn du mir dein Wort gibst, dass du mein Angebot wirklich annimmst.«

Wieder muss ich nachdenken. Ich bin niemand, der etwas sagt und es dann nicht hält.

»Donnerstag habe ich ebenso frei und den ganzen Tag über Zeit. Da würde es gut passen, denke ich.«

Mein Gott, Will. Hast du gerade zugesagt?

»Dann Donnerstag.« Joshs Lippen umspielt ein stolzes Lächeln. »Freut mich, dass ich dir helfen kann.«

Abwarten, ob er mir wirklich eine Hilfe ist, hätte ich sagen wollen. Aber ich verkneife es mir.

So attraktiv Josh auch sein mag, ebenso überzeugt ist er von sich selbst. Ich kann nur schlecht einschätzen, auf welcher Ebene. Denn ich weiß nicht, ob ich seine permanente Selbstüberzeugung nervig oder charmant finden soll.

Fast schwebend gleite ich über den Boden seines Trainingsraums und sehe erneut in den Spiegel. Joshs und meine Blicke verkeilen sich ineinander und keiner von uns beiden ist gewillt, den Blick einfach so aufzulösen.

»Wenn du mal auf deine Uhr siehst, bleiben mir noch genau drei Stunden, bevor ich dich zu Hause absetzen werde.«

»Du musst mich nicht zu Hause absetzen. Ich finde den Weg auch allein.«

»Mag sein. Aber ich habe dich abgeholt, also bringe

ich dich wieder zurück. So gehört sich das«, besteht er.

»Ist das so? Na, wie du willst«, erwidere ich und umgreife die Träger meines Rucksacks. »Was willst du denn bis dahin machen?«

Ein Grübeln umspielt Joshs Gesicht. Seine Augen formen sich zu schmalen Schlitzen und für einen Augenblick scheint es mir, als würde er seine Ideen im Kopf durchspielen und abwägen. »Komm.« Josh streicht sich mit den Fingern durch sein Haar und lenkt seinen Körper in Richtung der Tür. »Ich lade dich auf einen Kaffee ein.«

Ich sollte ablehnen und gehen. Doch ich tue es nicht. Stattdessen lächle ich. Du meine Güte. Ich lächle ernsthaft. »Lieber auf ein Wasser.«

Dummer Körper.

Dummer Verstand.

Dumme Will.

»Alles, was du willst«, schmunzelt er über seine Schulter hinweg.

Und Himmel, von Mal zu Mal tanzen meine Synapsen heftiger, wenn sich die tiefen Grübchen auf seinen Wangen bilden. Ich zwinge mich, diese Emotionen zu unterdrücken und sie eiskalt an mir abblitzen zu lassen. Denn nur so kann ich mich selbst vor irgendeinem Gefühlschaos beschützen, das von vornherein zum Scheitern verurteilt ist.

Ich folge Josh erneut durch seine Räume, hinaus in den Eingangsbereich. Er öffnet links von uns eine verschlossene Tür und läuft die Treppen hinauf. Ungehindert bleibe ich stehen und umgreife die Streben des kühlen Geländers. »Wo willst du denn hin?«

»Nicht so misstrauisch, Will. Hier oben ist nur meine Wohnung. Folge mir einfach.«

Das tue ich schon die ganze Zeit. »Ich bin von Natur aus misstrauisch.«

»Das musst du aber bei mir nicht sein. Ich würde dir niemals etwas antun. Das verspreche ich dir. Ich will auch nicht, dass du sowas von mir im Entferntesten denken könntest.« Warum scheint es ihm so wichtig zu sein, was ich über ihn denke?

Ich weiß, dass es für andere Menschen kein Problem darstellen würde, Josh einfach zu folgen. Und auch er sieht das bestimmt als Banalität an. Aber Josh ist sich nicht im Klaren darüber, dass ich schon heute etliche Schritte mehr getan habe, als ich sonst tun würde.

Und dann erscheint es wieder. Das ehrliche und aufrichtige Glänzen in seinem Braun, welches mich überreden kann, meine eigenen Regeln und einen Teil meiner Ängste in den Abgrund zu werfen.

Mein vernebelter Körper zwingt mich, mit dezenter Vorsicht, die wenigen Treppenstufen hinaufzugehen, die mich zu Joshs Wohnungstür führen.

Josh zieht den Schlüssel aus seiner Hosentasche und öffnet sie.

»Willkommen. Fühl dich wie zu Hause, Will.« Er macht eine einladende Handbewegung und gewährt mir Eintritt in seine eigenen vier Wände.

Viel zu leichtfertig, als wäre ich schon ein paar Mal hier gewesen, wandern meine ersten Schritte in den langen, breiten Flur. Aus Anstand streife ich mir meine Schuhe von den Füßen.

»Schau dich gern um«, spricht Josh, als er die Tür hinter uns schließt und seinen Schlüssel in eine Schale auf der Flurkommode legt.

Hier ist es warm. Schön warm.

»Ich hoffe, es ist dir nicht zu heiß. Die Klimaanlage läuft nur am Abend.« Kann der Kerl Gedanken lesen? »Aber ich kann sie gern anschalten, wenn du magst.«

»Es ist sehr angenehm.« Ich bin immer noch ein wenig nervös und begebe mich dennoch wie ferngesteuert auf Erkundungstour. Schon allein der Flur gibt mir ein behagliches Gefühl. Die Wände sind in ein warmes Braun getaucht, das mich an Joshs Augenfarbe erinnert. Auf beiden Seiten gehen jeweils drei Türen ab. Ich entscheide mich für die vorderste links und betrete damit Joshs Wohnzimmer.

Der Raum ist schlicht möbliert. Eine schwarze Couch und ein weißer Couchtisch stehen auf dem nussbraunen Parkettboden. Rechts von mir steht ein Esstisch aus Baumkante. Daran sechs leicht beschädigte, schwarze Stühle aus Kunstleder. Wenige Schränke hängen an der Wand, in denen DVDs und einige gerahmte Urkunden stehen, die ich mir irgendwann genauer ansehen möchte. Zwischen den Schränken hängt ein recht großer Flachbildfernseher.

Allein sein Wohnzimmer zeigt mir, dass Joshs Wohnung Stil hat.

Als ich mich weiter umsehe, höre ich ein Geräusch, das von Sekunde zu Sekunde lauter wird. Ein sanftes

Tapsen über den Boden.

Bilde ich mir das ein? Nein!

Suchend drehe ich mich um und kann kaum glauben, welch niedliches Geschöpf ich erblicke.

Für wenige Sekunden setzt mein Herz aus, als ein kleines Fellknäul gemütlich und doch mit gewisser Vorsicht auf mich zukommt. Alles in Joshs Wohnzimmer wird in diesem Moment absolut uninteressant für mich. Meine ganze Aufmerksamkeit richtet sich auf ihn. Auf den Kater vor meiner Nase.

Ich bewege mich nicht und lasse dem kleinen Kerl alle Zeit der Welt, um sich meinem Körper in Ruhe zu nähern. Schritt für Schritt wird der rote Kater mutiger.

Seine Pfoten wirken zerbrechlich und je näher er kommt, desto mehr zeichnen sich markante Narben auf seinem Körper ab, die beweisen, dass der Kleine keine einfache Vergangenheit hinter sich hat. Eine verläuft mitten zwischen seinen Augen. Eine legt sich über seine rechte Pfote. Eine weitere Narbe erspähe ich auf seinem Rücken.

Was ist dir nur passiert, du kleiner Kerl?

Doch das entstellt das Kätzchen keinesfalls. Es repräsentiert damit eher wahre Stärke und vor allem großen Mut, dass er sich an Fremde, wie ich es für ihn bin, heranwagt.

Große, gelbgoldene Kulleraugen mustern mich eindringlich und die kleine hautfarbene Nase beschnuppert zurückhaltend meine nackten Beine. Nach kurzer Zeit windet sich der Kater zwischen ihnen hindurch, was mich veranlasst, in die Hocke zu gehen. Langsam lasse ich meinen Rucksack auf den Boden sinken, sodass auch dieser achtsam beschnuppert werden kann. Seine schmusende Anhänglichkeit sehe ich als Aufforderung, mit meinen Händen sanft über das weiche Fell streichen zu dürfen.

In mir kommt richtige Freude auf, als mir bewusst wird, dass der Kater bereit ist und meine Berührungen zulässt. Viel schneller und ungehemmter, als ich es je tun würde. Wäre da nicht Josh, der schon so ungeahnt viel von mir eingefordert hat, was anderen mehr als verwehrt blieb und mich mehr als nachdenklich stimmt.

»Na Kleiner. Wer bist du denn?«, flüstere ich.

Das Schnurren ist nicht zu überhören.

Ich liebe Tiere. Wenn es nach mir ginge, hätten wir schon längst ein Haustier. Aber Tammy ist gegen alles allergisch, was Haare hat. Sie bekommt es nur mit einer Ladung Tabletten in den Griff.

»Das ist Stormy.« Josh steht mit verschränkten Armen im Türrahmen und lächelt auf uns hinab. Ich könnte schwören, seine Augen funkeln noch intensiver als vor zwei Minuten.

»Stormy«, wiederhole ich und beobachte den Kater, der dieselbe Ruhe wie sein Herrchen ausstrahlt. Ich glaube, mich hat ein anhaltendes Glücksgefühl überfallen. »Er ist wirklich zucker.«

»Warum glaubst du, dass Stormy ein Kater ist?«

»Die Wahrscheinlichkeit das eine rote Katze eine Kätzin ist, ist doch sehr gering.«

»Ist das so?« Ich erkenne einen Hauch Verwunderung in Joshs Stimmfarbe.

»Das hängt eng mit der DNA der Katzen zusammen. Eine rote Kätzin entsteht nur dann, wenn sowohl Vater als auch Mutter rot sind oder einen Rotanteil in sich tragen, den sie vererben. Ein roter Kater hingegen benötigt nur rote Gene der Mutter. Die Farbe des Vaters hat keinen Einfluss auf die rötliche Färbung von männlichen Katzen.«

Überrascht sieht Josh mich an. »Woher weißt du das?«

Ich zucke mit meinen Schultern. »Allgemeinbildung?«

»Das ist keine Allgemeinbildung«, lacht Josh. »Eher Katzenkunde.«

»Dann Katzenkunde«, grinse ich, während Stormy weiter unter meinen Handflächen hindurchgleitet.

»Mach es dir erstmal bequem. Ich bin gleich wieder da. Ich hole dir nur dein Wasser.«

»Vielen Dank, Josh.«

Kurze Zeit später sitze ich auf dem Boden und lasse zu, dass es sich Stormy auf meinen Beinen vollends gemütlich machen kann. Er kringelt sich ein und legt seinen flauschigen Körper behutsam gegen meinen Bauch.

Es dauert nicht wirklich lang, bis Josh wiederkommt und mir das Glas Wasser auf den Esstisch stellt. Erneut spüre ich, wie seine Blicke auf mir liegen und er jeden Zug meiner Hände über Stormys Fell beobachtet.

Ich muss ehrlich zugeben, von diesen perfekten

Augen durchleuchtet zu werden, macht mich ganz schön nervös und bringt meinen Puls dazu, unaufhaltsam loszurasen. Dabei ist meine Anspannung gerade erst wieder runtergefahren.

Ich beiße mir auf die Zunge, als mir klar wird, dass es mir nicht im geringsten Maße zusteht, Joshs Augen überhaupt irgendwie perfekt zu finden. Aber ich sehe nun einmal gern in sie hinein. Und das zu tun, ist ja wohl kein Vergehen.

Redest du dir ein …

Die normale Will, die ich unbedingt sein und bleiben will, empfindet solche Gefühle in der Regel nicht. Sowas lässt sie kalt. Und doch lasse ich sie in diesem Moment zu. Einfach, weil es sich nicht unangenehm anfühlt. Und was sich gut anfühlt, kann doch nichts Schlechtes sein, oder?

»Woher hat er seine Narben?«, frage ich Josh und erhoffe mir sehnlichst eine Antwort darauf.

»Ich habe ihm vor dem Haus im Container gefunden. Verletzt. Irgendwelche abscheulichen Typen haben ihn dort vermutlich einfach entsorgt. Glaubten sicherlich, dass er es nicht überleben würde und abtransportiert wird wie Restmüll. Aber ich hab ihn aufgepäppelt.« Sich die Mühe machen, jemanden aufzupäppeln. Die Vorstellung klingt schön. »Nach all den Tierarztbesuchen ist er mir dann ans Herz gewachsen und ich wollte ihn nicht irgendwo anders hingeben«, erklärt mir Josh ruhig.

»Weil er hier sicher ist.«

»Weil er bei mir sicher ist, richtig.« Friedvoll sieht er

auf Stormy, bevor sein Blick wieder auf meinem Körper ruht. »Es wundert mich ehrlich gesagt, dass du dich nicht von ihm fernhältst.«

Irritiert sehe ich zu Josh auf. »Warum sollte ich das tun?«

Er lehnt sich mit verschränkten Armen gegen seinen Esstisch. »Die meisten halten sich von ihm fern. Eben wegen dieser Narben. Sie sehen ihn an wie einen abstoßenden Unfall. Nur wenige berühren ihn, so wie du es gerade tust.«

Die meisten halten sich von ihm fern. Diese Worte in meinem Kopf hallen nach.

In meiner Schulzeit, vor allem im letzten Jahr auf der High School, erging es mir ähnlich. Jeder hielt sich von mir fern. Meine Mitschüler beschimpften mich als Lügnerin oder Heuchlerin. Dachten, ich wollte damals nur Aufmerksamkeit erzwingen. Sie belächelten das, was mir geschah, und glaubten mir nicht ein einziges Wort.

Ich habe mir die Unterstützung meines damaligen Freundes gewünscht. Steven. Aber dieser hat mein Vertrauen, meine Offenheit missbraucht und das Gerücht ja erst in die Welt gesetzt. In der schlimmsten Zeit meines Lebens zog Steven mich nur tiefer in die Schlucht der Angst. Dabei war ich bis zu jenem Moment glücklich, einen Jungen wie ihn an meiner Seite gehabt zu haben. Konnte nicht fassen, dass jemand wie er mich auserwählte. Ein talentierter Baseballspieler, der nur Augen für mich besaß. Steven war unglaublich schön. Makellos.

Noch heute ist er der Grund, warum ich mich von Beziehungen fernhalte und intensive Gefühle nicht zulassen kann. Mark war eine Ausnahme, weil ich glaubte, nicht jeder könnte wie Steven sein. Fehlanzeige. Denn eine wichtige Sache fehlte meinen Ex-Freunden: Loyalität. Nach der Trennung von Steven stellte sich heraus, dass Treue zum Schluss unserer Beziehung auch nicht ganz seine Stärke war.

Als meine Wahrheit irgendwann untermauert wurde und ich in den Augen meiner damaligen Mitmenschen keine Lügnerin mehr sein konnte, warfen sie weitaus grausamere Behauptung gegen mich. Du bist doch selbst schuld, Willow. Sowas passiert nicht einfach so.

Es mag idiotisch klingen, aber anstatt diese Aussagen über mich ergehen lassen zu müssen, wäre ich damals in ihren Augen lieber weiterhin eine Lügnerin geblieben. Diese Beschimpfungen waren nicht annähernd so verletzend wie die Behauptung, es wäre meine Schuld gewesen. Denn irgendwann habe ich es wirklich geglaubt. Ich habe an mir gezweifelt. Und niemand sollte nur im geringsten Maße an sich und dem, was er ist, einen Zweifel hegen. Wirklich niemand!

Heute weiß ich nicht, was schlimmer war. Dass man mich als Lügnerin darstellte oder mir vorwarf, es sei meine Schuld gewesen, dass Ronald mich misshandelte.

»Es sind nur körperliche Male, Josh. Male, die einen Teil seiner Geschichte erzählen und ein Teil von ihm selbst sind. Nichts, was einen sonderlich erschrecken muss. Die Geschichten hinter solchen Narben sind meist schlimmer als die äußerliche Erscheinung. Man kann nur hoffen, dass Stormys Seele verschont blieb.«

»Es scheint mir, als wüsstest du, wovon du redest.« Josh spricht behutsam und ruhig mit mir. Als wolle er mich keineswegs überfordern. Dennoch höre ich den fragenden Unterton heraus.

»Schon möglich. Und doch ist es absolut irrelevant.« Irrelevant, weil Vergangenes nun mal vergangen ist. Man kein Wort mehr darüber verschwenden sollte. Jedes Wort würde hier und jetzt nur die verschlossenen Wunden Stück für Stück wieder aufreißen.

Ich bemerke, wie Josh weiterhin etwas auf der Zunge liegt. Aber ich weiß, und vermutlich weiß er es auch, dass ich ihm auf seine Frage keine Antwort geben würde. Also lassen wir es zu, dass zwischen uns wieder gänzliche Stille herrscht.

»Du kannst ihn trotzdem absetzen, wenn du dich lieber auf die Couch setzen möchtest. Er wird mit dem Schmusen nicht von alleine aufhören.«

»Muss er auch nicht. Mir gefällt es«, versichere ich ihm, während meine Hände im Takt über das Fell des kleinen Katers gleiten. »Aber verrate mir eins. Warum Stormy? Er wirkt alles andere als stürmisch.«

»Ich habe ihn in einer stürmischen Nacht gefunden und, ob man es glauben mag oder nicht, aber Stormy kann manchmal ein ganz schöner Wirbelwind sein.«

Ich lächle, ehrlich und frei, während ich auf den roten Fellball hinabsehe.

Stormy, ich glaube, wir werden gute Freunde. Deine Narben erzählen eine ähnliche Geschichte wie meine.

18

Josh

Jemanden wie Will habe ich noch nie kennengelernt. Ich glaube, man kann sich schon mehr als dankbar schätzen, wenn man sie berühren darf. Dass sie meine Berührungen bisher nicht abstieß, grenzt wohl an sowas wie einen Sechser im Lotto.

Mir ist bewusst, dass ich noch meilenweit davon entfernt bin, dass sie für jemanden wie mich ihre Mauern einreißt. Es scheint mir, dass Will sich diese die letzten Jahre mühsam aufgebaut hat. Und jeden Ziegel, denn sie abträgt, muss man sich verdienen. Da ändern auch keine Küsse etwas dran.

Genau diese Charaktereigenschaft, nicht jeden so einfach an sich heranlassen zu wollen, zeigt mir, dass Will Ballast mit sich herumschleppt. Warum ich nach dieser Erkenntnis weiterhin auf sie zugehe, in Kontakt mit ihr bleiben möchte, ist fraglich. Im Normalfall halte ich mich von beladenen Frauen fern.

Aber der Gedanke, irgendwann ihr Inneres erkunden zu dürfen, reizt mich anscheinend mehr, als ich selbst wahrhaben will. Denn dieses Gefühl ist neu.

Mir ist klar, dass es nicht leicht sein wird, ihr Vertrauen zu gewinnen. Aber ich möchte es so unbedingt. Vielleicht liegt es auch an meinem Stolz, der etwas zwicken könnte, wenn ich es nicht schaffen würde.

Die Clarks wurden schon im Kindesalter darauf gedrillt, für das zu kämpfen, was man sich in den Kopf gesetzt hat. Eine Charaktereigenschaft, die so fest in mir drin sitzt, dass ich sie niemals ablegen könnte. Nicht, dass ich, wie meine Eltern, über Leichen gehen würde, um das zu bekommen, was ich will. Aber ich kämpfte schon immer mit harten Bandagen um meine Träume, die ich leben möchte. Solch ein Traum ist Will für mich. Sei es eine lockere Bekanntschaft oder etwas Tieferes mit ihr.

Denn diese Frau hinterließ schon nach wenigen Stunden des Kennenlernens Spuren in meinem Leben und ich weiß, dass man jemanden wie sie darin verankern sollte, wenn einem die Chance dazu gegeben wird. Ballast hin oder her.

Weil wir uns erst wenige Tage kennen, kann ich noch nicht einschätzen, ob sich meine Geduld irgendwann einmal auszahlen wird. Eigentlich hasse ich es, geduldig sein zu müssen. Doch bei Will fällt es mir irgendwie einen Tick leichter, darüber hinwegzusehen und abzuwarten, wie sich alles entwickelt.

Wahrscheinlich würde es mir im Moment auch einfach nur reichen, einen Knochen von ihr entgegengeschmissen zu bekommen. Irgendetwas, auf dem ich rumnagen kann, bis sie bereit ist, sich mir anzuvertrauen. Aber wird es überhaupt jemals so weit kommen?

Die Zeit mit ihr ist prägend. Denn es scheint mir, als besäße Will gewisse Lebensansichten, die tiefer gehen. Sie versucht, hinter die Fassade eines Wesens zu blicken, und kratzt nicht nur an der Oberfläche. Ich habe es an Stormy deutlich gemerkt. Und diese Vorstellung brachte mir für eine Millisekunde Gänsehaut am ganzen Körper.

Eine weitere Sache ist mir dennoch nicht entgangen. Als sie ihn anblickte und sich nach seinen Narben erkundigte, sah ich das Feuer in ihren Augen. Dieses brennende Feuer, das sie einfach nicht in Ruhe lassen will und sich durch ihr Inneres beißt. Schmerzhaft und unaufhaltsam.

Was ist dieser Frau nur passiert? Ich kann mich das immer wieder fragen. Und doch würde Will es mir nicht anvertrauen. Selbst wenn ich sie um alles in der Welt darum bitten würde. Mein Hang, zu helfen, stößt bei Will an seine Grenzen. Eine Tatsache, die ich wohl oder übel akzeptieren muss.

Ich habe Will gern dabei zugesehen, wie liebevoll sie den kleinen Kater behandelte. Ohne Ekel und ohne Scheu. Die selbstverständliche Geste heilt die kleinen schwerliegenden Erinnerungssteine von vor zehn Monaten.

Als wäre es erst gestern gewesen, kann ich mich noch zu gut an das abscheuliche Verhalten meiner Mutter erinnern, während sie spontan zu Besuch kam. Mit Stormy auf dem Arm, dessen Körper noch teilweise in einen Verband gewickelt war, öffnete ich ihr die Tür.

Die erste Reaktion meiner Mutter war kein »Hallo«, kein »Wie gehts«. Sie bestand in erster Linie darauf, dass ich Stormy aus ihren Augen verbannen sollte. Dass ich das nicht tun würde, war uns wohl beiden klar. Denn: Meine Wohnung, meine Regeln.

Nichtsdestotrotz ließ sie die darauffolgenden dreißig Minuten kein gutes Haar an ihm, was mich veranlasste, sie so »höflich« wie möglich nach draußen zu befördern. Es fiel mehr schwer, mich zusammenzureißen. Denn ihr Verhalten ging nicht einfach an mir vorbei. Es kratzte schon an mir, weil ich bis heute nicht verstehen kann, wie die eigene Mutter so ein Biest sein kann. Eine Mutter, an die ich nicht nur schlechte Erinnerungen hege. Ich glaube sogar daran, dass sie mich wirklich mal richtig geliebt hat. Aber die Zeiten ändern sich eben.

Umso dankbarer bin ich Will. Mit ihrem verständnisvollen Wesen zeigt sie, dass es noch andere Menschen gibt. Menschen wie sie, die sich vom Äußeren nicht abschrecken lassen.

Innerlich wusste ich vermutlich, dass Stormy sie nicht verschrecken würde. Sonst hätte ich Will nicht in meine Wohnung gebeten. Das hat ebenso Seltenheitswert wie alles andere, das bereits die letzten Stunden zwischen uns passiert ist.

Nachdem ich sie pünktlich zu Hause abgeliefert hatte, nahm ich mir fest vor, ihr heute Abend im *Claras* einen Besuch abzustatten. Der Gedanke, dass

Will regelmäßig von irgendwelchen hirnverbrannten Typen belästigt wird, erzeugt ein mulmiges Gefühl in meiner Magengegend. Allein die Vorstellung, dass sie ohne Schutz ist …

Ich ziehe mein Handy aus der Hosentasche und blicke auf das Display. Zwei ungelesene Nachrichten. Joanne. Genervt lege ich den Kopf in den Nacken und verdrehe meine Augen. Diesen Namen schon allein zu lesen, entfacht in meinen Adern ein abstoßendes Gefühl. Ich schiebe die Nachrichten von dieser Nervensäge unbeachtet beiseite. Habe ich es der Frau nicht deutlich genug gemacht? Ich dachte, sie hätte es endlich verstanden.

Ich sehe rechts oben auf die Uhr. Kurz vor acht. Wills Schicht läuft bereits eine knappe Stunde.

Ich bin imstande, ihr eine Nachricht zu tippen, sie darauf vorzubereiten, dass ich gleich vor ihrer Nase stehen werde – denn Will hasst Überraschungen. Aber, bevor ich überhaupt nur ein Wort schreibe, fällt mir auf, dass ich ihre Nummer gar nicht besitze.

Wie konnte dir das entgehen? Wie konntest du sie nicht schon längst danach fragen?

Zielgerichtet laufe ich auf den leuchtenden Schriftzug meines neuen Lieblingslokals zu, um diese Tatsache zu ändern. *Don't Let It Get You Down* von *Johnnyswim* schallt mir entgegen. Ein Song, der mir, nach anfänglicher Abscheu, langsam recht gut gefällt.

Von Weitem stechen mir Wills rote Haare ins Auge. Am heutigen Abend ist die Mähne zu einem lockeren Zopf gebunden, der sanft über ihre schmale Schulter gleitet. Einzelne Haarsträhnen hängen herab, die sie sich in diesem Augenblick aus ihrem wunderschönen Gesicht streift. Wills wohlgeformten Körper umhüllt ein schulterfreies Outfit. Ob es ein Kleid ist, kann ich noch nicht so recht erkennen. Und dennoch, sie so zu sehen, lässt schon jetzt sämtliche Synapsen in meinem Hirn auf- und abspringen.

Erneut bemerke ich, mit welcher Selbstsicherheit sie sich hinter dem Tresen bewegt und eine Bestellung erledigt. Zwischendurch steht ein Kerl neben ihr, der ihr etwas ins Ohr flüstert, was ihr ein herzhaftes Lachen entlockt. Wer ist der Typ?

Ich glaube, ihr ist gar nicht bewusst, wie sie auf das männliche Geschlecht wirkt. Wie sie auf mich wirkt. Denn Will ist nicht annähernd durchschnittlich. Sie ist einzigartig. Es gibt einen Grund, warum ich sie sofort wunderschön gefunden habe. Ach was. Es gibt tausend einnehmend gute Gründe.

Es ist noch recht ruhig an der Bar, sodass ich mir direkt einen freien Platz an ihrem Tresen auskundschafte. Will nimmt mich nicht bewusst wahr und spült einige Gläser ab, während ich mich ihr gegenübersetze. Ich mustere ihr Gesicht und beginne, die feinen Sommersprossen auf ihrer Nase zu zählen. Gespannt, wie weit ich komme, bis mich ihre grünen Augen erfassen.

»Einen Moment bitte«, spricht sie freundlich, während sie sich ihre Hände an einem Tuch trocken reibt. Sie trägt wieder einen Verband.

Dann, wenige Sekunden später, schwebt ihr verwirrter Blick in mein Gesicht. Will erstarrt. »Josh!?«

»Will«, entgegne ich lässig. Zum Schein greife ich nach der Getränkekarte und blättere darin herum. Als wüsste ich nicht schon längst, was ich trinken möchte. »Bringst du mir bitte ein Bier?«

Doch Will denkt gar nicht dran, mir ein kühles Blondes zu zapfen. Stattdessen stemmt sie eine Hand in die Hüfte und mustert mich eindringlich. »Was tust du hier?«

Ich lächle, während Wills kritische Miene auf mir liegt. »Ein Bier bestellen?«

Abwartend legt sie ihren Kopf schief und presst ihre Lippen aufeinander. »Josh ...«

»Schon gut«, gebe ich nach. »Zum einen bin ich hier, um dich um deine Nummer zu bitten.«

»Und das hätte nicht bis Donnerstag warten können?«

»Nein«, beharre ich.

»Nein?«, hinterfragt sie.

»Nein.«

»Okay? Und zum anderen? Warum bist du noch hier?«

Die Wörter in meinem Kopf versuchen sich sinnvoll aneinanderzureihen, ohne dass diese Tatsache jetzt ungewöhnlich klingt. »Zum anderen pass ich nur auf dich auf. So lange, bis du es selbst kannst.«

Immer ernsthafter frage ich mich, warum sie überhaupt jeden Abend in der Bar arbeitet. Als ich Will das erste Mal hinter dem Tresen sah, glaubte ich, es sei irgendein Nebenjob. Aber spätestens seit heute Mittag ist mir klar geworden, dass sie das hauptberuflich macht. Und das bestimmt nicht, weil es ihr unheimlichen Spaß macht, bis tief in die Nacht zu arbeiten, und es ihr lang gehegter Traum ist, von schmierigen Typen angegraben zu werden. Da steckt viel mehr dahinter.

»Was? Du scherzt.« Will lacht und denkt wirklich, ich spaße.

»Nein. Tu ich nicht. Ist mein voller Ernst.« Ich streichle über mein Kinn und warte ihre Reaktion ab.

»Ich kann auf mich selbst aufpassen«, beharrt sie.

»Vielleicht zu achtzig Prozent. Die anderen zwanzig übernehme ich.«

»Das ist doch verrückt ...« Ich sehe ihr an, dass Will mich langsam ernst nimmt.

»Findest du?«, gebe ich den Ahnungslosen. Als wäre es das Normalste der Welt, das ich auf eine Fast-Fremde aufpassen würde.

»Natürlich ist es das. Du kannst dich doch nicht einfach als mein Bodyguard aufspielen?« Wills Stimme geht quiekend in die Höhe, was mir ein breites Schmunzeln entlockt.

»Natürlich kann ich das. Ich finde das gar nicht so verrückt.« Locker verschränke ich meine Arme vor meiner Brust und lehne mich etwas nach hinten.

Will streicht sich ungläubig über ihre Stirn. »Warum, Josh? Warum opferst du deine Freizeit hierfür?«

»Oh, da gibt es so einige Gründe, Will.«

»Ich höre.« Ungeduldig tippt sie mit ihrem Zeigefinger auf den Holztresen und erwartet eine Antwort.

Der drängende Ton in ihrer Stimme entgeht mir keinesfalls.

»Weil es in meiner Natur liegt. Wie schon einmal kurz erwähnt ...«

»Deiner Natur ...« Will legt misstrauisch ihren Kopf schief. »Du schiebst wohl alles darauf, was?«

Ich lache. »So einiges, ja«

»Du meinst das hier wirklich ernst«, wird Will klar.

»Warum sollte ich scherzen? Was ist daran so schlimm? Ich verspreche dir, das nächste Mal in deiner Nähe zu sein, sollte dich wieder ein Typ auf eine abscheuliche Weise anmachen. Versprich du mir nur, dass du es zulassen wirst.«

Verdutzt sieht sie mich an. »In den wenigen Stunden, die wir uns kennen, versprichst du mir ganz schön viel, Josh.«

Ich zucke lässig mit meinen Schultern. »Mag sein.«

»Ich weiß nicht, ob dir bewusst ist, dass es sich dabei um ein sehr großes und bedeutendes Wort handelt. Man spricht das nicht einfach nur so aus. Völlig wahllos.«

»Ich sage das auch nicht einfach nur so. Ich würde kaum etwas versprechen, das ich nicht halten kann.«

Will zieht scharf die Luft ein und verdreht ihre Augen. Mit einem Schmunzeln auf den Lippen. »Weil es in deiner Natur liegt.«

»Eben. Vertrau mir.«

»Du solltest mitbekommen haben, dass ich in der Regel niemandem vertraue.«

»Niemandem, außer Tammy. Ich weiß. Aber ich

möchte ernsthaft versuchen, das zu ändern.«

»Warum ist dir das so wichtig? Eigentlich kennen wir uns doch kaum.«

»Es ist egal, wie lang man sich kennt, Will«, erwidere ich. »Außerdem gab es noch nie jemanden, der mir nicht vertraut hat. Und ich will, dass es so bleibt.«

Will presst ihre Lippen aufeinander, bevor ihr ein scherzhaftes Grinsen entflieht. »Stolz, also.«

»Vielleicht liegt es am männlichen Stolz, ja.«

»Nein, das liegt nur an deinem Stolz«, kichert sie. »Andere Männer würden sich eine Frau suchen, bei der sie reelle Chancen haben, sie damit zu beeindrucken.«

»Als hätte ich bei dir keine reellen Chancen«, zische ich.

»Du bist wirklich mit purer Arroganz überzogen.« Arrogant zu sein, mag auf den ersten Schein wie eine Beleidigung klingen, aber ihr Lächeln beweist mir das Gegenteil. »Und zugleich verdammt hartnäckig, Josh. Du wirst nicht von deinem Standpunkt ablassen, oder?« Will nimmt ein aufgewaschenes Bierglas von der Spüle.

»Niemals. Ich sehe das als eine meiner besten Charaktereigenschaften.« Und die habe ich auch noch von meinen Eltern geerbt. Kaum denkbar, dass ich ihnen in irgendetwas ähnle.

»Das glaube ich sofort. Aber musst du nicht morgen raus oder so? Schönen Frauen beibringen, wie sie sich gegen Übeltäter wehren können?« Will zieht fragend ihre Augenbraue in die Höhe.

»Meine Tage fangen nicht vor zehn Uhr an. Außerdem sind nicht nur Frauen in meinem Kurs«, stelle ich klar.

»Aber überwiegend.«

»Das streite ich nicht ab.«

»War ja auch irgendwie klar«, flüstert Will mehr zu sich selbst und wischt nochmal über den Tresen.

»War es das?«, fragend bin nun ich der, der seine Augenbraue hebt.

Will sieht in mein Gesicht und beugt sich etwas zu mir vor. Mir wird warm. Richtig warm. »Da fragst du noch? Josh, wir beide wissen, dass du verflucht heiß bist.« Ich erstarre und mein Mund wird mit der selbstsicheren Betonung des Wortes *heiß* unerwarteterweise staubtrocken. »Berufen, jeder Frau den Kopf zu verdrehen, bis sie sich in dir verliert.«

Auf was läuft das bitte hinaus?

Will hat gar nicht vor, es dabei zu belassen, und spricht weiter, schnürt mir damit immer mehr die Luft ab. »Das gibt den Frauen doch nur den nötigen Ansporn, sowas erst zu machen. Ein heißer Typ, der ihnen auf die intensivste Art und Weise zeigen kann, wie man sich wehrt. Mit engem Körperkontakt und so. Du berührst sie. Legst deine warmen Hände auf ihre Körper und zeigst ihnen, wie es geht.«

Diese *Doppeldeutigkeit*.

Sie sieht über meine Schulter hinweg und lehnt ihren Oberkörper weiter über den Tresen. Mit ihren fülligen Lippen nähert sie sich meiner Wange.

Ihr verboten heißes Outfit, verbunden mit ihrer

direkten Art, die nichts anbrennen lässt, und ihr süßer Duft, der in meiner Nase klebt und mir die Sinne raubt. Damit hat sie mich völlig in der Mangel. Weitaus mehr als ich es normalerweise zulassen würde.

Keine Frau bringt Josh Clark ins Stocken. Keine Frau fordert ihn dazu auf, anzubeißen. Keine Frau bringt jemanden wie mich dazu, seine Selbstbeherrschung zu verlieren. Josh Clark ist derjenige, der die Frauen an der Angel hat und sie zappeln lässt, wenn er das möchte. Nicht andersrum. Und doch ist gerade Will in dieser Position, lässt mich all meine Grundsätze über Bord werfen. Sie ist alles, was zu meiner himmlisch süßen Erlösung führen kann. Alles, was ich in diesem Augenblick brauche.

Verdammt, behalt ja die Kontrolle über dein Verlangen, Josh!

Trotz meines Mantras schlucke ich schwer. Am liebsten würde ich direkt ihren schmalen Körper über den Tresen hieven und unanständige Dinge mit Will anstellen. Genau hier, genau jetzt. Scheiß auf die Leute um uns herum.

»Schau dir die Mädels hinter dir mal an«, flüstert mir Will ins Ohr.

Warum sollte ich, wenn du vor mir stehst und ich damit den schönsten Anblick des Abends habe?

»Wie sie sich lüstern an deinen freiliegenden Muskeln ansaugen und sich verflucht heiße Dinge vorstellen.«

Nur damit Will nicht mitbekommt, dass sie mich aus der Bahn wirft, und um meine Standfestigkeit nicht komplett zu verlieren, sehe ich prüfend über meine Schulter. Wenige Meter entfernt erkenne ich drei Frauen, die mir freundlich zulächeln. Mein Mund bleibt jedoch bewegungslos, weil ich viel zu sehr an Wills Worten klebe. Natürlich verdrehe ich diesen belanglosen und uninteressanten Frauen den Kopf. Das fällt mir auf. Aber würde es Will irgendwann ebenso ergehen wie den Frauen hinter mir? Das herauszufinden, ist mir viel wichtiger.

»Man muss kein Genie sein, um zu wissen, was in den Köpfen so umher wandert. Sie wollen dich, Josh. Am liebsten in ihrem Bett. Und das am allerliebsten jetzt. Und vielleicht will sogar eine davon die zukünftige Mutter deiner Kinder werden. Eins jedoch ist sicher: Sie hassen mich, weil ich diejenige bin, die sich deinen Muskeln nähert und sich mit dir unterhält. Nicht sie.«

Rede irgendetwas, Josh! Mach schon!

»Gibt es dir denn auch den nötigen Ansporn?«, versuche ich, mich aus der Misere zu ziehen. Ich bin erstaunt darüber, dass mir meine Stimme nicht versagt.

»Aber sicher, Josh. Ich kann es kaum erwarten, bis du mir auf die sinnlichste Art und Weise zeigst, wie ich mich gegen jemanden wehren kann. Wie ich mich gegen deine fordernden Küsse wehren kann, die eigentlich ziemliches Suchtpotenzial erzeugen.«

What the fuck …

Mein Puls vibriert spürbar in meinen Venen.

Was passiert hier?

Ich meine, ich weiß, wie ich auf Frauen wirke. Nur

hat es mir keine so direkt und hart ins Gesicht geschmettert. Und eigentlich sollte ich mich schön drauf auflehnen können, oder? Aber meine Selbstsicherheit gleitet erneut aus meinen Händen, meine Worte ersticken in meiner Kehle. Ich habe keine Ahnung, was ich darauf erwidern soll. Nie stand eine so selbstsichere Frau vor meinen Augen, deren Beachtung ich mir regelrecht verdienen muss. Eine Frau, die ich nicht einfach so um den Finger wickeln kann, wie ich es gewohnt bin.

Nun bin ich derjenige, dessen Augen so groß wie Bowlingkugeln sind. Ich spüre, wie mein Gesicht erstarrt, und kann nicht mehr stoppen, dass mir jegliche Festigkeit aus dem Körper rinnt. Einem Körper, der schon viel zu viele Avancen bekommen hat, um nun so unkontrolliert vorzugehen. Aber Will ist so schonungslos und ehrlich, dass es mir fast die Füße wegzieht.

Langsam zucken ihre Mundwinkel in die Höhe. Ich sehe sie fragend an, während Will unaufhaltsam drauflosprustet. Ihre Ernsthaftigkeit verschwindet von Sekunde zu Sekunde gänzlich.

»Du solltest deinen Blick sehen.« Will beißt sich auf die Unterlippe, um ihr Kichern unter Kontrolle zu bekommen, was ihr misslingt. »Du denkst wirklich, du wickelst jede Frau um den Finger, oder? Mit deiner Schönheit und deinem Charme.« Ihr viel zu süßes Grunzen versucht sie, mit ihrer Hand zu ersticken.

Angespannt fahre ich mir durch die Haare und atme angestrengt aus. Versuche, mich irgendwie wiederzufinden. »Dich vermutlich nicht.«

»Wäre ich auf eine Beziehung aus ...« Will stoppt kurz und streift nachdenklich ihr Kinn. »Ich meine, würde ich eine Beziehung wollen, dann wärst du, glaube ich, gar kein schlechter Fang. Aber ich brauche, und vor allem möchte ich sowas nicht. Ich verliebe mich nicht. Deswegen ist es mir auch egal, wie heiß mein Gegenüber ist. Du kannst der schärfste Typ auf der Welt sein und zwischen uns würde absolut nichts laufen.«

Gewisse Verstimmung springt in meiner Magengegend auf und ab. Denn noch nie hat mir eine Frau so eine Abfuhr erteilt. Aber genau deswegen wird es endlich Zeit, dass ich den Mund aufbekomme und dieser Monolog vollends beendet wird.

»Zwischen uns ist doch schon längst was gelaufen. Und Fakt ist, meine Küsse haben wirklich Suchtpotenzial.« Endlich, es findet zu mir zurück – mein lebenslang selbstbewusstes Lachen. »Außerdem, wer sagt, dass ich das bin? Auf etwas Festes aus.«

»Jemand wie du ist doch berufen, um mit einer verflucht heißen Ehefrau wunderschöne Kinder zu zeugen. Du bringst doch alles mit, was man haben muss.«

»Es wird wirklich Zeit, dass du mich besser kennenlernst, Will.«

»Wird es das?«

»Dann wüsstest du, dass ich bestimmt nicht dafür, wie würdest du sagen ...« Ich setzte dieses furchtbare Wort in händisch gezeigte Anführungszeichen. »...

berufen bin und alles mitbringe, was ein Mann haben muss. Denn etwas Wichtiges fehlt mir garantiert. Der Wunsch nach einer festen Frau in meinem Leben. Vermutlich bin ich nicht einmal in der Lage, tiefere Gefühle zu entwickeln. Deswegen wird Josh Clark niemals Kinder in die Welt setzen. Ebenso wird er nicht mal in Erwägung ziehen, irgendwann zu heiraten.« An meinen Vorstellungen und meiner Meinung zur Liebe und festen Beziehungen hat sich nicht annähernd etwas geändert. Nichtsdestotrotz kann man wohl noch seine Fühler für diese gewisse Unverbindlichkeit ausfahren, oder nicht? Man kann mit jemandem wie Will mehr wollen. Es scheint mir, als wären wir die idealen Buddys. Weder sie noch ich verlieben sich.

Nun bin ich derjenige, der Will ins Straucheln bringt. »Schwer zu glauben.«

»Nicht, wenn du mich besser kennen würdest.«

»Warum tust du das dann alles hier, Josh? Warum bleibst du der Retter in der Not und gehst nicht einfach deinem ganz normalen Alltag nach?«

»Weil ich jemanden kennengelernt habe, der Hilfe braucht. Irgendwie. Ich versuche sie dir nur zu geben, Will. Das ist einfach nur mein wohlgeformter Anstand. Nichts weiter.«

Du kannst vielleicht Will anflunkern, aber niemals dich.

»Nichts weiter ...« Höre ich etwas Nachdenklichkeit aus ihrer Stimme heraus? Vielleicht aber auch nur eine Einbildung meiner noch immer tobenden Synapsen, die langsam wieder zur Besinnung kommen. »Warum küsst du mich dann bei jeder guten Gelegenheit, Josh?«

»Weshalb ich dich küsse? Weil es so scheint, als wäre das eben unser Ding, wie du schon einmal selbst gesagt hast. Und mir gefallt dieses gewisse Etwas zwischen uns. Nicht nur meine Lippen haben Suchtfaktor, weißt du?«

»Ist das so?«, grinst Will.

»Nachdem du so schonungslos ehrlich warst, bin wohl ich an der Reihe«, beginne ich. »Ich finde, dass sich zwei aufrichtige Menschen, wie wir es sind, ruhig auf sowas wie eine *besondere* Freundschaft einlassen könnten. Vielleicht. Irgendwann einmal.«

»Auf eine *besondere* Freundschaft? Zwischen uns?« Als wäre so etwas absolut undenkbar für sie.

»Die meisten Frauen wollen mich vor den Traualtar zerren oder hängen an mir wie eine Klette. Du scheinst mir nicht am Hals hängen zu wollen. Deswegen, ja. Eine Freundschaft zwischen uns wäre mal etwas ganz Erfrischendes für mich. Und sie kann *besonders* sein, weil wir *besonders* sind.«

»Du hast keine Ahnung, Josh«, erwidert Will. »Man hält sich von jemandem wie mir fern und sucht nicht ständigen Kontakt. Und das sage ich nicht aus Selbstmitleid, sondern aus Überzeugung. Ich bin nicht besonders.«

»Ich entscheide gern selbst, von wem ich mich fernhalte und von wem nicht.«

Will zischt und ich kann ein Beben ihrer Schultern wahrnehmen. »Wenn du auf Enttäuschungen stehst, dann bitte. Sag mir nicht, ich hätte dich nicht gewarnt.«

Soll mich das etwa von ihr stoßen? Da muss sie sich etwas Besseres einfallen lassen.

»Die wenigen Stunden mit dir haben mir gezeigt, dass jemand wie du viel zu ehrlich ist, um einen enttäuschen zu können. Denn am Ende sind es Lügen und Illoyalität, die einen Menschen wie mich enttäuschen. Niemals die Ehrlichkeit.«

»Wenn du meinst und du dir so sicher bist. Denn wer weiß, vielleicht entwickelt sich sowas wie eine *besondere* Freundschaft zwischen uns. Doch das ist nur möglich, wenn man nicht irgendwie gefühlsduselig wird.« Mahnend hebt Will ihren Zeigefinger nach oben.

»Das musst du mir nicht sagen. An mir liegt das nicht. Wie du weißt, bin ich der, der dem weiblichen Geschlecht mit seinem Charme die Sinne vernebelt. Ich bin also nicht derjenige, der aufpassen sollte. Mein Körper ist mit hoher Wahrscheinlichkeit immun gegen tiefe Gefühle.«

Eben nur mit hoher Wahrscheinlichkeit ... Du solltest anfangen, Will mit anderen Augen zu sehen, bevor es zu tieferen Gefühlen kommt. Denn du musst dir selbst eingestehen, dass das Potenzial da ist. Dass sie das in dir befreien kann, was du vor Jahren weggesperrt hast.

»Vielleicht haben wir ja dann doch etwas gemeinsam«, selbstsicher zwinkert mir Will zu.

»Das ist doch eine wunderbare Basis für eine *besondere* Freundschaft.« Fast förmlich reiche ich Will die

Hand. »Also, Will. Warum überspringen wir das Vielleicht nicht einfach und starten schon jetzt in den Anfang einer außergewöhnlichen Freundschaft. Ich verspreche dir, mich niemals in dich zu verlieben und irgendwann Kinder von dir zu erwarten.«

Will lacht auf meine Aussage hin und wirkt gleichzeitig nachdenklich. Ihre Miene prüft mein Gesicht, um sicherzugehen, dass ich es auch wirklich ernst meine. Doch dann, vorsichtig, um ihre verletzte Hand nicht überzubeanspruchen, schlägt sie ein.

»Gut, Josh. Ich werde dir versprechen, mich nicht um deinen Hals zu hängen und dich vor den Traualtar zu zerren.« Will löst sich aus unserer Berührung. »Weg mit dem Vielleicht. Dann sind wir ab jetzt sowas wie Freunde. Darauf sollten wir anstoßen.« Sie schnappt sich das Bierglas, dreht mir den Rücken zu und läuft an die Zapfanlage, die gegenüber von uns steht. Dann füllt Will es so weit, bis sich eine perfekte Schaumkrone im Glas absetzt.

Ich beobachte sie dabei, grinse breit und hänge gedanklich dennoch in den Wolken. Denn ich weiß nicht, wie ich es finden soll, dass unsere besiegelte Freundschaft mit einem Geheimnis beginnt. Will darf niemals erfahren, welche Wirkung sie auf mich hat. Was ich gern mit ihr anstellen würde, obwohl ich sie erst wenige Stunden kenne. Niemals! Es liegt an mir, meine Vorstellungen, Gelüste und Gefühle zu verdrängen, in einer Kiste zu verschließen und sie tief in den Abgrund zu werfen. Das sollte ich eigentlich ganz gut hinbekommen. Eigentlich.

19

Willow

Da bin ich ja mal gespannt, ob Josh sich als würdig erweisen wird. Oder ob er mir nur wieder die Bestätigung gibt, dass man niemandem wie ihm Vertrauen sollte.

Nach meiner Schicht hat er mich überraschenderweise nach Hause gebracht, bevor er seinen Heimweg eingeschlagen hat. Irgendwie finde ich das ziemlich anständig von ihm.

Mein Blick schwebt einige Sekunden auf seinem Körper, bevor er gänzlich in der Nacht verschwindet. Still öffne ich die Wohnungstür und lege erschöpft meine Sachen im Flur ab.

Ich kann die leisen Geräusche unseres Fernsehers wahrnehmen, was mich erahnen lässt, dass Tammy noch immer wach ist. Kurz nach ein Uhr sitzt sie auf der Couch und schaut eine Folge ihrer Lieblingsserie *Gilmore Girls*.

Es scheint, als hätte sie kaum erfasst, dass ich da

bin. Die Geschichte der Alleinerziehenden Lorelai versetzt Tammy in Trance. Selbst ein Einbrecher könnte ungehindert unsere Wohnung ausräumen, ohne dass sie nur ein Fünkchen davon mitbekommen würde.

Ich setze mich neben meine beste Freundin und lasse mich immer tiefer in die Couch sinken. Vielleicht lässt sie die sanfte Erschütterung realisieren, dass ich zu Hause bin.

»Du bist ja noch wach.« Mein Kopf legt sich wie Blei in den Nacken. Ich starre an die triste Decke, bin unfassbar müde und kaputt. Die letzten Nächte, geplagt von Albträumen, hängen mir langsam ganz schön nach.

Nur im Augenwinkel erkenne ich, dass Tammy nach der Fernbedingung greift und die Folge anhält.

»Sieht ganz so aus. Wie war deine Schicht?« Sie erkennt sofort meine Erschöpfung, die sich wie ein nasses Tuch an meinen Körper drückt. Ich hingegen höre eine gewisse Nachdenklichkeit in Tammys Stimme.

»Heute war es recht ruhig. Und doch bin ich ganz schön müde«, antworte ich.

Ich atme einmal tief durch und richte mich auf. Dann ziehe ich meine Beine an die Brust und stütze mein Kinn auf die Knie.

»Das glaube ich.« Tammy wirft ihre schulterlangen Haare nach hinten und bindet sich einen Halbzopf. Ihr grübelnd blauer Blick trifft meinen. Nervös zupft sie am Saum ihres Pyjamaoberteils herum, was mir verrät, dass sie nicht mehr innehalten will und etwas loswerden muss.

»Ist irgendwas passiert?«, frage ich sie.

»Nicht direkt.«

»Tammy, rede mit mir. Was ist los? Du wirkst angespannt.«

Eine kurze bedrückende Stille umgibt uns, während ich auf eine Antwort warte. Tammy und ich erzählen uns doch immer alles. Und das ganz ungehemmt. Warum zögert sie nun so?

»Hast du die letzte Zeit eigentlich mal in Erwägung gezogen, den Job im *Claras* sein zu lassen?« Als wolle sie die kommenden Wörter in ihrer Kehle ersticken, presst Tammy ihre Lippen fest aufeinander.

»Um dann was zu tun?« Fragend hebe ich eine Augenbraue in die Höhe.

»Naja, du weißt schon.«

Ich ahne, worauf meine beste Freundin hinaus will. Und jedes Mal hat das Gespräch denselben Ausgang. Einen Ausgang, den weder sie noch ich mit Zufriedenheit betrachten.

»Nein, Tammy. Das Gespräch hatten wir in der Vergangenheit schon zu oft. Findest du nicht? Meine Einstellung wird sich nicht ändern. Es ist zwecklos. Verschwende nicht deine Zeit damit. Das tue ich schließlich auch nicht.«

»Aber du bist zu schade, Wi. Zu schade, um jeden Abend hinter dieser Bar zu stehen, um dir deinen Lebensunterhalt zu verdienen. Dir macht es noch nicht mal richtig Spaß.«

Wie könnte mir so ein Job auch Spaß machen,

geschweige denn mich zufriedenstellen? Fast jeden Abend stehe ich mir die Beine in den Bauch oder bin so unter Stress, dass ich nicht einmal mehr weiß, welchen Gast ich als Nächstes bedienen soll. Spätestens wenn ich die Schicht beende, brennen meine Fußsohlen. Mindestens einmal die Woche blafft mich ein Betrunkener an, worauf ich auch liebend gern verzichten kann. Denn ich hasse es, wenn sie nicht einfach ihr Getränk nehmen und verschwinden. Außerdem gestehe ich mir ein, dass mich dieser Job geistig überhaupt nicht fordert. Die Drinks mixe ich nach fast vier Jahren im Schlaf.

»So schlimm ist der Job gar nicht. Ich habe eine wunderbare Chefin, liebe Arbeitskollegen. Oder hörst du mich meckern?«, erwidere ich und zwinge mich zu einem flüchtigen Lächeln.

Tammys einfühlsamer Blick lässt mein Herz beben und mich erahnen, dass sie mir meine Aussage nicht abnimmt. Natürlich habe ich eine tolle Chefin und nette Kollegen, aber nur an wenigen Tagen mag ich den Job hinter dem Tresen.

»Du meckerst nie über dein Leben. Weil du dich mit dem zufriedengibst, was du kriegst. Aber dieses wenige, was du bekommst, ist nicht annähernd das, was du verdient hast.«

Ich liebe Tammy. So sehr man seine beste Freundin eben lieben kann. Weil sie diese ehrlichen Worte genauso meint, wie sie sie ausspricht. Tammy will, dass ich nach meinen Träumen greife, sie an mich ziehe und nie wieder loslasse. Genauso wie es meine Mutter wollte.

Tammy hetzt tagtäglich mit Euphorie ihren Träumen hinterher. Und wirklich, ich beneide sie für den Mut, welchen sie besitzt.

Dennoch wird dieses Gespräch nichts bewirken. Es wird sich nichts in meinem Leben ändern. Denn sicher ist: Ich habe nun mal diesen verflucht lästigen schwarzen Peter zugeschoben bekommen. Und ich sollte mich dankbar dafür schätzen, dass mein Leben nicht noch komplizierter ist.

Nach dem Tod meiner Mutter hat es gut ein Jahr gedauert, bis ich wieder auf die Beine gekommen bin. Bis ich mich vernünftig um mich selbst kümmern konnte. Bis ich mein Leben halbwegs auf die Reihe bekommen habe. Ich sollte nicht mehr erwarten, nicht mehr fordern. Denn diese Forderung würde nur wieder mein zartbehütetes Kartenhaus zum Einstürzen bringen. Und das kann und will ich nicht riskieren.

Natürlich lebe ich nicht meinen Traum im *Claras*. Aber ich bin dankbar, dass ich einigermaßen so leben kann, wie ich es mir nach dem Verlust meiner Mum gewünscht habe.

»Tammy, warum reden wir wieder darüber?«

Ich erkenne ganz deutlich die Hartnäckigkeit in ihrem Gesichtsausdruck. Tammy wird nicht lockerlassen. »Weil du so unfassbar talentiert bist und das einfach wegwirfst.«

»Ich war vielleicht mal talentiert, ja. Jetzt bin ich es nicht mehr«, versuche ich zu erklären.

Als ich damals, mit dreizehn meine erste Zeichnung

zu einer regionalen Preisausschreibung gesendet habe und dafür eine Auszeichnung bekam, wandelte sich die Welt für mich zum siebten Himmel. Ich machte meine Mutter stolz. Ich war stolz auf das, was mir mein Vater vererbt hatte. Sein Talent zum Zeichnen. Aber das Wichtigste: Ich machte mich stolz. Der kleine – für manche unbedeutende – Gewinn zeigte mir, dass ich gut darin war. Eine lange Zeit schien ich unfähig zu sein, etwas anderes zustande zu bringen. Das Einzige, was wirklich zählte, war, den Stift in meinen Händen zu halten und mit ihm wunderschöne Bilder auszuarbeiten. Bilder, mit denen ich mich vollends identifizieren konnte. Und das Beste daran? Ich fühlte mich meinem Daddy, nach seinem Tod, wohl niemals näher.

Mum schien damals sicher zu sein, dass ich irgendwann mit der Kunst meinen Lebensunterhalt verdienen könnte. Doch sie irrte sich. Denn von meiner Leidenschaft und meinem Talent ist heute nicht mal mehr ein Fünkchen übrig geblieben. Selbst Ronald konnte dem niemals etwas anhaben. Aber wenn diese Leidenschaft damals nicht mit Mums Krebsdiagnose verloren ging, dann spätestens mit Mums Tod.

»Du bist es noch«, beteuert Tammy standfest.

»Woher willst du das denn wissen?«

»We-e-e-i-l ...«, stottert sie.

Sofort gehen meine Alarmglocken an. Denn Tammy bringt sonst nie etwas dazu, loszustottern. »Weil? Sag schon.«

Zögernd steht sie auf und begibt sich in die Küche.

Dann wühlt sie ein zerknülltes Blatt Papier aus einem Stoffbeutel.

»Weil ich die hier gefunden habe. Es fühlte sich falsch an, sie wegzuwerfen.« Sie kommt zurück zur Couch und entknittert das Stück Papier. Dann dreht sie die Zeichnung in meine Richtung und hält mir damit meine zerknüllte Schwalbe vor die Augen. »Ich wollte die Mülleimer leeren. Die Zeichnung, mit all den anderen, lagen in deinem Müll.«

Ich bin Tammy nicht böse, dass sie in meinem Zimmer war. Es gibt nichts, was ich vor ihr verheimlichen würde.

Die Tatsache, dass sie mich mit so einem erwartungsvollen Blick, der dennoch Traurigkeit widerspiegelt, mustert, lässt mein Blut in den Adern gefrieren.

»Ja, und?« Gleichgültig zucke ich mit meinen Schultern. Dabei weiß Tammy, wie auch ich, dass diese Gleichgültigkeit nur ein großer Teil meiner hochgezogenen Mauer ist. Es geht sicherlich nicht spurlos an mir vorbei, dass ich auf die feinen Linien der Schwalbe sehe.

»Die sind selbst im zerknüllten Zustand unfassbar gut. Ich musste nicht mal jedes dieser Blätter auseinanderziehen, um sehen zu können, welches Bild das Schönste oder Beste ist. Denn sie sind alle wunderschön. Sie sind bedeutend und ehrlich. Genauso wie du, Wi. Das hier bist du.«

»Die Zeichnungen sind bedeutungslos«, korrigiere ich sie.

Tammys Miene hält ihre Frustration nicht zurück.

Wahrscheinlich ist es ihr selbst noch nicht mal richtig bewusst, aber ihre Augen haben mir schon immer so einiges über sie verraten. In den letzten Jahren lernte ich jede Mimik und Gestik, die Tammy an den Tag legt, zu neunundneunzig Prozent richtig zu deuten. Ich erkenne, wie ihre Augen leuchten, wenn sie sich über etwas freut oder amüsiert ist. Genauso wie sie verblassen, wenn sie sich über etwas ärgert oder enttäuscht ist. Wie eben.

»Das würde bedeuten, dass dein Talent bedeutungslos ist. Aber so ist es nicht. Niemals. Es ist so unfassbar traurig, dass du nicht erkennst, wie bewegend das hier ist.« Mit ihrer flachen Hand zeigt sie auf den Vogel, der Hoffnung, Liebe und zugleich ein Zeichen persönlicher Freiheit ist. Keines der Dinge, die ich vollends in mir trage.

Die Liebe zum Zeichnen ist noch nicht ganz erloschen. Aber dieses Fünkchen ist nicht groß genug, um mir den Mut zu schenken, der ausreicht, um mein Leben zu ändern und meinen Träumen nachzujagen.

»Ach Tammy. Bitte verstehe, dass ich diesen Weg für mich gewählt habe.« Mit meinen Zeigefingern zeige ich auf den Boden, um meine Aussage nochmals zu unterstreichen.

»Nein. Du hast ihn nicht gewählt. Der Weg wurde dir einfach auferlegt, ohne dass du es wolltest. Was hattest du bitte für eine andere Wahl?«

»Was habe ich jetzt für eine Wahl?«

»Dir stehen nun Möglichkeiten offen. Du bist nicht mehr achtzehn. Du bist nicht mehr allein. Du hast mich. Und du könntest dich immer noch für einen Studienplatz bewerben.« Nervös beißt sich Tammy auf ihre Unterlippe. »Das könntest du wirklich.«

»Um dann was zu tun? Kunst zu studieren?«, spotte ich. Dabei entflieht mir ein Ächzen über die Lippen.

»Ja, Wi. Um endlich deinen Traum zu leben! Sie hätten dich damals nicht angenommen, wenn du nicht verdammt gut wärst.«

Die Aufregung, die ich verspürte, als ich auf den verschlossenen Brief des *Pratt Institutes* blickte, fühle ich noch heute. Obwohl der Brief über meine Zukunft entschied, erlebte ich eine zufriedene und angenehme Aufregung. Unwissend, woher meine selbstbewusste Stärke nach all den bitteren Monaten kam, ahnte ich, dass sie mich annehmen würden. Und so kam es schließlich auch.

Sehr geehrte Miss Wright,

als eines der multikulturellen Epizentren der Welt für Kunst, Kultur, Design und Wirtschaft freuen wir uns, Ihnen mitteilen zu dürfen, dass sie am Pratt Institute angenommen wurden.

...

Aufgeregt schrie ich nach meiner Mutter und zur Hölle, ja, wir sprangen vor Freude in die Luft. Wir weinten, sangen und jubelten. Nach all den verfluchten Monaten, die uns in die Dunkelheit des Lebens einsogen, durchlebten wir ein Hochgefühl des Glücks.

Auch für die darauffolgenden Wochen schien alles so unfassbar gut bei mir und meiner Mum zu laufen. Wir waren ernsthaft dabei, alles Schreckliche hinter uns zu lassen und positiv in die Zukunft zu sehen. Gemeinsam planten wir, direkt nach der Zusage des Institutes, unseren Umzug nach New York. Meine Mutter wollte mich begleiten. Das stand fest. Denn was hielt sie in Seattle, wenn ihre Tochter nicht mehr da sein konnte?

Mum sendete so einige Bewerbungen an die unterschiedlichsten Firmen und hatte das große Glück, als Assistenz der Geschäftsführung genommen worden zu sein. Ein neuer Job, der uns beide gut versorgen konnte. Und weitaus besser als der undankbare Bürojob in Seattle.

Nur mit stechendem Schmerz in der Brust kann ich mich an diesen wunderschönen Moment der Zufriedenheit und dieses Glücksgefühl zurückzuerinnern.

Ich wollte mir einen Nebenjob suchen, damit ich einen Teil zu meinen Studiengebühren beitragen konnte und die finanzielle Last nicht nur auf Mums Schultern drückte.

All das waren unsere Pläne. Bis die Krebsdiagnose meiner Mutter uns den Boden unter den Füßen wegzog. Ihr blieben wenige Monate und uns beiden wurde klar, dass ich niemals allein nach New York gehen konnte. Dass ich sie mit ihrem Leiden nicht allein lassen würde, ohne selbst daran zu zerbrechen. Und mir gleichzeitig den Lebensunterhalt, mit gerade mal achtzehn Jahren, niemals leisten konnte und dass die

Chance, meinen Traum zu verwirklichen, vor meinen Augen zerplatzte.

»Es ist kein Traum mehr, Tammy. Den habe ich vor fünf Jahren vergraben.« Nämlich mit dem Körper meiner Mum. »Ich bin kein naives Dummchen mehr. Ich bin realistisch geworden.«

»Es ist realistisch, dass du Kunst studieren könntest. Und wir wissen beide, dass es nicht stimmt, was du soeben gesagt hast.« Tammy zieht scharf die Luft ein. »Es ist dein Traum! Vielleicht ist er vergraben, ja. Aber alles, was man vergräbt, lässt sich ebenso wieder herausbuddeln.«

Ist ihr gerade bewusst, was sie da sagt? Ich kann nicht zulassen, dass ich mich erneut an etwas festbeiße, das sowieso zum Scheitern verurteilt ist. Denn so war es schon seit meinem sechzehnten Lebensjahr.

»Was erwartest du jetzt von mir?«, frage ich sie ehrlich.

»Versprich mir wenigstens, dass du darüber nachdenken wirst. Wenigstens nachdenken, Wi.« Tammys Blick schweift wehmütig zu meiner Zeichnung. Wie kann ich ihr so etwas jetzt noch abschlagen?

»Ich werde darüber nachdenken. Versprochen«, lenke ich ein.

»Gut«, gibt sich Tammy zufrieden. »Bewerbungsschluss für das Frühjahrssemester an der South Florida in Tampa ist der 01. Oktober.«

»Woher weißt du das? Hast du dich etwa ... ?« Informiert, hatte ich sagen wollen. Aber Tammy unterbricht mich bereits.

»Habe ich. Über alles. Auch über die Kosten. Es ist nichts, was wir zusammen nicht hinbekommen würden. Ich verspreche es dir, Wi.«

So viele Versprechen die letzten zwei Tage.

»Aber ich will von niemandem abhängig sein.«

»Das hat nichts mit Abhängigkeit zu tun. Mehr mit Hilfe annehmen. Du musst es nur einfach mal zulassen. Das ist nichts, wofür man sich schämen muss.«

»Um Scham geht es hier nicht, Tammy. Und das weißt du.«

»Es ist dein gottverfluchter Stolz«, weiß sie.

»Schon möglich.«

»Dann leg ihn, wenigstens bei dieser Sache, ein einziges Mal beiseite.«

Ich streife mir über die Stirn und kneife mir ins Nasenbein. »Ich werde darüber nachdenken.«

»Danke. Mehr erwarte ich nicht.« Mit einem sanften Lächeln wendet sich Tammy ihrer Serie zu.

Sie hat heute mehr bewirkt als jemals zuvor. Nämlich dass ich wirklich beginne, über ihr Gesagtes nachzudenken. Wie ich es versprochen habe.

»Hat dich Simon wieder nach Hause gebracht?«, murmelt Tammy, während sie konzentriert in den Fernseher stiert.

»Nein. Aber Josh«, antworte ich trocken.

Gilmore Girls stoppt erneut an einer Stelle, an der Lorelai die Augen weit aufreißt. Im Augenwinkel sehe ich, wie Tammy es ihr gleichtut und ihr entgeisterter Blick auf meinem Gesicht haltmacht. »Josh? Welcher

Josh?«

»Josh. Josh Clark«, antworte ich trocken.

»Der Josh? Timothys Bruder?« Ihre Stimmbänder vibrieren quirlig in die Höhe.

»Jap«, erwidere ich und sehe in den Fernseher. »Jetzt drück schon auf Play. Lorelais Gesichtsausdruck ist gerade kaum zu ertragen. Ebenso wie deiner.«

Doch Tammy denkt gar nicht dran. »Was ist denn bitte hier los?«

»Was soll los sein?«

»Stopp. Jetzt speis mich mal nicht so ab. Zum einen: Warum bestehst du drauf, dass ich weiterschalte? Du kannst die Serie ja kaum ausstehen. Und zweitens: ...« Tammy legt eine Hand auf meine Schulter und schüttelt mich ungeduldig hin und her. »Was ist hier los, verdammt?«

Nach dem Spieleabend sehe ich sie das erste Mal wieder. Ich kam noch nicht dazu, ihr von Josh, geschweige denn von unseren Küssen zu erzählen. Und irgendwie weiß ich im Moment nicht, ob ich das tun will.

»Hättest du nicht im Koma gelegen, hättest du vermutlich alles mitbekommen.«

»Verdammter Mist.« Sie dreht sich nun vollends in meine Richtung und umklammert ihre angewinkelten Beine. »Würdest du es mir dennoch bitte, bitte, bitte erzählen?«

»Naja, was soll ich groß sagen? Er hat mich heut«, aus Gewohnheit sehe ich auf meine Uhr, »besser gesagt, gestern Mittag abgeholt und dann kam eben eins zum anderen.«

»Er hat was? Was ist bitte die letzten vierundzwanzig Stunden geschehen?«

»Nichts, Tammy. Du hast ansonsten nichts verpasst. Keine Sorge.«

»Nichts verpasst? Du triffst dich mit einem Typen. Mit einem fremden Typen. Ich würde sagen, ich hab alles verpasst, was man verpassen kann. Erzähl mir alles mal von vorne.«

»Nun ja, er hat mich abgeholt und ...«

»Nein, Wi ...«, Tammy hält mahnend ihren Zeigefinger in die Luft. »Ganz von vorne. Ist beim Spieleabend irgendetwas passiert, was ich nicht mitbekommen habe?«

»Dass du Josh deinen Wein drübergekippt hast, weißt du aber noch, oder?«, stichle ich.

Ich muss schmunzeln, als ich mich an diesen Moment zurückerinnere.

»Das ist mir nicht entfallen. Und das war so megapeinlich, sag ich dir.« Kleinlaut reibt Tammy sich mit den Handflächen übers Gesicht.

»Als er sich den Wein aus dem Schritt waschen wollte, sind wir uns im Bad begegnet.«

»Ach so? Warum erzählst du mir das erst jetzt?«

Erneut zucke ich mit den Schultern. »Wann hätte ich das denn tun sollen?«

»Stimmt auch wieder. Ist da etwas zwischen euch passiert, Wi?«

Ich lege meinen Kopf schief. »Naja. Zumindest nicht das, was du zu glauben scheinst. Er meinte nur, er könnte mir helfen, und das hat mich eben neugierig gemacht.«

»Dir helfen? Das macht mich auch neugierig. Mit was denn bitte?« Zwischen Tammys Augen entsteht eine nachdenkliche Falte.

»Das habe ich mich auch gefragt. Als er mich mittags abgeholt hat, sind wir auf direktem Weg in den nördlichen Teil Clearwarters gelaufen. Irgendwann standen wir vor Joshs Trainingsräumen. Er gibt Kampfsporttraining und Selbstverteidigungskurse. Er bat mich, an so einem Kurs mit teilzunehmen.«

»Und wie kommt er drauf, dass du sowas brauchst?«

»Mich hat doch dieser Kerl im *Claras* belästigt. Freitagabend.«

»Das ist mit auch nicht entfallen.« Prüfend blickt Tammy auf mein Handgelenk.

»Und du hast anfangs gemeint, dass nichts unternommen wurde.«

»Ja?«

»Naja, ...«, zögere ich.

»Naja, was? Sag schon, Wi.«

Ich denke kurz nach und versuche, die passenden Worte aneinanderzureihen, damit es irgendwie Sinn ergibt. Aber egal, was ich mir im Kopf zusammenbraue. Es würde nie Sinn ergeben. »Josh hat was dagegen unternommen und mir den Typen vom Leib gehalten.«

Tammy schluckt. »Was? Wie soll ich denn das jetzt verstehen?«

»Er hat mir an dem Abend sozusagen geholfen und

dann saß er hier in unserer Wohnung. So ganz zufällig. Ich wusste nicht, dass er Timothys Bruder ist.«

»Das glaube ich ja jetzt nicht.« Meine beste Freundin fällt aus allen Wolken. Ebenso wie ich in jenem Moment.

»Kannst du aber. Daraufhin hat er mir eben seine Trainingsräume und seine Wohnung, die direkt drüber liegt, gezeigt. Am Donnerstag sehe ich mir den Kurs mal an, um zu sehen, ob das was für mich ist.«

»Seine Wohnung also auch? Und du bist dort mit rein?«

»Zögerlich, aber ja.«

»Ich bin ...«, stammelt Tammy. »Schockiert. Trifft es, glaube ich, ganz gut.«

»Naja, dann solltest du dich irgendwo festhalten. Denn das ist nicht das Einzige. Ich wollte es gar nicht erst sagen, weil ich finde, dass ...«

»Wi?«, unterbricht Tammy ungeduldig.

»Wir haben uns irgendwie zweimal geküsst.«

Tammys Kinnlade fällt. »Ihr habt was? Sag mal, ...« Wie umgreift meinen Oberarm und schüttelt mich erneut. »Ist in dem Körper wirklich meine Wi? Oder wer zur Hölle bist du?«

»Interpretier bitte nicht so viel da rein, Tammy. Das ist alles ziemlich verkorkst zwischen uns.«

»Nicht so viel reininterpretieren? Du hattest in deinem Leben zwei Beziehungen mit Kerlen, die dich mehr als geprägt haben. Du wolltest dich nie wieder auf einen Mann einlassen.«

»Ich lasse mich auf niemanden ein«, stelle ich klar,

was Tammy absolut überhört.

»Und dann kommt Josh und schafft es, dich zu küssen, ohne dass du ihm eine knallst? Oder ist das der Teil, der noch kommt?«

Ich schüttle verneinend den Kopf und versuche, abzulenken. »Du glaubst gar nicht, wie süß sein kleiner Kater ist.« Wenn ich an Stormy denke, gleiten meine Mundwinkel unaufhaltsam in die Höhe.

»Verdammt, Wi. Du magst ihn« Tammy klopft mir frech grinsend auf die Schulter.

»Den Kater?«

»Josh, du Eule.«

»Josh ist nett, ja. Aber wir haben gleich die Fronten geklärt. Weder er noch ich wollen jemals was Festes. Du weißt, dass ich das nicht könnte. Das ist alles mit Vertrauen und der absoluten Wahrheit verbunden. Wir wollen nur besondere Freunde werden.«

»Besondere Freunde? Was soll das denn heißen?«

Ich zucke wieder mit den Schultern.

»Irgendwie weiß ich ja, dass du nicht einfach so eine Beziehung eingehen könntest, Wi. Einen Freund zu haben, reicht manchmal auch vollkommen aus. Aber du verstehst, dass ich aus allen Wolken falle, oder?« Lächelnd, gleichzeitig ungläubig, schüttelt Tammy mit ihrem Kopf. »Ich finde es gut, dass Josh dich vor dem Typen beschützt hat und dir seine Hilfe mit dem Kurs anbietet. Und irgendwie gefällt mir die Vorstellung, dass ihr euch geküsst habt.«

»Orr. Tammy.« Ich ziehe ein Kissen hinter mir hervor und werfe es ihr spielerisch entgegen. »Ich wusste, warum ich das nicht sagen wollte!«

»Du sagst mir immer alles und hättest auch das früher oder später getan. Denn das zeichnet unsere Freundschaft nun mal aus«, grinst Tammy amüsiert. »Dir ist aber schon klar, dass du heute zehn Schritte mehr gemacht hast, als du üblicherweise tun würdest.«

»Ich weiß«, gestehe ich mir ein.

»Und du weißt, dass es so gar nicht in deiner Art liegt, dich auf einen Fremden einzulassen.«

»Ich we-e-e-iß.«

»Was ist dann an ihm anders, Wi?«

»Das wiederum weiß ich nicht so genau. Für mich strahlt er irgendeine Sicherheit aus. Vielleicht wegen der Situation in der Bar. Weil er nicht tatenlos zugesehen hat wie so manch andere. Außerdem ist Josh ehrlich.«

»Wie meinst du das? Josh ist ehrlich?«

»Naja, richtig ehrlich eben. Er schweift nicht so rum und labert keinen gequirlten Mist, der mich ins Bett kriegen soll.«

»Mag sein. Aber gerade er ist nicht die Art Mann, die dir in der Vergangenheit gutgetan hat. Ganz im Gegenteil. Deswegen wundert es mich.«

»Und mich erst, Tammy. Ich habe keine Ahnung, was mich reitet, mich auf eine Freundschaft mit ihm einzulassen und ihm ja dann doch irgendwie einen Teil meines Vertrauens zu schenken. Schließlich kenne ich den Kerl kaum und habe keine Ahnung, was er eigentlich wirklich von mir will. Dennoch ist er so ...« Wie ist Josh? »Anders. Gut anders.«

Oh mein Gott, Will, du beginnst, von ihm zu schwärmen.

Tammy formt ihre großen Augen zu schmalen Schlitzen und mustert mein Gesicht. Tiefgründig und bestimmend. »Du weißt nicht, was dich reitet? Ich vielleicht schon.«

20

Willow

Unter der Woche ist im Claras nicht viel los. Daher zerren die Stunden umso mehr. Man sieht alle paar Minuten auf die Uhr und fragt sich, wann die Zeit mal vergehen wird.

Die letzten Tage verflogen schneller, als ich es gewohnt bin. Mag daran gelegen haben, dass Josh jeden Abend an der Bar saß und mir geholfen hat, die zehrenden Stunden zu überstehen. Er wartete tatsächlich auf mich, bis meine Schichten mitten in der Nacht vorbei waren und er mich hinterher nach Hause bringen konnte.

Wir sehen uns fast täglich. Außer heute. Aber diese Zeit überbrücken wir mit Nachrichten. Er schrieb mir, wann er an all seine Urkunden gelangte und wie es zu der kleinen Unebenheit auf seiner Nase kam.

Ein Mann muss Opfer bringen, wenn er gewinnen möchte.

Ich kichere.

Und das Opfer war deine Nase? ;-)

Mein Gegner hatte einen ziemlichen unfairen Schlag ausgeführt, mit dem er mir die Nase angeknackst hat. War halb so schlimm und hat ihm ebenso wenig den Gewinn gebracht. Ich wurde nur motivierter. ;-)

Ich sitze im Warteraum der Praxis, bis mich Dr. Tanner freundlich auffordert, reinzukommen. Ich stecke mein Handy in die Tasche und folge ihr.

Heute ist Mittwoch und damit der wichtigste Tag der Woche.

Wie gewohnt mache ich es mir auf der Ledercouch bequem, während sie sich auf ihren Ohrensessel setzt.

»Wie geht es dir, Willow?«

»Im Gegensatz zu den letzten Tagen besser. Ich habe seit Langem wieder einmal durchgeschlafen.«

Ohne von grausamen Albträumen geweckt zu werden. Ich bin seit Langem wieder halbwegs ausgeschlafen und genau diesen Erfolg möchte ich mit Dr. Tanner heute teilen.

»Das freut mich sehr zu hören. Hat sich denn irgendetwas verändert? Siehst du einen Grund für diese wohltuende Nacht?«

»Wahrscheinlich war ich so ausgelaugt, dass sich mein Körper gegen alles gewehrt hat«, vermute ich.

Meine Antwort notiert sich Dr. Tanner in der Patientenakte, die auf ihren verschränkten Beinen liegt.

Doch sofort ahne ich, dass diese Tatsache nicht von Dauer sein wird. Denn der Sterbetag sowie mein Geburtstag nähern sich unaufhaltsam. Zwei Tage, die ich mehr verfluche, als ich vermutlich sollte.

»Gibt es sonst etwas Neues bei dir, das ich wissen sollte?«, fragt sie ruhig.

Da fällt mir ein, dass ich wirklich etwas zu erzählen habe. Dass es etwas gibt, das sich in meinem Leben verändert hat. »Ich nehme morgen an einem Selbstverteidigungskurs teil.«

Dr. Tanner staunt. »Und wie hat sich das ergeben, Willow?«

Ich erzähle Dr. Tanner von Freitagabend und dem betrunkenen Typen, der ausfällig geworden ist. Natürlich spielt in diesem Gespräch Josh eine einnehmende Rolle. Ich erzähle Dr. Tanner nichts von unseren Küssen, aber von seinem Angebot, mir mit dem Kurs helfen zu wollen.

»Ich finde das eine durchweg gute Idee. Es kann dir die Angst vor solchen misslichen Situationen an der Bar nehmen.«

Die Sitzung verläuft das erste Mal nach Monaten ohne jegliche Anspannung meinerseits und ich bin mir nicht ganz sicher, ob ich das der veränderten Lebenssituation, und damit auch Josh, zu verdanken habe.

Es ist Donnerstag. Ich stecke in meiner hautengen Leggins und einem weißen lockeren T-Shirt. Die Sonne prallt auf meinen Kopf und ich sehe zu diesem blauen, markanten Schriftzug vor meinen Augen auf. Spätestens jetzt bin ich lieber gewillt, dem Gebäude den Rücken zuzudrehen, statt hineinzugehen und den Kurs wahrzunehmen.

Reiß dich zusammen, Will. Du hast ihm dein Wort gegeben.

Irgendwo finde ich im letzten Zipfel meines Körpers ein Fünkchen Mut und stoße die Haustür auf. Dann trete ich in den kühlen Eingangsbereich hinein und laufe direkt in den ersten Raum. Schritt für Schritt kommen mir hektischer Atem, erschöpfte Laute und schlagende Geräusche näher. Denn vor mir boxen einige Jugendliche auf die Sandsäcke ein, während ich mich dem Tresen nähere.

Freundlich werde ich von einer Frau, vermutlich in meinem Alter, begrüßt. Ihr glatten schwarzen Haare legen sich über ihre Schultern und ihre grauen Augen funkeln mich an. »Willkommen. Kann ich dir vielleicht weiterhelfen?« Sie setzt sich hinter den Tresen auf einen Hocker.

»Hallo«, stocke ich überlegt. »Vermutlich schon. Heute soll ein Selbstverteidigungskurs stattfinden. Deswegen bin ich da.«

Nervös zupfe ich an meinem Haar herum, das zu einem Zopf gebunden ist.

»Ich schau gern auf die Teilnehmerliste. Wie ist dein Name?«

»Willow Wright.«

Murmelnd spricht sie meinen Namen vor sich hin und fährt mit dem Zeigefinger die Liste ab.

»Ähm ...«, beginnt sie.

Bis sie von einer tiefen Stimme, die ich vermutlich überall heraushören kann, unterbrochen wird.

»Hey, Will.« Es ist Josh, der nur wenige Meter von mir entfernt steht. In seinen knielangen Shorts und seinem Muskelshirt kommt er zielgerichtet auf mich zu.

Überraschenderweise streckt er seine Arme nach mir aus und zieht mich an seine Brust. Josh ist verdammt warm, leicht verschwitzt und gleichzeitig bahnt sich sein Duft in meine Nase. Dadurch ist meine Aufregung wie weggeblasen.

»Du stinkst«, stichle ich.

Seine Hände umgreifen meine Taille und lassen nur langsam von mir ab. Dann blickt Josh prüfend in mein Gesicht. Sein Braun findet mein Grün und für einen kurzen Moment habe ich das Gefühl, es würde die Welt um mich herum stehenbleiben.

Will, hör auf, nur annähernd in so eine Richtung zu denken, geschweige denn zu fühlen! Ihr seid Freunde! Besondere Freunde. Du hast ihm dein Wort gegeben!

»Ich sehe dir an, dass du es alles andere als nicht magst. Du wirst rot.« Da ist es wieder. Dieses freche Lächeln, von dem ich nicht weiß, ob ich es nervtötend oder charmant finden soll.

»Weil du unfassbar warm bist«, erwidere ich wahrheitsgetreu. »Deswegen bin ich rot.«

»Nein, weil ich unfassbar heiß bin.«

»Halt die Klappe, Josh, und pack deine Arroganz beiseite.« Ich schüttle mit dem Kopf und greife mir theatralisch an die Stirn.

Josh hingegen grinst nur und wendet sich dem Tresen zu. »Das hier ist Will. Sie sollte auf der Liste stehen. Ich habe Nick gesagt, er soll Anja dafür auf den Mittwochskurs setzen.«

»Okay?« Der fragende Unterton der Frau entgeht mir keinesfalls und auch nicht die abstoßenden Blicke, seitdem Josh von mir gelassen hat. Ihre Freundlichkeit von vor wenigen Minuten ist schon längst verflogen.

Aber Josh scheint das nicht mitzubekommen und wendet sich direkt mir zu. »Komm gleich mal mit.«

Mit absoluter Selbstverständlichkeit nimmt er mich an die Hand und zieht mich sanft hinter sich her. Dann wirft er einen Blick drauf. »Kein Verband mehr?«

»Nein. Es ist noch ein wenig blau, aber der Schmerz ist so gut wie verschwunden.«

Joshs Daumen streichelt sanft über die verfärbten Stellen, um sicherzugehen, dass es meinem Handgelenk wirklich gut geht. »Sieht schon viel besser aus, Will.« In seinem Braun erkenne ich sowas wie Erleichterung, die mein Herz zum Hüpfen und mich zum Lächeln bringt.

Gemeinsam werden wir von neugierigen Blicken durchlöchert. Jetzt, und es ist nicht mehr zu verhindern, werde ich rot.

Verdammt, was mache ich eigentlich hier?

21

Josh

Zu Beginn der Trainingsstunde bilden die anwesenden Sportler und Trainer zur Begrüßung einen Kreis.

Heute sind die Trainer Nick und ich.

Wir kennen uns seit der Eröffnung meiner Trainingsräume. Ich habe an so einigen Schulungen teilgenommen und direkt im ersten Seminar die Bekanntschaft mit seinem ehrgeizigen Gemüt gemacht. Er ist einer meiner freien Trainer und hat sich sofort meinen Ideen angeschlossen. Und nun, seit über zwei Jahren, arbeitet er für mich und mit mir.

Gerade verbessern wir an den vorhandenen Geräten die Boxtechnik und die Schlaghärte eines Sportlers. Ich halte die Stanzenpads fest vor meinem Oberkörper, während einer meiner Schüler darauf einschlägt. Und eigentlich sollte ich absolut dabei sein und gemeinsam mit Nick seine Technik korrigieren. Doch meine Aufmerksamkeit und meine Blicke richten sich permanent auf die runde Uhr, die an der Wand vor mir hängt. Kurz vor fünfzehn Uhr. Der

Selbstverteidigungskurs beginnt in wenigen Minuten und von Will ist noch keine Spur. Ich weiß, dass sie noch nicht hier sein kann. Denn ebenso wie ich die Uhr über mir beobachte, starre ich alle paar Minuten zur Eingangstür. Es haben schon einige Kursteilnehmer die Trainingsräume betreten. Nur hatte keine von ihnen lange rote Haare und große grüne Augen, die einen ab der ersten Sekunde direkt einnehmen. Keine von ihnen besitzt einen Körper, der mich wahnsinnig werden lässt, sobald er vor mir steht.

Und dann, gerade als ich von unserem Sportler ablasse, kommt Will durch die Tür. Auf ihrer Schulter einen Rucksack, dessen Träger sie fest umschließt.

Wie kann sie bitte selbst in Sportklamotten so verdammt sexy aussehen? Da sollte man meinen, bei einer Frau wäre so ein lockeres Shirt der absolute Abturner. Bei Will jedoch ...

»Wir machen Schluss für heute. Wir sehen uns gleich«, sage ich und drücke Nick die Boxpratzen in die Hände.

»Ist gut«, erwidert er.

Ich laufe Will entgegen, die mit Lilly, meiner Empfangsdame, redet.

»Hey, Will.«

Als sie mich bemerkt, strahlt sie mich an. Und Gott stehe mir bei, wenn ich sage, dass ich dieses ehrliche Lächeln die letzten vierundzwanzig Stunden vermisst habe.

Gestern hatte sie einen ihrer freien Tage. Dienstagabend bereitete sich mich darauf vor, dass wir uns mittwochs nicht sehen können. Schulterzuckend nahm ich ihre Aussage zwar entgegen, doch innerlich brodelte die Neugier in mir auf. Fragen, bei denen ich mir die Antworten selbst zurechtgelegt habe, durchströmten bis heute Morgen meinen Kopf. Was hat Will mittwochs nur vor, dass wir uns nicht mal für wenige Stunden sehen können?

Schon aus Reflex umarme ich sie, obwohl ich sie viel lieber küssen würde. Will erwidert meine Geste mit einem lockeren Spruch, dem ich nur ebenso frech entgegenkommen kann.

Ich nehme sie an die Hand und bemerke, dass sie ihren Verband los ist. Als ich mich versichere, dass es ihr besser geht, keimt Erleichterung in mir auf.

Dann führe ich sie durch den ersten Trainingsraum zu einer der Frauenumkleidekabinen. »Da drin kannst du dich nach dem Training duschen, umziehen oder anziehen.«

»Okay.« Will läuft hinein, stellt ihre Tasche in einem der Spinde ab und hält den dazugehörigen Schlüssel in ihren Händen, als sie wieder rauskommt.

Wenige Schritte weiter befindet sich der Zugang zum Trainingsraum, in dem die restlichen Kursteilnehmer warten.

»Setz dich erstmal hin und schau dir an, was wir so machen. Lass es ein bisschen auf dich wirken.« Ich schiebe sie behutsam in Richtung einer Holzbank, die ich vorhin aufgestellt habe. Nickend lässt sie sich nieder. Dass sie ihre Hände zu Fäusten ballt und ihre Knie ein leichtes Zappeln nicht unterdrücken können, lässt mich erahnen, dass Will nervös ist. Dabei muss sie das gar nicht sein.

Ich wende mich den anderen Teilnehmern zu und beginne, das zu lehren, was mir ein Anliegen ist und was ich mir über Jahre hinweg angeeignet habe.

»Die Selbstverteidigung ist ebenso von Regeln umgeben wie unser ganz normaler Alltag. Wichtig ist: Notwehr ist immer erlaubt. Es ist nur zu beachten, und ich weiß, wie schwierig das sein kann, dass man die Verhältnismäßigkeit niemals außer Acht lässt. Sie muss gewahrt bleiben. Es soll nie gekämpft werden. Nur abgewehrt. All die Griffe, die wir euch zeigen, erfordern keinerlei Kraft. Es geht nur darum, physikalische Hebelgesetze anzuwenden.« Ich bitte Nick zu mir. »Wer das Handgelenk des Angreifers beispielsweise kippt, den Arm dreht, bis die Hand nach hinten zeigt und dann mit der zweiten Hand auf den Ellbogen drückt, der hat den Gegner im Griff.« Diese Situation muss Nick am eigenen Leib erfahren. Aber es ist nichts Neues für ihn.

»Wirklich schmerzhaft ist das nicht«, sagt er, nachdem ich ihn losgelassen habe. »Aber man hat das Gefühl, dass es bei der kleinsten Gegenwehr „knack“ machen könnte.«

»Wenn Euer Angreifer weiß, dass ihr euch wehrt, habt ihr keine Chance. Eure Chance ist nur der Überraschungseffekt. Ein potentieller Vergewaltiger oder Dieb rechnet nicht mit Gegenwehr. Er fühlt sich sicher, sonst würde er nicht angreifen. Wenn ihr aber den Überraschungsmoment ausnutzt, habt ihr fünf bis zehn Sekunden.«

Ich wende mich Nick zu.

»Es gibt noch den Faust- oder Handkantenschlag. Doch ohne richtige Technik bricht man sich bei einem Faustschlag leicht selbst das Handgelenk. Einen Schlag führt man als Laie am sichersten mit der flachen Hand oder dem Handballen aus. Mit Schnelligkeit ersetzt man dabei fehlende Körperkraft. Ein schneller Handkantenschlag gegen den Hals schneidet dem Gegner die Luft ab und kann ihn ernsthaft verletzen. Das verschafft euch auf jeden Fall Zeit, wegzurennen.«

Alles, was ich den Teilnehmern erkläre, wende ich mit leichter Kraft an meinem Trainingspartner an.

»Dann der Fingereinsatz. Selbst mit zwei Fingern könnt ihr einem Angreifer Schmerzen zufügen. Stecht ihm eure Finger in die Augen oder in den Hals unterhalb des Adamsapfels. Aber ...« Ich halte meinen Zeigefinger in die Luft. »Fuchtelt einer mit dem Messer vor euch herum, versucht es nicht, irgendwie abzuwehren, sondern versucht, wegzurennen. Denn die Chance ist sehr gering, dass ihr gegen ein Messer ankommt.«

Das ist vorerst das Einzige, was ich den Teilnehmern zu sagen habe. Wie gewohnt stellen sich alle in Zweiergrüppchen auf. Nick unterrichtet sie, während ich mich Will zudrehe und meinen Körper neben sie fallen lasse.

Ihr liegt ein interessierter und ehrgeiziger Blick im Gesicht, während sie die Teilnehmer beobachtet.

»Wie gefällt es dir, Will?«, frage ich.

Nun widmet sie mir ihre vollständige Aufmerksamkeit. Ihre Finger umklammern das Holz der Bank, auf der wir sitzen.

»Ich denke schon, dass mir das Spaß machen könnte.« Genau diese Antwort wollte ich hören.

»Was hältst du davon, wenn ich dir am Ende der Stunde einfach mal ein paar Tricks zeige?«

»Klar, du bist hier der Boss. Aber tu mir dabei nicht weh. Das sah an deinem Kollegen ganz schön schmerzhaft aus.«

»Ich würde dir niemals wehtun, Will!« Meine Blicke wandern zwischen ihren Augen und ihren Lippen auf und ab. Und eigentlich ist da noch dieses Ding zwischen uns, was der Öffentlichkeit wegen ausgefallen ist. Eine Tat, die ich sicherlich nicht vergessen habe. Und wenn ich Will mustere, hat sie es ebenso nicht einfach beiseitegeschoben. Sie fixiert meine Lippen wie ich ihre. Zu gern würde ich ihre Süße spüren, zu gern ihre Weichheit.

»Wann hörst du auf, sowas immer zu sagen?«, fragt Will mich bestimmend und gleichermaßen zurückhaltend.

»Wenn du anfängst, mir endlich zu glauben. Ich würde dir nie etwas antun, was dir schaden könnte. Weder körperlich noch seelisch.« Dabei steigen mir Wills Worte in den Kopf: *Die Geschichten hinter solchen Narben sind meist schlimmer als die äußerliche Erscheinung. Man kann nur hoffen, dass Stormys Seele verschont blieb.* Wurde deine Seele verschont, Will?

Ihr liegt ein nachdenklicher Ausdruck im Gesicht.

Vermutlich würde ich sie ewig ansehen, versuchen, diese Gedanken herauszufiltern, um endlich zu wissen, was in dieser Frau vor sich geht. Wenn sich nach einer Stunde nicht ein Kursteilnehmer nach dem anderen bei mir verabschieden würde und meine Blicke dazu zwingt, kurz von Will abzulassen. Doch dann ist der Raum nur noch mit uns beiden belebt, sodass wir mit dem Training anfangen können. Normalerweise gebe ich keine Einzelstunden, aber bei Will ist es was anderes. »Los gehts.« Ich hieve mich von der Bank auf und reiche ihr meine Hand.

»Na, dann zeig mir, wie ich mich gegen die furchtbaren Menschen in meinem Leben wehren kann.« Dieser Satz klingt so ernst und klar aus ihrem Mund, dass mir mein Blut teilweise einfriert.

Will ergreift meine Hand, sodass sie sich von der Bank erhebt und ich sie an mich ziehen kann. Durch ihre unfassbar grünen Augen sieht sie verwundert zu mir auf, als sie merkt, dass ich sie nicht sofort wieder loslasse. Weil ich sie eigentlich lieber an mir halten will, sie endlich küssen will. Für den Bruchteil einer Sekunde sehe ich unzählige Berührungen vor mir: Wie ich mit meinen Händen ihr Gesicht umschließe. Wie ich ihr einzelne Strähnen zurückstreiche. Wie ich die Form ihrer Lippen mit meinen Fingerspitzen nachzeichne und sie küsse.

»Sollten wir nicht starten?«

»Das sollten wir«, murmle ich mehr zu mir selbst statt zu ihr.

»Du willst mir doch noch zeigen, wie ich mich

wehren kann, oder?«

»Das möchte ich, ja. Unbedingt sogar.«

»Dann solltest du dich wie ein Angreifer benehmen. Denn so zärtlich gehen Angreifer nicht mit ihren Opfern um«, schmunzelt sie.

Nur mit Mühe kann ich von Will ablassen. Ich schüttle mir jeglichen wirren Gedanken aus dem Kopf. »Du hast recht. Also ...«

Heute möchte ich Will nur zeigen, wie sie das Handgelenk ihres Gegners kippt, den Arm verdreht und sich damit Zeit verschaffen kann. Ich möchte mir mit ihr so viel Zeit wie nur möglich lassen. Damit sie alles verinnerlicht und sich in Überraschungssituationen zusammennehmen kann. Natürlich darf sich Will an mir ausprobieren und das anwenden, was ich ihr beibringe.

Nach einer knappen Stunde muss ich mir eines eingestehen: Die Frau lernt schnell. Zudem steckt in ihrem zierlichen Körper mehr Kraft, als man eigentlich vermuten würde.

Als es dann siebzehn Uhr schlägt, wird es Zeit, das Training zu beenden. Will fällt ausgelaugt und erschöpft auf den Boden und formt ihre Beine zu einem Schneidersitz. »Vielen Dank, Josh.«

»Kein Ding.« Ich setze mich zu ihr, lehne mich nach hinten und stütze mich auf meinen Handflächen ab. »Du weißt aber, dass das noch nicht alles war.«

»Ich weiß. Nur bin ich mir nicht sicher, ob das nicht etwas kontraproduktiv für dich ist.«

»Wie meinst du das?«, irritiert sehe ich sie an.

»Naja. Ich werde dir irgendwann in den Arsch treten können. Und das schmerzt dann so richtig.«

Wie Will kann auch ich mir mein Grinsen nicht verkneifen.

»Aber mal ganz ehrlich. Unter den elf Teilnehmern waren wirklich acht Frauen, die dich durchweg angeschmachtet haben. Sie würden, glaube ich, jeden Preis dafür bezahlen, damit sie mit dir trainieren dürfen.«

»Na, dann solltest du dich doch dankbar schätzen, dass du mit mir hier ganz kostenfrei allein sein kannst«, scherze ich. »Aber nur acht? Was ist mit der neunten Frau?«

»Die saß auf der Bank und hat alles ganz gewiss rational betrachtet.«

»Schon klar«, räuspere ich mich.

»Sag, nervt das nicht, wenn sie dich permanent anglotzen und dich mit ihren Augen ausziehen?« Fragend zieht Will eine Augenbraue in die Höhe.

»Ich konzentriere mich auf meinen Job.«

»Erzähl das wem anders.«

»Mir ist es wichtiger, den Leuten etwas beizubringen, das sie im Alltag, in gefährlichen Situationen, auch anwenden können. Deswegen ist es mir eigentlich egal, wer den Kurs besucht. Hauptsache, es sind Menschen, die etwas gegen ihre Unterlegenheit unternehmen wollen.«

»Eigentlich?«, murmelt Will fragend.

»Ja, eigentlich ist es mir egal, wer den Kurs besucht.«

»Wann oder bei wem entfällt denn dein Eigentlich?«

Aber ich kann darauf nichts antworten, weil ich damit etwas lostreten würde, dass nicht in unsere *besondere* Freundschaft gehört. Denn wir haben einen Deal.

Jetzt und bei dir ist es mir nicht egal. Mir ist es wichtig, dass du hier bist. Hier bei mir. Mir ist es wichtig, dass du etwas dagegen unternehmen kannst, wenn ich mal nicht da sein kann, um dich zu beschützen.

Dann braut sich eine Frage in meinem Kopf zusammen, die mich nicht so nervös machen sollte. »Gehst du mit mir noch etwas essen, Will? Ich bin fertig für heute.«

»Etwas essen?«, hinterfragt sie skeptisch, weil sie wohl eine Antwort auf ihre Frage erwartet hat.

»Ja. Burger. Sushi. Irgendwas.«

»Du gehst meiner Frage aus dem Weg, ja?«, zwinkert sie. »Machst du das mit all deinen Kursteilnehmerinnen? Sie bitten, mit dir etwas essen zu gehen?«

»Denkst du das denn?«

»Ist doch egal, was ich denke.«

»Du solltest endlich gemerkt haben, dass mir das bei dir nicht annähernd egal ist«, stelle ich klar. »Gehst du nun etwas mit mir essen? Denn das machen Freunde manchmal so.«

Will tippt mit ihren Fingerspitzen auf dem Mattenboden herum. »Ich würde lieber etwas anderes tun, um ehrlich zu sein.«

»Sag mir was.« Ich mache mich auf eine weitere Abfuhr meines Lebens bereit, während ich ein Zögern an Will wahrnehme. Das Tippen auf die Matten wird energischer und unterstreicht ihre Nervosität in vollen Zügen. Ich bin etwas erleichtert, dass es nicht nur mir so ergeht.

»Können wir zu Stormy?«, fragt sie schließlich. Vermutlich hat sie diese Frage mehr Überwindung gekostet, als mir klar ist.

Ich reiße ungläubig meine Augen auf. »Zu Stormy?«

Will nickt verlegen, presst ihre Lippen aufeinander und wartet geduldig meine Antwort ab. Ich spüre ihre ansteigende Anspannung heftiger werden, mit jeder Sekunde, in der ich nichts sage.

»Natürlich. Er wird sich freuen, wenn er heute nicht so lang alleine ist.«

Ihre Mundwinkel tanzen erleichtert in die Höhe. »Warte vorne auf mich. Ich hol nur schnell meinen Rucksack.«

»Was hältst du davon, wenn ich uns in der Zeit eine Pizza bestelle?«

»Das klingt wundervoll, Josh. Mein Magen rebelliert langsam.« Hätte mir Will vermutlich doch keine Abfuhr erteilt? Stormy nimmt wohl gerade einen höheren Stellenwert ein als ihr Hunger. Oder als ich. Soll mir recht sein.

»Dann tu ich das und wir sehen uns vorn.« Ich werfe meinen Daumen über die Schulter und stemme mich hoch.

Wer hätte das gedacht. Will ist bereit, sich wenige Millimeter fallen zu lassen. Mein Abend wird mit dieser schönen Frau ausklingen und dieser Gedanke fühlt sich ziemlich gut in meiner Magengegend an.

Während Will die Frauenumkleide aufsucht, gehe ich an den Empfangstresen, fische mein Handy aus einem der Schieber und wähle die Nummer meiner Lieblingspizzeria.

22

Josh

Das Klicken meiner Wohnungstür ertönt und mit einer winkenden Handbewegung bitte ich Will einzutreten. Während sie vor einigen Tagen noch zurückhaltend schien, bewegt sie sich in diesem Augenblick weitaus leichter durch meine vier Wände. Diese klitzekleine Geste zeigt mir, dass sie einige wenige Ziegel ihrer Mauer für mich abgetragen haben muss.

Zahlt sich deine Geduld wirklich aus, Josh?

Dann streift sie ihre Turnschuhe von den Füßen und stellt sie akkurat auf den Läufer vor die Garderobe. Will geht sofort auf die Suche nach meinem Fellknäul. Und die Tatsache, dass sie ihn auf ehrliche Weise mag, fühlt sich unfassbar gut an. Denn Stormy bedeutet mir alles.

Als Will flüchtig in alle Räume spannt, ihn aber nicht findet, dreht sie sich im Flur zu mir um. »Wo ist er?« Verhalten verflechtet sie ihr Hände ineinander.

»Weiß nicht genau. Schau dich ruhig überall um.

Irgendwo wird er schon lauern.«

»Überall?«, versichert sich Will.

»Klar. Ich habe nichts zu verheimlichen.«

Wer hätte gedacht, dass ich einer Frau oder überhaupt irgendjemandem absoluten Freiraum in meiner Wohnung gewähren würde?

Will geht Schritt für Schritt durch das Wohnzimmer, sieht unter dem Tisch und unter der Couch nach. Doch nirgends sitzt Stormy.

Ich habe ja schon eine Vermutung, wo sich der Kleine aufhalten könnte, aber ich wage es nicht, meine Ahnung zu äußern. Will soll sich animiert fühlen, jede Stelle zu erkunden, die ihr in den Sinn kommt. Es ist mir wichtig, dass sie sich wohl in meiner Wohnung fühlt, sich irgendwann ungehemmt hier frei bewegen kann.

Warum ist dir das bitte wichtig?

Nachdem sie die Küche durchsucht hat, drückt die Schöne meine Schlafzimmertür auf.

»Ich hab ihn«, flüstert sie, mit einer Freude in der Stimme, die mir Gänsehaut am ganzen Körper beschert.

Ich sehe ihr über die Schulter. Auf dem Kissen, das verwurschtelt in meinem Bett liegt, hat es sich Stormy bequem gemacht. Er döst vor sich hin und würdigt uns keines Blickes. »Aber ich vermute, er will lieber nicht gestört werden.«

»Ach quatsch. Setz dich ruhig dazu, wenn du willst«, entgegne ich mit einer wegwerfenden Handbewegung.

»Sicher?«

»Natürlich. Und während ihr euch Hallo sagt, gehe ich duschen. In Ordnung?« Meine Hand fährt vorsichtig über ihren Rücken und schiebt sie beschlossen in Richtung Bett.

»Stimmt, du stinkst schließlich.« Will streckt mir provokant die Zunge raus, bevor sie sich zu Stormy gesellt. »Absolut in Ordnung. Bis gleich.«

Sanft, ohne dass die Matratze großartig nachgibt, setzt sich Will auf mein Bett. Stormy nimmt sie mit einem Auge wahr und es dauert keine zehn Sekunden, bis er es sich auf ihren Beinen bequem macht. Die Zuneigung der beiden scheint auf Gegenseitigkeit zu beruhen.

Ich ertappe mich dabei, wie mir ein ausgelassenes Schmunzeln über die Lippen gleitet. Irgendwie könnte ich mich an den Anblick gewöhnen: Will auf meinem Bett und Stormy in ihren Armen. Ein Bild, das dem zweier Engel gleicht.

So viele Menschen stießen den kleinen Kerl in der Vergangenheit von sich. Doch Will ist die Erste, die Stormy regelrecht an sich zieht. Ich habe keine Ahnung, wie ich diese Erkenntnis, verbunden mit dem Kribbeln in meinem Bauch, deuten soll. Aber Fakt ist: Wenn Will so weitermacht, schleicht sie sich immer tiefer in mein Herz. Dabei gilt es doch, genau das zu verhindern.

Das Wasser perlt noch in kleinen Tropfen über meinen Körper, als ich den beschlagenen Spiegel mit dem Handtuch trocken reibe. Dann wickle ich es mir um die Hüfte und streiche mit meinen Fingern durch mein Haar.

Routiniert begebe ich mich Richtung Schlafzimmer, um mir frische Klamotten aus dem Schrank zu holen. Will sollte dort mit Stormy verweilen, wenn sie sich nicht aus dem Staub gemacht hat.

Ich habe mir während unseres gemeinsamen Trainings geschworen, sie heute noch zu küssen. Komme, was wolle. Denn schließlich ist genau das unser Ding und es ist schon viel zu lange her, dass Wills zuckersüße Lippen auf meinen lagen. Langsam drehe ich durch bei dem Gedanken, es könnte heute nicht passieren und meine Ungeduld macht sich daher nur umso bemerkbarer. Nie habe ich mich mehr nach den Lippen einer Frau verzehrt. Nie drängte es mich mehr nach ihnen.

Zielstrebig laufe ich ins Schlafzimmer und entdecke weder Stormy noch Will. Ich schlüpfe in eine Shorts, danach in eine kurze Hose und ziehe ein Shirt aus dem Schrank. Instinktiv gehe ich zurück und laufe mit dem Stück Stoff in meiner Hand ins Wohnzimmer. Will sitzt auf dem Boden und beschäftigt sich auf ganzer Linie mit meinem Kater und seiner Raschelmaus.

Ich beneide das rote Fellknäul. Im Gegensatz zu mir erhält er mühelos jegliche Aufmerksamkeit von Will, die er kriegen kann. Während ich nicht mal halbnackt ihr Interesse auf mich ziehen kann. Man muss wohl flauschig und mit Fell bedeckt sein, damit sie sich jemandem genauso hingibt wie Stormy. Und als sie mich erblickt, bestätigt das nur meinen Gedankengang.

»Zieh dir mal was an, Clark.« Ihr prüfender Blick liegt auf meinem Oberkörper und gleitet von meinem Gesicht zu meinem Bauch. »Das will hier keiner sehen, oder Stormy?« Sie hebt den kleinen Racker auf ihre Arme und drückt sanft ihr Gesicht in sein rotes Fell.

Dann stößt sich Will vom Boden ab und kommt mir mit Stormy unaufgefordert immer näher. Bis sie letztendlich wenige Zentimeter vor mir Halt macht.

Warum ist sie mir auf einmal so nahe? Möchte sie, dass ich meine Arme um ihren zarten Körper schlinge? Dass ich sie fest an meine Brust ziehe und ihr Kinn mit meiner Hand umfasse? Ihr Haar aus dem porzellanähnlichen Gesicht streiche? Oder dass ich ihre Lippen mit meinen Fingerspitzen nachzeichne?

Nie hat es mich mehr interessiert, was eine Frau denkt. Was geht nur in ihrem hübschen Kopf vor?

Immer wenn wir uns gegenüber stehen, knistert es gewaltig zwischen uns und die energiegeladene Spannung bringt nicht nur in mir Gelüste hervor, die ich eigentlich unterdrücken wollte. Wills Grün verrät mir, dass es ihr wie mir geht. Wenigstens etwas.

Von wegen, das will hier keiner sehen.

In meinen Gedanken nähere ich mich ihren fülligen Lippen bereits. Ich berühre sie mit meinem Atem und verfalle dieser Frau nun gänzlich.

Unentschlossen, was genau ich in der Realität tun soll, lasse ich meine Sinne für mich sprechen.

Bevor ich weiß, was ich hier überhaupt tue, hebe ich

bereits die Hand. Und so sanft, als wäre Will aus Glas, streichen meine Finger über ihre Wange. Dabei spüre ich jeden Zentimeter ihrer pulsierenden Haut unter meinen Fingerspitzen.

So zart. So weich. Viel zu schön, als dass man von ihr ablassen könnte.

Und endlich steht nichts mehr zwischen uns. Nichts hält uns ab, daran anzuknüpfen, was vor einigen Tagen längst zwischen uns begonnen hat. Außer Stormy, der diesen Moment so ziemlich perfekt für mich macht.

Will fixiert meine Lippen genauso wie ich ihre. Unsere Augen verkeilen sich ineinander. Ich streiche Will eine Strähne aus dem Gesicht und schiebe sie wohlüberlegt hinter ihr Ohr.

»Ich würde dich jetzt wahnsinnig gern küssen, Will.« Ihre Wangen glühen und sie werden warm. Fangen regelrecht Feuer. Ein angenehmes, einnehmendes Feuer.

»Wieso tust du das dann nicht? Du wartest sonst doch auch nicht auf meine Erlaubnis.«

Nachdem sich jede Sekunde wie Stunden in dieser Situation anfühlen, antworte ich endlich. Meine Lippen finden so zaghaft ihre, dass ich mich unverständlicherweise total darin verliere.

Dieser Kuss hier ist anders.

Ich berühre Will sanfter, als ich es die letzten Male getan habe. In diesem Kuss liegt keine Forderung. Nur der Wille, diese unsagbare Sucht zu stillen, die sich die letzten Stunden in meinem Inneren aufgebauscht hat.

Und mehr, als ich mir erhofft habe, und gleichzeitig unerwartet, gewährt Will meiner Zunge Einlass. Tatsächlich entflieht mir ein befreiendes Stöhnen, das mir nur wieder zeigt, wie sehr ich das hier brauche. Wie sehr ich sie in diesem Augenblick brauche.

Ich kann nicht fassen, wie perfekt unsere Zungen miteinander harmonieren. Kann nicht fassen, dass mich eine Frau nur mit ihren Lippen fast in den Wahnsinn treibt. Ein Wahnsinn, der einen auf angenehme Weise beflügelt und in den Himmel schießt.

Will schmeckt so verdammt süß.

Wie eine Schokoladentorte zu Weihnachten.

Wie ein Schokohase zu Ostern.

Wie der der beste Kuss meines Lebens. Und das, obwohl ich gar nicht so fühlen dürfte.

Doch diese Frau macht es einem nicht besonders leicht, anders zu empfinden. Will erwidert meinen Kuss intensiver, als sie es die letzten beiden Male getan hat. Obwohl sie weiterhin Stormy fest an sich zieht, merke ich, wie es ihren Körper zu meinem drängt. Wie ein Magnet, der unaufhaltsam seinen Gegenpol sucht.

Bin ich dein Gegenpol, Will? Bist du meiner?

Ich kann kaum glauben, dass ich in eine Wirklichkeit schlittere, in der ich beginne, mich emotional und seelisch auf jemanden einzulassen. Eine Wirklichkeit, die mehr als körperliches Begehren in mir entfacht. Ohne überhaupt zu wissen, ob es ihr genauso ergeht. Und, weil ich trotz dieser Unwissenheit all das in mir zulasse und damit das Risiko eingehe, dass Will mir mein Herz aus der Brust schlagen kann – mein emotionaler Untergang sein kann –, haue ich dennoch all meine fleißig aufgestapelten Regeln und Ansichten über Bord.

So viel zum Thema: Immer schön unverbindlich bleiben und sich nicht auf ein emotionales Gefühlschaos einlassen ... Hat ja super geklappt, Josh.

Der Flug in den Himmel entfaltet sich zu einem freien Fall. In meinem Kopf brauen sich die intensivsten Vorstellungen zusammen. Wie ich Will packe, sie hochhebe und ihre Beine sich um meine Hüfte wickeln. Wie ich sie auf mein Bett lege und ...

Zur Hölle noch eins.

Dabei fühle ich dieses Mal nicht das Verlangen nach meiner eigenen, männlichen Befriedigung. Ich spüre etwas, das dem nicht ansatzweise nahekommt.

Viel lieber möchte ich Wills Körper erkunden und ihr alles geben, was sie braucht. Aber noch viel wichtiger: Ich habe das dringende Bedürfnis, sie vollends glücklich zu machen, bevor ich es werde.

Als gäbe es nur diese Reihenfolge für mich.

Erst sie, dann ich.

Bedacht entziehe ich mich diesem Kuss, damit sich die Latte in meiner Hose nicht verselbstständigt.

Meine Hände hingegen lassen sich nicht so einfach kontrollieren und verweilen weiterhin auf ihren Wangen.

»Ich dachte, in der Öffentlichkeit verkneife ich es mir. Aber hier sind wir in keiner Öffentlichkeit«, raune ich.

»Und ich dachte, unser Ding würde nachlassen.«

Wills Stimme bricht für eine Millisekunde. »Und wir würden zu normalen Freunden heranwachsen.«

»Sicherlich nicht von meiner Seite aus. Normal kann jeder. Und vermutlich sind wir das beide nicht.«

Will lächelt darauf nur und wirkt locker sowie befreit. Und ja, sie erscheint irgendwie zufrieden.

Ich frage mich, wie lang ich noch die Kontrolle über mich haben werde, bis ich irgendwann nicht mehr von dieser unsagbar schönen Frau lassen kann. Und das nach kürzester Zeit. Eine Zeit, in der ich nicht begreifen kann, wie mir das passieren konnte.

Himmelherrgott, Will, ... sag mir, wie du es geschafft hast, mich sowas fühlen zu lassen? Und bitte verrate mir eins: Wirst du die größte Katastrophe für mich bedeuten oder der schönste Segen?

Ich reiche Will das vorletzte Stück der Schinken-Käse-Pizza.

Als wäre es das Normalste der Welt, liegt sie mit ihrem Kopf auf meinen Beinen. Auf ihrem Bauch Stormy, der sich von Will in den Schlaf streicheln lässt.

Vor uns spielt sich die Geschichte *Me Before You* ab. Eine totale Liebesschnulze, die mich für gewöhnlich zum Würgen bringt.

Nachdem ich den Film in der Vergangenheit regelrecht verabscheute, ist Will die Erste, die sich mit ihrem Schmollmund und ihren flehenden Augen durchsetzen konnte, ihn laufen zu lassen. Heute lasse ich den Film seltsamerweise gern über mich ergehen.

Ihretwegen.

Gespannt sieht Will in den Fernseher und wirkt dabei wie in Trance, als Louisa sich bemüht, Williams Aufmerksamkeit zu ergattern.

»Hast du den Film schon mal gesehen?«, frage ich sie, während ich meine Fingerspitzen automatisch in Wills Haarsträhne einwickele. Das nächste Verlangen, welches ich stillen darf.

»Ja. Schon drei, vier Mal.«

»Und er gefällt dir so, weil …?«

»Wegen so vielen Dingen. Louisa liebt William, obwohl er nicht normal ist. Louisa liebt ihn eben für das, was er tief drin ist. Und sie zeigt es ihm mit jedem Tag, an dem sie klarer dahingehend wird. Es tut gut, aus der Realität auszubrechen und sowas zu sehen.«

»Wer sagt, dass es so etwas nur in Filmen gibt?«

Josh, du solltest ihre Aussage unterschreiben und nicht hinterfragen!

»Ich sag das. Es ist ein Film. Filme basieren doch immer nur auf Wunschdenken. Sie haben kaum etwas mit der Realität gemein. Deswegen sind es ja Filme.«

Eigentlich sollte ich Will ernsthaft zustimmen. Denn die Liebe war doch im realen Leben immer nur eine Täuschung für mich. Ein Trick der Evolution. Warum stimme ich ihr dann nicht einfach zu und belasse es dabei? Was ist nur los mit mir? Hat sich irgendwas in mir verändert? Habe ich mich verändert?

Du hast dich verändert. Eindeutig.

Ich habe das Gefühl, nicht weiter darauf eingehen zu dürfen. Obwohl ich Will, gegen meine Vernunft, gern sagen würde, dass sie sich irren kann. Dass es durchaus Menschen gibt, die sich in das Unnormale und Unperfekte verlieben, weil es genau das ist, was sie ihr Leben lang suchen. Und doch tue ich es nicht.

Will haut den Rand der Pizza in die Pappschachtel zurück. »Du magst den Rand wohl nicht, was?«

»Nicht sonderlich, nein.«

Dann brauche ich kein schlechtes Gewissen haben, wenn ich ihn ihr wegesse.

Für einige Zeit wird es wieder still um uns. Meine Gedanken kreisen unaufhaltsam in meinem Kopf herum und lenken mich von Louisa und William ab – zwei Menschen, die unterschiedlicher kaum sein könnten.

»Du, Josh?« Will nimmt die Fernbedienung in die Hand und drückt auf Pause, was endlich alles in meinem Kopf ruhig stimmt.

Ohne ein Wort blicke ich zu ihr runter und betrachte ihre kleinen Sommersprossen auf der Nase.

»Was hat dich zu alledem getrieben?«

»Zu dem unter uns?«

Will nickt.

»Ich hab als Kind schon gern geboxt. Mein Trainer sah damals großes Talent, sodass ich an Wettkämpfen teilgenommen habe, wie du weißt.« Ich nicke in Richtung meiner einzelnen Urkunden, die ich aufgestellt habe. Und das nur, damit die Regale nicht so trist aussehen. Die Medaillen sind noch immer im Karton verstaut. Irgendwie messe ich weder den Urkunden noch den Medaillen große Bedeutung bei. »Irgendwann hat mich das aber nicht mehr erfüllt. Ich wollte viel lieber Kindern oder Jugendlichen helfen. Ihnen Selbstvertrauen schenken, indem sie sich eben bestimmte Kampftechniken aneignen. Du glaubst gar nicht, wie Kampfsport den kleinen Gurken das gewünschte Selbstvertrauen schenken kann, Will. Eine Auseinandersetzung mit meinem Vater und eine Gewalttat vor meinen Augen haben mich dann zu dem Laden unter uns geführt.« Ich werde die fremde Frau, die von zwei Männern auf öffentlicher Straße attackiert wurde, niemals vergessen. »Da ist mir erstmal bewusst geworden, wir hilflos manche Menschen vor anderen Menschen stehen. Und das nur, weil sie nicht wissen, was sie tun können. Durch Zufall stand das ganze Objekt zum Verkauf, als ich schon in der Wohnung hier gewohnt habe. Da musste ich einfach zuschlagen.«

»Wow. Das ist beeindruckend, was du da auf die Beine gestellt hast. Ganz ehrlich.«

»Vielen Dank. Du bist eine der wenigen, die das so sehen.«

»Ist das so? Kann ich nur schwer glauben.« Zu meinem Leidwesen geht Will in die Sitzposition über, legt Stormy neben sich ab und zieht ihre Beine an die Brust. Dann sieht sie mich an. Das erste Mal sehe ich pures Interesse an einer Frau. Interesse, das tiefer geht als die Erkundungen meines Körpers oder die Neugier über meine sonst wie reichen Eltern.

»Meine Familie wollte mich immer in etwas reinzwängen, was nie in meinem Wollen lag. Anfangs habe ich das mitgemacht, aber dann kam irgendwann der gewisse Knackpunkt, an dem sich etwas ändern musste. Sie haben das hier bis heute nicht akzeptiert.«

»Haben sie nicht? Das ist schade. Dabei sollte jeder seinen eigenen Weg gehen dürfen.«

»Sehe ich genauso.«

Will presst ihre Lippen aufeinander, bevor der sanfte Klang ihrer Stimme erneut ertönt. »Wann genau kam der Knackpunkt?«

»Der kam mit Anfang zwanzig, als ich vor meinem Professor saß und er mir etwas erzählt hat, von dem ich fast gebrochen hätte vor Langeweile. An diesem Tag wusste ich, dass da noch mehr sein muss als die verfluchte Pharmazie. Meine Eltern wollten schon von Geburt an unsere Leben für uns bestimmen, uns den Weg weisen. Was glaubst du, welche Lawine meine Entscheidung in meiner Familie ausgelöst hat. An diesem Tag wurde mein Vater handgreiflich und ich schwor mir, mich nie wieder so behandeln zu lassen.«

Will dreht sich geradewegs zum Fernseher um, damit ich das tobende Feuer in ihren Augen nicht sehen kann. Aber ich tue es. Mehr als sie ahnt und mit jedem Tag, den wir uns besser kennenlernen, intensiver.

»Und was ist mit deiner Mum? Was hat sie getan?«, fragt sie vorsichtig.

»Sie stand nur daneben und hat nichts getan.«

»Hat sie nicht?« Wills Blicke finden erneut meine und ich erkenne Unverständnis darin.

»Nein. Sie hat nur zugesehen. In jenem Moment schwor ich mir auch, niemals nur zuzusehen, wenn etwas Falsches vor meinen Augen stattfindet.«

»So wie bei mir«, wird Will klar.

»So wie bei dir, richtig.«

»Also hast du aus so einigen schlechten Situationen etwas sehr Gutes gewonnen. Nämlich all das hier und deine Einstellung.«

»Kann man so sagen, ja.«

Will lässt sich tiefer in die Couch sinken. »Ich wünschte, ich könnte das auch.«

»Das kann jeder.«

»Jeder?«

»Jeder. Dann, wenn man bereit dafür ist.«

»Glaubst du das wirklich?« Fast fließend legt sie ihren Kopf auf die Lehne der Couch und dreht ihn zu mir. Automatisch streichelt mein Zeigefinger über ihre Stirn. Ich sehe in ihre wunderschönen Augen, die pure Ehrlichkeit einfordern, die ich gewillt bin, ihr zu geben. »Ich weiß es.«

Will sieht nachdenklich an die Decke und mehr denn je wünsche ich mir, zu erfahren, was genau in ihr vorgeht. Ist es eine Erinnerung oder nur ein wilder Gedanke?

»Also, Will.« Meine Hand legt sich auf ihre. »Wirst du nach der Stunde von heute wiederkommen?«

Sie schmunzelt. »Das werde ich, ja. Sehr gern sogar.«

»Ernsthaft?« Ihr Grün findet erneut in mein Braun zurück.

»Ernsthaft. Ich glaube, ich bekomme das mit ein bisschen Übung hin. Dann bist du außerdem wieder von deinen beschützerischen Diensten entlassen und kannst deinem gewohnten Alltag nachgehen.«

»Wer sagt, dass ich das will.«

»Willst du nicht?«

Mein Zeigefinger schwebt über ihrem Nasenrücken. Mein Daumen über ihre Wange. »Im Moment nicht, nein. Ich genieße das zwischen uns.«

Ohne etwas darauf zu erwidern, legt sie sich lächelnd in ihre Ausgangsposition. Den Kopf auf meinen Beinen und Stormy auf ihrem Bauch. Automatisch bewegt sich ihr Finger über die Playtaste, während meine Hände wieder durch ihre langen, roten Haarsträhnen fahren.

Der Abspann des Films läuft vor unseren Augen runter. Ich kann nicht glauben, dass ich das einmal denken würde, aber der Film ging schneller zu Ende, als mir lieb ist.

Auch wenn es sich um eine furchtbare Schnulze handelte, genoss ich die Zeit mit Will. Genieße sie noch immer.

Es fühlt sich an, als kennen wir uns schon weitaus länger, als es überhaupt der Fall ist. Vielleicht kann ich deswegen so schlecht nachvollziehen, dass mich Gefühle übermannen, die ich so nie verspürt habe.

Will setzt sich auf, kramt ihr Handy aus ihrem Rucksack und sieht mit kritischem Blick auf das Display.

»Alles okay?«, frage ich.

»Ja. Tammy fragt nur, wo ich bin.« Will tippt auf ihrem Display herum.

»Und wo bist du?«

Fragend sieht sie zu mir und lässt kurz von ihrem Handy ab. »Ich habe keine Geheimnisse vor Tammy, wenn du das gerade rausfinden willst.«

»Hast du nicht?«, frage ich verwundert.

Will schüttelt entscheidend ihren Kopf. »Keine einzigen.«

»Und weiß sie auch, dass wir uns ...«, bin ich entschlossen zu fragen. Werde jedoch direkt von Will unterbrochen.

»Küssen? Du mich ständig mit deinen Lippen überfällst? Das weiß sie auch, ja.« Wills Augen funkeln.

Schelmisch grinse ich, während mein Zeigefinger über mein Kinn streift. »Und was sagt sie dazu?«

Will schüttelt erneut ihren Kopf und widmet sich der Textnachricht an Tammy. »Das willst du gar nicht wissen.«

»Doch will ich.«

»Dann solltest du sie das besser selbst fragen, wenn du sie das nächste Mal siehst.«

Damit will ich mich nicht zufriedengeben. »Komm, sag schon, was Tammy dazu gesagt hat.« Ich stupse sie spielerisch am Oberarm.

»Du lässt niemals locker, was?«

»Niemals.«

»Naja, wie soll ich sagen? Sie war im Großen und Ganzen verwundert, dass ich dir keine geschmiert habe. Aber wie dem auch sei. Ich sollte wohl besser mal nach Hause gehen. Bevor sie noch einen Anfall bekommt.«

Nicht gerade die Aussage, die ich hören wollte. Der Gedanke, sie nun gehen zu lassen, gefällt mir so gar nicht. Dennoch biete ich ihr meine Hilfe an. Nein, ich drücke ihr sie auf. »Ich bring dich heim.«

Will steckt ihr Handy zurück in den Rucksack. »Was? Nein. Das ist über eine halbe Stunde. Und über eine Stunde, bis du wieder zu Hause bist.«

Zielgerichtet stemme ich mich von der Couch, laufe in den Flur und schwenke meinen Autoschlüssel vor meinem Gesicht herum. Ich bitte Will, sie fahren zu dürfen.

»Du hast ein Auto?«

»Sicher. Manchmal ist man darauf angewiesen.«

»Warum läufst du dann alles?«

»Weil ich fit bleiben will. Ist zu 90 Prozent das Wichtigste in meinem Job, wenn du dich daran erinnern kannst«, erkläre ich. »Darf ich dich also bitten, dich nach Hause bringen?«

»Na gut.« Will erhebt sich, schmeißt ihren Rucksack über die Schulter und gibt Stormy einen Abschiedskuss. Der kleine Kerl ist schon so viel weiter als ich. Verdammt noch eins.

In meinem schwarzen Jeep Cherokee sitzen wir vor Wills Wohnung. »Vielen Dank für den schönen Abend, Will.«

Sie löst den Gurt aus der Schnalle und lächelt mich

warm an. »Kann ich nur zurückgeben. Hat wirklich Spaß gemacht.« Ist sich die Frau nur annähernd bewusst, was ihr Lächeln in mir bewirkt?

»Sehen wir uns eigentlich morgen?«, frage ich sie.

»Viellei-i-i-cht?« Will zieht fragend und sogleich provozierend das Wörtchen in die Länge.

Unfassbar, dass sie es wieder schafft. Eigentlich bin ich derjenige, der sich um ein weiteres Treffen bitten lässt. Doch bei Will ist das mal wieder so überhaupt nicht der Fall. Ich bin in einer Position, in der ich ihr wortwörtlich, seit unserem Kennenlernen, hinterherrenne. »Will, bitte.« In meinem Gesicht liegt der flehendste Blick, den ich drauf habe.

»Hör auf, mich so anzusehen. Wie ein Kater, der im Regen steht, den man nicht reinlässt.«

»Zieht der Blick denn?«, grinse ich.

Will presst ihre Lippen aufeinander und hält kurz inne. »Wir können uns sehen. Aber ich habe morgen ab achtzehn Uhr Schicht.«

Erleichterung mach sich in meiner Magengegend breit. »Dann hol ich dich um zwölf ab?«

»Klingt gut«, antwortet sie und ist imstande, die Beifahrertür zu öffnen. Aber ich halte sie auf, indem ich meine Hand auf ihre lege und sie etwas mehr an mich ziehe. »Will?«

Verdutzt sieht sie erst auf meine Berührung, bevor sie sich ein letztes Mal zu mir umdreht. »Ja?«

»Irgendwie kommt der Abschied ein wenig zu kurz zwischen uns. Findest du nicht?« Ich schmunzle. »Ich würde gern etwas daran ändern.«

»Ich kann dir nicht ganz folgen.«

»Naja, wenn Stormy schon jetzt einen Abschiedskuss bekommt, bekomme ich doch erst recht einen, oder nicht?«

»Das kann man so nicht vergleichen. Stormy ist zuckersüß. Den kann man nur abknutschen.«

»Und ich bin es nicht?«, hinterfrage ich wirkungsvoll.

Wills Wangen glühen, während sie eindeutig beginnt, nervös zu werden. Ziemlich niedlich, wie ich finde. »Doch ...«, stottert sie. »Schon, irgendwie. Aber ...«

Für mich gibt es kein Aber. Also verflechte ich Wills Hand mit meiner und setze ihr zwei flüchtige Küsse auf, um ihre stotternden Worte für den Bruchteil einer Sekunde zu ersticken. Einen auf ihre Fingerspitzen. Den anderen auf ihre füllig weichen Lippen.

»Schlaf gut, Will«, raune ich lächelnd an ihre Mundwinkel, die sich eindeutig nach oben bewegen.

Will entfernt sich wenige Zentimeter von mir. »Komm gut heim, Josh. Bis morgen.«

Sekunden darauf verschwindet sie hinter ihrer Wohnungstür und lässt mich mit einem Gefühl im Bauch zurück, das mich an kleine boxende Schmetterlinge erinnert.

23

Fast eine Woche später

Willow

Die Sonne scheint und strahlt uns ins Gesicht. Meine Haut saugt das Vitamin D regelrecht ein und lädt gleichzeitig meine Energiereserven auf.

Der glühende Stern ist hier im wahrsten Sinne der Mittelpunkt. Denn jeden Abend wird gegenüber vom Hafen am Pier mit Straßenkünstlern, Händlern und einer lebhaften Menge der Sonnenuntergang gefeiert. In diesem Moment, kurz nach ein Uhr mittags, ist die Musik der Strandbars angenehm und übertüncht noch nicht das Rauschen des Meeres, dessen Töne ich vermutlich immer bevorzugen würde. Es macht mich glücklich und doch würde ich nicht einen Fuß in das Wasser setzen.

»Ich mags hier.« Meine nackten Füße graben sich immer tiefer in den warmen Sand hinein.

»Geht mir genauso«, erwidert Josh. »Eigentlich

könnten wir es voll und ganz genießen und, wie die beiden da vorne, reinhüpfen.« Mit seinem Zeigefinger zeigt er auf Tammy und Timothy, die sich ungehemmt mit Wasser vollspritzen und irgendein Spiel spielen, das wohl nur die beiden verstehen. Dabei ist es ihnen egal, dass ihre Klamotten klitschnass werden. Tammy muss aus allem ein Spiel machen. Aber nur eines, bei dem sie auch haushoch gewinnen kann.

Sie ist die Zweitjüngste in ihrer Familie und demnach absolut in der Lage, sich gegen die Größeren und Älteren durchzusetzen, wie man hier sieht.

»Nein. Danke vielmals«, zische ich und hebe abwehrend die Hände in die Luft.

Ich war schon leicht überrascht, als Tammy heute Morgen auf mich zukam und mir vorschlug, mit an den Strand zu kommen. Weil Timothy und Josh dort auf uns warten würden. Wahrscheinlich glaubt sie, ich brauche Ablenkung. Kann man ihr nicht verübeln. Denn die letzte Nacht war die reinste Hölle. Ich träumte, die Panik durchfuhr erneut meinen Körper und ich würgte sie, samt meinem Abendbrot, aus mir heraus. Es war klar, dass sich meine Situation kurz vor meinem Geburtstag, kurz vor dem Sterbetag meiner Mum verschlechtern würde.

Dummer Körper, dumme Psyche.

»Warum nicht?« Joshs verdutzter Blick entgeht mir keinesfalls.

Abgeneigt schüttle ich meinen Kopf. »Ich gehe nicht ins Meer.«

»Niemals?«

Verhalten kaue ich auf der Innenseite meiner Wange herum. »Niemals.«

Schon vom Kindesalter an spaltete mich das Meer. Die Geräusche sind wunderschön. Die Menge Wasser hingegen verfluche ich. Allein von der Vorstellung, eine Welle könnte auf mich zukommen und meinen Körper übermannen, gefriert meine Haut. Und das, obwohl die Mittagssonne auf mich prallt. Ich weiß nicht genau, woher die Furcht vor dem Meer stammt. Vielleicht aus einer verdrängten Kindheitserinnerung. Die Sache mit Ronald hat meine Angst jedenfalls bekräftigt.

»Außergewöhnlich. Ich meine, es gibt kaum schöneres Wasser als hier am *Clearwater Beach*.«

»Mag sein.« Ich zucke mit meinen Schultern.

»Willst du mir vielleicht sagen ...«

»Es ist unberechenbar. Sobald man unter Wasser gezogen wird, verliert man die Kontrolle. Man bekommt keine Luft mehr. Allein die Vorstellung ist nur fürchterlich.«

»Aber schwimmen kannst du doch, oder?« Ich höre ein wenig Sarkasmus aus Joshs tiefer Stimme heraus.

»Ich bin doch nicht hinter dem Mond aufgewachsen. Natürlich kann ich schwimmen, Josh.« Spielerisch boxe ich ihm auf den Oberarm.

»Es sind nur die Wellen. Sie übermannen einen, wenn man nicht Acht gibt.«

»Keine Sorge, Will. Ich würde nicht zulassen, dass es dich unter Wasser zieht. Also kannst du dich ruhig etwas abkühlen.«

»Das ist wirklich sehr großzügig«, spaße ich. »Dennoch möchte ich es nicht riskieren.«

»Wie du meinst«, lenkt Josh ein und sieht zwischen meinen Augen und meinen Lippen hin und her. Sein Braun löst in mir ein schönes Gefühl aus. Und eigentlich sollte ich woanders hinsehen. Statt in seine perfekt geformten braunen Augen, die mich von Mal zu Mal immer mehr in ihren Bann ziehen. Scheiß auf eigentlich.

»Will, darf ich dich um etwas bitten?«

Es bedarf unheimlich viel Kraft, einen anderen Punkt in seinem Gesicht zu fixieren. »Sicher.«

»Ich muss morgen für zwei Tage, Dienstag und Mittwoch, aus der Stadt und ich habe niemanden, der sich um Stormy kümmern könnte. Niemanden, dem ich den Kleinen anvertrauen würde. Außer dir. Würdest du ab und zu mal nach ihm sehen?«

»Das würde ich sehr gern tun, Josh.« Damit entlockt er mir ein ehrliches, freudiges Lachen. Ich weiß nicht, weshalb, aber ich bin unfassbar froh, dass er mir Stormy anvertraut.

»Das freut mich.« Josh zückt etwas aus der Hosentasche.

»Das ist der Schlüssel zu meiner Wohnung. Ebenso der für die Haustür. Fühl dich völlig frei, dort zu tun, was du möchtest. Bleib ein bisschen bei ihm, bitte.«

»Ich werd auf ihn aufpassen. Versprochen.«

»Vielen Dank. Ich werde mich bei Gelegenheit revanchieren«, zwinkert er mir zu.

Tammy und Timothy leisten uns Gesellschaft und

lassen sich neben uns auf ihre Handtücher fallen. Ich merke, wie sich die beiden in unser Gespräch einklinken möchten.

»Schon gut. Wo musst du denn über die Tage hin?«

»Nach Seattle.« Diese Antwort kommt so unerwartet wie jeder ungeplante freie Fall. Als würde in diesem Moment der Strand unter mir aufbrechen und mich in den Erdkern ziehen. Mein Blut gefriert und erhitzt sich in meinen Adern gleichermaßen. »Dort findet ein Aufbauseminar statt. Daran nehme ich teil.«

Meine Lippe bebt und meine unsicheren Blicke gehen sofort in Tammys Gesicht, die mich mit ihrer Mimik versucht, zu beruhigen.

»Und das ist in Seattle?«, hinterfrage ich, um sicherzugehen, dass ich mich nicht verhört habe.

Ich hasse dieses Zittern, das sich in meinem Körper breitmacht, sobald ich an diese Stadt oder an meine Vergangenheit erinnert werde.

Und ich glaube, Josh bemerkt mein seltsames Verhalten. Ebenso Timothy. Denn sobald es um Seattle geht, kann ich nichts mehr überspielen. Meine Körperkontrolle gleitet mir aus den Händen wie ein schmelzendes Eis im Hochsommer.

Ich hasse Seattle. Ich hasse diese Stadt. Ich hasse die Erinnerungen an die Stadt.

Ich kann kein falsches Lächeln auf den Lippen formen. Allein wenn ich den Namen dieser Stadt lese, wird mir übel und schwindelig zugleich.

»Ist das ein Problem?«, hakt Josh nach.

Ich atme scharf die Luft ein, sammle mich. Weil die

Vergangenheit mich nicht erneut einholen darf. Was vorbei ist, ist vorbei. »Nein, natürlich nicht. Schließlich kannst du verreisen, wohin du möchtest. Es ist nur ...«

Hör auf, weiterzureden! Es geht ihn nichts an! Es geht niemanden etwas an!

»Es ist was?«, möchte Josh wissen.

Und obwohl sich mein Kopf dagegen sträubt, nur ein Detail aus meiner Vergangenheit herauszukramen, legt sich meine Zunge einige Worte zurecht, die meine Situation erklären sollen. Und auch Tammy nickt mir zuversichtlich zu, was mir Mut schenkt. »Seattle ist sozusagen meine Heimatstadt. Ich bin dort die ersten achtzehn Jahre aufgewachsen.« Meine Stimme schwindet.

»Ehrlich?«, entgegnet Josh so behutsam, als wäre ich aus Glas. Als wäre mein ganzer Körper, meine vollständig zerbrochene Seele eine Seifenblase, die man ja nicht berühren darf. Und er ahnt ja nicht, wie recht er mit dieser Annahme hätte.

»Ehrlich.« Mein Leib zittert wie Espenlaub, obwohl die Sonnenstrahlen mit zweiunddreißig Grad auf mich eindrücken.

»Gibt es etwas, was ich mir in der kurzen Zeit dort ansehen sollte? Irgendetwas Sehenswertes?«

Ich lache spöttisch auf. »Nein. Seattle ist grau, trist und uninteressant.«

»Bist du deswegen von dort weg?« Obwohl meine Finger sich immer tiefer in den Sand graben, legt Josh seine Hand auf meine. Als wüsste er, dass es mir bei dem Gedanken nicht besonders gut geht.

»Naja, das hatte vielerlei Gründe«, spreche ich reflexartig weiter.

»Möchtest du über die Gründe reden?«

Ich presse meine Lippen aufeinander. »Eigentlich nicht. Nein.«

Es ist Tammy, die sich unerwarteterweise zu Wort meldet. »Timothy, Lust auf noch eine Runde?« Provokant stößt sie ihre schmale Schulter an seine. Vermutlich merkt sie, wie bedrückend die Situation auf mich eindrischt. Vor allem, weil Timothy mich ebenso gespannt betrachtet, wie es Josh tut. Weil ihm ebenso Fragen auf der Zunge liegen, die ich nicht gewillt bin, zu beantworten.

Zum Glück nimmt Timothy selbstsicher Tammys Herausforderung an. »Aber sicher. Du wirst untergehen, Püppchen.«

»Nenne mich noch ein einziges Mal Püppchen, du Schnösel.«

Noch bevor sie den Satz richtig aussprechen konnte, wirft Timothy Tammy wie einen Sack Federn über seine Schulter. Gemeinsam entfernen sie sich wieder von uns und man hört nur den Wind von der See, der in unseren Ohren umherfegt.

»Du möchtest wirklich nicht drüber reden? Ich glaube, dein Körper sagt dir etwas anderes. Du frierst, Will. Vielleicht muss es einfach mal raus.« Josh verflechtet seine Finger mit meinen und vergräbt unsere beiden Hände tiefer in den Sand.

Josh ist so unglaublich warm und gerade ziemlich wohltuend für meinen Leib und meine Seele.

»Es ist nur ...« Ich stoppe kurz. »Ich finde, dass alles, was dort passierte, nicht mehr relevant ist.«

»Will, das sagst du mir leider zu oft. Und doch musst du gemerkt haben, dass ich mich für dein Leben interessiere. Also ist alles für mich von Belang.«

»Ist das so?« Ich sehe zu ihm.

»Natürlich.«

»Aber warum sollte dich meine Vergangenheit interessieren?« Bisher war es immer besser, Stillschweigen über die letzten Jahre zu bewahren. Denn sobald ich etwas dahingehend aussprach, jemandem etwas anvertraute, stieß er mich auf üble Weise von sich. Bis auf Tammy.

»Weil das Vergangene nun einmal zu einem Menschen dazu gehört. Es hat dich zu dem gemacht, was du heute bist. Also bitte ich dich, mir zu sagen, warum du frierst, obwohl wir gefühlte fünfundvierzig Grad um uns haben. Warum das diese Stadt in dir auslöst«, bittet Josh.

Ich ringe einige Sekunden mit mir. Vielleicht vergehen sogar Minuten, bis ich endlich den Mund aufkriege. »Naja. Meine Mum ist beispielsweise in Seattle gestorben, wie du weißt. Ich verbinde mit der tristen Stadt nicht wirklich etwas Gutes. Irgendwie hatten meine Mum und ich es dort nie so leicht.«

»Das ist aber noch nicht alles, oder?«

»Nein. Aber, bitte ...« Ich schüttle flehend mit dem Kopf.

»Ich werde dich nicht dazu drängen, es mir zu erzählen. Keine Sorge, Will!«

»Danke, Josh. Es ist einfach nur etwas, mit dem ich endlich einmal abschließen sollte. Mit der Stadt, mit dem Tod meiner Mum, mit allem.«

24

Josh

Ich wusste, dass der zweite Tag meines Seminars nur bis kurz nach zwölf gehen würde und ich direkt nach Hause fliegen könnte. Dennoch habe ich einen Flug später gebucht.

Dabei habe ich keine Ahnung, weshalb ich das hier tue. Warum ich Wills Vergangenheit so unbedingt erforschen will. Warum ich mich in ihr Leben einmische. Aber es ist mir ein dringendes Bedürfnis, zu erfahren, was in ihr vorgeht. Was sie durchgemacht und erlebt hat. Ich will ihr helfen, für sie da sein.

Wahrscheinlich führt mich genau diese Einstellung den Schotter zu den vereinzelten Gräbern hinunter, am Ende eines unbekannten Friedhofes.

Von einem Mitarbeiter habe ich vor wenigen Minuten erfahren, dass eine Mrs Wright an diesem Ort begraben liegt.

Es kann sich nur um Wills Mum handeln, oder?

Ich weiß nicht, warum ich das Grab aufsuche. Ich habe keine Ahnung, was ich mir davon erhoffe.

Offensichtlich wünsche ich mir Antworten zu Will und dem, wer sie ist. Sie ist so verschlossen, dass ich mir nicht anders zu helfen weiß.

Immer wenn ich glaube, sie würde einen Schritt auf mich zukommen, geht sie in Wirklichkeit wieder einen zurück. Sie tappt auf der Stelle und ich habe keine Ahnung, wie ich das ändern kann.

Es dauert nicht lange, bis ich vor dem schlichten, anthrazitfarbenen Stein stehe, auf dem Eva Wrights Name eingraviert ist:

Eva Wright
Liebevolle Ehefrau und Mutter
** 22.07.1969*
† 04.08.2014

Es ist ganz gewiss Wills Mum, die vor mir liegt und auf deren Namen ich starre. Es ist schön, dass das Grab nicht verkommt und wenige Sommerblüher darauf in verschiedenen Farben erstrahlen. Doch diese leuchtenden Blüten ändern nichts an der Tragik, die hinter diesem Schriftzug steckt.

Wills Mum war erst fünfundvierzig Jahre alt, als sie verstarb und ihre Tochter mit gerade einmal achtzehn Jahren zurückließ.

Aus Neugier schwankt mein Blick ein Grab weiter nach rechts. Ich falle fast aus allen Wolken, als ich darauf erneut jemanden erkenne, der mit Will in Verbindung stehen muss.

Jim Wright
Geliebter Ehemann und Vater
** 02.03.1967*
† 04.08.2003

Ist das Wills Dad? Warum ist er mit sechsunddreißig verstorben?

Doch bevor ich weitere Gedankenstränge in mir führen kann, ertönt eine verrauchte Stimme neben mir, die mich kurzzeitig zusammenzucken lässt. »Es ist schon sehr schade um die beiden. Nicht wahr?«

Ich drehe mich zu dem älteren Herren, der schräg hinter mir steht. Er ist schätzungsweise Ende sechzig und sein Gesicht prägt ein besonders gekräuselter, weißer Bart.

»Mit Sicherheit«, erwidere ich mehr zu mir selbst statt zu ihm und richte meinen Blick wieder auf die Gräber.

»Kannten Sie sie?«, fragt er mich offen.

»Nicht direkt«, erwidere ich ehrlich.

»Ich komme regelmäßig her. Ein-, zweimal im Monat. Ich kümmere mich um ihre Gräber. Nicht weit von hier ist meine Frau begraben und da bietet es sich an, immer etwas nach dem Rechten zu sehen.«

»Das tut mir sehr leid für Sie und Ihre Frau.«

Ich hasse Friedhöfe. Genau aus diesem Grund. Es gibt nur Leid an Orten wie diesen.

»Vielen Dank. Das ist sehr freundlich.« Höflich und mit einem leichten Schmunzeln nickt mir der Herr zu, sodass ich hoffe, mehr über die Familie Wright erfahren zu können.

»Darf ich Sie etwas fragen, Mr ...?« Ich reiche ihm meine Hand. Eine Geste, die er erwidert.

»Carter. Aber sicher. Fragen Sie.«

»Wissen Sie mehr über Eva Wright?«

»Sie hat in einem meiner Häuser gewohnt«, erklärt er und beginnt, sich an Wills Mum zurückzuerinnern. »Eva war eine wunderbare Frau und eine liebevolle Mutter, die einfach nur eine falsche Entscheidung traf. Für sich und ihre Tochter. Das hat wohl ihre ganze Lebenseinstellung verändert. Sie ist an Krebs gestorben, wissen Sie? Sie brachte nicht einmal den Willen auf, gegen ihn anzukämpfen. Nicht wie ihr Mann Jim.« Es ist also Wills Vater, der daneben liegt.

»An welcher Art von Krebs sind sie denn verstorben?«, frage ich.

»Jim hatte Bauchspeicheldrüsenkrebs und Eva verstarb an Brustkrebs.«

»Fürchterlich.« Ich ahne, was Will seit einigen Jahren durchmachen muss. Schmerz. Leid. Trauer. Es war sicher nicht einfach, seine Eltern sterben zu sehen. Vor allem wenn man selbst kaum erwachsen war.

»Und was genau meinen Sie mit falscher Entscheidung?«

»Sie wissen bestimmt, man redet nicht über die Fehler der Toten.«

»Aber sicher.« Ich zeige Verständnis, obwohl ich die Antwort auf meine Frage unbedingt wissen möchte.

»Ich hoffe nur sehr, dass es der kleinen Willow gut geht. Kurz vor Evas Diagnose stand Willow die Welt offen. Die Kleine war so unfassbar begabt. Und doch wurde es alles mit einem Mal zerschlagen.« Willows Namen aus seiner rauchigen Stimme zu hören, bringt Gefühle in mir hervor, die ich mir langsam aber sicher immer besser erklären kann. Dennoch entgeht mir nicht, dass er etwas von sich gibt, was meine Neugier aufbauscht.

»Begabt?«

»Sie zeichnet. Wenigstens vermute ich, dass sie es noch tut. Denn es wäre schade, wenn sie ihr Talent weggeworfen hätte. Sie war unfassbar gut, wissen Sie? Willow gewann viele Preise aus dieser Gegend. Ihre Zeichnungen sind nicht irgendwelche Kritzeleien. Sie sind von Bedeutung und Tiefgang. Zumindest hoffe ich, dass sie es noch sind.«

»Ist das so?« Davon hat sie mir nie etwas erzählt. Davon habe ich niemals etwas mitbekommen.

»Wir waren alle sehr stolz auf sie. Mich würde es nicht wundern, wenn sie Kunst studiert. Ich würde es mir für sie wünschen. Nachdem Jim verstarb, schien es, als hätte er Willow sein Talent übertragen. Als hätte er es nach seinem Tod seiner Tochter vermacht. Denn von da an wurde sie immer besser, begabter. Kunst zu studieren, war Willows großer Traum. Und soweit ich weiß, hatte sie sogar ein Platz im *Pratt Institute* bekommen.«

Selbst einem Laien wie mir ist das Institut in New York bekannt.

»Sie hat sich nach dem Tod ihrer Mutter nicht mehr bei mir gemeldet. Dabei ist sie doch völlig allein. Sie hat weder Familie noch hatte sie hier Freunde, die zu ihr standen, als diese schlimme Sache passiert ist. Ich weiß nicht einmal, ob es ihr gut geht. Was sie tut oder wie es ihr die letzten Jahre ergangen ist, nachdem ...«

»Nachdem, was?«

»Es ist nicht egal. Aber so etwas will man nicht wieder aufkommen lassen. Selbst als Außenstehender nicht. Man versetzt sich immer in die Lage der Eltern und macht sich dieselben Vorwürfe. Egal ob leibliche Tochter oder nicht. Auch ohne mit Willow verwandt zu sein, habe ich ein unsagbar schlechtes Gewissen. Ich habe selbst eine Tochter, wissen Sie? Deswegen rede ich nicht mehr darüber. Es ist besser. Für jeden Beteiligten.«

»Aber natürlich. Ich verstehe das.«

Es ist schlimm, dass so ein wundervoller Mensch wie Will jahrelang allein war. Und es teilweise noch immer ist. An ihrer Seite steht nur Tammy. Und seit wenigen Wochen ich. Jemand wie sie sollte viel eher von Menschen umzingelt werden, die ihr etwas Gutes tun wollen. Weil Will selbst herzensgut, umwerfend und unvergesslich ist. Weil Loyalität und Ehrlichkeit für sie an oberster Stelle stehen.

Ich gebe mir, und irgendwie auch Will, in diesem Moment, vor dem Grab ihrer Mutter, ein unausgesprochenes Versprechen: Sofern Will es zulässt, werde ich sie nie wieder der Einsamkeit überlassen. Sie soll nie wieder allein sein müssen.

Die Erkenntnis, dass sie viele Jahre auf sich gestellt war, schmerzt. Doch noch mehr belastet mich das

Wissen, dass Will außerhalb des Todes ihrer Eltern furchtbares Leid angetan wurde. Oder wie soll ich Mr. Carters Aussage sonst verstehen?

Bist du deswegen aus Seattle geflohen, Will? Weil du hier alles verloren hast? Weil du hier etwas erlebt hast, das du bis heute nicht überwunden hast?

Gemeinsam starren wir wortlos auf die beiden Gräber, bis ich mich entschließen muss, aufzubrechen. Auch wenn ich nur einen Hauch mehr über Wills Vergangenheit erfahren habe, wird mir klar, dass diese Frau etwas Schlimmes ertragen musste. Etwas, das sie bis an ihr Lebensende zeichnen wird. Etwas, das nicht mit einer Lappalie zu vergleichen ist. Willow hat die Hölle durchgemacht. Was genau, das bleibt ihr Geheimnis.

Will, du bist es wert, sich darum zu bemühen, es zu erfahren und dir irgendwie zu helfen.

Mehr denn je bin ich gewillt, für sie da zu sein, wenn sie mich braucht. Ich möchte sie auffangen, wenn sie fällt.

»Bevor ich gehe, möchte ich Ihnen gern sagen, dass es Willow gut geht und Sie sich keine Sorgen machen müssen.«

Mr. Carter reißt ungläubig seine Augen auf. »Kennen Sie sie?«

»Das tue ich irgendwie, ja.«

Aber eben nur irgendwie und nicht so tiefgründig, wie ich gern möchte. Und vermutlich steckt in dieser Tatsache mehr, als ich selbst bisher zugeben wollte. Denn es gibt einen Grund, warum ich mehr über Will erfahren muss, wenn es bei keiner Frau zuvor so war. Es gibt einen Grund, warum ich alle Hebel in Bewegung setze, dass ihr nichts geschehen soll. Es gibt einen Grund, warum ich hier stehe und versuche, alles an und in ihr zu verstehen. Einen Grund, der mich zwingt, jede Sekunde mit ihr verbringen zu wollen.

Und dieser Grund lag von Anfang an so deutlich vor mir, dass ich einfach nur naiv war zu glauben, es sei nicht so. Dabei ist mir klar: Sie schön zu finden, ist das eine. Sie zu wollen, etwas ganz anderes. Denn es gab noch nie eine Frau, die ich unbedingt wollte.

Aber hier ist es nun einmal so. Ich habe mich in Willow Wright verliebt und damit nicht nur mein Versprechen gebrochen, sondern auch all meine Regeln und Ansichten über Bord geworfen.

Verdammt, Josh. Das war nicht der Deal. Wie oft hast du dir selbst geschworen, dich auf kein Gefühlschaos einzulassen?

25

Willow

Die letzten Nächte waren fürchterlich. Die Träume haben sich auf eine neue Stufe erhoben. Auf eine viel extremere, viel realere Stufe.

Während sie sonst vor seinem Höhepunkt stoppten, kam es nun dazu, dass ich alles erneut miterleben musste. Nur war die Perspektive eine andere. Ich stand daneben und sah ihm zu, was er mir antat. Meine Stimme schrie so laut, wie sie nur konnte, aber nichts und niemand hielt ihn davon ab, weiterzumachen. Ich konnte einfach nur regungslos dastehen und dabei zusehen, wie er mich auf den Bauch zerrte und seinen monströsen Körper auf meinen legte. Wie ich unter ihm fast verschwand und er lüstern mein Shirt nach oben schob. Wie er sein Jagdmesser auf den unteren Teil meines Rückens auflegte, sich mit seiner Zunge über die Lippen fuhr und mir gleichzeitig ins Fleisch schnitt. Wie er mir dabei den Mund zuhielt oder mich ins Kissen drückte, damit keiner meine Schreie hören konnte, und wie er dabei einen Orgasmus bekam, wenn mein Blut aus den Adern rann. Ich kann nachfühlen, wie sich sein Sperma durch seine Jeans drückte und sich teilweise an meinen Rücken heftete. Schon allein der Gedanke daran bringt den Brechreiz in mir zum Leben, der vergangene Nacht nicht lang auf sich hat warten lassen.

Die heutige Sitzung bei Dr. Tanner entsprach nicht meinen Vorstellungen. Es scheint, als hätte ich nach den letzte beiden Nächten zehn Schritte zurückgemacht, statt einen vorwärts.

Danach flüchtete ich sofort in Joshs Wohnung und zog Stormy weinend in meine Arme. Auf unerklärliche Weise gibt mir der kleine Kerl einen Hauch Frieden.

Obwohl wir nur die letzten beiden Tage allein miteinander waren, scheint es mir, als vertraue er mir schon sein ganzes Leben. So wie ich ihm.

Stormys Vergangenheit – seine Male auf der Haut – ist meiner sehr ähnlich. Dessen bin ich mir sicher. Sie müssen ihn mit einem Messer attackiert haben. Genauso wie Ronald mich damals. Die Narben auf seinem kleinen Körper sind Male, die aus Schnittwunden resultieren. Ich habe es sofort erkannt.

Während ich Stormy Gesellschaft leiste und es mir mit ihm auf der Couch bequem mache, mich endlich beruhigt habe, vibriert mein Handy im Rucksack. Ich ziehe es raus und sofort blinkt mir Joshs Name entgegen. Ich muss lächeln und bin auf merkwürdige Art und Weise erleichtert, von ihm zu hören. Der Kerl tut mir seit wenigen Wochen einfach verdammt gut. Ob er das weiß?

Steige in wenigen Minuten in den Flieger und sollte heute Abend gegen zehn Uhr zurück sein. J.

Komm gut nach Hause. Stormy geht es gut!

Gestern Abend fing ich tatsächlich an, Josh zu vermissen. Ich weiß nicht, ob es mir überhaupt gestattet ist, so ein Gefühl gegenüber ihm zu empfinden. Denn ich erinnere mich immer wieder daran, dass ich mich von Männern wie ihm fernhalten sollte. Dass Josh und ich uns ein Versprechen gegeben haben. Und doch tue ich seit Tagen das Gegenteil.

Vermutlich, weil ich innerlich weiß, dass Josh anders ist als die Menschen meiner Vergangenheit. Sonst würde er mir nicht permanent dieses sichere, wohltuende und geborgene Gefühl vermitteln. Ganz unbewusst, ganz frei.

Und, so egoistisch es sein mag, ich kann ihm keine Erinnerungen aus meiner Vergangenheit darlegen. Aus Angst. Denn genau diese Gefühle, die er mir seit Tagen und Wochen transportiert, möchte ich nicht missen müssen. Sie sind zu erholsam, zu schön. Aber sie würden mit hoher Wahrscheinlichkeit verloren gehen, wenn er von Ronald und meinen nächtlichen Angstzuständen erfahren würde. Josh würde sich genauso von mir fernhalten, wie es alle anderen immer taten. Josh würde mich anders sehen. Nur hätte er womöglich den Anstand, es mich nicht mit Beschimpfungen seinerseits spüren zu lassen, wie es Mark oder

Steven einst gemacht haben. Wie es meine Klasse, fremde Menschen getan haben. Also werde ich Josh nichts von meiner Vergangenheit erzählen.

Ich weiß auch nicht, warum ich das hier tue. Aber mein Daumen führt sich fast selbstständig auf die Kamera-App meines Handys. Dann stelle ich den Selfie-Modus ein und halte es in die Luft. Dabei schließe ich meine Augen, mache ein übertriebenes Duckface, drücke Stormy fest an meine Wange und tippe auf den Auslöser. Zum Glück kann man auf Bildern nicht erkennen, wie aufgeregt derjenige ist.

Dennoch mag ich das Bild von Stormy und mir besonders gern. Ich hoffe, Josh geht es ähnlich. Er soll Stormy in guten Händen wissen, denn der kleine Kerl ist ihm wohl das Wichtigste auf dieser Welt. Dass er mir die Verantwortung überträgt, zeugt doch von Vertrauen, wie ich finde. Und ich merke, wie mein Inneres Josh einen Teil dieses Vertrauens gern zurückgeben möchte.

Ohne groß zu überlegen, sende ich ihm das Bild zu und schmeiße aufgeregt das Handy ans andere Ende der Couch.

Oh, Will. Was tust du da? Seit wann schickst du Kerlen irgendwelche Selfies von dir?

Es dauert nicht lang, bis mein Handy erneut vibriert und Joshs Name aufploppt.

Will? Wir sind doch immer ehrlich zu einander, richtig?

Was kommt jetzt? ;-) Schonungslos und ehrlich. Richtig! ;-)

Bitte warte auf mich, mit Stormy. Ich muss dich heute unbedingt sehen.

Musst du das? :-)

Unbedingt!

Dann warte ich gern.

Ich freue mich.

Ich freue mich auch, Josh.

Ach und ...
... du bist wunderschön, Will.

Ich bin was? Etwas darauf zu antworten, bin ich nicht in der Lage. Stattdessen sinke ich tiefer in die Couch hinein, lege Stormy auf meinen Schoss und fixierte die letzten Worte, die mir Josh geschrieben hat. *... du bist wunderschön, Will.*

Oh Gott, Josh. Wenn du wüsstest, wie es in mir aussieht. Würdest du dich von mir fernhalten? Oder würdest du bei mir bleiben? Wenigstens als Freund? Du bringst mich so durcheinander, Josh Clark.

Seine letzten Worte machen mich seit ihrem Ankommen so nervös, dass ich angefangen habe, zu kochen. Ich lief in den kleinen Supermarkt am Ende der Straße und kaufte alles ein, was ich für das Familienrezept gebraucht habe. Lasagne. Das ist eines der wenigen Rezepte, die ich überhaupt umsetzen kann. Ein Gericht, das mich an meine Mum erinnert. Denn wir beide liebten die Lasagne meiner Granny. Gerade an meine Mutter zu denken, fällt mir leichter als die letzten Male. Ich warte bereits auf die wütenden Bauchschmerzen, die ich immer fühle, wenn das Gesicht von Eva Wright in meinen Kopf steigt. Aber dieses Mal bleiben diese stechenden Emotionen aus. Widersprüchlicherweise lächle ich.

Der Timer des Ofens ertönt. Während ich gerade hinein spanne und alles abschalte, öffnet sich die Wohnungstür.

Verflixt bin ich angespannt. Angespannter, als man sein sollte, wenn man kurz davor ist, einen Freund zu begrüßen. Wobei ich so langsam glaube, dass die Freundschaft zwischen Josh und mir irgendwie anders ist. Auf welche Art, weiß ich noch nicht. Aber man vermisst einen Freund nicht so, wie ich es tue, nur weil er zwei Tage aus der Stadt ist. Vor allem, wenn man ihn erst zwei Wochen kennt. Man freut sich nicht wie ein kleines Kind nur allein bei dem Gedanken daran, dass er bald vor einem stehen könnte. Wir wussten von Anfang an, dass das zwischen uns nichts Normales werden würde. Dass es etwas *Besonderes* ist. Nur wohin führt das hier alles?

Ich straffe meine Schultern, trete aus der Küche und lehne mich mit verschränkten Armen an die Wand.

Ich beobachte Josh, wie er Stormy auf seine Arme hebt, der verschmust zwischen seinen Beinen herumtänzelt. »Hey.«

Joshs Mundwinkel tanzen merklich in die Höhe, meine tun es ihnen gleich. »Na.«

Er setzt Stormy vorsichtig auf dem Boden ab und kommt auf mich zu, um mich an meinem Handgelenk zu sich zu ziehen und meinen Körper an seine Brust zu drücken. Ich hätte, wie es doch sonst immer der Fall war, einen Kuss erwartet. Sanft wie die stille See oder ungezügelt wie ein tobender Sturm. Aber das bleibt vorerst aus. Denn es vergehen etliche Sekunden, die wir in dieser Position verharren. Fest umschlingen seine Arme meinen Oberkörper und Joshs Kraft lässt nicht zu, dass ein Millimeter Luft zwischen uns passt. Behutsam stützt er sein Kinn auf meinem Kopf auf und gibt mir einen flüchtigen Kuss auf den Scheitel.

»Alles okay?«, spreche ich in sein Shirt hinein, in dessen Stoff ich mich kralle. Der Kerl riecht trotz sieben Stunden Flug so gut.

Dennoch ist etwas an dieser Situation anders. Hat er mich etwa ebenso vermisst wie ich ihn oder warum benimmt er sich so?

»Alles in Ordnung«, erwidert er mit gewisser Erleichterung in der Stimme.

»Bist du dir sicher?«

»Hmm. Es ist nur schön, dass du gewartet hast. Und das zum Mittwochabend. Weil ich ja weiß, dass du mittwochs keine Zeit hast.«

Eigentlich nicht. Stimmt. Weil ich nach der Sitzung

meistens viel zu ausgelaugt bin, als dass ich irgendetwas machen könnte. Aber es gibt schließlich immer wieder Ausnahmen. Und heute hier zu sein, tut mir mehr als gut.

»Schon gut«, erwidere ich und löse mich langsam aus seiner Umarmung. Sein warmer Blick liegt in meinem Gesicht. So lange, bis er scharf seinen Atem einzieht.

»Hast du gekocht? Hier riecht es nach ...«

»Lasagne«, unterbreche ich ihn. »Ich hoffe, es ist okay, dass ich ...«

»Es ist mehr als okay. Das trifft sich ehrlich gesagt ziemlich perfekt. Mein Bauch gibt schon seit der Landung seltsam Geräusche von sich.«

»Na, dann komm. Ich hoffe, sie ist auch etwas geworden. Das ist ein altes Rezept meiner Großmama. Dieses Rezept hat sie an meine Mum weitergegeben und so weiter«, erkläre ich und ziehe Josh mit in seine Küche. Ich bemerke, wie mir das Wörtchen Mum viel leichter über die Lippen gleitet. Seltsam, nachdem ich es über Jahre hinweg mied, über sie zu sprechen.

»Setz dich«, bitte ich.

Der kleine Tisch in der Küche ist gedeckt und nur wenige Minuten bedarf es, bis ich die Lasagne aus der Auflaufform und auf einen Teller portioniert habe.

»Ich wusste gar nicht, dass du richtig kochen kannst.«

»Naja, richtig kochen wäre zu viel gesagt. Ich kann nur die Gerichte, die ich damals mit meiner Mum zigmal gekocht habe. Das sind nicht gerade viele.

Alles, was jedes Kleinkind irgendwie beigebracht bekommt«, scherze ich.

Während ich die Teller auf dem Tisch verteile, bemerke ich, wie Josh mich ungläubig ansieht. »Warum schaust du so? Denkst du, die Lasagne ist vergiftet, oder was geht in deinem Kopf vor?«

»Du hast deine Mum heute zum zweiten Mal recht kurz hintereinander erwähnt«, stellt Josh fest.

Ich zucke mit meinen Schultern. »Sollte ich das lieber sein lassen?« Denn das habe ich die letzten fünf Jahre so gut wie immer getan. Vermutlich wäre es für mich kein Problem, dieses Wort zu verbuddeln.

»Nein! Ganz im Gegenteil. Es überrascht mich nur.«

»Vermutlich ist es eine kleine Gegenleistung meinerseits oder sowas.« Der irritierte Blick in Joshs Gesicht verschwindet nicht. »Du hast mir mit Stormy großes Vertrauen entgegengebracht. Daher dachte ich, ich könnte dir auch etwas mehr Vertrauen entgegenbringen.«

Vor wenigen Tagen wäre dieser Satz für mich undenkbar gewesen. Aber Josh hat einen Teil meines Vertrauens für sich gewonnen. Das ist Fakt.

»Deine Art zu denken gefällt mir.«

26

Josh

Diese Lasagne war die leckerste, die ich jemals gegessen habe. Und dennoch wanderte jedes Stück mit gewisser Schwere hinunter.

Ich muss Will sagen, was ich in Seattle gemacht habe. Ich muss ihr sagen, dass ich am Grab ihrer Eltern stand. Sie muss wissen, was ich über sie erfahren konnte. Langsam verfluche ich mich dafür, dass ich einen unerlaubten Schritt in ihre Vergangenheit gemacht habe, ohne dass es Will eigentlich wollte. Ohne dass sie davon wusste. Irgendwie habe ich damit doch ihre Grenzen überschritten, oder?

Sie sagte mir am Strand, sie müsse mit ihrer Vergangenheit abschließen, und doch konnte ich es nicht sein lassen, obwohl ich ihr mein Versprechen gab, sie niemals zu irgendwas zu drängen.

Was wird passieren, wenn ich ihr davon erzähle? Sie ist gerade erst bereit, mir zu vertrauen, und ich Trottel mache sowas. Wird sie mich aus ihrem Leben stoßen? Wird sie das bisschen Vertrauen mir gegenüber verlieren?

In der letzten Stunde unseres Wiedersehens sprach sie zwei Mal von ihrer Familie. Vielleicht hätte sie mir früher oder später alles von selbst gesagt, was ich von Mr. Carter erfahren habe? Vielleicht hätte sie mir von selbst anvertraut, woran ihre Eltern erkrankten und letztendlich verstorben sind. Vielleicht hätte sie mir eröffnet, dass sie einst Kunst studieren wollte.

Will entschied sich, nach dem Essen noch etwas zu bleiben, um zu erfahren, wie es in Seattle war. Ich erzählte ihr nur von dem Seminar, weil ich nicht annähernd weiß, wie ich den Friedhof erwähnen soll, ohne dass die Situation eine unerwünschte Wendung nimmt.

Aber ich muss es Will einfach sagen. Denn wir gaben uns ein Versprechen. Nämlich immer ehrlich und – wenn es sein muss – schonungslos zueinander zu sein. Wenn ich schon das Verliebtseins-Versprechen breche, sollte ich den Rest wenigstens versuchen einzuhalten.

Diese entspannte Situation gleich vernichten zu müssen, nimmt mir die Luft. Dabei mag ich es, dass Will absolut gelassen und vertraut auf meiner Couch sitzt und sich an mich lehnt.

Als wäre es das Normalste der Welt.

»Will?«, fange ich vorsichtig an.

Nie hat mich eine Frau so eingenommen, wie es bei ihr der Fall ist. Nie hat mich die Vergangenheit einer Frau mehr interessiert. Nie hatte ich solch einen Bammel, eine Frau zu enttäuschen, und noch nie hatte ich Angst, eine Frau könnte einfach aus meiner Wohnung stürmen und nichts mehr von sich hören lassen. Aus meinem Leben verschwinden.

Aber nun lehnt sie an und teilweise auf mir. Diese eine, für die ich alle meine Regeln gebrochen habe. Für die ich mich gerade in ein Gefühlschaos stürze, das es so sehr zu vermeiden galt. Willow Wright.

»Ja?«, antwortet sie und blickt zu mir auf. Verflucht, wie soll ich diesem wunderschönen Grün sagen, was ich getan habe? Dass ich ihre aufgestellten Grenzen nicht respektiert und in ihrer Vergangenheit gebohrt habe?

»Wir haben uns doch das Versprechen gegeben, dass wir immer ehrlich zueinander sind, nicht wahr?« Ich streife ihr eine verirrte Strähne aus dem Gesicht und führe meinen Zeigefinger über ihre Stirn.

»Mhm.«

»Ich muss dir nämlich etwas sagen.«

Gott, es gibt so viel, was ich dir jetzt sagen möchte. Und doch sollte ich beim Wesentlichen bleiben.

»Dann tu es doch, Josh. Du hast doch sonst keine Probleme, alles frei heraus zu sagen.«

»Aber vermutlich werde ich damit die angenehme Stimmung kaputt machen und das will ich nicht.«

»Meinst du?«

»Ich glaube schon, ja. Versprichst du mir einfach, nicht zu verschwinden? Wenn du nicht darüber reden willst, dann ist es okay. Sei sauer auf mich. Aber bitte zieh nicht deine Mauer wieder hoch.«

Ein gewohnt skeptischer Blick legt sich in ihr Gesicht. Dann stemmt sie sich hoch und setzt sich neben mich. »Josh, was ist los?«

Ohne Umschweife versuche ich, alles zu erklären. »Nach meinem Seminar war ich auf dem Friedhof.« Ich stütze mich auf der Couchlehne ab.

»Friedhof?« Auf Wills Stirn bildet sich eine kleine Furche. Sie führt sich ihr Wasserglas an den Mund und trinkt ein Schluck.

»Der, auf dem deine Eltern begraben sind.« Als hätte ich es voraussehen müssen, verschluckt sich Will.

»Was?« Sie hustet in ihre Faust hinein und ringt nach Luft. Ich bin gewillt, ihr zu helfen. Doch sie hält ihre Hand vor den Körper, was mir zeigt, dass ich ihr nicht näherkommen soll. »Warum hast du das getan?«

Wie ein begossener Pudel sitze ich vor ihr. »Weil mir etwas an dir liegt und ich dir nur helfen möchte. Für dich da sein will.«

»Ich brauche keine Hilfe! Und wenn dir etwas an mir liegen würde, würdest du respektieren, dass ich meine Vergangenheit ruhen lassen möchte. Sie sogar ruhen lassen muss.«

»Ich sehe dir aber an, dass dich die Vergangenheit noch immer belastet. Sie lässt dich eben nicht in Ruhe. Und ich wollte doch einfach nur Antworten finden.«

Langsam fängt sich Will wieder. »Antworten auf was?«

»Auf dich, Will. Auf dich und das, was du bist. Was du brauchst und was dir helfen kann.«

»Was mir helfen kann? Josh ...« Will stoppt und schüttelt ungläubig mit dem Kopf. »Weil ich vielleicht nicht bereit bin, dir alles anzuvertrauen, schnüffelst du in den ersten achtzehn Jahren meines Lebens rum?« Will ist wütend und ich kann es ihr nicht einmal verdenken.

»Ich würde es nicht als rumschnüffeln bezeichnen«, versuche ich, mich zu rechtfertigen.

»Wie dann, Josh? Für mich ist es genau das. Du hast mir gesagt, du würdest mich nicht zu irgendwas drängen. Und doch tust du es. Hast du dich mal gefragt, ob es vielleicht einfach seine Gründe hat, warum ich so bin, wie ich bin? Warum ich nicht über alles spreche? Ich will nicht alles wieder aufkommen lassen«, redet sich Will in Rage.

»Natürlich.«

»Aber?«

»Ich will für dich da sein, Will. Ich möchte nicht irgendwer für dich sein.«

»Wenn du glaubst, du bist ein Beliebiger für mich, muss ich dir sagen, dass es nicht stimmt. Ich habe bisher nur zwei Männer in meinem Leben an mich herangelassen. Zwei, Josh. Und eigentlich hatte ich nicht vor, wieder jemanden auf irgendeine Art und Weise an mich heranzulassen. Weder freundschaftlich noch sonst etwas. Außerdem bist du doch für mich da. Reicht das denn nicht?«

»Bin ich das?« Ist das Einzige, wozu ich gerade in der Lage bin?

»Aber natürlich. Du gibst mir irgendein Gefühl, das ich kaum beschreiben kann, mir aber unfassbar gern erklären würde. Ein gutes, wohltuendes Gefühl. Seitdem wir uns kennen, gibst du auf mich Acht. Abgesehen von Tammy hat das bisher keiner getan.«

»Niemand?«, frage ich leise.

»Die letzten fünf Jahre nicht, nein.«

»Warum verschließt du dich dann mir gegenüber? Warum sagst du mir nicht, was los ist? Was du durchgemacht hast? Ich sehe es jeden Tag aufs Neue!«

»Was siehst du?«

»Das brennende Feuer in deiner Seele, das verhindert, dass du dein für dich vorgesehenes, perfektes Leben führst. Es ist schon schlimm genug, dass du deine Eltern verloren hast, aber dass du deinen Traum nicht verwirklichst, ist mehr als bitter, Will!«

»Meine Eltern? Woher weißt du ...?« Will stoppt, schüttelt verwirrt mit ihrem Kopf. Bis ihr klar wird, dass ich weitaus tiefer gegraben habe. »Meinen Traum? Was meinst du damit?«

»Was ich damit meine? Kunst zu studieren.«

Will reißt ihre Augen auf und ich merke, dass ich einen Nerv bei ihr getroffen habe. »Woher weißt du das, Josh?«

»Das ist doch völlig irrelevant.« Ihr Wort, das ich ungeplanterweise gegen sie verwende.

Sie ballt ihr Hände zu festen Fäusten und strafft erbost ihre Schultern. »Sag mir nicht, dass es irrelevant ist, wenn du tiefer in meiner Vergangenheit gräbst, als du solltest. Du hattest nicht die Befugnis dazu, hörst du? Sie gehört mir, hast du das verstanden?« Fuck, was habe ich da losgetreten? Die Situation gleitet mir aus meinen Händen. »Und dich geht es gottverdammt nichts an, was meine Träume waren und was in meiner

Vergangenheit passiert ist. Das geht niemanden etwas an!«

Ich lege meine Hand auf ihre, um Will zu beruhigen. Doch das erste Mal schiebt sie sie rigoros von sich. »Sag das nicht, Will! Stoß mich nicht von dir.«

»Josh. Ich entscheide für mich, wann ich bereit bin, jemandem irgendetwas anzuvertrauen. Ich kann es nicht haben, wenn mir Leute, denen ich eigentlich vertraue, nachschnüffeln.«

»Du bist mir einfach nicht egal, Will«, versuche ich, mich erneut zu rechtfertigen.

»Hör auf, Josh. Ich weiß gar nicht, warum ich es überhaupt so weit habe kommen lassen. Wir kennen uns gerade mal zwei Wochen und ich habe wirklich zugelassen, dir einen Teil meines Vertrauens zu schenken. Einen Teil von mir. Und dir ist nicht klar, wie schwer mir das gefallen ist. Jetzt kommst du und sagst, du hast weder meine Grenzen noch meine Bitte respektiert.« Will fasst sich erschüttert an den Kopf, als müsse sie sich einen Fehler eingestehen. Aber es war kein Fehler, mir zu vertrauen. Und ich will nicht, dass sie das glaubt. Ich wollte ihr doch einfach nur eine Hilfe sein.

»Ist es denn wichtig, wie lange man sich kennt? Nein! Es ist völlig egal, wann sich unsere Wege gekreuzt haben. Das habe ich dir schon einmal gesagt. Und das weißt du genauso gut wie ich. Du hast in der kurzen Zeit Spuren in meinem Leben hinterlassen und ich weiß, dass es dir bei mir ebenso ergeht. Du kannst mir vertrauen! Ich respektiere dich und das, was du bist. Bitte glaub mir das.«

»Wenn das nur annähernd so ist, dann hör auf, in meiner Vergangenheit herumzustochern. Respektier, dass ich darüber nicht reden möchte und nicht darüber reden kann.«

Ich kann Wills Schicksal nicht so hinnehmen. Ich kann nicht dabei zusehen, wie sie in einer Bar versauert, obwohl sie vermutlich großes Talent für was anderes hat. Ich kann und will nicht dabei zu sehen, wie sie sich mit dem Minimalsten im Leben zufriedengibt, wenn ihr die Welt offensteht. Nicht, solang diese Frau in meinem Leben ist. Nur beschleicht mich das ungute Gefühl, dass sie nicht mehr lange an meinem Leben teilhaben wird.

»Du wirst nicht lockerlassen, oder? Du wirst weiter versuchen, mir zu *helfen.*« Aufgebracht setzt sie das letzte Wort in händisch gezeigte Anführungszeichen. Und vermutlich erkennt sie die Entschlossenheit in meinen Blick.

»Niemals«, antworte ich ehrlich. Denn das ist es, was uns ausmacht. Wir waren bisher immer ehrlich zueinander und auch jetzt werde ich nicht zulassen, dass es sich ändert.

»Dann stocher ruhig weiter, Josh. Ich hoffe, du stehst auf Enttäuschungen.«

»Wie kannst du nur glauben, dass du eine Enttäuschung für jemanden wie mich sein kannst? Wer hat dir überhaupt so einen Schwachsinn eingeredet?«

Will verschränkt wütend ihre Arme vor der Brust und lehnt sich zurück. »Das hat nichts mit einreden zu tun. Ich weiß, wie Menschen auf meine Vergangenheit reagieren, weil ich es schon zigmal mitgemacht habe. Und ich weigere mich, das alles nochmal durchzumachen«, braust sie. »Ich sollte jetzt gehen.«

Ich möchte Will gern festhalten, als sie aufsteht und aus dem Wohnzimmer stürmt. Aber ich tue es nicht.

Als ich dann meine Wohnungstür höre, wie sie sich öffnet und zurück ins Schloss einrastet, weiß ich, dass ich zu weit gegangen bin. Außerdem weiß ich, dass in Will ein Schmerz sitzt, der über den Tod ihrer Eltern weit hinausgeht.

Ich drücke meine Handflächen gegen meine Stirn und frage mich erneut, was ich da gerade losgetreten habe. Was ich vor zwei Wochen angezettelt habe, als ich Will im Bad küsste. Als ich auf eine Freundschaft bestand, die von vornherein zum Scheitern verurteilt war, weil ich vermutlich von Anfang an mehr in uns sah. Was habe ich mir nur gedacht, mir selbst die Taschen voll zu lügen. Von Anfang an wollte ich sie. Von Anfang an wollte ich die schöne Rothaarige im smaragdgrünen Jumpsuit auf der Party im Garten meiner Eltern.

Ich will sie anders als ich jemals eine Frau zuvor wollte. Will möchte ich an mich binden, auf jeglicher Ebene, die nur möglich erscheint. Emotional, körperlich, seelisch und mit allem, was dazugehört.

Mir wird klar, dass ich ihr hinterher muss. Ich muss ihr klarmachen, dass ich sie nicht verlieren will. Dass ich sie nicht verlieren kann, wenn ich selbst nicht an meinen Gefühlen zugrunde gehen will.

27

Willow

Aufgebracht und verletzt laufe ich die Treppe hinunter in den kühlen Eingangsbereich. Ich ziehe die Haustür auf, doch bleibe wie angewurzelt stehen, ohne einen Schritt raus zu treten. Obwohl es kurz vor zwölf ist, drücken sich Hochsommertemperaturen in mein Gesicht, die mich nicht klar denken lassen. Meine Gedanken sind wie leergefegt, gleichzeitig toben wirre Stimmen in meinem Kopf umher.

Wie konnte mir Josh das bloß antun? Wie konnte er in meiner Vergangenheit herumwühlen, obwohl ich gerade dabei bin, alles zu verarbeiten? Ist er sich überhaupt klar, welche Wunden er damit aufreißt? Ich denke nicht.

Wie soll er das den auch, Will? Du sagst ihm ja nichts. Wie soll er es da verstehen? Dabei ist Josh doch einfach nur wie du. Er versucht, hinter die Fassade eines Menschen zu blicken. Das magst du doch ... Das macht die Menschen besonders.

Warum zur Hölle bedeutet mir dieser Kerl so viel? Warum habe ich ihn die zwei Tage, als er in Seattle war, vermisst? Warum schwirrt er wie eine lästige Fliege in meinem Kopf rum und lässt meine Gedanken nicht in Ruhe.

Wo ist der innerlich emotionslose Snob, wenn man ihn mal braucht? Der, der jegliche Gefühle in eine Kiste sperrt und sie nie wieder rauslässt. Ich glaubte bis vor Kurzem fest daran, dass ich unfähig bin, Gefühle aufzubauen oder sie auf irgendeine Art und Weise zuzulassen. Wohin ist diese Überzeugung verschwunden? Und wo kommen all diese gottverfluchten Emotionen gerade her?

Eigentlich bist du ihm schon kleine Erklärungen schuldig. Er hat es nicht böse gemeint. Eigentlich weißt du, dass du ihm Vertrauen entgegenbringen kannst. Wem, wenn nicht ihm?

Ich sollte nach Hause gehen und mich von ihm fernhalten. Das sollte ich wirklich und doch lasse ich die Tür wieder zufallen und gehe die Treppen zu seiner Wohnung hinauf. Wie eine Idiotin stehe ich vor seiner Tür und bin mir absolut unsicher, was ich machen soll. Mein Körper hingegen ist sich anscheinend sicher, was zu tun ist. Oder ist es die Wut, die mich lenkt?

Ich klopfe an seine Tür. Es vergehen nur wenige Sekunden, bis er sie öffnet und mich mit seinen braunen Augen anfunkelt. Als hätte er direkt dahinter gestanden, um genau auf diesen Moment zu warten.

»Will.« Joshs Blick wirkt traurig und voller Reue. Und mir wird klar, dass er es wenigstens verdient hat, dass ich nicht einfach davonlaufe.

»Lass es uns hinter uns bringen, Josh Clark. Dann

stell mir deine verfluchten Fragen! Damit du endlich deine befriedigenden Antworten bekommst! Ich kann dir nicht versprechen, sie alle zu beantworten, aber ein paar schon.«

Josh sagt nichts. Seine Lippen bleiben versiegelt, bis es ihn überkommt und er mich am Handgelenk zu sich in die Wohnung zieht. Ich wehre mich nicht.

»Und das tue ich, weil du nicht irgendwer oder ein Beliebiger für mich bist. Das tue ich, weil du mir ebenso nicht egal bist und du dir mehr Mühe mit mir machst, als es die meisten in meiner Vergangenheit je getan haben. Nur bohre nie wieder unerlaubt in meiner Vergangenheit herum! Nie wieder!«

Bevor ich mich weiter erklären kann, lässt Josh keine Sekunde verstreichen. Ohne Vorwarnung legt er seine Hand auf mein Becken und zieht mich dicht an sich. Seine Lippen schreien nach einem Kuss, seine Augen hingegen nach so viel mehr. Was passiert hier?

»Werde ich nicht. Nie wieder«, schwört er.

Er schluckt. Ich schlucke. Sein Atem trifft meinen Atem. Mein Herz rast, und während ich meine Hand langsam auf seine schlagende Mitte führe, spüre ich, dass es ihm ebenso ergeht. Es scheint für einen kurzen Moment, als wäre meine ganze Wut verflogen, obwohl ich ihn vor wenigen Sekunden zu gern durchgeschüttelt hätte.

»Will, ich wollte dich niemals in die Ecke treiben. Ich wollte dich niemals ...« Bevor er überhaupt weitersprechen kann, ersticke ich seine Entschuldigung mit einem Kuss. Josh raunt in meine Mundhöhle, als befreie ich ihn gerade von einer grauenhaften Folter.

Dann löse ich meine Berührung seines pochenden Herzens und die drängende Verbindung unseres Kusses. Joshs Blicke verweilen in meinem Gesicht, seine Hände auf meiner Taille.

Zärtlich wandert sein Daumen über meine Stirn. Er findet für wenige Sekunden auf meinem Mund Halt, bevor Josh eine Hand auf meine Wange legt.

Dann dauert es nur einen kurzen Moment, bis sich unsere Lippen erneut berühren. Impulsiv und stürmisch. Als könne die Spannung der letzten Minuten nur so abgebaut werden.

Unerwartet und bestimmend packt mich Josh unter meinem Hintern und hebt mich in die Luft. Instinktiv schlinge ich die Beine um seine Hüfte, was ihn veranlasst, mich durch den Flur in sein Schlafzimmer zu befördern. Ohne nur eine Sekunde seine Lippen von meinen zu nehmen.

Ich lege die Arme um Joshs Nacken und suche Halt und Sicherheit, die er mir ab der ersten Sekunde unseres Kennenlernens schenkte.

Als wäre ich aus Porzellan, legt er meinen Körper auf seinem Bett ab. So zaghaft, so sanft, dass ich mich in diesem Moment gänzlich darin verliere.

Josh schwebt über mir, stützt sich auf seinen Unterarmen ab, ohne sein vollständiges Gewicht auf meinem Körper zu lagern. Dann sieht er mich an.

Sein Gesicht ist in diesem Augenblick so perfekt. Von den Haaren bis zu den Lippen und wieder zurück. Irgendwie genieße ich es, von ihm angesehen zu werden. Unwissend, was jetzt geschehen wird.

Wieso fühlt sich das alles so richtig mit ihm an? Warum fühlt sich jeder Kuss von diesem Mann so richtig an? Warum jede Berührung?

Normalerweise würde genau jetzt die Panik in mir aufsteigen. Ich würde ihn von mir stoßen und flüchten. Doch weder das eine noch das andere geschieht. Gegenteiliges verlange ich. Ich möchte von Josh berührt und geküsst werden. Alles, was ich in diesem Moment will, ist, ihn viel inniger zu spüren. Josh so nah an mich heranzulassen, wie es nur möglich ist. Ich will, dass er mich heilt. Scheiß auf alle Regeln, die wir uns aufgestellt haben.

»Will, ich weiß nicht, ob ich befugt bin, weiterzugehen und gleichzeitig diese Regel zu brechen.«

»Wenn du es nicht bist, dann bin ich es. Und ich will es, Josh. Ich will, dass du die Regel brichst.«

Als hätte er auf meine Erlaubnis gewartet, schiebt sich Joshs Hand unter mein Shirt. Mit seiner warmen Hand streichelt er meine Seite. Hoch und runter.

Ich kann mir nicht annähernd einreden, dass das hier falsch sein soll. Denn im Moment ist es einfach viel zu schön, als das es auf irgendeine Art falsch sein könnte.

Unsere Augen verkeilen sich einander. »Wenn ich aufhören soll, Will, dann sag es mir, bitte. Ich höre auf. Das verspreche ich dir.«

Aber ich will nicht, dass Josh aufhört. In keiner Weise. Ich vergrabe meine Hände in seinem Haar und ziehe sein Gesicht wieder an meines heran. Für ihn die

Einladung und gleichzeitig eine Bestätigung, dass er nicht aufhören soll.

Seine Finger gleiten zum Bund meines Shirts, das er bestimmend packt und über meinen Kopf zieht. Sekunden später landet es auf dem Bett. Langsam öffnet er mit einer Hand meinen BH und streift die Träger über meine Schultern.

Ich zerre Joshs Shirt vom Körper und werfe es neben mich. Was ich darunter zu sehen bekomme, ist eindeutig nicht von dieser Welt. Durchtrainiert, makellos. Ich fahre behutsam mit meinen Handflächen über seine Brust. Seine Muskeln zucken, wenn ich ihn berühre. Ich verbrenne, wenn er mich berührt.

Joshs Hände wandern zum Knopf meiner Shorts, die er mir langsam abstreift. Sein Atem auf meiner Haut hüllt mich ein, zusammen mit seinem holzig-frischen Duft, der mir jegliche Sicherheit schenkt, die Josh zu geben hat.

Ich sollte nervös sein und doch lasse ich mich unter seinen Berührungen unwiderruflich fallen.

Gleichzeitig erkunden seine Hände meinen Körper.

Ich schließe die Augen und genieße. Vergesse die Welt. Vergesse all meine Probleme.

Dann legt Josh seine Hände an meine Schenkel und schiebt sie gefühlvoll auseinander. Weitaus zärtlicher, als man es ihm zutrauen würde, küsst er die Innenseiten, bevor er über meinen Slip streicht.

Reflexartig schiebe ich ihm meine Hüfte entgegen.

Mein Herz schlägt schneller, als ich es jemals für möglich gehalten habe, während er meinen Slip quälend langsam hinunterzieht und ich seinen Atem auf meiner Mitte spüre.

Er beginnt, die empfindliche Stelle mit seiner Zunge zu umkreisen, was mich dazu bringt, noch tiefer in die Matratze zu sinken. Mich noch weiter gehen zu lassen. Meine Finger krallen sich ins Bettlaken. Schweiß entsteht in kleinen Tropfen auf meiner Haut.

Joshs Lippen schweben hauchzart hoch, über meinen Bauch, zu meiner Brust und letztendlich an meinen Hals. Als er seinen Körper vorsichtig auf meinen legt, kann ich deutlich fühlen, dass er hart ist. Seine Augen eröffnen mir, dass er mich will. Ebenso der Rest seines Körpers. Nun bin ich diejenige, die seinen Knopf öffnet und die kurze Hose über seine Hüfte schiebt. Josh steht auf und zieht die Boxershorts über seine Beine nach unten.

»Will, du musst mir sagen, dass du es genauso willst wie ich«, flüstert mir Josh ins Ohr, als er sich erneut über mich beugt. Nackt, in seiner vollkommenen Schönheit.

»Ich will es genauso«, keuche ich.

Als wolle Josh mehr Zuspruch einfordern, küsst er mich. Ehrlich, frei und ungezwungen. Nichts was hier geschieht, verläuft gegen meinen Willen.

Im selben Atemzug dringt Josh in mich ein. Und je tiefer er in mich gleitet, desto intensiver fühle ich, dass das hier über eine reine Freundschaft hinausgeht. Dass es ab dem ersten Moment, als wir uns gegenüberstanden, mehr als eine Freundschaft zwischen uns gegeben hat. Dieses *besondere* Etwas eben.

Seine Haut trifft meine Haut. Joshs Finger verflechten sich mit meinen, die er zärtlich über meinem Kopf fixiert. Seine Berührungen sind perfekt abgestimmt und er weiß mit jedem Stoß genau, was er tut. Mit jeder Sekunde, die er in mir ist, schafft er es, mich komplett meiner Lust zu überlassen, die mich hundertprozentig im Griff hat.

Die Synapsen in meinem Kopf toben, je näher ich dem Höhepunkt komme. Ich kann ihn spüren, gebe mich ihm hin und weiß, dass er mir meine Gedanken leerfegen wird. Keuchend löse ich mich aus unserer Verflechtung und kralle mich in Joshs Rücken, bohre meine Nägel in sein Fleisch.

»Will, du machst mich wahnsinnig. Mit jedem Tag, der verstreicht, verfalle ich dir immer mehr und ich habe keine Kontrolle mehr darüber«, keucht er dicht an meinem Ohr, während er sich tiefer in mich hineinschiebt.

Und Gott stehe mir bei, wenn ich sage, dass ich es liebe, wie er die Worte ausspricht.

Als mich der Höhepunkt wie ein freier Fall mit sich zerrt, zittere ich. Josh folgt mir wenige Sekunden später.

Seine Lippen an meinem Hals vergraben, seine Hände in meinem Nacken, sein perfekter Körper auf meinem.

Sekunden später sieht mich Josh mit seinen vielsagenden Grübchen an und streicht mir eine verirrte Strähne aus dem Gesicht. Seltsamerweise genieße ich es, dass Josh nicht daran denkt, seinen Körper von meinem zu heben, obwohl ich noch immer wütend auf ihn sein sollte.

Nur allmählich rollt sich Josh von mir runter, zieht mich an sich und hinterlässt einen flüchtigen Kuss auf meiner Stirn, der in mir etwas entfacht, das ich eigentlich verhindern müsste. Gefühle, die vermutlich sowas wie Verliebtsein widerspiegeln.

Mein Gott, Will. Auf was lässt du dich hier ein?

Ich muss eingeschlafen sein. In den letzten Jahren habe ich es vermieden, auf dem Bauch zu liegen. Und wäre ich nicht so erschöpft gewesen, hätte ich es sicher verhindert, in dieser Position die Augen zu schließen. Denn sie ist normalerweise verbunden mit schrecklichen, hilflosen Erinnerungen. Doch dieses Mal sind es zärtliche Berührungen, die mich aus meinem Schlummerschlaf heben. Ich öffne meine Augen und erkenne sofort, wo ich bin und was eben passiert.

Joshs weiche Fingerspitzen fahren über die Spuren meiner gnadenlosen Vergangenheit – die sichtbaren Narben auf dem Rücken. Abwechselnd schweben sie über meiner Wirbelsäule bis über meinen Po.

Ich drehe den Kopf zu ihm, sehe ihn an. Josh stützt seinen Kopf auf seiner Hand auf und sein Braun eröffnet mir, dass er jede meiner Narben studiert hat.

»Hey«, murmelt er lächelnd.

Automatisch heben sich meine Mundwinkel in die Höhe. »Hey.«

Wie Josh dieses beeindruckende Gefühl in meinem Herzen herbeizaubert, ist mir unerklärlich. Aber er schafft es tatsächlich, dass sich die Narben okay für mich anfühlen. Dass sich in diesem Moment meine ganze Vergangenheit okay für mich anfühlt.

»Alles in Ordnung? Du hast Gänsehaut.«

»Weil das schön ist«, murmle ich und schließe wieder entspannt meine Augen.

Josh legt sein Gesicht neben meinem ab, sodass ich seinen Atem auf meinen Lippen spüren kann. »Das ist gut, oder?«

»Sehr gut sogar«, schmunzle ich, was ihn veranlasst, mir einen flüchtigen Kuss auf einen meiner Mundwinkel aufzudrücken.

Einige Zeit verweilen wir in dieser Position und ich genieße es, dass jede Berührung ein Donnerschlag in meiner Brust und eine berauschende Gänsehaut am ganzen Körper hinterlässt.

»Du versteckst sie nicht. Du versteckst gar nichts.« Reflexartig öffne ich meine Augen und konzentriere mich auf das, was er zu meinen scheint. »Die Narben? Warum sollte ich? Sie sind ein Teil von mir. Nicht unbedingt ein schöner, aber sie gehören nun Mal genauso zu mir.«

»Die Narben und dein Körper. Du bist wirklich die einzige Frau, die ich bisher kennengelernt habe, die kein Problem damit hat, sich nackt zu zeigen. Wenn ich dich an unsere allererste Situation in deinem Bad erinnern darf.«

»Warum sollte es ein Problem für mich darstellen?

Es ist nur ein Körper.«

»Es ist dein Körper, Will. Nicht dass ich ihn nicht gern genau so vor mir liegen habe. Aber es scheint mir, als wäre dir nicht bewusst, wie besonders er ist. Dass er das Wertvollste ist, was du besitzt. Da hat nicht jeder Anspruch drauf, weißt du?«

»Das Wertvollste, was ich besitze, ist meine Seele, Josh. Da kann keiner einfach so heran. Jedenfalls nicht so leicht. Den Körper hingegen kann man nicht immer beschützen. Jeder könnte mit ihm anstellen, was er will. Der Stärkere gewinnt. Das solltest du am besten wissen. Sonst würdest du nicht deine Kurse geben.«

Ich weiß, dass nicht jeder ungehemmt seinen Körper nackt vor einem fremden Menschen präsentieren kann. Dass mich sowas nicht stört, hat sicherlich nichts mit meinem Selbstwertgefühl zu tun. Ich habe nichts gegen mich, stehe zu mir, und doch interessiert mich mein Körper recht wenig. Für mich selbst ist er eben nichts Besonderes. Er ist einfach nur eine unbedeutende Hülle, die das Innere schützen soll. Eine Aufgabe, an der mein Körper kläglich scheiterte. Er hielt Ronald nicht vollständig stand und ließ zu, dass dieser abscheuliche Mann Spuren auf meiner Seele hinterließ. Deswegen macht es mir nichts aus, vor Josh oder sonst wem in die Dusche zu steigen und das Risiko einzugehen, dass man mich nackt sehen könnte.

Es ist einfach unbedeutend.

»Werde ich irgendwann erfahren, wie sie zustande

gekommen sind?« Sanft berührt Josh wieder meine Narben.

»Ich werde darüber nicht reden können, Josh«, erwidere ich ehrlich.

»Niemals?«

»Niemals.«

Ich drehe meinen nackten Körper in seine Richtung und stütze mich auf meinem Arm ab. »Aber ich werde über andere Dinge reden können. Du wolltest mich etwas fragen. Bitte tu es jetzt, Josh. Bevor ich wieder einknicke. Ich finde sonst nie wieder den Mut dazu. Das verspreche ich dir.«

Josh fixiert meine Lippen und atmet selbst angestrengt aus. »Ich sollte mich erstmal bei dir entschuldigen, Will. Ich wollte niemals etwas lostreten, dass dich verletzt oder ...« Ich lege meinen Zeigefinger auf seine Lippen, um jedes weitere Wort zu versiegeln.

»Ich bin ...«, ich stoppe. »Wie soll ich sagen?« Es fällt mir schwer, die richtigen Worte zu verbinden. »Ziemlich verkorkst. Und meine Vergangenheit möchte ich einfach nur hinter mir lassen. Nichtsdestotrotz frag mich, was dir auf der Zunge liegt. Wir reden nur heute, jetzt und hier darüber. Dann niemals wieder.«

»Bist du dir sicher?«

Ich nicke, während Josh mich nur ansieht. Minutenlang.

»Warum der Job im *Claras*, Will? Warum hast du deinen Studienplatz am *Pratt Institute* nicht angenommen?« Schonungslos. Josh fällt gleich mit der Tür ins

Haus.

»Du bist ziemlich gut informiert«, stelle ich fest. »Weil es sich so ergeben hat. Es ging eben irgendwann nicht. Meine Mum starb. Wie hätte ich das allein, ohne sie, machen sollen?«

»Es hätte Mittel und Wege gegeben.«

»Ich war achtzehn, als sie starb. Ich hatte niemanden, der mir helfen konnte. Weder Familie, noch Freunde, noch Geld. Mein Vater starb, da war ich sieben. Und immer, wenn ich für etwas gekämpft habe, das ich unbedingt wollte, kam etwas dazwischen, das es mir kaputt gemacht hat. Mir meine Energie und irgendwie auch den Glauben ans Leben geraubt hat. Ich hatte irgendwann keine Kraft mehr. Es ist leichter, sich mit dem zufriedenzugeben, was man bekommt. Man sollte sich damit glücklich schätzen, was man hat, und man sollte sein Glück nicht herausfordern. Ich bin froh, dass ich mich überhaupt um mich selbst kümmern kann und auf niemanden angewiesen bin. Das war nicht immer so. Kannst du das irgendwie verstehen?«

»Irgendwie schon und gleichzeitig nicht so wirklich, um ehrlich zu sein.«

»Selbst wenn ich jetzt irgendwann das nötige Geld für ein Studium hätte, würde mir erneut etwas dazwischenfunken und ebenso alles vermasseln, wie es schon seit meiner Jugendphase der Fall ist. Das sage ich nicht, weil ich ein pessimistischer Mensch bin, Josh. Denn das bin ich ganz und gar nicht. Das sage ich, weil ich absoluter Realist bin. Weil es schon immer so war. Es gibt Menschen, die ziehen Glück an. Und es gibt Menschen wie mich ...«

»Deine Vergangenheit, der Tod deiner Eltern, ist also der Grund, dass du dich mit dem Minimalsten zufriedengibst«, versucht er zu verstehen.

»Es ist nur ein Teil von alledem.«

»Was hängt da noch mit drin, Will? Hat es etwas mit dem hier zu tun?« Josh berührt erneut mit aller Vorsicht meine Narben.

»Ich bin nicht mit dem größten Glück gesegnet, Josh. Ich ziehe Grausamkeiten regelrecht an.«

Er schüttelt verneinend mit dem Kopf. »Tust du nicht.«

»Doch. Glaub mir, wenn ich dir sage, dass es besser ist, wenn man sich von mir fernhält. Du hast recht, wenn du sagst, dass mich meine Vergangenheit nicht in Ruhe lässt. Das wird sie nie. Deswegen werde ich auch niemals vollends Ruhe haben.«

»Ich würde gern selbst entscheiden, welchem Risiko ich mein Leben aussetze«, erwidert er entschlossen.

»Dann bist du ziemlich gutgläubig.«

»Das bin ich von Natur aus.«

Natürlich bist du das, Josh Clark.

Er legt seine Arme um meinen Oberkörper und drückt mich angenehm fordernd an seine Brust. Josh ist so schön warm und ich kann eindeutig hören, wie sein Herz rast. Seine Decke legt er uns wärmend über die Hüften. Als wäre uns nicht heiß genug. »Jetzt, da wir nach und nach beginnen, etwas offenzulegen. Möchtest du ein kleines Geheimnis von mir wissen?«

»Na klar. Her mit deinen Geheimnissen«, fordere ich lächelnd.

»Ahnst du, wann du mir das erste Mal aufgefallen bist, Will?«, fragt er mich.

Also wenn ich mich so recht erinnere, kann es nur an diesem einen Abend gewesen sein. »An der Bar im *Claras*?«

»Nein.«

Jetzt macht er mich neugierig. Ich führe meine Hand auf seinen Oberkörper, auf die ich mein Kinn aufstütze. »Erzähl!«

Seine Augen funkeln mich an. »Halt mich nicht für einen Stalker, ja?«

»Dich doch nicht«, stichle ich.

Dann lässt er die Bombe platzen. »Auf der Gartenparty im Haus meiner Eltern.«

Ungewollt öffnet sich mein Mund. »Dein Ernst? Warum hast du das nie gesagt?«

»Wäre komisch gekommen, findest du nicht? Kurz danach sehe ich dich an der Bar und kurz drauf in deiner Wohnung. Hat Stalkerähnlichkeit, wie ich finde.«

»Da hast du nicht ganz unrecht.« Ich lächle, bevor ich meine Hand von seiner Brust zurückziehe, die Platz für meinen Kopf macht. Dann lege ich meinen Arm um seinen Körper.

»Du warst an dem Abend schon verflucht schön und verboten heiß«, raunt er und küsst meinen Scheitel.

Ich muss kichern. »Du meine Güte, Josh. Du hast

Tomaten auf den Augen, was?«

»Nope. Das ist die Wahrheit.«

Ich kann deutlich spüren, wie Josh an seinem Dauergrinsen festhält.

»Hör auf, so rumzugrinsen.«

»Niemals. Mir fällt da nämlich noch etwas ein.«

»Sprich. Vielleicht kann ich genauso mitlachen.«

»Weißt du, was du an dem Abend unserer besiegelten Freundschaft gemeint hast?« Josh grinst. Lüstern und selbstsicher. Dafür muss ich ihn nicht einmal ansehen.

»Was davon meinst du genau?«, hinterfrage ich, weil wir so einiges an dem Abend geredet haben.

»Von wegen du würdest dich nicht um meinen Hals werfen«, raunt er. »Bevor wir hier gelandet sind, warst du ein richtiges Klammeräffchen.«

Mir stockt der Atem, dann schimpfe ich spielerisch los. »Awr. Halt die Klappe, Josh.« Ich ziehe das Kopfkissen, das quer im Bett liegt, an mich, löse mich aus unserer Umarmung und haue es auf sein Gesicht. Josh lacht zufrieden und frei. Irgendwie glücklich. »Es war doch von Anfang an klar, dass wir eine Regel nach der anderen brechen würden.«

»War es das?«, fragt er verwundert.

»War es. Definitiv. Hätten wir andere mit eingebunden, hätten sie es ebenso kommen sehen.«

»Es hat sich nie besser angefühlt, Regeln zu brechen.« Innerlich stimme ich ihm zu. Sogar mehr als das.

Dennoch bin ich widerwillig dazu bereit, diese

wunderschöne Nacht zu beenden. »Ich sollte langsam mal gehen.« Ich bin dabei, mich von Joshs Brust hochzustemmen, als er mich am Handgelenk festhält. Nicht fest, nicht fordernd. Aber bestimmend.

»Solltest du nicht, Will!«

»Nicht?«

»Nein. Wir haben es zwei Uhr nachts. Du solltest hier liegen bleiben und für einen kurzen Augenblick mal die Welt vergessen.«

»Die Welt vergessen ...«

»Bleib bitte hier. Bei mir. Schreib Tammy, dass sie sich keine Sorgen machen muss. Dass du bei mir bist.« Josh verflechtet seine Hand mit meiner. Sein Blick fleht mich an, zu bleiben, und als ich mich dem viel zu leicht hingebe, zieht er mich zurück in seine Arme.

Aber er hat recht. Ich muss Tammy schreiben.

Oh mein Gott. Was wird sie wohl dazu sagen, dass ich heute bei Josh bleibe? Was wird sie dazu sagen, dass ich mit ihm geschlafen habe?

Sie wird nichts sagen. Sie wird aber völlig ausflippen!

»Gut. Nur heute.«

»Wir werden sehen«, flüstert er mehr zu sich selbst statt zu mir.

Kurz bevor ich dabei bin, meine Augen für einen Moment zu schließen, ertönt ein letztes Mal in dieser Nacht Joshs beruhigend tiefe Stimme. »Du hast so viel mehr verdient, als du ahnst. Und ich kann nur hoffen, dass du es irgendwann selbst siehst. Dass du irgendwann erneut bereit bist, für das zu kämpfen, was du willst.«

Das werde ich nie sein, Josh. Weil du keine Ahnung hat, wie oft ich schon gegen Stahlwände gelaufen bin und meine Träume vor meinen Augen zerbröselt sind.

28

Willow

Ich verfluche den heutigen Tag jedes Jahr aufs Neue. Einen Tag, der jeden Menschen normalerweise hochleben lässt. Der einen auf die schönen Momente zurückblicken lässt. Der eigene Geburtstag.

Doch der 22. Juli ist für mich nur eine schmerzliche Erinnerung an die schönen Zeiten mit meiner Mum. Verbunden mit dem bittersüßen Beigeschmack, dass sie nie wieder bei mir sein wird. Das hat sich auch nach all den Jahren nicht geändert. Der Schmerz ist nicht weniger stark, nur weil sechs Jahre dazwischen liegen.

Gestern nahm ich das zweite Mal am Selbstverteidigungskurs teil. Ich muss mir eingestehen, dass ich viel gelernt habe, und dass mir der Kurs unheimlichen Spaß macht, ist ein schöner Nebeneffekt. Außerdem, auch wenn dieses Gefühl im Training unterdrückt werden sollte, mag ich es, wenn Josh mein Partner ist, er sich meiner annimmt und mich berührt. Seine warmen Hände auf meinem Körper lösen ein sanftes

Kribbeln auf meiner Haut aus, das einen süchtig machen kann.

Seitdem wir miteinander geschlafen haben, ich mich ihm etwas mehr geöffnet habe, hat sich etwas zwischen uns verändert. Alles ist freier, natürlicher, einfacher. Wir lachen viel mehr und alles zwischen uns ist selbstverständlicher. Josh tut mir im wahrsten Sinne verdammt gut.

Dass es überhaupt so weit gekommen ist, dass ich einen Mann so nah an mich heranließ, ist für mich unerklärlich. Denn mit Ausnahme von Steven habe ich nie mit jemandem geschlafen. Nicht einmal mit Mark.

Ich bin nicht mehr wütend auf Josh, weil er in meiner Vergangenheit rumgestochert hat. Wie könnte ich auch, wenn er mir einfach nur helfen wollte?

Würde er dir auch noch helfen wollen, wenn du ihm alles offenbarst? Oder wirst du von ihm ebenso abgestoßen werden?

Seine unfassbar schönen Worte, die er mir immer wieder in mein Ohr raunte, als wir miteinander schliefen, hallen in meinem Unterbewusstsein nach und brechen einen Teil meiner Mauer ein, die ich um mein Herz gebaut habe. Denn die Ehrlichkeit in seiner Stimme zeigt mir, dass ich ihm jedes Wort glauben kann und nicht daran zweifeln muss, dass irgendein Teil davon gelogen war. Und wahrlich, ich genieße die Erinnerung an diese Nacht mehr, als ich jemals gedacht hätte. Sie macht den Tag heute etwas einfacher für mich.

Dabei habe ich keine Ahnung, ob ich das gut oder schlecht finden soll. Ob ich mich auf diese Emotionen einlassen sollte. Denn mit dieser Nacht habe ich etwas zugelassen, das es so dringend zu verhindern galt: Tiefe Gefühle für einen Mann zu entwickeln, die ich niemals vollends ausleben kann.

Und obwohl ich dankbar dafür war, dass ich gestern Abend nach dem Kurs erschöpft in mein Bett fiel und nicht großartig an heute denken musste, vertrieb weder der Gedanke an Josh noch diese Ermüdung meine Albträume der letzten Nacht.

Dieses Mal träumte ich zwar nicht von Ronald. Aber ich träumte von meinem sechsten Geburtstag, den ich gemeinsam mit meinen Eltern in einem Spieleparadies verbrachte. So schwach meine Erinnerung an jenes Ereignis sein mag, ist diese Vorstellung einem Albtraum gleichzusetzen. Denn wenn man etwas träumt oder an etwas denkt, was man nie wieder haben wird, stimmt einen das depressiv.

Deswegen bin ich froh, dass ich heute im *Claras* meine Ablenkung in der Arbeit finde. Ich habe mich von Clara freiwillig schon ab vormittags einteilen lassen. Der Tag läuft also auf eine Doppelschicht hinaus.

Yeah ...

Ich trockne wenige Gläser ab, als Simon hinter meiner Schulter hervorblickt. »Für ein guten Morgen ist es etwas zu spät, was?«

»Etwas, ja. Hallo, Simon«, begrüße ich ihn freundlich.

»Du kannst deinen Tag wirklich nicht ausstehen, wenn du dich schon so zeitig einteilen lässt.« Kein

Happy Birthday, kein alles Gute. Denn Simon weiß, dass mich das nur zur Weißglut bringen würde.

»Erinnere mich bitte nicht daran.« Genervt verdrehe ich meine Augen.

Mein Geburtstag spiegelt neben den schmerzhaften Erinnerungen an meine Mum gewisses Versagen wider.

Erneut ist ein Jahr vergangen, in dem nichts geschehen ist, was du dir damals vorgenommen hast. Nichts davon hast du bis heute erreicht. Kein Studium. Kein Job, der dich befriedigt. Kein Leben, wie du es dir vorgestellt hast. Und warum? Weil du einfach zu ängstlich bist. Wann traust du dich endlich, das zu tun, was du tun möchtest?

»Keine Sorge.« Simon fährt sich leicht nervös durch seine lockigen aschblonden Haare. »Ich habe dennoch eine Kleinigkeit für dich.«

»Was?«, frage ich verdutzt.

»Ich hätte es dir so oder so geschenkt. Geburtstag hin oder her.« Simon hält mir ein ledernes Armband mit einem hölzernen Anhänger vors Gesicht. Ein geschnitzter Vogel mit einem eingravierten W.

»Oh, Simon. Der ist unfassbar hübsch«, staune ich und fahre mit meiner Fingerspitze über die feinen Konturen.

»Freut mich, wenn er dir gefällt. Den habe ich selbst gemacht.«

Mir ist nicht entfallen, dass Simon in seiner Freizeit gern mit Holz arbeitet. Aber das so schöne Sachen dabei rauskommen?

»Darf ich dir das Armband anlegen?«, fragt er.

Ich nicke. Aufrichtig und ehrlich. »Sehr gern.«

Dann hebe ich mein Handgelenk in die Luft. Wenige Sekunden später ist das schöne Teilchen an meinem Arm befestigt.

»Steht dir«, schmunzelt Simon.

»Finde ich auch.«

»Vermutlich wünsche ich mir für dich, dass er dir Glück bringt oder so etwas.«

»Ich danke dir. Ganz ehrlich.«

Mit einem verlegenen Lächeln stellt Simon seinen Rucksack unter dem Tresen ab und läuft zu Clara hinein, um sich für den Dienst zu melden.

Als seine schlaksige Statur wieder vor mir steht, beginnt er, sich ein Wasser einzuschenken. »War heute schon bisschen was los?«

»Nicht so wirklich.«

Simon widmet sich seinem Teil der Bar, während ich dabei bin, den Tresen zu säubern. Für einen kurzen Moment glaube ich, an Wahnvorstellungen zu leiden, als eine tiefe und wundervolle Stimme wider Erwarten meinen Namen spricht und mich aus meiner Tätigkeit holt.

Es ist Josh, der sich mit Tammy und Timothy an der Bar platziert.

Ich habe Tammy von der Nacht mit Josh erzählt. Und dass sie hier so grinsend vor mir sitzt und uns mustert, wie wir uns verhalten – wie ich mich verhalte –, gefällt mir so gar nicht. Denn für einen kurzen Moment verschlägt es mir die Sprache. Meine Wangen werden spürbar wärmer und damit bestimmt auch rot.

Meine Blicke schweben in Joshs Gesicht, dessen Augen mich anfunkeln.

Er trägt ein lockeres, weißes T-Shirt mit einem V-Ausschnitt, das seinen Oberkörper auf angenehme Weise betont.

Das Wissen, was sich darunter verbirgt, lässt meine Synapsen wild umherhüpfen. Nicht nur sein nackter Körper schleicht sich das gefühlte hundertste Mal heute in meinen Kopf. Ebenso unsere gemeinsame Nacht, die ein erlösendes Gefühl hinterließ. Ich kann seine Haut unter meinen Fingern noch immer fühlen. Kann ihn noch immer auf und in mir spüren.

Reiß dich zusammen, Will. Bevor du ihn noch anspringst. Du hast zwar schon gegen Regeln verstoßen, aber ein Hauch Standhaftigkeit sollte doch geblieben sein.

Auf seiner Hüfte sitzt eine luftig bequeme Shorts im klassisch-eleganten Chino-Style. Und obwohl der Tag wie eine fette dunkle Wolke in meinem Leben hängt, schafft es Josh, mir in diesem Augenblick ein ehrliches Lächeln zu entlocken. »Na?«

Meine Sicht schwebt zu Timothy, der mich freundlich begrüßt. »Hey, Wi.«

»Hallo, Timothy.«

»Bringst du mir bitte ein Wasser, Wi?«, fragt Tammy, die es heute Morgen nicht lassen konnte, meinen Geburtstag nicht zu ignorieren. Das Erste, was sie noch vor ihrem morgendlichen Gang ins Bad tat, war, mir um den Hals zu fallen und mir ihr Geschenk zu übergeben. Es steht verpackt auf meinem Schreibtisch. Mit ihrer guten Laune und dieser immensen Freude, die voll und ganz meinem Geburtstag gilt, macht mich meine beste Freundin schier verrückt.

»Sicher.« Gesagt. Getan.

»Dankeschön. Wir lassen euch mal allein.« Tammy zieht das Glas an sich, henkelt sich in Timothys Armbeuge ein und marschiert mit ihm davon. Ihr vergnügter Blick in mein Gesicht entgeht mir dabei keinesfalls. Was ist hier bitte los?

»Müsstest du nicht mitten im Training stecken?«, frage ich Josh, als sich Tammy mit Timothy zu einem der freien Tische bewegt.

»Ich habe mir heute ausnahmsweise mal frei genommen. Nick übernimmt meinen Part.«

»Okay. Kann ich dir dann was Gutes tun?«

»Das könntest du durchaus.« Aus seinem haselnussbraunen Blick lese ich eine altbekannte Aufforderung heraus.

»Dann sag mal an.« Ich stütze mich auf dem Tresen ab und warte geduldig auf seine Antwort.

In diesem Augenblick scheint es mir so, als hätte er damit zu kämpfen, nicht einfach mein Gesicht in seine Hände zu nehmen, um mir einen Kuss aufzusetzen. Und ihm wäre vermutlich nicht einmal klar, mit welcher Hingabe ich ihn in diesem Moment erwidern würde.

»Geh mit mir aus, Will. Heute.«

Mit aufgerissenen Augen weiche ich etwas zurück. »Was?« Dass mir von jetzt auf gleich die Spucke wegbleibt, war so nicht geplant. Mein Mund wird staubtrocken.

»Geh mit mir aus«, wiederholt er mit einer Leichtigkeit, die mir den Atem raubt.

»Ich hab dich schon verstanden. Aber warum, Josh?«, hinterfrage ich.

»Einfach weil ich dich darum bitte.« Joshs flehender Blick liegt auf mir. Und Gott steh mir bei, nicht einzuknicken und ihm vollends zu verfallen.

»Selbst wenn ich wollte, könnte ich nicht. Ich habe heute Schicht, wie du siehst.«

»Die du dir teilweise selbst auferlegt hast«, weiß er.

»Woher ...«, will ich fragen, als meine Sicht zu meiner besten Freundin wandert. Tammy sitzt grinsend auf ihrem Stuhl und beobachtet uns.

Dennoch schüttle ich meinen Kopf. »Ich kann wirklich nicht, Josh. Tut mir leid.«

Ich erkenne einen Hauch Enttäuschung in Joshs Mimik, die meine Magengegend auf unangenehme Weise rebellieren lässt.

Im Augenwinkel sehe ich, dass Timothy auf uns zukommt und seinen Arm um Joshs Schulter legt. »Lass uns mal kurz allein«, bittet Timothy seinen Bruder.

Schwerfällig erhebt sich Josh von seinem Hocker und entfernt sich von der Bar. Er begibt sie zu Tammy, die den letzten Schluck ihres Wasser hinunterkippt.

»Ich habe schon geahnt, dass du dich nicht so leicht überreden lässt«, beginnt Timothy. »Und das, obwohl ihr euch wohl irgendwie nähersteht.«

»Du weißt davon?«

Weiß er etwa das Josh und ich ...

Ich kann gerade nicht verhindern, dass erneut meine Wangen glühen.

»Ich kenne meinen Bruder, Wi.« Er stützt sich mit dem Ellenbogen auf dem Tresen auf. »Ich sehe es ihm an. Obgleich es für mich neu ist und undenkbar erscheint, habe ich geahnt, was er fühlt und vorhat. Vielleicht ein brüderlicher Instinkt oder sowas.«

»Was willst du mir damit sagen?«

»Brüder helfen sich gegenseitig. Vor allem, wenn was Gutes dabei rausspringen kann. Und, nach all dem, was Josh in der Vergangenheit für mich getan hat, ist das nun das Mindeste.«

»Timothy, du sprichst in Rätseln.«

Sein Zeigefinger fährt sich über sein Kinn, als müsse er kurzzeitig überlegen, wie er sich ausdrücken soll. »Du hast zum Spieleabend gesagt, ich könnte drei Wünsche gebrauchen. Einen davon würde ich jetzt gern benutzen.«

»Und wie sieht der aus?«

»Gib meinem Bruder die Chance und geh mit ihm aus. So richtig.« Timothys fordernder, brauner Blick legt sich in mein Gesicht und im Normalfall würde diese Forderung an mir abprallen, wenn seine Augen nicht Joshs Augenpartie so ähneln würden.

»Ist das dein Ernst? Dafür willst du einen deiner Wünsche opfern?«

»Will ich. Es wird ein schöner Tag für euch. Er hat noch nie so wirklich eine Frau um ein Date gebeten.«

»Hat er nicht?«, frage ich mehr mich selbst.

»Hat er nicht.«

Ist sowas möglich?

»Aber du kannst nicht einfach deine Wünsche für andere aufbrauchen, Timothy. So funktioniert es nicht.«

»Tut es sehr wohl. Die letzten beiden hebe ich für mich auf. Aber einen opfere ich gern für meinen Bruder.«

»Du hebst sie für dich auf? Wofür?«

Timothy beugt sich über den Tresen, um mir etwas ins Ohr zu flüstern. »Am liebsten würde ich einen für Tammy aufbrauchen. Aber Liebe lässt sich nicht erwünschen. In keinem Film, in keinem Märchen und vor allem in keiner Realität. Denn sie muss von Herzen kommen.«

Oh mein Gott. Der Kerl vor meinen Augen ist echt verliebt in meine beste Freundin. Ist das süß, oder was? Und ich vermute, Tammy ist nicht ganz abgeneigt von ihm. Diese Tatsache lässt mich schmunzeln.

»Ich glaube, früher oder später brauchst du dafür auch keinen Wunsch zu verbrauchen. Heb sie dir für dich selbst auf. Mache dich glücklich. Dann kannst du Tammy glücklich machen.«

Als hallen meine Worte in Timothys Gedanken nach, legt sich gewisses Grübeln in sein Gesicht. »Aber hier geht es nicht um mich. Also Wi, gehst du mit ihm aus?«

Wie könnte ich jetzt noch nein sagen? »Nach deinem Einsatz würde ich das vermutlich tun. Aber ich habe Dienst.«

»Das lässt sich sicher regeln.«

Als hätte Timothy meine Chefin heraufbeschworen, kommt Clara aus ihrem Hinterzimmer hervor. Sie grinst erst Timothy, dann mich heimtückisch an.

Ihr fülliger Körper platziert sich neben mich. »Willow?«

Ich drehe mich zu ihr und schenke Clara meine ganze Aufmerksamkeit. »Ja, Clara.«

»Du hast ab sofort Feierabend.« Sanft legt sie ihre Hand auf meinen Oberarm.

Mir fallen die Augen aus dem Kopf. »Ich habe was?«

»Du hast ab sofort Feierabend«, wiederholt sie mit einer Selbstverständlichkeit, die mich stutzig macht.

Verwirrt sehe ich auf meine Uhr. »Aber ich bin doch erst seit einer Stunde hier.«

»Ich übernehme deinen Teil der Bar. Geh und verbring einen wunderschönen Tag«, zwinkert sie.

Noch während ich mich frage, was hier überhaupt passiert, wende ich mich Timothy zu. Neben ihm steht bereits Josh, dessen Kommen ich nicht erfasst habe. Beide lächeln mich vielsagend an. Nur mit dem Unterschied, dass in Joshs Blick Zuversicht und gleichzeitig Wohlgefallen aufblitzen. Und spätestens jetzt, mit seinem warmen Lächeln, das tiefe Grübchen auf seinen Wangen formt, hat er mich.

Gott, sein wunderschönes, ehrliches Lächeln ...

»Ist das auch wirklich in Ordnung«, gehe ich ein letztes Mal sicher. »Ich kann ruhig ...«

Clara unterbricht mich. »Heute ist alles in Ordnung,

Liebes. Genieß deinen Tag. Los!«

Wenn ich Josh ansehe oder er mich berührt, habe ich das Gefühl, alle Probleme und Schwierigkeiten für diesen Moment vergessen zu können. Und ich habe ernsthaft das Gefühl, glücklich zu sein. Auch, dass er einen minimalen Hauch meiner Vergangenheit und meiner Ansichten kennt, verbindet uns.

Also, warum sollte ich mich dann nicht auf ein Date mit ihm einlassen?

»Nun gut.« Ich klopfe mit meinen Händen auf den Tresen. »Ich glaube, ich habe doch Zeit.«

29

Josh

Will hat mit keinem Wort erwähnt, dass sie heute Geburtstag hat. Ich habe es durch Zufall von Tammy erfahren. Kurz nach zehn stand ich unabgesprochen vor Wills Wohnung. Ich war ein wenig überrascht, als mir Tammy erzählte, dass Wills bereits arbeitet und sie sich freiwillig eine Doppelschicht aufgehalst hat. Dabei hatte ich mir spontan freigenommen, um die wenigen Stunden mit Will zu verbringen.

Als ich hinterfragte, warum sie jetzt schon hinterm Tresen steht, musste ich alles aus mir rausholen, damit ich von Tammy nur ansatzweise eine Antwort bekam. Wenn man glaubt, durch sie mehr über Will erfahren zu können, ist man wohl oder übel auf dem Holzweg.

Dennoch ließ Tammy durchblicken, dass Will ihren Geburtstag nicht sonderlich leiden kann. Aber wer sich an so einem Tag freiwillig zu einer Doppelschicht eintragen lässt, muss seinen Geburtstag buchstäblich verfluchen. Das ist auch mir klar. Dennoch war es mir ein dringendes Bedürfnis, sie an ihrem besonderen

Tag vom *Claras* wegzuholen und mit ihr eine schöne Zeit zu verbringen. Ein Geburtstag sollte genossen werden.

Als ich Will im *Claras* aufsuchte und sie hinter der Bar stehen sah, wusste ich sofort, dass es Überzeugungskraft bedarf, um sie von ihrer gewohnten Tätigkeit wegzuholen.

Dank Timothys Überredungskünsten schien sie dann irgendwann bereit zu sein, den Tag mit mir zu verbringen. Keine Ahnung, wie es mein Bruder geschafft hat – was er gesagt oder gemacht hat –, aber vermutlich ist er das Zünglein an der Waage gewesen, das Will umstimmen konnte.

Danke Timothy.

Ob er merkt, dass da mehr zwischen uns ist?

»Gut, dann packe ich nur schnell meine Sachen zusammen«, spricht Will, während sich ihre Mundwinkel leicht nach oben manövrieren.

Ich freue mich und bin gleichzeitig nervös, was Seltenheitswert hat. Dennoch bin ich dabei, die nächsten Worte in meinem Kopf richtig zu wählen. Ich möchte Will gern sagen, wie schön sie heute in ihrem weißen, knielangen Kleid aussieht. Wie es ihre reine Haut perfekt zur Geltung bringt.

Mein Mund öffnet sich bereits, bis ein schlaksiger Kerl, der die ganze Zeit schon hinter Will verweilt, zu ihr kommt und all meine Gedankenstränge beiseiteschiebt. Er tippt ihr auf die Schulter, was Will veranlasst, ihre Arme flüchtig um seinen Hals zu legen. Zum Abschied umgreifen seine Hände ihre Taille. Viel zu innig, viel zu liebevoll, wenn man mich fragt. Wer ist der Typ?

»Josh, darf ich dir Simon vorstellen? Simon, das ist Josh.« Das ist also dieser Simon.

»Ah, dein Gesicht kenne ich.« Der Typ streckt mir seine Hand entgegen. »Warst du nicht den einen Abend ihr Retter?« *Nicht nur den einen Abend*, möchte ich gern loswerden, um ihn gleich mit der Gesamtlage zwischen Will und mir vertraut zu machen.

Gleichwohl weiß ich, dass ich nicht befugt dazu bin. Denn wir haben nicht definiert, was da genau zwischen uns läuft. Aber Will mit einem anderen Kerl so innig zu sehen, obwohl es sich nur um eine Umarmung handelt, birgt ziemliche Krämpfe in meiner Magengegend und stechende Schmerzen in meiner Mitte.

Ist das etwa Eifersucht? Du heiliger ...

Anstandshalber erwidere ich seinen Händedruck und nicke ihm emotionslos zu.

»Dann machs gut, Will.« Eine letzte, kurze Umarmung, bis Simon endlich von ihr lässt.

Dabei entgeht mir nicht das nächste Detail an ihm: Er nennt sie Will. Weiß er etwa ebenso, dass Wills Mum sie so genannt hat? Weiß er, dass sie deswegen gern so genannt werden möchte? Könnte jemand wie er Wills Herz gewinnen?

Ich habe mir für Will etwas Ruhiges einfallen lassen, weil ich glaube, dass ihr Alltag im Claras schon stressig genug sein kann.

Der Tag mit ihr beginnt in einem Diner, in dem ich mich schon zu Schulzeiten zu gern aufgehalten habe. Ein zweites Frühstück kann außerdem auch nicht schaden.

Eine angenehm klimatisierte Luft kommt uns entgegen, als wir auf den schachbrettähnlichen Fliesenboden treten. Wie in meinen Erinnerungen ist das Diner hier, bis auf wenige Tische, vollkommen belegt.

Freundlich werden wir von einer der Bedienungen begrüßt, die in einer blau-weißen Uniform steckt. »Willkommen im *Seablue*.«

Alles hier ist genauso wie früher. Die gepolsterten Sitzbänke im typisch amerikanischen Stil. Die abgenutzten Holztische, in denen teilweise Einkerbungen sichtbar sind. Noch immer hallen Countryhits durch den Raum und werden nur selten von Popsongs abgelöst.

»Hi. Ich habe für zwei Personen reserviert. Clark.«

Die junge Frau sieht in einem schwarzen Buch nach. »Ah ja, Tisch 4. Folgt mir, bitte.«

Als wir uns auf die bequemen Bänke fallen lassen, überreicht uns die Bedienung zwei Karten. »Kann ich euch schon etwas zu trinken bringen?«

Will und ich starten mit einem Schoko-Shake, ehe wir uns den Menüs der Karte hingeben.

»Kommt sofort.«

Nachdem die Bedienung uns den Rücken zudreht, blickt das Geburtstagskind sekündlich über den Rand der Karte zu mir rüber. »Du hast also reserviert, ja?

Warum warst du dir so sicher, dass ich mitkommen würde?«

»Instinkt«, erwidere ich lässig und unterdrücke ein Lachen.

Von wegen Instinkt …

Will studiert nur kurz die aufgelisteten Menüs, bis sie erfreut ihre Augen aufreißt, vermutlich fündig wird und die Karte entschlossen weglegt.

»Bestell dir, was du möchtest. Geht auf mich.« Ist ja wohl das Mindeste, was ich zum heutigen Anlass tun kann.

»Ist das so?«, fragend legt Will ihren Kopf schief.

»Auf jeden Fall. Ich lade dich ein.«

»Dann ist das hier wirklich sowas wie ein richtiges Date, oder?« Wills Finger verflechten sich ineinander.

Nur nicht nervös werden, Josh. Bleib locker. Bleib entspannt.

»Nicht sowas. Es ist ein richtiges Date«, beharre ich und versuche dabei, so gelassen wie nur möglich zu wirken.

Doch das glückliche Lächeln, das Wills wunderschönen Lippen entgleitet und mir einen Satz im Herzen beschert, beweist mir, dass ich alles andere als gelassen bin.

Als die Bedienung mit den Shakes zurückkommt, bestellen wir, Will zuerst. »Ich hätte gern die Cheese-Pancakes. Könnte ich vielleicht Ahornsirup separat dazu haben, bitte?« Ein seltsamer Blick legt sich in das Gesicht der Bedienung, der zwischen Wills Augen und ihrem Bauch hin und her gleitet. Und vermutlich sehe ich sie ebenso verwundert an.

»Ich hätte gern das Baconsandwich.«

Unsere Bestellungen werden notiert, die Karten entgegengenommen.

»Also, Josh«, beginnt Will. »Erzähl mir etwas. Etwas, das ich noch nicht über dich weiß.«

»Bitte?«

»Naja. Sowas gehört doch zu einem Date dazu, oder nicht? Dass man sich gegenseitig intime Fragen stellt.«

»Durchaus. Normalerweise wäre das so«, stelle ich fest. Denn die wenigen und gleichzeitig erzwungenen Dates aus meiner Vergangenheit liefen genau so ab. Man saß in einem Restaurant oder einem Café und stellte sich gegenseitig irgendwelche Fragen, während einen die Antworten nicht interessierten. Damit ließ man nicht zu, dass ein unangenehmes Schweigen die Überhand über die so schon seltsame Situation erlangte. Ganz anders ist es mit Will. Selbst Schweigen fühlt sich mit ihr so unfassbar leicht an. »Aber du vergisst. Zwischen uns ist nicht annähernd etwas normal. Also müssen wir uns jetzt nicht mit Fragen löchern.« Und obwohl mich an Will alles interessiert, bin ich weiterhin bereit, mir all ihre Antworten zu verdienen. Denn nur so erkenne ich, ob sie gewillt ist, mir zu vertrauen.

»Möchtest du denn nichts von mir wissen?« Höre ich etwas Betrübtheit aus ihren Stimmbändern heraus?

»Und ob.« Ich habe Schwierigkeiten, meinen Blick von Will zu lösen. Diese Frau hat mir einfach den Kopf verdreht. »Mehr als du glauben magst. Aber wir haben alle Zeit der Welt, findest du nicht? Warum das nur auf den heutigen Tag beschränken.« Ich kann deutlich erkennen, wie die Anspannung aus Wills Körper fährt und sie mich erleichtert anfunkelt. Mit den größten Augen, die ich jemals in meinem Leben an einer Frau gesehen habe. Grüne Augen, die mich immer weiter in ihren Bann ziehen und mir tagtäglich beweisen, dass ich für sie den Abgrund hinunterstürzen würde, wenn sie es von mir verlangen sollten.

»Danke, Josh«, stößt sie leise von sich.

Wir warten nicht lang, bis unsere Bestellung vor unserer Nase steht. Gespannt beobachte ich Will dabei, wie sie geduldig abwartet, dass der Käse auf ihren Pancakes zerläuft. Als das Teiggebäck schließlich Fäden zieht, tröpfelt sie wohlüberlegt den Ahornsirup drüber. Kann das ernsthaft schmecken?

»Ich weiß ja nicht, aber das sieht nicht appetitlich aus. Du weißt, was die Bedienung gedacht hat, oder?«

»Ihr Blick war kaum zu übersehen. Aber ihr ist nicht bewusst, wie lecker das hier schmeckt. Es mag sicherlich für so manche ekelerregend sein, aber ich liebe Ahornsirup, der sich durch geschmolzenen Käse windet. Probier mal.« Überraschend schneidet mir Will ein Stück ihrer seltsamen Kreation ab und hält die befüllte Gabel vor meinen Mund. Unwissend, auf welchen Geschmack ich mich in diesen Moment einstellen soll, öffne ich ihn. Herzhaft, süß, fettig, fruchtig? Umso erstaunter bin ich, als die Pancakes gar nicht so übel schmecken wie angenommen.

»Jetzt kannst du urteilen«, spricht Will entschlossen und beobachtet mich, wie ich das Stück runterschlucke. Sie lächelt überzeugt, als könnte sie ahnen, was nun aus mir herausplatzt.

»Nicht übel.«

»Sag ich doch. Vielleicht könntest du das Tammy auch mal sagen. Sie zieht jedes Mal ihre Nase kraus, wenn sie das sieht.«

»Ich werde gern einmal versuchen, sie davon zu überzeugen, dass du an keiner Geschmacksverirrung leidest«, schmunzle ich. »Wie kamst du auf eigenartige Kreation?«

»Es war ein typisches Sonntagsritual mit meinem Dad. Er hat sie genauso gegessen. Selbst, als er tief in der Chemotherapie steckte und sein Appetit ausblieb.« Die Art, wie Will von ihrem Dad spricht, spaltet mich. Auf der einen Seite erkenne ich Stolz und Freude in ihren Augen. Auf der anderen Seite sehe ich die trostlose Trauer, die sie zerfrisst. »Bis zum Schluss waren die Pancakes, neben der Kunst, unser Ding.« Offensichtlich ist der letzte Satz ihr ungewollterweise über die Lippen geglitten. Die letzten Worte ersticken teilweise in ihrer Kehle, bevor sie erschrocken zu mir aufschaut.

»Du musst ihn sehr vermissen.«

»Sehr, ja. Charakterlich war ich ihm vermutlich ähnlicher als meiner Mum. Dafür hätte sie immer als meine Schwester durchgehen können. Ich sehe aus wie sie.«

»Von ihr also die rote Mähne und die unsagbar schönen Augen«, wird mir klar.

Will bejaht und während sie erneut ihren Pancake

zerteilt, blitzt mir ein neues Schmuckstück an ihrem Handgelenk entgegen. Etwas, das mir zuvor nie aufgefallen ist. In der Vergangenheit trug sie immer nur ein Medaillon um den Hals, von dem ich keine Ahnung habe, ob es für Will eine Bedeutung hat. Eine Vermutung lasse ich jedoch, seitdem es mir das erste Mal an ihr aufgefallen ist, in meinen Kopf auf- und abspielen: Es hängt eng mit ihrer Familie zusammen. Ein Erinnerungsstück oder ein Geschenk?

»Was ist das?« Ich nehme den Anhänger des Armbands zwischen Daumen und Zeigefinger. Ein kleiner Vogel.

»Ach das.« Will schluckt ihren Pancake hinunter. »Simon hat es gemacht und mir heute geschenkt.« Eine unvorhersehbare Tatsache, die mich nach deren Verkündung innerlich straucheln lässt. Eine Antwort, mit der ich nicht im Entferntesten gerechnet habe.

»Hat er das?« Ich versuche, so ruhig wie möglich zu reagieren. Dabei sammeln sich so viele Fragen in mir an, die meinen Verstand unliebsam überfluten.

Warum tut er das? Was hat er davon? Will er was von ihr? Hat Will Interesse an ihm? Was läuft da?

»Es soll mir wohl Glück bringen«, erwidert Will schulterzuckend, als wäre es eine Nichtigkeit. Für mich hingegen ist das ein starker und bedrückender Fakt. Denn ein Mann schenkt einer Frau nie irgendeinen Schmuck ohne Hintergedanken. Vor allem gibt er sich nicht einfach so die Mühe, ein Schmuckstück für eine, für ihn gewöhnliche Frau anzufertigen.

»Wie steht er zu dir?«, muss ich endlich wissen. Die

Frage brennt sich durch meine Brust, seitdem ich seine Hände auf ihrer Taille gesehen habe.

»Simon? Wie soll er denn zu mir stehen?« Irritiert sieht Will mich an und platziert ihre Gabel auf dem Tellerrand.

»Wenn er sich die Mühe macht und dir so ein Armband fertigt?«, bringe ich es auf den Punkt.

»Simon ist mein Arbeitskollege. Sehr zuverlässig und wirklich nett. Vielleicht ist er eine Art Freund oder sowas. Keine Ahnung. Wir verstehen uns ganz gut, denke ich.«

»Und was bist du für ihn, wenn er für dich nur ein Freund ist?« Mir ist selbst klar, dass die Fragen mehr als komisch wirken. Und, dass Will mich mit gewisser Skepsis betrachtet, macht dieses drückende Gefühl in meiner Magengegend nicht besser.

»Bist du etwas eifersüchtig, Josh Clark?« Will grinst amüsiert, während sich ihre Augen in prüfende, enge Schlitze legen.

»Muss ich das denn sein?«

Will zögert nicht. Will überlegt nicht. »Nein! Ich glaube nicht, dass Simon damit einen romantischen Hintergedanken verfolgt. Er ist absolut in Ordnung.« Sie schiebt sich ein kleines Stück des Pancakes in den Mund. »Außerdem, was hast du an meiner Aussage, ich habe bisher nur zwei Kerle an mich rangelassen, nicht so recht verstanden?«, stichelt sie. »Dass hier mit dir, in diesem Augenblick, ist schon absolutes Neuland. Das reicht erstmal für dieses Jahrhundert«, scherzt sie, was mich deutlich ruhiger stimmt.

Ich erwidere nichts drauf, weil ich erkenne, dass jegliche Eifersucht meinerseits unnötig ist. Um Wills fordernden Blick zu unterbrechen, steche ich provokant eine Gabel in ein Stück ihrer außergewöhnlichen Kreation. Genüsslich schiebe ich es mir in den Mund.

»Hey! Das ist unfair!«, schimpft sie. Allerdings überfährt mich nur ein Schmunzeln und gleichzeitig pure Gelassenheit.

30

Willow

Josh öffnet mir die Beifahrertür. Wie angewurzelt und mit gemischten Gefühlen bleibe ich auf dem Gehweg stehen. Denn ich hab keine Ahnung, was er vorhat. Ich blinzle ein paarmal und versuche, meine Verwirrung abzuschütteln.

»Du warst noch nie im Aquarium?«, fragt er, während er um sein Auto herumläuft und sich selbst auf den Fahrersitz setzt.

Ich schüttle entschieden den Kopf. »Nie.«

»Na, dann steig mal ein. Dir wird es dort gefallen. Vor allem aber wird dir Winter gefallen.«

Sein Braun prasselt mit solch einer Überzeugungskraft, gepaart mit Vertrauen, auf meinen Körper ein, dass ich mich endlich fortbewege und neben Josh setze.

Als ich ihn dann mit verdutztem Blick mustere, wird ihm klar, dass ich keine Ahnung habe, wovon er überhaupt spricht.

»Du weißt nicht, wer Winter ist, oder?«

Ich presse verlegen meine Lippen aufeinander und schüttle erneut den Kopf. Dann ziehe ich den Gurt um mich herum und lasse ihn einrasten.

»Dann lass dich mal überraschen. Es wird dir gefallen«, zwinkert Josh mir selbstsicher zu, was sein überzeugtes Lächeln nur noch unterstreicht.

Ich weiß, dass das *Clearwater Marine Aquarium* eine gemeinnützige 501-Organisation und gleichzeitig ein riesiges Aquarium ist. Es widmet sich der Rettung, Rehabilitation und Freilassung kranker und verletzter Meerestiere. Aber ich habe bisher nicht dort hingefunden.

»Winter scheint total an mir vorbeigegangen zu sein«, spreche ich und ziehe mir meine Sonnenbrille auf die Nase.

»Zu meinem Vorteil. Dann lohnt es sich heute doppelt, dich dahin zu bringen. Du wirst das Aquarium und Winter lieben, glaub mir.« Wer ist Winter und warum bringt dieses Wesen Joshs Augen so zum Leuchten?

Er startet den Motor, folgt der kurzen Nebenstraße und fährt auf eine Hauptstraße auf. Dann sehe ich aus dem Fenster hinaus und beobachte die Häuser, die immer schneller an uns vorbeiziehen. Josh klappt die Sonnenschutzblende runter und blickt sekundenweise durchdringend zu mir. Er glaubt wohl, ich bekomme das nicht mit. Aber ich spüre es, wenn ich gemustert und durchleuchtet werde.

»Ist irgendwas?« Ich drehe mich zu ihm und blinzle über meine dunklen Gläser hinweg.

Joshs Grübchen werden von Sekunde zu Sekunde tiefer und bringen mich dazu, alles um mich herum zu vergessen. »Nein, nein. Nichts.« Unvorhergesehen legt er seine Hand auf mein Knie, was mir einen Donnerschlag in der Brust beschert. Als würde mich mein Inneres dazu drängen, kann ich nicht anders, als meine Hand auf seine zu legen und sie fest zu umschließen. Mit einer Leichtigkeit in mir, die mir fremd ist.

Mit Joshs Jeep fahren wir circa zwanzig Minuten zum Aquarium. Und als wir im Parkhaus Halt machen, staune ich nicht schlecht über das große Bauwerk, welches uns umschließt.

Als ich die Autotür öffne und aussteigen will, kommt mir Josh zuvor und hält mir, ganz gentlemanlike, seine Hand hin. Ich muss kichern.

»Was soll das?«, frage ich.

»Ich habe keine Ahnung, was du meinst«, schmunzelt er wohlwissend und verflechtet seine Finger mit meinen. »Damals war das hier eine Wasseraufbereitungsanlage. Mit seinen riesigen Haltebecken und seiner Lage an der Bucht war das Gebäude perfekt für Schiffsanlagen geeignet. Ende der 90er wurde es dann für Aquarienzwecke umgebaut.« Hand in Hand laufen wir durch den großen Eingangsbereich. Meine Blicke schweben von links nach rechts und wieder zurück. »Woher weißt du das alles?«

»Hat mich eben mal interessiert.«

Josh besorgt uns zwei Eintrittskarten und wedelt damit freudig vor meinem Gesicht herum. »Auf gehts, würde ich sagen. Es wird Zeit, dass du endlich Winter kennenlernst.«

Als wäre er schon zigmal hier gewesen, führt er mich um so einige Becken herum. Hinter den Geländern kann ich Haie, Schildkröten und andere Meeresbewohner erkennen. Zu jedem Tier kann er mir eine Geschichte erzählen, die ich gespannt verfolge.

Wenn ich solch hilfsbedürftige Tiere sehe, ist mir nur wichtig, dass sie artgerecht leben können und nicht unnötig für Medienzwecke, mitunter sogar unter schlechten Bedingungen, gehalten werden. Diesen Eindruck hat man hier ganz und gar nicht – es ist wirklich ein Rehazentrum für verletzte oder kranke Meerestiere. Natürlich gibt es kleinere Attraktionen. Speziell ist jedoch, dass in und um die Shows wesentlich intensiver auf das Schicksal der Tiere eingegangen wird. Mit welcher Liebe und Fürsorge die Pfleger sich um die Tiere kümmern, kommt bei unserem Besuch sehr deutlich rüber.

Gerade noch im fließenden Gang bleibt Josh auf einmal abrupt vor einem riesigen Aquarium stehen. Ich gehe etwas weiter, bis mir bewusst wird, dass er vor der Glasscheibe verharrt und nicht vorhat, einen Schritt weiterzugehen. Verdutzt sehe ich zu ihm auf.

Er hebt schmunzelnd eine Hand in meine Richtung. »Komm her und warte einen kleinen Moment.«

Kaum eine Minute vergeht, bis ich es sehe. Hinter der zentimeterdicken Scheibe schwimmt uns ein wunderschönes Geschöpf entgegen. Ein Delfin, der mir mit seinem Anblick unerwarteterweise sofort Glückstränen in die Augen schießt. Dabei ist es mir egal, dass Eltern mit ihren Kindern neben mir stehen und zu mir sehen.

»Oh mein Gott, Josh.« Aufgeregt und überwältigt greife ich nach seiner Hand. Ich reiße meine Augen auf, starre Josh entgeistert an. Sein Grinsen ist breit, meines ist dennoch viel breiter. Indem er mich näher an sich zieht, erwidert er meine emotionale Überflutung und streift mir eine kleine Freudenträne aus dem Gesicht. »Da ist sie. Das ist Winter, Will.«

Besonders an dem Geschöpf ist die Prothese, die als Flosse fungiert.

»Sie ist ...« Mir fehlen eindeutig die Worte.

»Winter ist das berühmte Delfinweibchen, dem die Flosse fehlt. Sie hat sogar in einem recht bekannten Film mitgespielt. *Dolphin Tale* mit *Morgan Freeman*. Der Film erzählt ihre Geschichte.« Mit einem Lächeln in der Stimme verfolgt er Winters Bewegungen und streift sich durch sein braunes Haar. »Für mich der treffende Beweis, dass in Filmen durchaus ein Fünkchen Realität stecken kann.« Spielt er da auf meine Aussage von *Me Before You* an? Dass Filme nur auf Wunschdenken basieren? »Sie ist unperfekt und dennoch wunderschön. Findest du nicht?« Wie Joshs mandelförmige Augen leuchten, wenn er von ihr redet, lässt ein unsagbar schönes Gefühl in mir aufkommen.

»Und wie. Einfach wunderschön«, bekräftige ich.

Winter schwimmt an der Scheibe hin und her. Hält für wenige Sekunden direkt vor uns, sodass ich das Gefühl bekomme, sie für einen Bruchteil einer Sekunde berühren zu können. Schon jetzt hat Winter meine vollständige Aufmerksamkeit für sich gewonnen. Weil sie mir so stark und mutig erscheint. Mit einer Willenskraft, die mich standhaft am Boden hält.

»Was ist mit ihr passiert?« Mein Finger zeigt auf ihre künstliche Flosse.

»Winter wurde im Dezember 2005 von einem Fischer versehentlich mit einer Krabbenfalle gefangen. Sie hing in den Seilen. Dabei hat sie sich schwer verletzt. Winters Flosse fiel durch die durchtrennte Blutversorgung irgendwann ab. Zwischenzeitlich bewegte sie sich über die Seitenflossen fort, bis man ihre Prothese fertigte.«

»Das ist traurig und beeindruckend zugleich.« Und ich könnte noch Stunden hier verharren und dem Delfinweibchen in seiner Bewegung zusehen. »Sie hat so etwas Schlimmes erlebt und wirkt trotzdem so unglaublich mutig und stark.«

»Genau wie du, Will«, flüstert Josh mit einer Leichtigkeit in mein Ohr, die mir den Atem raubt. Sprachlos studiere ich seine tiefen Grübchen. »Dir ist nicht klar, welche Selbstsicherheit und Stärke du ausstrahlst, oder?« Josh streift mir eine verirrte Strähne aus dem Gesicht und schiebt sie hinter mein Ohr. »Du hast vermutlich ebenso die Hölle durchgemacht und stehst dennoch jeden Tag vor mir, als könnte dir keine Naturgewalt etwas anhaben. Andere würden sich vergraben. Jeden von sich stoßen. Du hingegen bist mutig und lässt dich auf jemanden wie mich ein.«

»Weil du mir ein gutes Gefühl gibst, Josh.«

»Weil ich dir ein gutes Gefühl gebe ...«, wiederholt er und fährt sanft über meine Stirn.

Und da ist sie wieder. Diese unerklärliche Verbundenheit zwischen uns. Eine Verbundenheit, die ich niemals zuvor verspürt habe und die mich zwingt, ihm näher zu kommen. Ihn noch viel näher an mich heranzulassen, bis sich schließlich unsere Lippen berühren. Zaghaft und sanft. Josh sorgt dafür, dass sich die winzigen Härchen auf meinen Armen aufstellen. Bei ihm überkommt mich das Gefühl, meine über Jahre bewahrte Kontrolle kurzzeitig aufgeben zu können. Weil ich ihm vertraue, dass er mich hält, wenn ich falle.

Will, du verliebst dich in ihn. Ist dir das bewusst? Bist du bereit, ihm etwas zu geben, das du nicht mehr zurückfordern kannst?

Die Sonne ist vor einer halben Stunde untergegangen, sodass sich die Dunkelheit bereits über die Straßen legt. Nachdem wir den Tag mit einem Hotdog und einer Cola ausklingen ließen, hält Josh vor meiner Wohnung. Mit gewisser Verstimmung löse ich mich vom Gurt, denn ich will nicht glauben, dass der Tag schon vorbei ist.

»Vielen Dank für die letzten Stunden, Josh. Es war wirklich wunderschön.« Und das, obwohl ich den heutigen Tag normalerweise hassen sollte.

Joshs weiche Hand legt sich behutsam auf meine Wange, seine Augen funkeln mich an. »Sehr gern.

Happy Birthday, wunderschöne Will.«

Ich schmunzle. »Du weißt es also.«

»Zum Glück weiß ich es.«

Ohne es geplant zu haben, bin ich bereit. Bereit, Josh einen Schritt näher an mein Inneres heranzulassen. »Als du in Seattle warst, an dem Grab meiner Eltern, hast du bestimmt gesehen, dass heute nicht nur mein Geburtstag ist.« Ich schlucke schwer. »Heute ist, und ich glaube kaum, dass ich es ausspreche ...« Meine Stimme zittert. »Heute ist auch der Geburtstag meiner Mum.«

»Ich weiß, Will. Und es tut mir leid, dass du ihn nicht mehr mit ihr gemeinsam verbringen kannst.«

»Danke. Aber ich will, dass du weißt, dass du mir den heutigen Tag nicht nur erträglich gemacht hast. Du hast mich den Tod meiner Mum nicht nur für einen Moment vergessen lassen. Ich will, dass du weißt, dass der heutige Tag vermutlich immer in meinem Kopf bleiben wird. Als etwas Positives, auf das ich gern zurückblicken möchte, wenn mich wieder die Welle der Trauer überkommt.«

»Es wäre mir eine Ehre, Will.«

Sachte schiebt Josh seinen Zeigefinger unter mein Kinn. Seine Lippen kommen meinen näher und endlich küsst er mich wieder. Doch dieser Kuss wirkt so viel einnehmender, klarer und echter. Als hätte er nie eine Frau so ehrlich geküsst.

Seine Lippen liegen so sanft auf meinen, dass ich das Gefühl habe, nach unten zu sacken, und das, obwohl ich noch immer auf dem Beifahrersitz sitze.

Er berührt nicht nur meine Lippen. Josh berührt mein Herz. Immer und immer wieder.

Meine Hände umgreifen seinen Hals. Dann ziehe ich ihn näher an mich, während ich in seine Mundhöhle raune, weil ich mir nichts Besseres vorstellen kann. Keinen besseren Moment, keinen besseren Mann. Als wären die Küsse und die Leidenschaft, die zwischen uns von Mal zu Mal explosiver erscheint, zu einer Routine für uns geworden, die niemals gebrochen werden darf.

Und verdammt, jeder Kuss heilt mich. Heilt mich von innen wie von außen. Auf eine Weise, die ich zuvor nie verspürt habe. Die kleinsten Berührungen von Josh heilen einen Teil meiner verkorksten Seele. Für andere kaum spürbar. Für mich der reinste Segen, den ich wohl jemals erleben werde. Also muss ich diesen Moment verinnerlichen und festhalten. So gut es mir gelingt.

Gezwungenermaßen drängt sich mein Körper von ihm, obwohl mein Inneres so viel mehr will. Deutlich spüre ich seinen leicht hektischen Atem auf meiner Haut, der meine Mitte beben lässt. »Bis morgen, Josh.«

»Du machst mich verrückt, Will.« Ein letzter Kuss auf meine Mundwinkel, bevor ich glücklich und zufrieden aus seinem Auto gleite. Ich weiß, ich sollte mich nochmal umdrehen, um in diese wunderschönen Augen zu sehen. Weil mein Bauch voller Schmetterlinge ist. Also tue ich es. Ich sehe in sie hinein.

Josh hält mir seine flache Hand entgegen, sodass mich mein Inneres zwingt, meine Hand in seine zu legen. Ein letztes Mal für heute.

»Bis morgen«, spricht Josh, als er mir eine letzte Berührung auf meine Finger haucht und von mir lässt. Er fährt sich durch sein dichtes Haar, ehe er seinen Motor aufgluckern lässt.

Ein letzter Blick, ein letztes Lächeln, bevor er in der Dunkelheit der Nacht verschwindet und mich vor meiner Wohnung zurücklässt. Glücklicher, als ich es die letzten Jahre jemals war.

Ich schließe die Tür hinter mir und lehne mich an das kühle Holz. Meine Gedanken schießen nur so durch meinen Kopf.

Ich kann einfach nicht fassen, wie viel Spaß ich heute hatte und wie gut ich mich dabei gefühlt habe. Wie gut ich mich noch immer fühle.

Ich atme einmal tief ein. Dann zwicke ich mich in meinen Unterarm, um sicherzugehen, dass das hier alles kein Traum ist, ehe meine beste Freundin um die Ecke schielt.

»Na, wie war es?« Ihrem Grinsen nach zu urteilen, weiß sie ganz genau, wie es für mich war. Aber ich möchte gar keine Emotionen, keine Gefühle, keine Empfindungen ansatzweise verstecken, sodass ich das Lächeln der letzten Minuten, wenn nicht sogar Stunden aufkommen lasse. »Du bist bestimmt bestens informiert. Du hast es ihm gesagt, oder?« Natürlich hat sie ihm gesagt, dass ich heute Geburtstag habe. Woher hat er es sonst?

Tammy hebt abwehrend ihre Hände in die Luft. »Du weißt, ich würde ihm nie etwas gegen deinen Willen sagen. Niemals. Aber er stand heute Morgen vor der Tür und wollte zu dir. Ihm kam es ziemlich spanisch vor, als ich ihm erklärt habe, dass du bereits im *Claras* bist.«

»Schon gut, Tammy. Es war ein wirklich schöner Tag«, schwärme ich und verdrehe meine Augen wie ein verliebter Teenager.

»Dann erzähl mir alles«, bittet sie, nimmt mich an die Hand und zieht mich durch den Flur zur Couch. Ich sinke immer tiefer in den Stoff hinein.

»Es war ein wunderschöner Tag, Tammy«, wiederhole ich und bin bereit, mir eine Tatsache einzugestehen, die von Anfang an nie in meinem Wollen lag. »Ich glaube, ich bin dabei, mich haltlos in den Kerl zu verlieben.«

In meinem Kopf weiß ich, dass Gefühle für einen Mann zu entwickeln eine furchtbare Idee ist. Furchtbar, für jemanden wie mich. Furchtbar für jemanden, der so oft von der Klippe geschubst wurde. So oft verletzt wurde. Dennoch ist es meinem Herz absolut schnuppe, was mein Kopf denkt. Es schlägt einfach weiter für Josh Clark.

Es macht sich weder Überraschung noch Verwirrung in Tammys Gesicht breit. »Ich weiß, Wi.«

Dafür in meinem. »Du weißt es?«

»Ich bin deine beste Freundin. Keiner kennt dich besser, Wi. Natürlich ist mir nicht entgangen, wie deine Augen leuchten, wenn du von Josh sprichst.

Und spätestens, als du mir gesagt hast, dass ihr miteinander geschlafen habt, wusste ich es sicher. Er muss dir unfassbar viel bedeuten, wenn du dich auf etwas Körperliches mit ihm einlässt.«

Ich lege meinen Kopf in den Nacken und starre an die Decke. »Sag mir, was ich jetzt tun soll?«

»Lass einfach alles auf dich zukommen.« Ist leichter gesagt als getan.

»Du weißt, dass ich das nicht kann. Wenn das irgendwann mal etwas Ernstes zwischen uns wird, müsste ich ihm die Wahrheit sagen. Ich müsste ihm die Chance lassen, gehen zu können, wenn ihm das zu viel ist. Und wenn er sich zum Gehen entscheidet, werde ich daran zerbrechen«, wird mir klar.

Wie würdest du mit mir umgehen, wenn du alles von mir weißt? Würden deine unfassbar liebevollen Blicke in Verachtung umschlagen?

»Und wenn er nicht geht?«

»Er wird gehen.«

»Das weißt du nicht, Wi. Aber du musst nicht heute entscheiden, was du tun wirst. Lass den Tag einfach auf angenehme Weise in dir Revue passieren, Will. Genieß die letzten Stunden.« Tammys Arme legen sich erleichtert und freudig um meinen Hals. Sie drückt sich an mich. Dabei liegt mir ihr kurzes blondes Haar im Gesicht. »Und schau dir endlich mein Geschenk an.« Tammy riecht so gut. Nach Sommerfrüchten. So vertraut.

»Jetzt?«

Tammy löst ihre Umarmung und hievt sich von der

Couch hoch. »Ich gehe duschen. In der Zeit möchte ich, dass du es auspackst, es dir ansiehst und es verdammt nochmal auch benutzt.« Ihre quirlige Stimme durchflutet ein fordernd spaßiger Unterton.

Während Tammy ins Bad stolziert, gehe ich in mein Zimmer. Ich peile den Schreibtisch an und stelle das rechteckige, eingewickelte Geschenk direkt vor meine Nase. Ich ziehe erst die Geburtstagskarte unter dem Geschenkband hervor und klappe sie auf.

Manchmal ist es wichtig, von jemandem in sein Glück geworfen zu werden, wenn man sich selbst scheut, danach zu greifen – aus Angst und Respekt vor Vergangenem. Dafür braucht man Menschen, die den Mut haben, sich gegen deine Ängste zu stellen, wenn du gerade selbst nicht in der Lage dazu bist. Ich habe den Mut, Wi. Denn du bist die beste Freundin, die man sich wünschen kann. Deswegen möchte ich, dass du vollends glücklich bist. Denn mehr bedarf es wohl nicht. Ich werde mich gegen die bösen Geister deiner Vergangenheit stellen. Hilfst du mir dabei, sie zu bekämpfen?
Alles Liebe, du wundervoller Mensch!

Ihre Worte bringen meinen Körper dazu, dass sich sämtliche Tränen in meinen Augen ansammeln. Ich schniefe, während ich vorsichtig das Klebeband vom Papier löse und es auseinanderziehe.

Dann überkommt mich eine weitere Flut des Glücks. Ich lächle, ehrlich und aufrichtig, als ich auf den Koffer aus gebeiztem Holz blicke, dessen Front von dem Schriftzug einer bekannten Firma verziert wird. Als ich die goldene Schnalle hochschiebe und den Koffer öffne, ist mir sofort bewusst, dass Tammy ein Vermögen dafür ausgegeben haben muss. Ich wische mir meine Tränen aus dem Gesicht.

Eine reichliche Auswahl an qualitativ hochwertigen monochromen Kreiden und Pastellkreiden, samt Rötel- und Sepiakreiden, lässt jedes Künstlerherz höher schlagen. Somit auch irgendwie meins.

Soeben passiert etwas, mit dem ich niemals wieder gerechnet hätte. Heute will ich nicht nur Tammy den Gefallen tun, draufloszumalen. Jetzt möchte ich mir selbst den Gefallen tun und endlich meine tief vergrabene Sehnsucht stillen.

Dank diesem schönen Tag und den wundervollen Erinnerungen – dank Josh und Tammy – bin ich bereit, mit Freude die Kreide in der Hand zu halten und loszulegen. Ich bin bereit, gegen die bösen Geister meiner Vergangenheit anzukämpfen.

Du müsstest beide kennenlernen, Mum. Du würdest sie lieben. Happy Birthday …

Ich kann nicht fassen, dass ich schon ab der ersten Linie das Gesicht meines Vaters vor meinen Augen sehe. Wie er mir freudig zulächelt, zunickt und hofft, dass ich niemals mit dem Zeichnen aufhöre. Bis heute entglitt mir die Erinnerung an ihn immer mehr. Sie wurde fast unerreichbar. Doch in diesem Augenblick sehe ich ihn genauso vor mir, wie ich ihn hätte niemals vergessen dürfen. Und das Schönste? Ich fühlte mich meinem Dad nie näher.

31

Willow

Ich stecke mir meine Kopfhörer in die Ohren und drehe *Open Your Eyes* von *Snow Patrol* auf volle Lautstärke. Ich tanze fast über den Gehweg und bin mir völlig darüber im Klaren, warum ich heute so glücklich gestimmt bin.

Wegen ihm. Wegen dem, was er ist. Wegen Josh.

Dabei frage ich mich, was ihn reitet, sich auf meine Person einzulassen. Warum er mich gestern so intensiv um das Date bat. Er könnte doch jede andere haben. Modelähnliche Frauen, die ihm eigentlich tagtäglich hinterherlaufen. Aber mir soll es ganz recht sein, dass seine Wahl auf mich gefallen ist.

Wenn ich an gestern denke, rast mein Herz. Dieses berauschende, lebensechte Gefühl ist mit einer Sucht verbunden, bei der ich nicht weiß, ob ich sie therapieren möchte. Jetzt erstmal nicht.

Ich schmunzle den ganzen Weg über. Einen Weg, den ich so langsam mit verbundenen Augen gehen kann.

Da mir einige Stunden zum Schichtbeginn bleiben, nehme ich all meinen Mut zusammen und statte Josh einen Überraschungsbesuch ab.

Gerade ich, die Überraschungen so sehr liebt ...

In Gedanken male ich mir aus, wie wir auf seiner Couch relaxen oder eine Runde spazieren gehen und uns einfach nur unterhalten. Wie ich Stormy in meinen Armen halte und mich an ihn schmiege.

Hoffentlich hat Josh Zeit. Aber egal, was seine Zeit zu geben hat, eines möchte ich heute unbedingt. Nämlich mich bei ihm bedanken. Dafür, dass er mir gestern einen so schönen Tag beschert hat, den ich durch meinen eigenen Stolz und meine Angst fast verpasst hätte. Einen Tag, der mich so stark ins Leben zurückgeschmettert hat, dass ich endlich wieder richtig zu leben beginne.

Ich kann sein Eckhaus schon aus der Ferne erkennen. Mein Herz springt immer intensiver in alle Richtungen, mit jedem Schritt, den ich dem frisch sanierten Gebäude entgegenkomme. Als ich dann endlich davor stehe, atme ich noch einmal tief ein, straffe meine Schultern.

Es gibt keinen Grund, nervös zu sein.

Seine Haustür ist nur angelehnt. Direkt vermute ich, dass er mitten im Training sein wird, obwohl es für einen Samstag untypisch wäre. Dennoch trete ich in den kühlen Eingangsbereich, um mich zu versichern. Und siehe da, im Trainingsraum ist alles stockfinster, sodass ich es mir einfach herausnehme, die Zwischentür zu seiner Wohnung aufzustemmen und die Treppen hinaufzulaufen.

Auch seine Wohnungstür scheint nur angelehnt zu sein. Euphorisch klopfe ich dagegen und wackle nervös mit meinen Beinen. Die Tür öffnet sich und ich bin gerade imstande, mein glücklichstes Lächeln aufzusetzen. Bis mich fremde Augen anblitzen und jegliche Vorfreude und Glückseligkeit in mir zerschlagen.

Ich habe mir so einiges auf dem Weg hierher ausgemalt. Wie ich in sein beruhigendes Braun sehe und sich die tiefen Grübchen auf seinen Wangen formen, wenn er mich ansieht. Grübchen, in die ich mich früher oder später verlieben musste. Ich habe mir vorgestellt, wie Josh mir das ehrlichste Grinsen der Welt entgegenbringt und meine Hand packt, um mich näher an sich ziehen zu können, damit sich unsere Lippen leichter finden. Weil er es will. Weil ich es will.

Aber mit dem hier habe ich sicherlich nicht gerechnet: Unbekanntes Blau erblickt mich, das mich direkt skeptisch mustert. Eine blondhaarige Frau, schätzungsweise in meinem Alter, bekleidet mit einem knappen Stück Stoff, das mir ihren Megabusen entgegenstreckt, steht mir selbstsicher gegenüber. Was hat sie in Joshs Wohnung zu suchen?

Sofort kommt mir ihre hohe Stimme patzig entgegen. »Kann ich dir irgendwie helfen? Josh zieht sich gerade an.«

Josh zieht sich gerade an?

Mein Herz verkrampft sich zu einem schmerzhaften und steinharten Ball und ich bin sichtlich mehr als überfordert mit der Situation. »Oh. Ähm. Nein.«, stammle ich. »Dann gehe ich besser wieder. Ich möchte euch nicht stören.« Statt zu gehen, würde ich diese fremde Frau lieber aus Joshs Wohnung zerren. Ihn gleich hinterher, und das nur, um herauszufinden, was das hier zu bedeuten hat. Gestern küsste er mich, aufrichtig und ehrlich. Heute steht bereits eine Vollbusige in seinen vier Wänden, mit der er vermutlich sonst etwas angestellt hat. Schon allein der Gedanke bringt mich um den Verstand.

»Ist wohl besser«, zischt sie abwertend und schlägt mir die Tür vor der Nase zu. Der straffe Luftzug, der sich dadurch entwickelt, schlägt mir wie eine Faust ins Gesicht.

Ich kann nicht verhindern, dass mir beißende Tränen in die Augen schießen und an meiner Wange hinunterlaufen. War ich doch vor wenigen Sekunden so glücklich, sterbe ich in diesem Moment innerlich drei Tode.

Wenige Sekunden bleibe ich regungslos stehen und starre ins Leere, bevor ich mich dazu entschließe, so schnell wie möglich die Treppen hinunterzustürmen. Ich ziehe die Haustür auf und versuche, Abstand zwischen mir und diesem verletzenden Umstand zu gewinnen.

Gerade sammeln sich so viele Emotionen in mir an, die ich nicht deuten kann. Die ich nicht fühlen will, weil meine Brust brennt, als läge sie im lodernden Feuer. Was fühle ich da? Unverständnis, Wut, Verletzbarkeit? Liebe?

Was hast du dir nur gedacht, Will? Hast du wirklich geglaubt, du bist die Einzige für ihn? Dass er eine feste Beziehung mit dir eingehen würde? An diesem Wunschdenken festzuhalten, zeigt, wie naiv du noch immer bist. Hat dir die Vergangenheit nicht gereicht?

32

Josh

Es klopft an meine Wohnungstür, was mir mehr als eigenartig erscheint. Eigentlich kann es nur Will oder Nick sein. Nur sie haben einen Schlüssel für das Gebäude.

Will vor mir stehen zu haben, wäre schon ein absolutes Tageshighlight heute. Wenn ich an unseren Abschiedskuss von gestern Abend denke, rast mein Puls in unaussprechliche Höhen. Ich hab sämtliche Gefühle, die ich für sie verspüre, in unseren Abschiedskuss gepackt. Ohne es aussprechen zu müssen, wollte ich, dass sie weiß, was sie mir bedeutet. Dass sie erkennt, dass ich mich unausweichlich in sie verliebt habe. Auch wenn unsere *freundschaftlichen* Regeln etwas anderes festgesetzt haben, sollten ihr meine Berührungen gleichermaßen zeigen, dass ich Will alle Zeit der Welt lasse, bis sie bereit ist. Bereit, mir vollkommen zu vertrauen, bereit, mich irgendwann in genau diesem Ausmaß zu lieben. Geduld war noch nie meins. Aber in dieser Sache ist es überlebenswichtig, nichts zu überstürzen. Denn Will entwickelt sich Tag für Tag mehr zu dem Mittelpunkt meines Daseins.

Schon gespannt, ob mich gleich grüne Augen anfunkeln, öffne ich die Wohnungstür. Doch es ist zu meinem Übel weder Will, die ich mir innerlich unfassbar gern hergewünscht habe, noch Nick.

»Joanne. Was willst du hier?«, frage ich genervt und verdrehe meine Augen.

»Hey, Josh«, grinst sie und klimpert mit ihrem künstlichen Wimpernkranz. Ihr puppenhaftes Gesicht checkt mich ungehalten von oben bis unten ab.

Ich verfluche mein beschissenes Timing. Muss ich jetzt gerade so vor ihr stehen?

»Wie kommst du hier rein?«

»Die Tür unten war nur angelehnt.« Nick hat vermutlich heute Morgen vergessen, die Tür zu verschließen, als er kurzzeitig unten war. Nun habe ich den Dreck.

»Da dachtest du, du kommst einfach hier reinspaziert?«, erwidere ich forsch.

»Sorry.« Joanne zuckt mit ihren Schultern und presst verlegen ihre Lippen aufeinander. »Ich war mir unsicher, ob du mich reinlassen würdest.« Zurecht. Denn ich hätte ihr keinesfalls die Tür geöffnet.

»Komm, sag schon! Was willst du?«

»Ich dachte, wir könnten nochmal reden.«

»Joanne, wie oft soll ich das noch sagen? Wann begreifst du endlich?« Ich möchte, dass sie endlich mal versteht, dass ich kein Interesse an ihr habe und dass das mit uns ein schlimmer Fehler war.

Doch die Frau ist so hartnäckig, dass sie einfach nicht bereit ist, annähernd von mir abzulassen. Wie sie mich abcheckt, gefällt mir ganz und gar nicht.

»Ich zieh mir kurz etwas an.« Geradewegs entschließe ich mich, ins Schlafzimmer zu gehen, um ihren lüsternen Blicken zu entkommen. Fast schon unhöflich lasse ich sie an der Tür stehen. Während ich dabei bin, mir ein Shirt aus dem Schrank zu ziehen und es mir überzustülpen, höre ich eine weitere – viel schönere, viel wärmere – Stimme im Flur. Gefolgt vom Scheppern meiner Wohnungstür. War das soeben Will oder beginne ich schon, zu halluzinieren?

Eilig laufe ich aus meinem Schlafzimmer und stelle Joanne zur Rede. »Erstens, was machst du in meiner Wohnung? Ich habe dich nicht hereingebeten. Zweitens, wer war das gerade?«

»Irgendeine Rothaarige. Sie wollte was von dir. Möchte uns aber nicht stören und ehrlich gesagt, finde ich das auch gut so«, rechtfertigt sie sich, was mich absolut ungehalten stimmt. Mein Puls rennt auf 180. »Was? Was fällt dir ein? Gottverflucht noch eins!«

Fuck, fuck, fuck ...

Dass Will nicht im Flur steht, beweist mir, dass sie da etwas Falsches in den Hals bekommen haben muss. Welchen anderen Eindruck sollte diese Situation auch sonst erwecken? Eine aufgetakelte Joanne, die mitten in meiner Wohnung steht, sagt nur eines aus.

»Raus, Joanne!«, grob schiebe ich den Fehler aus meiner Wohnung. Dann schlüpfe ich schnell in meine

Schuhe, renne die Treppen hinunter und stürme auf den Gehweg.

Aus der Ferne sehe ich zum Glück noch Wills rotes Haar, das im Wind tanzt. Ich rufe ihr nach, doch sie reagiert nicht. Schneller, als ich jemals gerannt bin, eile ich ihr hinterher.

Verfluchter Mist, ...

Nur noch eine Armbreite entfernt und ich schaffe es, Will an ihrer Schulter zu berühren. Reflexartig, vermutlich mit Schreck unter der Haut, dreht sie sich zu mir. Wills Augen reißen sich auf, gleichzeitig zieht sie ihre Kopfhörer aus den Ohren. »Josh? Was tust du hier? Solltest du nicht in deiner Wohnung sein?«

Mit ihrem sommerlich gelben Kleid, das auf ganzer Linie ihren Körper betont, raubt mir Will sämtliche Sinne, die ich aber jetzt beisammen halten sollte. »Will.« Warum bin ich so aus der Puste? »Das, was du soeben gesehen hast, ist nicht das, was du denkst«, sage ich ohne Umschweife.

»Stopp.« Will hält mir ihre Hand vor den Oberkörper. Sie ist eindeutig wütend. Oder verletzt? »Erstens ist es egal, was ich denke. Zweitens musst du dich für nichts rechtfertigen. Wir haben keine Vereinbarung getroffen oder sowas. Du kannst tun und lassen, was und mit wem du willst. Aber ich bin die Falsche für irgendwelche Spielchen.«

Ich kann was? Nein!

Will ist dabei, mir den Rücken zuzudrehen, was ich definitiv verhindern muss. »Mit dieser Frau da oben läuft nichts, Will. Ich habe sie nicht mal in meine

Wohnung gebeten.« Wer hätte gedacht, dass es mir einmal wichtig sein würde, was eine Frau über mich denkt. Aber ich möchte es bei Will einfach nicht versauen. »Ich wollte mir nur etwas anziehen, damit sie mich nicht mit ihren lüsternen Blicken festnagelt. Sie ist dann unerlaubt in die Wohnung marschiert.« Will dreht sich zurück zu mir. Doch leider vermute ich, dass sie nicht überzeugt von meiner Erklärung ist. »Ich fahre nicht zweigleisig.« Das hätte ich selbst in den zügellosesten Zeiten nicht gemacht.

»Zweigleisig?« Ihr grünen Augen schweben über meinem Gesicht und ich kann deutlich erkennen, dass Will geweint haben muss. Und das wegen einer Situation, die völlig überflüssig ist.

Wann versteht sie denn endlich, dass es keine andere mehr für mich gibt? Wie sollte es das auch? Noch nie konnte mich eine Frau tiefer in ihren Bann ziehen. Noch nie schien ich verrückter nach jemanden gewesen zu sein.

Unaufgefordert und ohne ihr Einverständnis einzuholen, ziehe ich Will an ihrer Taille zu mir und küsse sie. Es soll mein Versprechen an sie sein, dass ich ihr niemals wehtun würde. Sie niemals verletzen würde und immer für sie da bin, wenn sie fällt.

Bitte verstehe endlich, dass ich nur dich möchte, Will.

Als überflute sie eine Welle der Erleichterung, legt Will ihre Arme um meinen Hals und drückt meine Lippen fester auf ihre. Und für eine Weile verharren wir in einem Kuss auf öffentlicher Straße, der fordernd und fesselnd zugleich ist. Schnaufend schiebe ich sie wenige Zentimeter von mir. »Glaub sowas nie wieder, Will! Ich bitte dich. Das zwischen uns geht so viel tiefer, als wir beide wohl jemals zulassen wollten. Dennoch möchte ich es nie wieder missen.«

Zurückhaltend und gleichzeitig zaghaft nickt sie, was mich veranlasst, meinen Finger unter ihr Kinn zu schieben. »Aber warum bist du zu mir gekommen?«

Sie beißt sich nervös auf ihre füllige Unterlippe, die nach unserem Kuss etwas roter wirkt. »Naja. Ich kam auf die verkorkste Idee, dass wir vielleicht etwas zusammen machen könnten.«

Für einen Moment glaube ich, mich verhört zu haben. Will trägt erneut wenige Ziegelsteine ihrer Mauer für mich ab, was mich mehr als glücklich stimmt. »So verkorkst ist die Idee gar nicht. Denn ich weiß nicht, was uns daran hindern sollte, etwas zusammen zu tun.« Gott, mein Dauergrinsen beschert mir ziemlichen Muskelkater in den Wangen.

»Bist du dir sicher? Ich meine, sie wollte mich schlichtweg mit ihren Blicken töten. Ich möchte in keine Schussbahn geraten.«

»Keine Sorge. Joanne dürfte längst nicht mehr da sein. Sie hat nicht das erste Mal eine Abfuhr von mir erhalten.«

Ich kann Wills hinderliches Zögern regelrecht spüren. Also verflechte ich meine Finger mit ihren und gebe ihr den nötigen Anstoß. Ich ziehe sie bestimmend zu meinem Haus zurück.

Im Treppenhaus angekommen, sitzt Joanne noch immer wartend auf der Treppe und klopft mit ihren hochhackigen Schuhen auf dem Stein herum.

»Was willst du noch hier?«, zische ich.

Joannes wütender Blick schwebt auf unserer Verflechtung. »Du bist der jetzt wirklich hinterhergerannt? Und hast mich hier einfach stehen gelassen?«

Ich bin gewillt, die Situation vernünftig zu lösen, ohne großes Drama. »Geh schon mal bitte rein, Will.« Sanft schiebe ich die zierliche Schönheit an Joanne vorbei und lege ihr meinen Schlüssel in die Hand, auch wenn sie meinen Ersatzschlüssel noch bei sich tragen sollte. In der Hoffnung, dass sie ihn nie wieder zurückgeben möchte. Sie öffnet die Tür und sofort, als hätte es der kleine Racker gespürt, wandert ihr Stormy entgegen. Das Erste, was Will tut, ist, ihn auf ihre zarten Arme zu nehmen und ihr Gesicht in seinem Fell zu begraben. Für einen kurzen Moment vergesse ich selbst die Furie vor mir. »Josh Clark läuft einer Frau hinterher. Ich fasse es nicht. Ich bin dir nicht mal eine vernünftige Nachricht wert gewesen. Aber ihr rennst du nach?«

Aufgebracht stemmt Joanne ihre Hände in die Hüften.

»Geh jetzt, Joanne. Ich weiß gar nicht, was das Theater hier überhaupt soll.«

»Richtig, das habe ich auch gar nicht nötig.«

Sie dreht sich ein letztes Mal zu Will um, mustert sie abschätzig und schüttelt mit ekelerregendem Gesichtsausdruck ihren Kopf. »Was für ein hässliches Tier.«

Meine Kinnlade klappt nach unten. Habe ich mich verhört?

Als ich dabei bin, ihr eine Ansage zu machen, kommt mir Will bereits zuvor. »Spricht ein vollgekleistertes Gesicht, ohne jeglichen Respekt vorm Leben. Josh, wenn du sie jetzt nicht rausschmeißt, werde ich es tun. Und das nicht annähernd so freundlich, wie sie es vielleicht gewohnt ist.«

Ich packe Joanne am Arm und führe sie in die richtige Richtung. Nämlich Richtung Ausgang! »Du hast es gehört.«

Als ich sie auf den Gehweg schiebe und die Tür vor ihrer Nase zuknalle, versichere ich mich zweimal, dass die Tür wirklich verschlossen ist. Was für eine Freakshow diese Frau ist ...

Ich laufe die Treppen hinauf, an deren anderem Ende Will auf mich wartet. Ehe ich mich ihr zuwenden und ihr erneut einen Kuss aufdrücken kann, schwebt ein zweifelnder Blick in mein Gesicht. »Ernsthaft, Josh? Was lief mit so einer?« Es klingt nicht nach einem Vorwurf.

»Ich war ziemlich besoffen«, zucke ich reumütig mit den Schultern.

»Gab es nicht andere? Ich meine, Frauen mit einem Hauch mehr Respekt? Wie sie erst mich und dann Stormy angegangen ist. Das ist ja schrecklich.« Verständnislos schüttelt Will mit dem Kopf. »Kein Wunder, dass man da die Schnauze voll von sämtlichem Beziehungskram hat.«

»Hatte«, korrigiere ich sie.

»Hatte? Was soll das wieder bedeuten?«

Ich schlendere an Wills zarten Erscheinung vorbei,

nehme sie an die Hand und führe uns gemeinsam ins Wohnzimmer. »Du willst manchmal einfach nicht verstehen, oder?«

Ihre Lippen öffnen sich langsam, doch bevor sie irgendetwas hinterfragen kann, ersticke ich ihre unausgesprochenen Worte. Viele flüchtige Küsse auf ihren Lippen, ihrer Nasenspitze, ihren Mundwinkeln und ihren Wangen sollen ihr helfen, zu begreifen, worauf ich anspiele. Und ihrem freien Kichern entlocke ich, dass sie versteht.

»Dann sag mir, Will, was möchtest du tun? Ich habe ungehindert Zeit für dich.« Meine Hände legen sich fast selbstständig auf ihre Hüfte.

Als ich sie erneut zu mir ziehen will, legt sie die Hand auf mein Herz und hält mich bewusst wenige Zentimeter auf Abstand. Dann sieht sie zu mir auf. »Stopp. Ich muss erstmal was loswerden, bevor ...«, Will zögert. Ich nehme ein nervöses Zittern an ihrem Körper wahr. »Erstmal wollte ich dir danken.«

»Für?«, frage ich.

»Für gestern und ...«

»Sehr gern, Will.«

»Hör auf, mich zu unterbrechen. Bitte«, spricht sie energisch. »Das fällt mir wirklich nicht leicht.« Will atmet einmal tief ein und wieder aus, während ich ihrem Wunsch nachkomme und einfach nur still bin. »Vermutlich war ich dadurch so ausgeglichen, dass ich gestern wieder begonnen habe, zu zeichnen.«

Ich erstarre. »Ehrlich?«

Sie nickt zufrieden. »Ehrlich. Das erste Mal seit

Jahren, habe ich aus Leidenschaft gezeichnet. Nicht aus Ablenkung. Verstehst du?« Will ist glücklich.

»Ich glaube, das tue ich. Und was hast du gezeichnet? Darf ich es vielleicht mal sehen?«, frage ich hoffnungsvoll und führe ihre Fingerspitzen an meine Lippen.

»Oh nein, Josh. So weit sind wir noch lange nicht«, lehnt sie mit verhaltenem Lächeln ab.

»Noch nicht?«

»Noch nicht.«

Ich werde warten. Solange es eben dauert! Denn du zeigst mir, dass sich all meine Geduld Stück für Stück lohnt.

Ich habe es nie mehr geliebt, Geduld zeigen zu müssen.

33

Fast zwei Wochen später

Willow

Ich verkrieche mich in mein Bett und ziehe mir meine Decke bis unters Kinn. Gestern Abend, nach der Sitzung bei Dr. Tanner, haben die Panikattacken von Neuem begonnen. Es war vorauszusehen, dass es passieren würde. Denn heute ist der schlimmste Tag im Jahr. Der 4. August – der Todestag meiner Mum. Und, als hätte ich damit nicht genug zu kämpfen, überkam mich letzte Nacht die Erkältung meines Lebens. Fieber, das mich schwitzen, gleichzeitig frieren lässt. Halsschmerzen, die mir jeden Schluck erschweren. Übelkeit, die mich trotz meines Schwindels regelmäßig auf die Toilette zwingt.

Die Sonne strahlt mir auf das bisschen Haut, was noch herausblitzt, und auch sie fühlt sich heute nicht unbedingt wohltuend an.

Ich höre, wie sich meine Zimmertür hinter mir

öffnet. »Hey Will. Kann ich dir irgendwas bringen?«

Einen Moment lasse ich die gutgemeinte Frage auf mich wirken. Und ich möchte meine beste Freundin wirklich nicht vor den Kopf stoßen. Aber heute bin ich nicht ich selbst. Jedes Jahr, an genau diesem Tag, bin ich niemals ich!

»Nein, Tammy. Ich wäre heute viel lieber allein.«

»Okay«, erwidert sie bedrückt.

Still schließt sie die Tür. Dabei muss ich sie nicht ansehen, um zu wissen, dass es Tammy schwerfällt, mich in dieser Situation allein zulassen. Aber ich kann heute keine Nähe ertragen. Auch nicht ihre.

Meine Lider werden schwer, und obwohl ich weiß, dass jede Sekunde Schlaf bei einer Erkältung Gold wert ist, möchte ich nicht ruhen. Ich würde nur von diesem schmerzverzerrten Gesicht träumen und beginnen, meinen Verstand zu verlieren. Immer wenn ich die Augen schließe, blitzt das gezeichnete Gesicht meiner Mum auf. Der Krebs und all die Qualen zeichneten sie und ich bin es mehr als leid, nur ihr gebrandmarktes Dasein vor mir zu sehen. Ich möchte meine Mum in Erinnerung behalten, wie sie war. Schön, selbstbewusst und geprägt von einem angenehmen Stolz, der sie im Alltag begleitete. Nicht gezeichnet vom Krebs.

Ihre Hand legt sich auf meinen Oberarm. Ich vermute, dass mich diese Geste ein wenig trösten soll. Aber das tut sie keineswegs. »Du weißt, dass ich dich liebe, oder?«

Ich nicke nur, denn zu etwas anderem bin ich nicht in der Lage.

»Du darfst das niemals vergessen, Willow! Hörst du?« Ich bin mir bewusster denn je, dass ich ihr heute das letzte Mal in die Augen sehen werde. Ich werde das letzte Mal ihr Haar berühren, das noch etwas mehr Rot in sich trägt, als es in meinem der Fall ist. Sie wird mich das letzte Mal beim Namen nennen. Denn morgen wird ihre Stimme schon für immer verstummt sein.

»Tu ich nicht.« Ich weine, schniefe und bin ab jetzt schon irgendwie mir selbst überlassen. »Aber warum hast du nicht gekämpft, Mum?«

»Weil es mir nicht zusteht, gegen mein Schicksal anzukämpfen. Nicht nach dem, was ich dir angetan habe.«

»Du denkst, du bestrafst dich mit deinem Tod?« Meine Stimme bricht. »Nein! Du bestrafst nur mich. Ganz allein mich!«

»Es hat doch nichts mit Bestrafung zu tun, meine Kleine.«

Mit was dann?

Mit letzter Kraft hebt meine Mutter ihren Kopf, nimmt ihr Medaillon vom Hals und drückt es mir in meine Hände. »Es ist nicht viel und doch so bedeutend. Es ist alles, was mir von deinem Vater geblieben ist. Bis auf die Erinnerungen, die immer trüber werden«, scharf zieht sie die Luft ein. »Vergiss ihn niemals, Will. Vergiss nicht, was du von ihm geschenkt bekommen hast. Seine Stärke, seine Liebe, sein Talent.« Nach diesen Worten schließt sie ihre Augen und ich weiß, dass ich nie wieder in dieses Grün sehen werde, das meinem so sehr ähnelt.

Ich bin allein, und das wenige, was mir bleibt, sind das

Medaillon in meinen Händen und der Schmerz, mit dem mich meine Mum zurückgelassen hat.

Und auch jetzt streichelt sie mich in meinen Träumen am Arm, was dieses Mal ungewohnt real scheint. So real, dass ich zusammenzucke und hochschrecke. Etwas Panik durchströmt die Adern, bis ich mich in einem trostreichen Braun wiederfinde.

»Alles gut, Will. Ich bin es«, flüstert er mir zu.

Josh, ein Mann, der mir eine Ruhe zu schenken beginnt, auf die ich immer weniger verzichten kann.

»Was tust du hier?« Meine Stimme ist fast zu schwach, um einen vernünftigen Ton herauszubekommen.

»Ich wollte nach dir sehen. Eigentlich wollte ich dich wieder abholen. Aber als Tammy mir sagte, dass du mit einer dicken Erkältung im Bett liegst, musste ich einfach sehen, wie es dir geht.«

Langsam lege ich mich zurück auf mein Kissen, während Josh ein wenig näher an mich rutscht.

»Du solltest dich lieber von mir fernhalten«, atme ich schwer.

»Wie oft ich das schon aus deinem Mund gehört habe«, schmunzelt er, als wären meinen Bazillen eine Leichtigkeit, die er, ohne daran zu zweifeln, wegstecken könnte.

»Nur heute ist es überlebenswichtig. Die Chance ist groß, dass meine Bazillen deinen Körper in Beschlag nehmen.«

»Das Risiko gehe ich gerne ein.« Und wieder kommt

er mir näher und schlüpft unter meine, gefühlt hundert Grad warme, Bettdecke. »Darf ich bleiben?«

Ich sehe zu ihm auf, während er mich in seine Arme zieht und sich damit schon selbst seine Antwort gibt. »Ich werde dich nicht aufhalten können.«

»Stimmt, wirst du nicht.« Josh küsst flüchtig meine Stirn. »Brauchst du irgendetwas?«

»Nein. Seltsamerweise brauche ich gerade einfach nur dich«, gestehe ich mir unerwartet in diesem Augenblick selbst ein.

Ich spüre, wie sich seine Mundwinkel nach oben lenken. »So seltsam ist das gar nicht.«

Ihm ist vermutlich nicht klar, wie absonderlich meine Empfindungen sind. »An einem Tag wie heute tut mir eigentlich gar nichts gut. Außer eben Alleinsein. Deswegen ist es schon seltsam.«

Josh umgreift mich fester und zieht meinen schwachen Körper direkt auf seine Brust. »Der Sterbetag deiner Mum. Es tut mir so leid, Will.« Ihm ist es doch klar.

Doch ich bin nicht in der Lage, etwas darauf zu antworten, und lasse es zum ersten Mal vor einem Mann zu, dass eine Träne aus meinen Augen perlt und in Joshs Shirt eintaucht.

»Ich hol dir ein Wasser«, spricht Josh. Er ist schon den ganzen Vormittag bei mir.

Er stemmt sich vom Bett auf und läuft leichtfüßig in die Küche. Ich kann den Wasserhahn hinter den

Wänden hören, als er das Glas befüllt.

Lächelnd kommt er zurück zu mir, stellt das Glas auf dem Nachttischschrank ab und sieht sich kurz in meinem Zimmer um. Seine Blicke bleiben auf meinem Schreibtisch hängen. Irgendwas darauf zwingt ihn, hinzugehen. Dann nimmt er ein Blatt Papier in die Hand und hebt es in die Luft. »Ist die von dir?«

Ich habe mich die letzten Tage wieder an sämtlichen Tieren versucht. Auf der Zeichnung, die Josh in den Händen hält und die er gespannt mustert, ist ein Vogelschwarm in einem dämonischen Dornendickicht zu erkennen.

Ich nicke.

»Die ist wirklich gut«,

»Nicht gut genug«, räuspere ich mich.

»Ich finde echt ...« Josh stoppt für einen Moment. »Schon etwas düster, aber verdammt schön.«

Ich habe die letzten Wochen kaum etwas Friedvolles gezeichnet. Nur wenn ich die Wahrheit und meine Sicht der Dinge zeichnen kann, bin ich letztlich mit Leidenschaft bei der Sache. Absolut fremd, dieses Wort überhaupt mit der Kunst wieder in Verbindung zu bringen. Leidenschaft.

»Dann behalte sie, wenn du willst. Sie landet sonst im Müll«, erwidere ich gleichgültig.

»Im Müll? Das kann ich unmöglich zulassen.«

»Du bist wie Tammy. Sie fischt auch immer alles aus dem Müll und hebt es auf. Ihr Messis.«

»Tja, gute Sachen müssen bewahrt werden.«

Josh legt sich wieder zu mir ins Bett, was mich erneut

zwingt, die Augen zu schließen.

Und wieder ist es Josh, der mich so zaghaft wie möglich aufweckt. Er haucht mir einen sanften Kuss auf die Stirn, bis ich mich endlich aus meinem komatösen Zustand winde.

»Ich muss dann leider gleich los, Will. Heute Abend findet in der Stadt eine Spendengala für soziale Einrichtungen statt. Ich würde aber bleiben, wenn ...«, murmelt Josh.

Sofort unterbreche ich ihn. »Was tust du dann noch hier?«

»Bist du dir sicher? Ich lasse dich wirklich ungern so allein.« Mit seinen Fingern umspielt er wenige Haarsträhnen.

Ist ihm klar, wie gut seine Stimme klingt? Wie beruhigend, wie ehrlich, wie wunderschön?

»Ich bin mir sicher. Außerdem bin ich doch nicht allein«, verweise ich auf Tammy.

Ein Zögern umspielt Joshs Mimik. »Ist es in Ordnung, wenn ich morgen früh direkt nochmal komme und nach dir sehe?«

Ein schwaches Lächeln entgleitet meinen Lippen. »Ich würde mich freuen, Josh. Und jetzt geh. Ich wünsche dir viel Spaß.«

»Bis Morgen, Will.« Ein letzter Kuss auf meine Nasenspitze, bevor Josh unsere Wohnung verlässt und ich wieder in den Schlaf gleite.

Heute ist der Tag. Heute werde ich sterben. Ich fühle es.

Er weiß, dass er mir überlegen ist, und nutzt es aus. Natürlich tut er das. So war es schon, seitdem er in mein Leben getreten ist. Er liebt die Macht, die er über mich hat. Und genau diese Macht lässt er mich spüren. Wie in diesem Moment.

Die rauen, massiven Hände umgreifen immer fester meinen Hals. Sein Griff verhindert weiterhin, dass ich atmen kann. Hier ist es so dunkel und kalt. Nur mit Mühe erkenne ich einen weichen Lichtstrahl, den der Mond spendet. Der Streif verfängt sich in seinem grauenvollen Gesicht und verdeutlicht die tiefen Falten auf seiner Stirn. Ich beginne, zu schreien vor Angst, und dennoch hört mich niemand. Nicht einmal meine Mutter, die doch hier sein sollte. Hier bei mir. Nach etlichen Versuchen ersticken die Schreie irgendwann in meiner Kehle und es rinnt nur ein qualvolles Ächzen aus meinen Stimmbändern hervor. Werden seine Augen wirklich das Letzte sein, was ich vor meinem Tod sehe? Seine dunklen, angsteinflößenden Augen?

Ich will nicht sterben.

Jedes Jahr, genau am 4. August, bete ich, dass alles einfach nur ein fürchterlicher Albtraum ist, in dem ich wie in einer Zeitschleife permanent festhänge. Aber die Tränen in meinem Gesicht nehmen mir jedes Mal sämtliche Hoffnungen. Sie wecken mich, obwohl mich das Fieber eigentlich ruhigstellen müsste.

Ich habe ihn gesehen. Wieder einmal. Ich verspürte dieselbe Todesangst wie damals.

Und so, wie es immer ist, überfallen mich all meine grausamen Erinnerungen an meine Eltern. Jeder

Gedanke dreht sich um die beiden. Um ihren Tod, um meinen Verlust. Um die Familie, die ich vollständig verloren habe. Aber auch um Ronald, der mir mit seinem Messer nicht nur in die Haut, sondern auch tief in meine Seele schnitt. Der seine abscheulichen Hände um meinen Hals legte, um festzustellen, dass er die Kontrolle über mich besaß, während ich nach Luft rang.

Es ist die altbekannte und noch immer nicht vertraute Panik, die meinen Körper beschleicht und betäubt. Reflexartig stemme ich mich aus dem Bett und suche das Bad auf. Ich beuge mich über die Toilette und lasse ungehindert alles raus, was raus muss. Selbst das kühle Wasser in meinem Gesicht hilft nicht mehr. Ich spucke alles raus, was sich in mir befindet. Und zum Schluss kommt nur noch Galle.

Doch anders als sonst entweicht die Panik nicht. Überall sehe ich sie. Abwechselnd blitzen die Gesichter meiner Eltern und das abscheuliche Antlitz von Ronald auf. Ich habe ihn erneut in meinen Träumen gesehen. Ich habe alles an ihm und der Situation wiedererkannt. Habe diese fürchterlichen Gefühle durchlebt.

»Tammy?«, schreie ich und renne in ihr Zimmer.

Doch sie ist nicht da. Sie ist nicht hier, nicht bei mir. »Tammy!«, ertönt der Name meiner besten Freundin. Viel verzweifelter, viel ängstlicher als zuvor.

Mit jeder Sekunde, die ich in dieser Wohnung verweile, habe ich das Gefühl, zu ersticken. Ich rieche in jedem Raum diesen abartigen Duft von Ronald, der mich in die Ecke drängt. Eine Mischung aus vertrocknetem Moos und Moschus.

Das Mantra, das ich mir einzureden versuche, prallt an mir ab. Jede Atemübung schlägt fehl.

Verzweifelt, weil niemand bei mir ist, suche ich nach Schutz vor dem, was mich jahrelang verfolgt und in meinen vier Wänden heimsucht. Dabei habe ich keine Ahnung, wohin ich gehen soll.

34

Josh

Ich hasse den Zwirn, in dem ich stecke. Ein marineblauer Anzug, der nicht annähernd das widerspiegelt, was ich sein will. Die Spendengala fordert mich heute ziemlich heraus. Nicht nur dass ich auf Gesichter treffe, die ich zu gern vermieden hätte. Sondern dass sich mein herzallerliebster Vater auch wieder mit allen Mitteln in den Vordergrund drängt.

Wann begreift er endlich, dass es hier nicht um ihn geht?

Er finanziert teilweise die Schutzeinrichtungen misshandelter Menschen. Dabei macht er es bestimmt nicht aus Nächstenliebe. Jerry Clark muss etwas darstellen. Etwas Großes, Bedeutendes, Mächtiges. Welch Ironie sich dahinter verbirgt, dass gerade er sein Geld in diese Einrichtungen steckt.

Zu meinem Leidwesen ist mein Einsatz nur ein Bruchstück von dem, was mein alter Herr geben kann. Ich spende jährlich einen geringen Betrag und versuche, mehr mit körperlichem Engagement den Menschen zu helfen. Jedes halbe Jahr gebe ich für Betroffene in diesen Einrichtungen Selbstverteidigungskurse.

Nichts, was ich an die große Glocke hängen möchte. Deswegen wissen nur Nick und Timothy davon. Wenn mein Vater davon erfahren würde, würde er mich nur wieder lächerlich machen. Darauf kann ich liebend gern verzichten. Das, was ich tue, war ihm niemals gut genug und ich habe gelernt, mit dieser Einsicht zu leben.

Zielgerichtet kommt er mit meiner heuchlerischen Mutter auf mich zu. Wie nicht anders zu erwarten, stecken sie in einem edlen Fummel. Jerry in einem hochwertigen schwarzen Anzug. Tessa, meine Mum, in einem roten Spitzenkleid, das bis zum Boden reicht.

Natürlich spielen sie vor den Partnern die perfekten Vorzeigeeltern. Wie meine Mutter hinter meinem Vater herschleicht, finde ich hingegen einfach nur peinlich. Hat sie kein eigenes Leben, das sie leben möchte?

Außer mir hat es noch niemand gewagt, sich gegen Jerry Clark zu stellen, und sie wird es sicherlich niemals auch nur in Erwägung ziehen.

Beide kommen mir näher und meine Mutter Tessa drückt mir einen schmalzigen Kuss auf die Wange. Am liebsten würde ich sie von mir schieben.

»Na mein Sohn, wann lässt du dich denn mal wieder bei uns blicken«, fragt mich mein Vater scheinheilig und legt seine grobe Hand auf meiner Schulter ab. Der Druck, den er dabei auslöst, hat nichts mit seiner gespielten Freundlichkeit gemein. Er ist fest und hart. Und ich weiß genau, was er zu bedeuten hat. Enttäuschte Wut auf seinen ältesten Sohn, in den er große Hoffnung gesetzt hat.

Wie sehr habe ich mir in der Vergangenheit gewünscht, dass mein Vater stolz auf mich ist. Wie oft habe ich genau das getan, was er von mir wollte. Zu oft, sodass ich mit Anfang zwanzig endlich Schluss mit seinen Wunschvorstellungen machen konnte.

Ich bin nicht in der Stimmung, um heute nur ansatzweise eine Art Familienstress heraufzubeschwören. Dafür bin ich momentan viel zu glücklich, als das ihre Erscheinung meine Laune umlenken könnte. Glücklich mit Will und dem, was wir haben.

Außerdem habe ich schon längst mit den beiden abgeschlossen. Seine väterliche Geste, die er vollführt, ist nur ein Schwall von trügerischem Schein, den ich mehr als verachte und den er sich sonst wohin stecken kann.

Was einem egal ist, kann einem nichts mehr anhaben.

»Viel zu tun, wie du weißt«, speise ich ihn ab und nippe an meinem Wasser.

»Das ist ja kaum zu glauben, wie beschäftigt du immer bist.« Dass es mein werter Herr nicht glaubt, glaube ich hingegen sofort. »Du solltest dir dennoch mal wieder Zeit für deinen alten Herren und deine Mutter nehmen.«

Sollte ich das? Ich glaube nicht. Ich muss mir nicht ständig sagen lassen, was für ein Versager ich bin. Dass ich den falschen Weg eingeschlagen hätte, obwohl er der richtige für mich ist.

Es ist immer das Beste, die Ruhe zu bewahren. Jede

Negativität in der Öffentlichkeit landet früher oder später wie ein Boomerang auf mir und dem, was ich mir aufgebaut habe. Denn der Name Clark ist mehr Fluch statt Segen. Auf solchen Events werden wir ganz genau unter die Lupe genommen.

Also, tief einatmen und wieder ausatmen, befehle ich mir. Einfach nur die Gala hinter mich bringen und die Glücksgefühle in meiner Magengegend nicht beiseiteschieben lassen. »Ich werde mich melden, sobald ich mehr Luft habe«, lüge ich.

Verlogen klopft er mir auf die Schulter und läuft mit meiner Mutter zu einem Partner, der seine Anwesenheit bereits erwartet.

Wie ich diese abscheuliche Masche hasse.

Will fehlt mir. Vermutlich könnte der Abend schneller an mir vorbeigehen, schöner sein, wenn ich sie neben mir stehen hätte und mich ihr einzigartiges Lächeln verzaubert.

Ich wollte Will unheimlich gern fragen, ob sie meine Begleitung am heutigen Abend sein möchte. Schließlich hat sie heute frei. Aber als ich sie mit Fieber im Bett liegen sah, wusste ich, dass es nicht auf einen gemeinsamen Abend herauslaufen kann.

Es wäre das allererste Mal gewesen, dass ich mich mit einer Frau in der Öffentlichkeit, bei so einem wichtigen Event zeigen würde. Und ich bin mir sicher, dass Will sämtliche Blicke auf sich gezogen hätte. Jedem wäre der Kloß im Hals stecken geblieben. Denn diese Frau ist einfach nur umwerfend. Einfach perfekt. Innen wie außen.

Als ich nach Stunden endlich wieder die Zeit finde, auf mein Handy zu sehen, um Will eine Genesungsnachricht zu tippen, stockt mir der Atem.

Was ist denn hier los? Drei verpasste Anrufe von Timothy. 24 verpasste Anrufe von einer anderen unbekannten Nummer. *Es muss wichtig sein*, ist der erste Gedanke, den ich fasse. Also rufe ich die unbekannte Nummer zurück, bevor ich meinem Bruder eine Nachricht texte. Eigentlich weiß er, dass heute die Spendengala ist und ich nur im Notfall zu erreichen bin.

Es klingelt und sofort ertönt eine Frauenstimme am anderen Ende der Leitung. »Josh?« Die Stimme wirkt hektisch, fast panisch.

»Ja, wer ist denn da?« Ich laufe in eine ruhige Ecke, damit ich das Gespräch besser verstehen kann.

»Oh mein Gott. Endlich. Hier ist Tammy.« Tammy? Was will sie von mir und woher hat sie meine Nummer?

»Sag mir bitte, dass Wi bei dir ist.«

Sofort springen all meine Alarmglocken an, als ich Wills Namen höre. »Was? Nein, Will ist nicht bei mir.«

Im Hintergrund höre ich ein »Fuck!«, das eindeutig meinem Bruder zuzuordnen ist.

»Das ist nicht dein Ernst? Sie ...« Tammy redet so unkontrolliert, so schnell, dass ich kein einziges Wort verstehen kann.

»Tammy, atme einmal kurz durch und sag mir, was passiert ist!« Sie tut, um was ich sie bitte.

»Wi ist weg. Ich war nur kurz unterwegs, um ihr

Medikamente aus der Spätapotheke zu besorgen. Ihr Fieber wurde einfach nicht besser. Hinterher wollte ich nach ihr sehen. Aber sie lag nicht mehr im Bett. Sie ist auch nicht in der Wohnung. Alle Schlüssel und ihr Handy sind hier.« Tammy schluchzt. »Ich erreiche sie nicht. Ich habe mit Timothy sämtliche Straßen abgeklappert. Orte, an denen sie sich gern aufhält. Aber nichts. Und ich habe so gehofft, dass sie bei dir ist. Sie hat doch Fieber. Sie ist krank und ...«

»Und was, Tammy?« Ich höre, wie sie kein einziges Wort mehr über ihre Lippen gleiten lässt und unaufhaltsam losweint. »Der Sterbetag ihrer Mum ist doch heute.«

Ich wusste, dass ich Will nicht hätte allein lassen dürfen. Mein Gefühl heute Nachmittag sagte mir, wie schlecht es ihr geht. Sie war niedergeschlagen und dass nicht, weil sie erkältet ist. Der Tod ihrer Mum nimmt sie unfassbar mit. Die Tränen auf meinem Shirt hätten Beweis genug sein müssen. Ihre Erkältung ist dabei nur ein verfluchter Zusatz, den sie extra bewältigen muss.

Du Idiot!

Ich merke, wie die Verzweiflung in mir aufsteigt. »Tammy, bleib, wo du bist, ja? Ich bin in wenigen Minuten bei dir. Wir finden sie«, sage ich entschieden und lege auf.

Das Handy wandert direkt in meine Hosentasche. Dann verabschiede ich mich flüchtig von einigen Gästen und visiere den Ausgang an. Und ich wäre schon längst draußen, würde sich gerade nicht mein werter Herr vor mir aufbauen. »Wo willst du denn hin? Die Gala ist noch nicht vorbei!« Sein drückender Unterton gefällt mir ganz und gar nicht. Und die indirekte Aufforderung, mich an seine Regeln zu halten, erst recht nicht. Nur weil ich den abscheulichen Nachnamen Clark trage, werde ich nicht nach seiner Nase tanzen. Komme, was wolle.

»Für mich schon. Es gibt etwas Wichtigeres zu tun«, erwidere ich, schiebe ihn zu Seite und mache mich auf den Weg nach Hause, um mein Auto zu holen. Ich spüre regelrecht, wie sich sein wütender Blick in meinen Nacken beißt, als ich mich erneut seinen Regeln widersetze. Tja, Regeln einzuhalten, scheint einfach nicht mein Ding zu sein.

Mir ist klar, dass wir zu Fuß nicht ganz Clearwater absuchen können, deswegen möchte ich alle Wege mit dem Auto abfahren. Ich renne aus dem Backsteinhaus heraus, in dem die Gala stattfindet, und fluche sofort über das verdammte Wetter. Muss es gerade jetzt wie aus Eimern schütten?

Nichtsdestotrotz renne ich durch den strömenden Regen zu meiner Wohnung, die nur wenige Häuser entfernt ist.

Als ich nach ein paar Minuten an der letzten Kreuzung ankomme, mein Auto bereits im Sichtfeld habe und anpeile, sehe ich aus der Ferne eine halbnackte Gestalt, die vor meiner Haustür ausharrt.

Die roten Haare verraten sie sofort.

Es ist Will, die in ihrem knappen Schlafpyjama auf der kalten Treppe sitzt. Zu allem Übel im strömenden

Regen und bis auf die Haut durchnässt. Gespalten zwischen Erleichterung und Sorge laufe ich zu ihr. Sie hält sich an den Armen und klappert unkontrolliert mit den Zähnen. Ihr Körper zittert wie Espenlaub.

»Will«, spreche ich und gehe in die Hocke, als ich direkt vor ihr stehe. Ich nehme ihr Gesicht in meine Hände, möchte mich versichern, dass es ihr halbwegs gut geht. Dass sie mir nicht gleich umkippt. Als ich über ihre Stirn streiche, spüre ich das Fieber, welches noch immer in ihrem Körper verweilt.

Will sieht zu mir auf, doch ihre Augen wirken fast schwarz. Schwarz wie die tiefste Leere, die ich jemals gesehen habe. Als wäre sie überhaupt nicht bei mir.

»Josh.« Ihre Stimme bricht.

»Was machst du denn für Sachen? Warum bist du denn nicht reingegangen?«, frage ich so sanft wie möglich.

»Ich wusste nicht, wo ich hinsollte.« Wie Will in diesem Moment verzweifelt vor mir sitzt, bricht mir mein Herz. »Ich bin herumgeirrt und irgendwann hier bei dir gelandet. Tammy war weg. Sie war einfach weg.« Ihr Schluchzen trifft mit voller Wucht mein Bewusstsein, dass ich ihr sofort helfen will. »Deinen Schlüssel habe ich nicht dabei. Ich habe es allein nicht mehr ausgehalten. Er war wieder da, Josh.« Es sind teilweise wirre Worte für mich, die Will vor sich her stottert.

Dann bricht ihre zierliche Erscheinung in Tränen aus und stützt erschöpft ihre Stirn auf die Handflächen auf. Die Tränen laufen unaufhörlich über ihre

Wangen und vermischen sich mit dem kühlen Regen.

Ich möchte gar nichts hinterfragen. Denn zuallererst ist es wichtig, dass Will sich aufwärmt und aus diesen furchtbar nassen Klamotten rauskommt. Ich kann nicht anders, als meine Hände unter sie zu führen und sie auf meine Arme zu nehmen.

Meine Will, was ist nur passiert?

Als wäre Will aus Glas, lege ich sie auf die Couch und wickle ihren zitternden Körper in meine Couchdecke ein. Ihre Tränen haben nicht nachgelassen und ich weiß im Moment nicht, was ich gegen diese Traurigkeit in ihr unternehmen kann. Wie ich ihr helfen kann.

Stormy sucht sofort ihre Nähe und schmust sich an sie heran.

Bitte hilf ihr, wenn ich es nicht kann, Stormy!

Meine Hand legt sich auf ihre, während sie in die Leere des Raums starrt. »Ich würde dir gern ein Bad einlassen. Ist das okay? Du musst aus diesen nassen Klamotten raus.« Obwohl ich weiß, dass ein warmes Bad bei so hohem Fieber nicht förderlich ist, muss sie sich dennoch kurz aufwärmen.

Völlig entgeistert nickt sie und zieht Stormy an sich.

Derweil gehe ich ins Bad, drehe das Wasser auf eine angenehme Temperatur und füge wenige Tropfen eines Erkältungsbads hinzu. Der Geruch von Eukalyptus umhüllt den Raum, während ich ins Schlafzimmer gehe und Will einen meiner Pullover aus dem

Schrank ziehe. Den wärmsten und längsten, den ich finden kann. Ich zücke mein Handy aus der Hosentasche und schreibe Tammy eine kurze Nachricht, damit sie sich keine weiteren Sorgen um Will macht.

Sie ist bei mir. Josh

Ich kann nicht verhindern, dass sich die Gedanken in mir überschlagen. Das Bedürfnis, für Will da zu sein, überflutet meine Brust. Nur habe ich keine Ahnung, was ich gerade tun soll. Keine Ahnung, was sie gerade braucht.

So hilflos habe ich mich noch nie gefühlt.

Dann gehe ich ins Wohnzimmer zurück und verweile sekundenlang an der Tür, bevor ich zu ihr laufe und ihr meine Hand reiche.

Als sie sie ergreift, beben ihre Lippen. »Josh, ich ...«, beginnt sie, als wäre sie in der zwingenden Position, mir etwas erklären zu müssen. Sich rechtfertigen zu müssen.

Behutsam drücke ich Will an meine Brust. »Du musst mir jetzt nichts erklären. Du musst nicht reden. Bitte wärm dich erstmal nur auf und werde wieder gesund. Hörst du?«

Sie nickt schwach. »Danke.«

Langsam führe ich sie ins Bad und drehe das Wasser ab. »Wenn du etwas brauchst, dann sag es mir, ja?« Ich ziehe ein Handtuch aus einem Hochregal. »Hier hast du ein Handtuch und einen Pulli. Ich mach dir in der Zwischenzeit einen Tee.«

Erneut nur ein erschöpftes Nicken. »Vielen Dank.«

Ich hauche Will einen letzten Kuss auf die Stirn, bevor ich die Badtür hinter mir schließe und mich an die Wand lehne.

Ich brauche einen Moment, um mich zu fangen und die letzten Minuten zu analysieren. Mitgenommen sinke ich zu Boden und gleite mit der Hand durch mein Haar. Stormy kommt zu mir und setzt sich neben mich. Für einen kurzen Augenblick scheint es, als würden wir gemeinsam über Will wachen. So lange, bis sie aus dem Badezimmer wohlbehalten herauskommt.

Ich hieve mich auf, gehe in die Küche und stelle den Wasserkocher an. Ich habe gar keine Ahnung, welchen Tee Will mag, also entscheide ich mich für einen Früchtetee mit Vanillearoma.

Es vergeht eine Weile, bis ihr angeschlagener Körper in meinem Pullover aus dem Badezimmer herauskommt und Will ihre klitschnassen Sachen in den Händen hält.

»Ich stecke deine Klamotten in den Trockner. Die sind total durch.« Gesagt. Getan.

»Komm mit«, bitte ich Will und führe sie an meiner Hand ins Schlafzimmer. Dann schüttle ich das Kissen auf und hebe die Bettdecke an.

»Leg dich hin, Will. Ich bin gleich wieder da.«

Panik schießt in ihr Gesicht. »Wo willst du hin?«

»Ich möchte dir nur deinen Tee holen.«

In ihren Augen sammelt sich wieder die trauernde Flüssigkeit an. »Lass mich bitte nicht allein«, stottert sie.

Ich wische ihr wenige Tränen aus dem Gesicht und lege meine Hand an ihre Wange, bevor ich sie an die Brust drücke und festhalte. »Niemals, Will.«

Schnell gehe ich in die Küche und laufe mit dem Tee in der Hand zurück ins Schlafzimmer, in dem Will eingepackt im Bett liegt. »Er ist noch heiß. Aber er wird dir guttun.« Hoffe ich zumindest.

Sie setzt sich an die Wand und greift nach der Tasse. »Du tust mir gut.«

Erstaunt und gleichzeitig benommen von ihrer Wortwahl setze ich mich neben sie. Das veranlasst Will, ihren Kopf auf meiner Schulter niederzulegen.

»Bitte lass mich dir helfen«, flüstere ich in ihr Haar.

»Du bist der Einzige, der mir helfen kann, Josh.«

»Wie, Will?«, muss ich wissen.

Ich möchte, dass die Hilflosigkeit in meinem Inneren endlich erlischt.

»Ich weiß nicht, wie du es machst. Ich habe keine Ahnung, Josh. Aber bei dir lassen der Schmerz und die Panik nach. Es scheint auf einmal erträglich.«

Ihr trübes Grün findet mein Braun, was mich zwingt, den Arm um sie zu legen und sie fester an mich zu ziehen. »Möchtest du heute hier schlafen? In meinem Bett mit Stormy zusammen?« Weil ich weiß, dass ihr der kleine Kater guttut.

Ein leises Schluchzen entkommt ihren Stimmbändern. »Wenn du auch neben mir liegst?«

»Natürlich. Alles was du möchtest, Will. Alles, damit es dir wieder besser geht.«

Um uns herum wird es ruhig. Wills Atem wirkt gleichmäßiger, sodass ich davon ausgehe, dass sie in meinen Armen eingeschlafen ist. Bis der erschöpfte Klang ihrer Stimme ertönt. »Wie war deine Spendengala, Josh?«

Ich schmunzle verhalten, weil es sich so anhört, als würde es ihr einen Tick besser gehen. Als würden die dunklen Geister nicht mehr um Wills Verstand herumschwirren.

»Sie war okay, aber irgendwie ...« Ich stoppe und lasse den Abend Revue passieren. »Allein bei sowas immer aufzukreuzen, ist etwas ätzend. Vor allem, wenn man auf meine heuchlerischen Vorzeigeeltern stößt.«

»So schlimm, ja?«

»Schlimmer.«

»Hattest du niemanden, der dich begleiten wollte?«

»Die Einzige, die ich dabei haben wollte, lag krank im Bett«, spreche ich ehrlich.

Will legt ihren Kopf in den Nacken und sieht zu mir auf. »Ich?«

Ich küsse sie auf die Stirn. »Du.«

»Oh«, murmelt sie mehr zu sich statt zu mir.

»Hättest du denn ja gesagt, wenn du gesund gewesen wärst, und ich den Mut aufgebracht hätte, dich zu fragen?«

Nachdenklich beißt Will auf ihrer Unterlippe herum. »Vermutlich schon, ja.«

Ein freies Lächeln umspielt meine Lippen. »Dann werde ich dich das nächste Mal bitten, mitzukommen.«

»Das würde mich freuen, Josh. Ehrlich.«

»Ich will dich überall dabei haben, Will. Außerdem könnten wir uns dann gemeinsam über meine aufgeblasenen Eltern lustig machen«, spaße ich. »Du solltest jetzt aber besser schlafen. Ist wichtig, wenn man der Erkältung erlegen ist, weißt du?«

»Hm. Ich traue mich nicht, die Augen zu schließen. Ich träume von ihr und von so vielen anderen, grausamen Sachen, die mir regelrecht den Verstand rauben.«

»Du brauchst keine Angst haben, Will. Du kannst ruhig schlafen. Ich werde nicht zulassen, dass dir etwas passiert. Versprochen!«

Ich werde alles Böse von dir fernhalten. Ich werde die Dämonen aus deinem Kopf vertreiben, bis du beginnst, wieder zu leben. So, wie du es verdient hast. Ein perfektes, angstfreies, ruhiges Leben. Vorzugsweise mit mir an deiner Seite.

»Du tust unfassbar gut, Josh. Weißt du das?« Das aus ihrem Mund zu hören, lässt meine Gefühlswelt kopfstehen.

Gott, bist du verschossen in die Frau, Josh.

Ich muss ebenso eingedöst sein.

Mein verschlafener Körper wird von angstverzerrten und lauten Schreien geweckt. Will wälzt sich unter der Bettdecke hin und her. Krallt sich ins Laken.

Meine Hände umgreifen sanft ihre Schultern, um sie wachzurütteln. Ich möchte sie wecken, sie aus diesem fürchterlichen Albtraum befreien. Doch jegliche Berührung missglückt.

Aus Angst schlagen Wills Fäuste um sich. Dabei treffen sie immer wieder auf meine Brust, die zu vibrieren beginnt.

»Lass mich los!« Ihr Schrei erstickt in purer Verzweiflung.

»Will! Ich bin es!«, spreche ich und wiederhole es etliche Male, bis sich endlich ihre Augen öffnen und entgeistert in meine blicken.

Als wäre ihr nicht klar, wo sie gerade ist, sieht sie sich panisch um und zieht den Saum der Decke fest unter ihr Kinn.

»Alles gut, Will. Ich bin hier. Hörst du?«, spreche ich und streichle behutsam über ihre Stirn.

Langsam realisiert sie, dass sie bei mir im Bett liegt und alles nur ein fürchterlicher Albtraum war. Wills sonst so unverkennbares Grün hat seinen freudigen Glanz verloren. Und anstatt sich besser zu fühlen, schießt es ihr die Tränen in die Augen. Sie wirft sich an mich, vergräbt ihr Gesicht an meinem Hals, was mich veranlasst, die Arme um ihren schmalen Oberkörper zu legen.

»Josh.« Endlich spricht sie mit mir und gibt mir das Gefühl, bei ihr zu sein. Nur ein Wort. Nur ein Flüstern. Aber es ist mein Name, den sie, so stark sie kann, von sich stößt. »Bitte lass nicht zu, dass er mir etwas antut. Bitte lass es nicht zu.«

»Ich werde niemals zulassen, dass dir irgendjemand etwas antut«, murmle ich in ihr Haar.

Will schluchzt nicht mehr unaufhaltsam los, weil ihr schlichtweg die Kraft dazu fehlt. Dennoch rinnt ihr eine Träne nach der anderen über das Gesicht. Ich wünschte, ich könnte ihre Tränen lindern. Und wenn nicht ich, dann Stormy. Obwohl er neben ihr liegt, kann selbst er ihre Angst nicht dämpfen.

Meine Arme umschlingen ihren zitternden Körper fester, bis wir gemeinsam in die Liegeposition fallen und sie auf meiner Brust einschläft.

Lass nicht zu, dass er mir etwas antut. Diese Worte hallen unabwendbar in meinen Gedanken nach.

Wer ist er, Will? Was hat er mit dir und deiner Seele angestellt?

Ohne zu wissen, was genau passiert ist, kochen Besorgnis und Wut in mir auf. Denn etwas wird mir auf bittere Weise klar: Will wurde etwas Schlimmes angetan. Es muss etwas so Grausames gewesen sein, dass es ihre Seele gespalten hat.

35

Willow

Viel zu müde, um die Augen zu öffnen, ziehe ich die Decke bis unter meine Nase. Ich rieche seinen Duft und bin mir sicher, dass es nicht nur am Bezug liegt. Überall in diesem Raum klebt sein holzig-fruchtiger Geruch. Und ab heute ist er meine Vorstellung davon, wie Sicherheit riecht.

Die Erkenntnis, dass ich noch immer bei ihm bin, spaltet mich. Denn ich weiß leider ganz genau, was letzte Nacht geschehen ist und was Josh alles mitbekommen hat.

Die Angst.

Die unerschütterliche Panik.

Die Tränen.

Meine Augen brennen wie Feuer, als ich die Decke über mir fixiere. Ich greife um mich und stelle wehmütig fest, dass die andere Bettseite leer ist. Nur Stormy liegt an meinen Füßen und ruht.

Wo ist Josh?

Ich greife mir auf die Stirn und kann deutlich

spüren, dass das Fieber nachgelassen hat. Es grenzt an ein Wunder, dass ich nach meiner unüberlegten Aktion keine Lungenentzündung davongetragen habe. Noch nicht.

Dann kralle ich eine Hand in mein Haar und lasse den gestrigen Abend Revue passieren.

Was hast du nur gemacht, Will? Du hast dich von deinen Gefühlen, deiner Angst lenken lassen.

Dass Josh mir in dieser bitteren Situation Schutz geschenkt hat, werde ich ihm wohl niemals vergessen. Gleichzeitig kann ich gar nicht fassen, wie sehr er für mich da war. Er hat mich nicht mit verachtenden Blicken bestraft. Hat mich nicht mit überfordernden Fragen gelöchert.

Vielleicht kannst du ihm doch sagen, was deine Vergangenheit zu erzählen hat. Er wird es verstehen. Er ist nicht wie Mark. Er ist nicht wie Steven.

Nachdem er all das mitgemacht hat, ohne mich von sich zu stoßen, überlege ich wirklich, ob ich ihm von Ronald erzählen soll.

Kurz bevor ich mich aus dem Bett stemme, konzentriere ich mich auf meinen Hörsinn. Durch die Wände höre ich ein Klirren und kann eindeutig ein Stimmenwirrwarr in der Küche belauschen, das zwischen Josh und Tammy stattfindet. Nach all den Jahren kann ich nur leiseste Frequenzen von Tammys quirliger Stimme wahrnehmen.

Mir ist bewusst, dass ich mich bei ihr für gestern Abend entschuldigen muss. Denn ich weiß, dass sie sich vermutlich unfassbare Sorgen gemacht hat. Also laufe ich zur Schlafzimmertür, bin imstande, sie zu öffnen, als mich Joshs Worte lahmlegen.

»Will ist voller Ballast und ich sollte mich von solchen Frauen fernhalten.« Es sind wenige Worte, leise Worte, die mir den Boden unter den Füßen wegzerren.

Ich sollte mich von solchen Frauen fernhalten.

Ich erstarre, fühle den Schmerz in meiner Brust. Diese Worte haben mich tief ins Herz getroffen. Ich weiche unweigerlich zurück, als hätte man mir ins Gesicht geschlagen.

Das fällt ihm jetzt ein? Jetzt, wo ich mich in ihn verliebt habe und bereit war, ihm alles anzuvertrauen? Bis vor wenigen Sekunden hätte ich schwören können, Josh sei anders. Anders als die Menschen meiner Vergangenheit.

Der Kloß in meinem Hals verhindert, dass ich vernünftig atmen kann. Alles an mir erstarrt und zittert zugleich.

Ich blinzle, um die kommenden Tränen zu unterdrücken.

Du hast die letzten Stunden genug geweint!

Zu allem Übel kann ich hören, wie Tammy die Wohnung verlässt. Ohne mich.

Verzweifelt sehe ich mich um und finde zum Glück meinen Pyjama trocken auf der Kommode liegen. Ich ziehe mir die Hose an und laufe in den Flur.

Reiß dich zusammen. Deine Augen brennen so schon wie Feuer. Lass nicht zu, dass du schon wieder heulst! Das war abzusehen, Will! Steven und Mark haben es auch nicht mit dir ausgehalten. Mit dir wird es niemand aushalten, ohne selbst einen Schaden davonzutragen. Gib die Hoffnung endlich mal auf!

Ich setze den ersten Fuß aus dem Zimmer, als Josh aus der Küche rauskommt und mich anlächelt. Warum lächelt er bitte? Hier gibt es nicht annähernd irgendwas zu lachen. »Guten Morgen, wunderschöne Will.«

Wunderschöne Will? Bitte was?

»Morgen«, erwidere ich eisig.

»Tammy war vor wenigen Minuten hier, um sich zu versichern, dass es dir halbwegs gut geht.«

»Okay. Dann sollte ich besser gehen.«

»Was? Nein. Sie ist unbesorgt. Also, so unbesorgt sie eben sein kein. Du kannst in aller Ruhe mit mir frühstücken.«

»Ich sollte besser gehen«, wiederhole ich wie ein Roboter.

Das kannst du ja dann doch am besten. Es ist besser, alle Menschen auf Abstand zu halten oder von dir wegzustoßen. Denn du kannst dich maximal auf Tammys Loyalität verlassen. Alle anderen täuschen dich. Spielen dir etwas vor, das weder ehrlich ist noch der Wahrheit entspricht. So sind die Menschen nun einmal. So waren sie schon immer.

»Ich hab dir eine Kleinigkeit vom Bäcker geholt. Dachte, du hast vielleicht Hunger.« Joshs irritierter Blick entgeht mir nicht. Dabei habe ich keine Ahnung, warum er nicht einfach froh ist, dass ich von alleine gehe.

»Ich brauche etwas Zeit für mich. Das war gestern alles ganz schön viel«, schießt es urplötzlich aus mir heraus.

»Okay? Soll ich dich wenigstens nach Hause fahren?« Josh läuft an die Garderobe.

»Nein! Ich brauche frische Luft«, stoppe ich ihn.

»Aber dein Fieber ...«

»Ist besser geworden.« Ich halte es keine Sekunde mehr in diesen vier Wänden aus. »Ich muss jetzt wirklich gehen. Machs gut, Josh.«

Mit verlorenem Blick lasse ich Josh in seinem Flur stehen und reiße die Wohnungstür auf. Ich stürme die Treppen hinunter und renne raus auf den Gehweg.

Und wieder ist es passiert. Ich habe mich jemandem geöffnet, der mich auf üble Weise von sich stößt. Oder in dem Fall, mich von sich gestoßen hätte. Mit dem Unterschied, dass Josh mir wenigstens ein Frühstück anbieten wollte, bevor er mich abserviert. Auf diese Art von Demütigung und Schmerz kann ich aber gut verzichten.

Ich weiß nicht, was schlimmer ist. Die freundliche Scheinheiligkeit von Josh oder die bittere Ehrlichkeit, die Steven und Mark mir entgegenbrachten.

Nur bleiben einige Fragen in meinem Kopf zurück, auf die ich womöglich niemals eine Antwort bekommen werde. Warum tut es jetzt weitaus mehr weh, Josh den Rücken zu kehren? Warum reißt es mir mein Herz aus der Brust?

Weil du in ihn verliebt bist und du naiv genug warst, zu glauben, du könntest ein normales Leben und eine normale Beziehung mit diesem Mann führen. Du bist nicht normal, Will, und wirst es auch niemals sein! Hast du wirklich geglaubt, Josh könnte sich auf dich einlassen?

36

Josh

»Wie geht es ihr?«, fragt mich Tammy, die vor wenigen Minuten in meine Wohnung geplatzt ist. Trotz meiner Nachricht war sie die ganze Nacht voller Sorge.

»Nicht sonderlich gut«, spreche ich ehrlich. »Ihre Erkältung, verbunden mit dem Sterbetag ihrer Mum ...« Ich stoppe für einen Moment und bin gewillt, jeden Ausdruck aus Tammys Gesicht lesen oder deuten zu können. »Sie hatte heute Nacht eine Panikattacke, Tammy. Will ließ sich erst nicht beruhigen. Und diese Tatsache macht mich fertig. Was ist da gestern passiert? Hat sie das öfter?«

Sie presst ihre Lippen aufeinander, um mir zu zeigen, dass sie versiegelt bleiben werden. »Das musst du sie selbst fragen, Josh. Ich kann ihre Grenzen nicht überschreiten. Sie muss es von sich aus wollen.«

»Ist das dein Ernst? Nach dem, was da gestern passiert ist? Sie ist fiebrig von ihrem eigenen Zuhause weggelaufen. Sie hätte sich den Tod holen können. Das macht man nicht einfach so. Was hat sie, Tammy?

Es ist nicht nur der Tod ihrer Mum, stimmts?«

»Josh, bring mich nicht in diese Bredouille. Ich bitte dich. Wenn sie dir voll und ganz vertraut, wird sie sich selbst öffnen. Ich kann Wi das nicht wegnehmen. Ich weiß, wie wichtig ihr Loyalität und Ehrlichkeit sind. Und du doch auch. Deswegen möchte ich ihr Vertrauen nicht verlieren, indem ich ihre Grenzen überschreite. Versteh das bitte.«

»Ich will ihr doch einfach nur helfen, Tammy«, spreche ich verzweifelt. »Aber das geht schlecht, wenn ich nicht weiß, was los ist. Was genau in ihr vorgeht.«

Ein flüchtiges Schmunzeln legt sich auf Tammys Lippen. »Du magst sie, oder?«

Ich verschränke meine Arme vor der Brust und lehne mich gegen die Arbeitsplatte. »Da fragst du noch? Mehr als das, Tammy. Obwohl ich weiß, dass ...«

»Dass was?«

»Will ist voller Ballast und ich sollte mich von solchen Frauen fernhalten«, spreche ich ehrlich. Zumindest sah es früher so in mir aus. Doch heute sehe ich die Sache aus einem weitaus anderen Blickwinkel.

»Aber?«

Ich lächle, weil ich kaum glauben kann, dass ich jemals so von einer Frau sprechen würde. »Ich weiß, dass Will es wert ist, gegen diesen Ballast anzukämpfen. Ich bin bereit, die Bürde mit ihr zu tragen. Will gehört einfach zu mir. Kann man das irgendwie verstehen?«

»Ich kann es verstehen, Josh. Nur hat Will in der

Vergangenheit keine schönen Erfahrungen mit der Wahrheit gemacht. Sie wurde immer zurückgestoßen und verlassen, sobald sie sich öffnete.«

»Aber ich würde das nicht tun«, schwöre ich.

»Dann musst du ihr dennoch die Zeit geben, die sie braucht. Dass sie letzte Nacht zu dir gekommen ist, zeigt, dass du ihr viel bedeutest. Hab einfach noch ein wenig Geduld.«

Ich höre, wie sich im Schlafzimmer etwas tut. Will ist wach. Also schiele ich aus der Küche heraus, als sie in den Flur tritt. Noch immer in meinem Pullover, mit ihrem Pyjamaoberteil in der Hand. Trotz ihrer angeschwollenen Lider ist die Frau makellos schön und einfach perfekt.

»Guten Morgen, wunderschöne Will«, schmunzle ich. Sie sieht schon weitaus besser aus. Erholter.

»Morgen«, erwidert sie mit gewisser Zurückhaltung.

»Tammy war vor wenigen Minuten hier, um sich zu versichern, dass es dir halbwegs gut geht.«

»Okay. Dann sollte ich besser gehen.« Irritiert schüttle ich mit dem Kopf. »Was? Nein. Sie ist unbesorgt. Also, so unbesorgt sie eben sein kein. Du kannst in aller Ruhe mit mir frühstücken.«

»Ich sollte besser gehen.«

Ich frage mich, ob ich etwas falsch gemacht habe. »Ich hab dir eine Kleinigkeit vom Bäcker geholt. Dachte, du hast vielleicht Hunger.«

Aber anhand ihrer Mimik erkenne ich, dass sie das

keineswegs umstimmt. Anders als erwartet bleibt Wills Blick emotionslos. »Ich brauche etwas Zeit für mich. Das war gestern alles ganz schön viel.« Dass sie gehen möchte, kommt für mich genau genommen nicht annähernd in Frage.

»Okay? Soll ich dich wenigstens nach Hause fahren?« Eigentlich bedarf es darauf keiner Antwort. Ich werde sie fahren! Also laufe ich zielgerichtet in die Garderobe.

»Nein! Ich brauche frische Luft«, lehnt Will ab.

»Aber dein Fieber ...«

»Ist besser geworden«, unterbricht sie mich. »Ich muss jetzt wirklich gehen. Machs gut, Josh.«

Will reißt die Wohnungstür auf und stürmt die Treppen hinunter. Ihr Gehen schmettert mir eine Ladung Emotionen gegen meine Magengrube, die mich schwer schlucken lässt.

Die Mauer um sie herum war eindeutig zu spüren. Will ließ mich ungehalten dagegen laufen.

Distanziert sie sich von mir? Habe ich irgendetwas falsch gemacht? Was ist los mit ihr?

37

Willow

Obwohl es doch längst geschehen ist, werde ich nie wieder zulassen, dass mir irgendjemand erneut das Herz aus der Brust schlägt.

Warum habe ich Josh nur so nah an mich herangelassen? Ich meine, was habe ich denn erwartet? Wann lerne ich endlich, dass sich die Menschen niemals ändern werden?

Ich hätte mich nicht in ihn verlieben dürfen. Dieses bitterböse Gefühl, das er in meiner Brust hinterlässt, war genau das, wovor ich immer Angst hatte. Deswegen hielt ich die Leute um mich herum auf Abstand. Deswegen halte ich nichts von gefühlsbetonten Gepflogenheiten. Deswegen bin ich lieber allein. Josh ist der Nächste, der mir bewiesen hat, dass man niemandem Vertrauen darf. Es ist einfach nie so, wie es scheint.

Ich öffne die Wohnungstür und renne in mein Zimmer. Ungehalten schlage ich die Tür in den Rahmen und lasse mich auf mein Bett fallen.

Ich sollte mich von solchen Frauen fernhalten!

Diese Worte gehen mir durch Mark und Bein. Diese unfassbar verletzenden Worte ...

Ich glaube, ich habe mich in meinem Leben nie mehr als Last gefühlt.

Warum renne ich auch völlig verzweifelt und gefühlsbeladen zu Josh? Er hat alles abbekommen, was ich sonst immer zu unterdrücken versuche. Und auch wenn seine Loyalität mir gegenüber standgehalten hätte, muss mir spätestens jetzt klar sein, dass ich niemals jemandem meine Vergangenheit anvertrauen kann. Es muss reichen, dass Tammy davon weiß.

Als hätte der Gedanke sie herbeigerufen, klopft sie an meine Zimmertür. »Wi? Ist alles okay?«

Ich stemme mich auf, wische mir meine Tränen aus dem Gesicht.

»Ja, Tammy, alles wieder okay. Es war die letzten Stunden einfach nur sehr viel. Aber jetzt ist wieder alles in Ordnung«, lüge ich.

Doch aus dieser Lüge bin ich gewillt, eine Wahrheit zu erzeugen. Also beginne ich, zurück zu mir selbst zu finden. Zu der Frau, die ich vor Josh war. Eine Frau, die gut allein zurechtkam und sich von tiefen Gefühlen ferngehalten hat! Die eine Mauer um ihr Herz hochgezogen hat und niemals zuließ, dass man diesem zu nahe kam.

Tammy legt ihren Kopf schief und ich ahne, dass sie weiß, dass mir soeben die größte Lüge meines Lebens über die Lippen gekommen ist.

Ich bin froh, dass ich mich heute noch einmal auskurieren kann. Morgen werde ich dann wieder im *Claras* arbeiten. Fehlende Zeiten bedeuten für mich fehlendes Geld.

Als ich aus der Küche mit einem Glas Wasser und einem Toast ins Zimmer zurückkomme, blinkt mein Handy auf. Josh.

Hallo, wunderschöne Will. Ich hoffe, dir geht es besser.

Eine Antwort meinerseits bleibt aus.

Wie ist dein Tag bisher? Du fehlst mir, Will ...

Ich fehle ihm? Was stimmt mit dem Kerl nicht?

Ist alles in Ordnung bei dir?

Keine Antwort. Warum sollte ich auch etwas darauf erwidern?

Auch in den kommenden Tagen bin ich gewillt, mich von Josh fernzuhalten. Seine Nachrichten werden absolut nichts an meiner Entscheidung ändern, dass ich ihn nicht mehr in mein Leben lassen werde.

Als ich gerade im *Claras* meine Schicht antrete, vibriert es erneut in meiner Hosentasche.

Melde dich bitte bei mir, sobald du kannst. Ich vermisse deine Stimme, deine Nachrichten. Ich vermisse dich.

Warum lässt er mich nicht einfach in Ruhe? Was glaubt er, wie es mit uns weitergehen soll, nachdem er sich selbst eingestanden hat, dass er sich von Frauen wie mir fernhalten sollte?

Ich stecke kopfschüttelnd mein Handy weg, als Simon über meine Schulter blinzelt. »Wie geht es dir, Will?« Ich habe ihn schon einige Tage nicht mehr gesehen. Heute sind wir endlich wieder zusammen eingeteilt.

»Besser. Ich danke dir, Simon«, lüge ich. Äußerlich bin ich vielleicht fit. Emotional bin ich jedoch ein Wrack.

Die kommenden Stunden vergehen zu meiner kurzweiligen Freude rasch. Denn die Bar ist voll, sodass ich genügend Arbeit vor mir habe, um den Kopf freizubekommen.

Schneller als gedacht, schwenkt dann der Zeiger auf null Uhr. Noch eine Stunde, bis die Schicht endet und ich endlich ins Bett fallen kann.

Dass ich von Weitem auf Josh sehe, weil er sich in diesem Augenblick der Bar nähert, spaltet mein Inneres. Mein Puls rast und mein Herz bebt.

Für einen kurzen Moment verweile ich auf der Stelle und beobachte seinen flüssigen Gang in meine Richtung. Unter anderen Umständen würde ich ihn gern sehen. Würde gern seine beruhigende Stimme hören. Aber die Umstände haben sich geändert.

Ich drehe mich zu Simon um, der soeben einige Getränkekästen umstellt. »Simon, kannst du mir einen Gefallen tun?«

Lächelnd erwidert er. »Aber sicher.«

»Könntest du kurz meinen Teil der Bar mit übernehmen?« Ich weiß, wie seltsam die Frage klingen mag. Aber als Simon über meine Schulter auf Josh blickt, scheint ihm so einiges klar zu werden.

»Gibt es Ärger zwischen euch?«

»Nicht direkt. Ich will ihn nur nicht sehen«, gestehe ich mir ein. »Ich werde kurz ins Lager verschwinden. Ist das okay?«

Liebevoll legt Simon seine Hand auf meine Schulter. »Okay. Ich regle das.«

Ich falle erschöpft auf die Couch, auf der Tammy wieder *Gilmore Girls* suchtet. Sie nimmt die Fernbedienung in ihre Hände und stoppt die Folge. »Josh hat mich heute angerufen.« Verwundert sehe ich Tammy an. »Er erreicht dich seit Tagen nicht.«

Ich erwidere nichts darauf, stoße nur einen genervten Atemzug aus und lege meinen Kopf in den Nacken.

»Warum erreicht er dich seit Tagen nicht, Wi?«

»Muss das jetzt wirklich sein?«, frage ich sie.

Ihr angespitzter Blick beweist mir: Ja, es muss heute sein! Es muss jetzt sein!

»Weil ich ihn weder sehen noch hören will. Ich halte mich von solchen Männern eben fern. Hätte mir viel früher klarwerden sollen«, erkläre ich. »Und tu mir einen Gefallen und lass das Thema ruhen, ja? Versuche nicht, mir wieder etwas aufzudrängen, was ich gar nicht will«, schieße ich Tammy entgegen und bin selbst über die Kühle in meiner Stimme überrascht.

Genervt lasse ich sie auf der Couch zurück, während ich mich in mein Zimmer verkrieche.

Als hätte Josh mitbekommen, dass wir über ihn geredet haben, blinkt erneut eine Nachricht auf meinem Handy auf.

Will, was ist los? Habe ich irgendwas falsch gemacht? Dann sag es mir bitte! Simon hat mich an der Bar abgewürgt und Tammy kann mir auch nicht sagen, was mit dir los ist. Bitte rede mit mir. Ich werde langsam wahnsinnig. Ist dir eigentlich klar, wie sehr du mir fehlst? Wie sehr ich unsere gemeinsame Zeit vermisse?

Wann hört er endlich auf damit? Das mit uns war von Anfang an zum Scheitern verurteilt – er sollte es doch endlich begriffen haben.

38

Fast eine Woche später

Willow

Noch nie kam ich so demotiviert von einer Sitzung mit Dr. Tanner nach Hause. Ich habe mit ihr über Josh gesprochen. Über den Mann, der eigentlich so positiv auf mich eingewirkt hat. Nur glitt sein Name dieses Mal nicht ohne Bauchschmerzen über meine Lippen.

Ich muss an ihn denken. Viel zu oft. Und diese Gedanken schmerzen. Natürlich fehlt er mir. Das, was wir hatten, fehlt mir. Aber dieses Gefühl wird vergehen. Es muss vergehen.

Als ich die Wohnungstür öffne, scheint Tammy nicht da zu sein. Und während ich mein Zimmer betrete, kommt mir gleich etwas sehr komisch vor.

Meine Decke ist zerwühlt, mein Kissen breitgelegen. »Seltsam.«

Während meine Blicke durch den so bekannten

Raum schweben, falle ich aus allen Wolken, als ich auf meinem Schreibtischstuhl einen roten Fellball sehe.

»Stormy?« Ungläubig nähere ich mich dem Kater, der vermutlich zu dösen versucht. »Was tust du denn hier? Wie bist du hierhergekommen?« Wenn er nur sprechen könnte ...

Ich hocke mich auf seine Höhe, streichle ihn unaufhaltsam durch sein weiches Fell und fahre mit meinem Daumen über seine Pfoten. Dann mustere ich ihn genauer und sehe, dass ein kleiner Zettel in seinem Halsband geklemmt ist.

Will, wenn ich irgendwas getan habe, dass dich von mir weggetrieben hat, dann bitte ich dich, rede mit mir. Versuche nicht, es allein zu bewältigen. Wir sind doch immer schonungslos ehrlich zueinander, oder etwa nicht?
Gott stehe mir bei, aber du fehlst mir. Unsere gemeinsame Zeit fehlt mir. Deine Anwesenheit fehlt mir. Dein Duft fehlt mir. Deine Stimme, aber auch das Leuchten deiner Augen fehlen mir. Deine Lippen fehlen mir.

Glaube nicht, dass ich aufgeben werde. Das liegt nicht in meiner Natur, wie du weißt. Ebenso wenig, wie geduldig zu sein. Nichtsdestotrotz werde ich warten, bis du bereit bist, mit mir zu reden.
Versprochen. Josh

In meinen Augen sammelt sich eine brennende Flüssigkeit, als ich auf Joshs wunderschöne Handschrift stiere und jedes Wort in seinem Brief verinnerliche. Das bringt mein Inneres dazu, ihn noch mehr zu vermissen. Er macht es mir wirklich schwer, ihn zu vergessen ...

»Josh hat den Kleinen heute hergebracht«, ertönt es hinter mir. Kurz zucke ich zusammen und streiche die Tränen aus meinem Gesicht.

»Du bist ja zu Hause.«

»Sieht ganz so aus.«

Ich drehe mich um und blicke zu Tammy auf, die mit verschränkten Armen am Türrahmen steht.

»Er respektiert, dass du ihn nicht sehen willst, Wi. Dennoch wird er nicht aufgeben.«

»Warum macht er das? Warum macht er sich die Mühe?«, flüstere ich.

»Ich habe die Nachricht am Halsband gelesen, Wi. Warum stößt du Josh so von dir? Was hat er getan?«

Ich verstumme, weil ich diesen Satz nicht wieder in meinem Kopf abspielen möchte. Zu schlimm ist die Bedeutung.

»Sags mir, Wi. Bitte.« Tammy kommt auf mich zu und setzt sich im Schneidersitz auf den Boden.

Dann sprudelt es aus mir heraus. »Ich habe euer Gespräch gehört, Tammy.«

»Unser Gespräch?«

Und dann wiederhole ich diese niederschmetternden Worte. »Er sollte sich von Frauen wie mir fernhalten. Frauen, die solch einen Ballast mit sich herumschleppen.«

Irritiert sieht mich meine beste Freundin an. »Hast du nur diese Wortfetzen gehört, oder ist da mehr?«

»Was hätte ich denn mehr hören sollen? Das hat

gereicht. Mehr hätte mich vermutlich noch mehr aus den Angeln gehauen«, schniefe ich.

Tammy zaubert ein Taschentuch aus ihrer Hose und reicht es mir. »Wi, das hat er gesagt, ja. Aber das war gewiss nicht alles.«

»Was gibt es dazu noch mehr zu sagen?«, erwidere ich kopfschüttelnd. »Aber weißt du? Ich will es gar nicht wissen. Es wiederholt sich doch alles nur.«

»Wenn das der einzige Grund ist, dass du ihn auf Abstand hältst, musst du es wissen!« Angestrengt zieht Tammy die Luft in ihre Lungen. »Das waren nur Wortfetzen, Wi. Er sagte noch so viel mehr.« Tammys Hand umgreift meinen Unterarm. »Er will die Bürde mit dir gemeinsam tragen. Du bist es ihm wert, Wi. Du bist ihm alles wert. Josh will nur, dass es dir gut geht, weil ihm so viel an dir liegt.«

Vermutlich stehen mir alle Zweifel ins Gesicht geschrieben.

»Sieh mich nicht so an. Es ist die Wahrheit. Josh ist einer von den Guten, Wi!«

Ich weiß nicht, warum, aber eine unerklärliche Erleichterung überkommt meinen Körper. Jedoch auch eine Erkenntnis, die unerschütterlich feststeht, als hätte sie sich in mein Herz gebrannt.

»Warum sollte er sich so etwas aufladen?« Ich schüttle ungläubig mit dem Kopf. »Und selbst wenn das so ist, Tammy, und er wirklich einer der Guten ist, dann steht es mir erst recht nicht zu, ihm das alles hier aufzubürden. Es ist besser, wenn wir uns fern voneinander halten. Ich hätte niemals in dieser Nacht zu ihm gehen sollen, obwohl es sich wirklich irgendwann irgendwie richtig angefühlt hat. Ich hätte ihn niemals so nah an mich heranlassen sollen. Ich will ihn nicht mit etwas belasten, was allein meine Sache ist. Ich ziehe ihn da nicht mit rein. In mein verkorkstes Leben.«

Tammys Augen weiten sich. »Und wenn er es aber will? Wenn er verliebt in dich ist, Wi?«

Ich führe meine Finger zu meinen Haarspitzen und verknote sie mit ihnen. »Liebe ist vergänglich. Er wird darüber hinwegkommen.«

»Wirst du es denn auch?«, fragt mich Tammy und erwartet eine ehrliche Antwort, die ich ihr nicht geben kann. Weil ich nicht weiß, ob ich über Josh jemals hinwegkomme. Vielleicht, irgendwann einmal. Aber sicherlich nicht heute. Sicherlich nicht morgen. Und sicherlich nicht in einem Monat. Nicht in einem Jahr. Denn der Kerl hat eindeutig prägende Spuren in meinem Leben hinterlassen. »Du bist so verliebt in ihn, Will. Gib das nicht auf.«

Ich zucke mit den Schultern. »Das spielt doch keine Rolle. Das hat niemals eine Rolle gespielt.«

»Bei Josh spielt es eine Rolle. Weil es anders ist. Und du weißt es genau. Wenn du ihm nichts bedeuten würdest, hätte er nicht Stormy hergebracht. Dieser Kater scheint sein ein und alles zu sein.«

Der kleine Kater ist sein ein und alles.

Dann blitzt ein Gedankenstrang vor mir auf. »Warum lässt du überhaupt zu, dass er hier ist? Du solltest gerade am Sterben sein, Tammy.«

Meine beste Freundin zwinkert mir sicher zu. »Ich habe mir vor seinem Eintreffen einen Chemiecocktail gegönnt. Aber darum geht es jetzt nicht.«

»Um was geht es dann?«, frage ich und möchte mich dem weiteren Gesprächsverlauf entziehen. Weil Joshs Name schmerzt – in meinem Bauch und im Herzen.

Tammy nimmt meine Hände in ihre. »Sei ein einziges Mal mutig, Will.«

»Und dann?«, frage ich mehr mich selbst.

»Dann kommt der Rest von allein.«

Dann kommt der Rest von allein? Ich bin nicht so mutig wie du, Tammy. Ich werde nie so mutig sein!

39

Josh

Mich in sie – Herz über Kopf – zu verlieben, gehörte nicht zum Plan.

Ich leide von Tag zu Tag mehr, seitdem Will nichts von sich hören lässt. Ich habe mir so gewünscht, dass Stormy etwas an der schmerzhaften Situation zwischen uns ändern kann. Aber nichts. Weder kam eine Nachricht von ihr, noch ein anderes Lebenszeichen. Selbst zum Kurs ist Will nicht aufgetaucht.

Dass mir mal eine Frau so viel bedeuten kann. Dass sich mein Magen bei dem Gedanken daran, sie verloren zu haben, krampfhaft zusammenzieht, hätte ich vor wenigen Wochen nicht annähernd in Erwägung gezogen. Dabei weiß ich noch immer nicht, was ich falsch gemacht habe.

»Was möchtest du sehen?«, fragt mich Timothy, der glaubt, mir heute Abend Gesellschaft leisten zu müssen. Tammy hat ihm bestimmt erzählt, wie mies es mir geht. Als ich Stormy bei ihr und Will abgegeben habe, musste ich sie verzweifelterweise um Hilfe bitten. Ich war der festen Überzeugung, dass sie wüsste, was mit Will los ist. Aber ihr Blick zeigte mir, dass auch Tammy nicht an sie rankommt.

»Ist mir echt egal, Timothy«, schnaufe ich und stütze meine Schläfe auf meiner Faust ab.

Ununterbrochen zappt er die Kanäle durch, bis er zögerlich zu mir rüber sieht. »Möchtest du irgendwie reden?«

Ich schüttle den Kopf. »Nope.«

»Tammy hat durchblitzen lassen, was los ist. Eigentlich hätte ich es von meinem Bruder hören müssen, findest du nicht?«

»Spielt das eine Rolle?«, erwidere ich eisig.

»Dann rede jetzt mit mir. Soll helfen, habe ich mir mal sagen lassen.« Hat er sich von mir sagen lassen, ich weiß. Aber mir ist dennoch klar, dass meinem Inneren nichts helfen kann. Kein Film, keine Geschwisterzeit, kein Reden. Nur Will. Nur ihre Nähe, verbunden mit ihrem freien und ehrlichen Lächeln.

Gott, wie sehr ich dieses Lächeln liebe. Wie sehr es mir fehlt.

Nachdem sich Timmy endlich für einen Film entschieden hat, *Avengers: Age of Ultron*, klingelt es an der Tür.

Mein erster Gedanke? Hoffentlich ist es Will. Vielleicht ist sie endlich bereit, mit mir zu reden.

Ich bete darum, dass sie es ist.

Fragend sehe ich zu meinem Bruder rüber, der mich regelrecht hochscheucht. »Geh schon!«

Ich renne an die Tür und nehme den Hörer ab.

»Ja?«

»Hey, Josh. Ich bin es. Tammy.«

Ich zwicke mir enttäuscht in die Nasenwurzel. Erneut keine Will, die zu mir möchte. Und wieder krampft sich mein Magen zusammen.

Dennoch drücke ich auf den Türöffner und warte an der Wohnungstür, bis Tammy hochgefunden hat.

»Was willst du hier, Tammy?«, frage ich.

Doch ohne jegliche Antwort schiebt sie sich an mir vorbei und läuft ins Wohnzimmer. Mit Schuhen.

Das hätte Will nie gemacht!

Ich folge ihr und nehme dabei eine flüchtige und sehr freudige Begrüßung zwischen Tammy und meinem Bruder wahr.

Dann wendet sie sich mir zu, während ich mich auf die Couch fallen lasse. »So, Josh.«

»Tammy?«

»Ich habe Will eigentlich mein Versprechen gegeben, alles, was sie mir anvertraut, auch für mich zu behalten. Aber diese eine Sache kann ich nicht für mich behalten.«

Ich werde hellhörig. »Was meinst du?«

»Alles hier basiert auf einem riesengroßen Missverständnis.« Tammy streift sich ihre Handtasche von der Schulter und lässt sie auf den Boden sinken. »Wi hat unser Gespräch an dem einen Morgen mit angehört.«

»Okay?« Ich weiß sofort, welches Gespräch sie meint. So viele gab es ja zwischen Tammy und mir nicht. Und nach diesem morgendlichen Gespräch fing es an, dass Will so eigenartig zu mir wurde. Aber was habe ich Falsches gesagt? Was habe ich Falsches gemacht?

»Sie hat nur einige Satzfetzen gehört und danach sofort abgeschaltet«, beginnt Tammy.

»Abgeschaltet?«, frage ich ungeduldig.

»Nachdem du sagtest, dich von solchen Frauen wie ihr fernhalten zu müssen, hat sie dicht gemacht. Sie hat nicht den Rest gehört. Den Rest, den ich gehört habe.«

»Bitte was?«, entgeistert sehe ich erst zu Timothy, dann zu Tammy. »Also glaubt sie, dass ich sie von mir gestoßen hätte?«

Tammy nickt.

Wie kann Will sowas nur denken? Warum hat sie nicht mit mir gesprochen?

Ungeduldig springe ich auf. »Lass mich bitte zu ihr. Ich muss das klären.«

»Setz dich wieder hin, Josh. Ich habe es ihr schon erklärt.«

»Ja, und?« Hoffnung pulsiert in meinen Adern, die schlagartig zerstört wird.

»Sie ist dennoch der festen Überzeugung, sich von dir fernhalten zu müssen. Sie glaubt, das mit euch würde früher oder später sowieso zerbrechen. Spätestens, wenn ...« Tammy reiß ihre Augen auf und hält sich die Hand vor den Mund.

»Wenn was, Tammy? Ich muss das in Ordnung bringen. Ihretwegen. Meinetwegen. Unseretwegen.«

Tammy legt sich für einen kurzen Moment die richtigen Worte zusammen. »Du musst eines wissen: Die

Vergangenheit hat Will gelehrt, dass die Menschen sie im Stich lassen.«

»Ich könnte sie niemals im Stich lassen.«

»Ich ebenso wenig«, schaltet sich Timothy ein. »Ich mag Wi. Sie ist ein guter, ehrlicher und loyaler Mensch. Findet man selten. Die, die sie im Stich gelassen haben, waren vermutlich einfach nur Idioten.«

Tammy lächelt. »Das ist sie und ja, das waren sie.«

»Das sind nur ein paar der vielen Gründe, warum ich Will das niemals antun würde, Tammy«, spreche ich.

»Ich weiß, Josh. Deswegen werde ich dir helfen, das irgendwie wieder zu richten« drohend hebt Tammy ihren Zeigefinger in die Luft und zeigt auf mich. »Wirst du sie aber genauso behandeln, sie ebenso verletzen, wie es die Menschen in ihrer Vergangenheit getan haben, werde ich dir den Arschtritt deines Lebens verpassen, Josh Clark. Da werden dir auch deine Selbstverteidigungskünste nicht helfen können. Haben wir uns verstanden? Wehe, dir liegt nicht genug an ihr!«

»Mir liegt nicht nur was an ihr, Tammy. Ich liebe sie.« Mit meiner unkontrollierten Wahrheit, die aus mir heraussprudelt, entlocke ich Tammy ein fettes Grinsen, das ihre blauen Augen zum Leuchten bringt. Ebenso meinem Bruder, der freudig sein Kinn streichelt.

»Dann bekommen wir das wieder hin. Irgendwie. Es wäre nicht das erste Mal, dass ich Will in eine Richtung schubsen muss, die sie selbst niemals einschlagen würde, weil ihr einfach der Mut dazu fehlt. Auch wenn sie genau weiß, dass der Weg der Richtige für sie wäre.«

Ich weiß gar nicht, wie ich Tammy für ihren Einsatz danken kann.

Anfangs dachte ich, Will schreit nach einem riesengroßen Abenteuer, das man erleben muss. Weil man sonst eine Lawine voller Lust, verbunden mit einem gewissen Kick, verpassen würde. Doch Will ist kein Abenteuer. Von Anfang an schrie alles an ihr nach einer gemeinsamen Zukunft. Alles an ihr schrie nach der Frau meines Lebens.

Nie habe ich mir gewünscht, mich Hals über Kopf in eine Frau zu verlieben. Nie habe ich auch nur gewagt zu glauben, ich könnte die Frau meines Lebens irgendwann vor mir stehen haben. Nie wünschte ich mir eine gemeinsame Zukunft.

Und nun sitze ich hier und merke, dass ich dennoch nie etwas anderes gewollt habe. Spätestens seit dem Tag, als ich Will an der Bar im *Claras* wiedertraf.

40

Genau eine Woche später

Willow

Josh schreibt mir keine Nachrichten mehr. Und wer kann es ihm verdenken, schließlich wollte ich es so. Aber nun, da es so ist, tut es unerwarteterweise unfassbar weh, auf mein Handy zu schauen und nichts von ihm aufleuchten zu sehen. Seit vier Tagen gibt es kein Lebenszeichen von ihm.

Er fehlt mir von Tag zu Tag mehr und ich weiß nicht, wie ich das abschalten kann. Dabei war ich doch immer so gut darin, meine Gefühle im Zaum zu halten.

Nun habe ich, was ich wollte, und gebe mich nicht damit zufrieden. War es nicht immer meine Stärke, mich mit allem zufriedenzugeben?

Das einzige, was mir von Josh bleibt, ist Stormy. Aber ich werde Tammy heute bitten, ihn nach Hause zu bringen. Obwohl es sich jeden Abend gut anfühlt, wenn ich mit ihm in meinen Armen einschlafe. Vermutlich weil mich alles an dem Kater an die gemeinsame Zeit mit Josh erinnert. Eine Zeit, die mit einem bittersüßen Schmerz verbunden ist.

Aber der kleine Kerl gehört nun mal zu seinem Herrchen.

Heute ist mein freier Tag. Und nach der Sitzung bei Dr. Tanner hat mich Tammy direkt auf das jährliche Stadtfest in Clearwater geschleift. Ich bräuchte Ablenkung und müsse endlich mein Lächeln wieder zurückfinden, forderte sie. Ich will aber weder das eine noch das andere.

»Lass uns mit dem Teil da fahren!«, fordert Tammy aufgeregt.

»Mit dem Riesenrad? Du brauchst es doch viel erlebnisreicher, Tammy!«, erwidere ich stutzig. »Was ist mit dem Freien Fall oder diesen Drehteilen, die einem ein Schleudertrauma versetzen?«

»Wir haben doch den ganzen Abend Zeit. Lass uns mit etwas Lockerem beginnen und uns ein wenig eingrooven.«

Ich zucke gleichgültig mit meinen Schultern. »Von mir aus.«

Wir stellen uns an der kurzen Ticketschlange an und wenige Minuten später sind wir an der Reihe. »Zweimal bitte.«

Tammy nimmt aufgeregt die Tickets entgegen und schiebt mich regelrecht in einen Waggon.

Ich ziehe meinen Lippenbalsam aus der Hosentasche und trage ihn auf. Noch bevor das Riesenrad startet, stütze ich mich auf den Handballen und sehe zur Seite raus.

Nach etlichen Minuten frage ich mich, wann es endlich mal losgeht. Und dann plappere ich schon ungewollt drauflos. »Wann dreht sich das Ding denn endlich mal?«

»Jetzt«, murmelt eine viel zu tiefe, viel zu vertraute Stimme neben mir, als das Riesenrad sich wirklich zu drehen beginnt und in die Höhe aufsteigt.

Erschrocken sehe ich zur anderen Seite und reiße meine Augen auf. »Josh? Was willst du hier?«

Sofort packt mich mein Fluchtinstinkt. Nicht weil ich Angst vor ihm habe, sondern weil ich mich jeglicher Kommunikation mit ihm entziehen will.

Aber ich habe keine Chance, ihm zu entkommen, denn die Gondel befindet sich zu weit in der Luft.

Mir wird direkt klar, dass ich ungefähr zehn Minuten mit ihm so ausharren muss. Ich blicke abwärts und erkenne ganz deutlich Tammy, die mir von unten gehässig zuwinkt.

»Das kann doch nicht ...«, fluche ich still. Vermutlich nicht still genug.

»Wie soll ich sonst an dich rankommen, wenn du mir aus dem Weg gehst, Will?«, fragt mich Josh.

Mein Grün findet sein Braun. Gott stehe mir bei, ihm nicht um den Hals zu fallen und ihn zu küssen. »Ich gehe dir nicht aus dem Weg.« Trotzig verschränke ich meine Arme vor der Brust.

»Haben wir uns nicht einmal ein Versprechen gegeben? Immer ehrlich zueinander zu sein?«

Recht hat er.

Ich schnaufe einmal die überflüssige Luft in meinen Lungen aus. »Gut. Ich gehe dir aus dem Weg. Deswegen möchte ich jetzt auch am liebsten hier raus.«

Josh schmunzelt teuflisch. »Das kannst du gern versuchen.«

»Warum grinst du dabei so, mhm?«

»Weil du endlich mit mir reden musst.«

»Muss ich?«, frage ich starrköpfig.

»Wenn du nicht willst, rede ich und du musst zuhören.«

Ich sehe hinab auf meine Beine und balle meine Hände zu Fäusten. »Tu, was du nicht lassen kannst.«

»Sieh mich dabei an, Will. Bitte. Das habe ich verdient oder nicht?«

Du hast so viel mehr verdient. So viel Gutes und Wohltuendes. Aber dazu gehöre ich nicht. Ich bin nicht gut. Ich bin nicht wohltuend.

Dennoch sehe ich ihn an.

Josh dreht sich zu mir und legt seine angenehm warmen Hände auf meine angespannte Faust. Durch seine Berührung werde ich etwas lockerer. Und dann öffnen sich seine Lippen. Diese wundervollen Lippen, die sich schon so oft in mein Herz geküsst haben. »Ich habe es wirklich versucht und dagegen angekämpft. Und es tut mir leid, dass ich mich nicht an meine eigenen Regeln und Versprechen gehalten habe. Dass ich mir von Anfang an etwas vorgelogen habe.« Josh zieht scharf die Luft ein und nimmt nun gänzlich meine Hände in seine. Und Himmel, steht mir bei. Ich liebe es. Viel zu sehr. »Egal was in dir vorgeht. Ich möchte es gemeinsam mit dir durchstehen. Ich möchte für dich da sein, Will. Und zur Hölle, ich möchte, dass du meine Zukunft bist. Ich möchte dich so unbedingt. Du gehörst einfach zu mir, Will. Und ich würde alles dafür tun, damit du dir das endlich genauso eingestehst.«

Dass ich zu ihm gehöre? »Was redest du da, Josh? Bitte, sag sowas nicht«, flehe ich.

Doch Josh hält mein Flehen nicht auf, denn er spricht weiter. »Ich habe mich in dich verliebt, Willow Wright. Und das schon vor einiger Zeit.«

Obwohl ich jede Berührung von Josh liebe, ziehe ich meine Hand zurück. »Sag das nicht, Josh.«

»Aber es ist die schonungslose Wahrheit. Und ich werde nicht noch mehr Versprechen zwischen uns brechen, die wir uns einst einmal gegeben haben. Obwohl die meisten von Anfang an zum Scheitern verurteilt waren. Ich will immer ehrlich zu dir sein. Und das, was ich dir gesagt habe, ist nun mal die Wahrheit. Ich kann sie nicht mehr für mich behalten.« Ich liebe Joshs Hartnäckigkeit und dieses zarte Lächeln, das er auflegt, um mich zu überzeugen. Außerdem würde ich ihm gern sagen, was ich alles an ihm liebe. Aber ich kann es einfach nicht. Ich werde ihn nicht mit in mein verkorkstes Leben ziehen!

»Josh, du irrst dich. Und wenn nicht, musst du das schleunigst vergessen. Denn du hast jemanden an deiner Seite verdient, der nicht so eine Bürde mit sich zieht. Der frei von der Last eines ganzen Lebens ist.«

»Ich will niemand anderen außer dich, Will. Ich will dich. Egal, was du mit dir herumschleppst, und egal, ob du es mir jemals sagen kannst oder nicht. Mir ist es egal, was deine Schultern tragen müssen, solange ich dir dabei helfen darf, die Last mit dir gemeinsam zu heben.«

»Josh ...«, stammle ich.

Gott, ich liebe Josh, mit jeder Sekunde, die er es mir schwerer macht, ihn von mir zu stoßen. Aber was man liebt, muss man gehen lassen. Gerade dann, wenn man weiß, dass das eigene Wesen nicht gut für denjenigen ist. Ich muss an dieser Einstellung festhalten. Seinetwegen.

»Sag mir, dass du nicht so fühlst wie ich. Sag mir, dass du nicht verliebt in mich bist.« Josh schluckt schwer, während ich verstumme. »Sobald du es ausgesprochen hast, sobald du mir sagst, dass keinerlei Gefühle in dir sind, werde ich mich von dir fernhalten. Das verspreche ich.«

Ich schüttle entschieden mit dem Kopf. »Das kann ich nicht.«

»Weil es dir genauso ergeht, richtig?«

»Das spielt keine Rolle. Es spielt keine Rolle, was ich fühle. Denn du musst es dir aus dem Kopf schlagen, mit mir eine gemeinsame Zukunft zu haben. Wir werden niemals eine gemeinsame Zukunft haben, Josh! Wir werden niemals zueinander passen!«

Weil du gut bist, Josh. Stark, mutig, wohltuend und alles Gute, das ich nicht bin.

Meine entschiedenen Worte lassen ihn schwach

werden. Und ich kann schwören, dass Tränen in seine Augen steigen. Joshs verbittertes Lachen geht mir durch Mark und Bein. Aber für mich ist es in diesem Moment nur logisch, dass Josh erfährt, warum wir niemals zusammen sein können. Meine Schultern beben und ich bekomme kaum noch Luft. »Ich bin völlig zerbrochen und sowas hast du nicht verdient! Du hast jemanden Normalen verdient. Und meine Einstellung wird sich dahingehend niemals ändern!« Die Worte auszusprechen, schmerzt höllisch. Aber sie sind richtig, obwohl sie sich vollkommen falsch anfühlen. Irgendwann werde ich sie als richtig empfinden.

»Wir passen nicht zusammen«, wiederhole ich.

Die emotionalen Wellen in mir gehen auf und ab. Sie schütteln mich durch und machen mir das Leben im Moment mehr als schwer. Und Joshs Anblick macht mir das Leben ebenso schwer.

Das Riesenrad kommt zum Stehen, und als hätte er sich meine Worte immer und immer wieder verinnerlicht, springt er aus dem Waggon, noch bevor das Riesenrad vollends zum Stillstand kommt, und kehrt mir verletzt den Rücken zu. Ohne ein weiteres Wort bringt er immer mehr Distanz zwischen uns, die mich einen Hauch verlorener zurücklässt.

Im Augenwinkel sehe ich, dass sich Tammy der Gondel nähert. »Ist das dein Ernst, Wi? Lässt du ihn wirklich gehen?«

Ein zögerndes »Ja« entgleitet meinen Lippen.

»Und warum lässt du ihn gehen?«, fragt sie mich kopfschüttelnd.

»Weil es richtig ist«, erwidere ich unsicher.

»Bullshit. Das ist es nicht. Du bist verliebt in ihn und er in dich. Was willst du noch mehr?« Tammy schüttelt unentwegt mit ihrem Kopf. Ich erkenne pures Unverständnis in ihrer Mimik. »Verdammt, Wi. Sei doch endlich ein Mal mutig. Ein einziges Mal.«

»Und dann?« Tränen steigen auf und kullern meine Wangen hinab.

»Wird sich der Rest von selbst ergeben. Du kannst ihm aber nicht einfach seine Entscheidung abnehmen. Was ist, wenn er nicht so ist wie Mark oder Steven? Was, wenn er endlich jemand ist, der dich neben mir versteht? Der bei dir bleibt und alles mit dir durchstehen will? Weil er dich liebt, Wi.« Ihr Hände umfassen sanft meine Schultern, um mir die Bedeutung ihrer letzten Worte einzutrichtern. »Weil er dich liebt!«

Tammys Worte hallen nach und auf einmal durchfährt mich ein Blitz. Als hätte sich damit ein Schalter umgelegt, steige ich entschieden aus dem Waggon. »Tammy? Ich muss gehen.« Die entschlossene Mimik meines unter Tränen liegendes Gesichts lässt sie genau wissen, was ich vorhabe.

»Verschwinde endlich!«

Ich muss die Fronten zwischen Josh und mir klären. Er muss endlich verstehen, warum ich handle, wie ich handle. Dann wird er ohne Traurigkeit von mir lassen können, weil er sieht, dass es für ihn das Beste ist.

Wie Tammy sagt, möchte ich ihm keine Entscheidung abnehmen. Aber ich weiß, dass er sie gegen mich treffen wird.

Mir wird es zwar das Herz zerreißen, aber ihm wird es endlich die gewünschte Klarheit schenken.

Ich stürme in mein Zimmer und ziehe eine Mappe unter dem Bett hervor. Darin Zeichnungen, an denen ich seit wenigen Wochen klammheimlich arbeite und die den grausamen Teil meines Lebens zeigen. Eigentlich waren sie immer nur für mich bestimmt. Ich dachte, wenn ich nicht über die Vergangenheit reden kann, weil ich daran zu zerbrechen drohe, könnte ich sie in meinen Zeichnungen widerspiegeln. Und es fiel mir tatsächlich leichter.

Dieses Ergebnis will ich Josh nun offenbaren. Es wird der größte Schritt in unserer *besonderen* Beziehung sein. Aber haben wir überhaupt noch irgendwas davon?

Was auch immer das zwischen uns ist. Ich möchte nicht, dass Josh mir wegen meines Verhaltens mit Argwohn entgegensieht. Ich möchte, dass er das, was wir hatten, als wundervoll betrachtet, aber gleichzeitig als etwas, das nicht für eine Zukunft gemacht ist.

Ich packe also die Mappe in den Rucksack und mache mich auf den Weg zu ihm. Bevor ich die Wohnung verlasse, nehme ich ein letztes Mal Stormy in meine Arme und drücke ihn fest an mich.

Tammys Worte, ich solle endlich einmal mutig sein, läuten so laut, dass ich mich gerade frage, was ich schon zu verlieren habe. Nichts!

Nur nicht zu lange darüber nachdenken, bevor du einen Rückzieher machst, Will!

Der Song *Hypnotized* von *Purple Disco Maschine* schenkt mir das letzte Fünkchen Mut, den Schlüssel in Joshs Haustür zu stecken, ihn umzudrehen und sie aufzustoßen.

Kurz bevor meine Faust gegen das Holz der Wohnungstür schlägt, halte ich inne. Ich straffe meine Schultern und atme tief ein. Dann ziehe ich meine Kopfhörer aus den Ohren.

Mach schon!

Für wenige Sekunden bin ich kurz davor, einen Rückzieher zu machen, ehe ich gegen das Holz donnere. Ich schließe die Augen, atme die trockene Sommerluft, die sich in dem doch so kühlen Treppenhaus angesammelt hat, schwer ein.

Es dauert ungewöhnlich lang, bis Josh endlich seine Tür öffnet. Eine Zeit, die mich zwingt, immer nervöser zu werden. Eine Zeit, die mich nachdenken und zweifeln lässt.

Vor Aufregung wird mir ganz übel.

Und dann höre ich Geräusche in seinem Flur, bis er tatsächlich endlich die Wohnungstür öffnet und mich sein Braun traurig anfunkelt.

»Darf ich reinkommen?« Bis eben glaubte ich, ich sei bereit, von ihm abgewiesen zu werden. Aber so ist es keineswegs. Wenn Josh mich nun für immer von sich stoßen sollte, mich nicht einmal reinlässt, ohne mich erklären zu können, würde ich daran zerbrechen. Vermutlich mehr als an meiner Vergangenheit.

Und nun scheint meine Angst wahr zu werden. Josh erwidert nichts darauf, mustert mich nur zweifelnd.

»Ich würde dir gern etwas zeigen«, spreche ich weiter und hoffe sehnlichst, dass er mir die Chance dazu gibt. Obwohl ich weiß, dass ich sie, so wie ich mich die letzten Tage und Wochen ihm gegenüber verhalten habe, nicht verdient habe.

Dann, ohne jegliche Mimik und Gestik, tritt Josh beiseite. Ich sehe es als Zeichen, reinkommen zu dürfen.

Nur nicht den Mut verlieren. Sei mutig. Sei mutig. Sei mutig. Sei einmal mutig!

Ich streife meine Schuhe von den Füßen, während Josh an mir vorbeiläuft und das Wohnzimmer anpeilt. Unaufgefordert folge ich ihm. Angespannt nehme ich meine Haarspitzen zwischen die Finger und wickle sie ein.

Wir beide halten mitten im Raum und stehen uns gegenüber. Josh bewahrt Distanz, was ich ihm nicht einmal verdenken kann.

Um den Anfang zu finden, schließe ich meine Augen, damit mich Joshs Blick nicht aus dem Konzept bringt, sobald ich hineinsehe. Ich würde zu viele unausgesprochene Fragen darin sehen, auf die ich im Moment keine Antworten habe. »Es tut mir leid, was ich vorhin gesagt oder behauptet habe.«

Ich straffe meine Schulter und schlucke schwer. Ungewollt findet mein Blick seinen. »Josh, ich bin unheimlich schlecht in solchen Dingen und weiß eigentlich gar nicht, wie ich weitermachen soll.«

Kannst du nicht irgendwas sagen?

Aber seine Lippen bleiben versiegelt und er schenkt mir nicht den kleinsten Einblick, was gerade in ihm vorgeht. Ohne jeglichen Gesichtsausdruck sieht er mich an. Kein Lächeln. Nur seine Kiefermuskeln, die angespannt hervortreten und ein flüchtiges Zwinkern, das kaum auffällt.

»Was ich dir vorhin gesagt habe ...« Ich stoppe. »Ich bin verliebt in dich. Und Gott, dir ist gar nicht klar, wie sehr ich so fühle und wie sicher ich mir dahingehend bin.« Meine Stimme wird leiser. »Deswegen tut es vermutlich auch so weh.« Erneut schließe ich die Augen, um mich zu sammeln. Ich atme tief ein und balle meine Hände zu angespannten Fäusten, die fest an meinen Seiten liegen. »Aber du hast keine Ahnung, auf was du dich einlassen würdest, Josh. Deswegen musste ich für uns die richtige Entscheidung treffen. Und damit du endlich mit mir, mit uns abschließen kannst, ohne mich zu verfluchen, musst du es wissen. Denn ich könnte es nicht ertragen, wenn du mich hasst.« Altbekannte Tränen steigen auf. »Wenn man jemanden liebt, muss man ihm die Möglichkeit geben, gehen zu können, wenn es zu viel wird. Und glaub mir, Josh, ich und mein Leben, wir sind zu viel.« Als ich sie wieder öffne und so einige Tränen über mein Gesicht rollen, steht Josh auf einmal wenige Zentimeter vor mir.

Er legt seine Hand unter mein Kinn und lehnt seine

Stirn gegen meine.

»Ich ...«, meine Stimme stammelt, ehe Josh mein nasses Gesicht zwischen seine Hände nimmt und seine Lippen kurz auf meinen landen. Und dieser Kuss schenkt mir so viel mehr, als Josh ahnt. So viel Liebe, so viel Hingabe, so viel Schönes.

»Ich könnte dich niemals hassen, Will. Niemals.« Sein Atem streift meine Lippen. »Dir ist nicht klar, wie sehr du mir gefehlt hast.«

Seine Worte, seine unfassbar schönen Worte ...

Doch ich drücke ihn sanft aber entschieden von mir. Denn er muss es erst wissen.

»Warte bitte, Josh, und lass es mich zu Ende bringen.« Ich bücke mich zu meinem Rucksack, wühle die Zeichnungen heraus und drücke sie Josh an die Brust. »Ich möchte, dass du dir das ansiehst«, weine ich. »Das ist das, was ich bin. Bitte sieh sie dir an. Dann wirst du verstehen, warum das mit uns beiden niemals richtig funktionieren kann. Ich bin nicht normal, Josh. Dabei wäre ich es so gern. Denn nur das hast du verdient. Ein normale, süße Frau. Ich hingegen bin absolut verkorkst«, schluchze ich. »Sieh sie dir bitte an! Sie zeigen dir, dass du es mit uns beenden musst. Dass ich aus deinem Leben verschwinden muss.«

Zerissen drehe ich Josh den Rücken zu und laufe nach Hause. Nun bin ich mir sicher: Er wird verstehen, warum er nicht mit mir zusammen sein kann. Doch mein Herz wird daran zerbrechen. Denn schon vor einigen Wochen habe ich das Gefühl von Liebe in mir wiederentdeckt. Ein Gefühl, welches so lange verschwunden war. Ein Gefühl, welches man mit jemand Besonderem verbindet. Und Josh ist besonders!

41

Josh

Ihre Lippen endlich auf meinen zu fühlen, war eines der vielen Dinge, die mir all die Tage unheimlich gefehlt haben. Und dennoch drückt sie mir eine Mappe in die Hand und verschwindet einfach. Lässt mich in meiner Wohnung mit drückenden Gefühlen zurück. Wieder einmal.

Irritiert sehe ich ihr nach. Hinterher direkt auf dieses schwarze Etwas. Unwissend, was mich erwarten wird, öffne ich es.

Als mir eine Zeichnung entgegenspringt, die so düster erscheint, als hätte ich eine Szene aus einem Horrorfilm geöffnet, ist mir bewusst, dass ich mich sofort setzen muss.

Schwer lasse ich mich auf die Couch fallen und beginne, jede einzelne Zeichnung zu durchleuchten.

Vor mir abgebildet ein Mädchen, das im Bett liegt und die Augen zusammenkneift. Hinter ihr eine Figur, die *Slender Man* ähnelt, jedoch etwas fülliger erscheint und angsteinflößende Augen besitzt. Er sieht von der

Tür aus auf sie herab. Mit gierigem Blick.

Die nächste Zeichnung zeigt ein ähnliches Bild, das die furchterregende Kreatur erneut darstellt. Nur ist er dem Mädchen so viele Schritte näher gekommen.

Das dritte Bild zeigt mir, wie er auf ihrer Bettkante sitzt und durch ihr langes, gewelltes Haar fährt. Während sie ängstlich ihre Decke bis zum Kinn gezogen hat.

Dann sehe ich etwas, das mir den Atem nimmt. Erschrocken halte ich mir meine Hand vor den Mund. Die Kreatur packt das Mädchen an der Hüfte, während seine Hand an ihrem Hals liegt.

Auf dem nächsten Bild wirbelt er sie auf den Bauch, während er gleichzeitig ihr Shirt nach oben schiebt, um ihren Rücken freizulegen.

Dann, und ich wage kaum hinzusehen, hält er ein Messer in der Hand und setzt es an ihre Haut auf.

Ich möchte nicht weiterblättern und doch weiß ich, dass es unausweichlich ist, wenn ich Will verstehen möchte.

Das nächste Bild zeigt mir, wie er das Messer auf ihrem Rücken erneut ansetzt und sie verletzt. Wie er ihr dabei den Mund zuhält und lüstern beobachtet, wie das Blut aus der langen Schnittwunde dringt.

»Nein!« Meine Hände zittern, mein Herz schlägt ungleichmäßig.

Wenn es mir zuvor nicht klar wurde, ist es spätestens jetzt der Fall. Bei dem Mädchen hier vor mir handelt es sich um Will. Um meine wunderschöne Will.

Ein weiteres Bild zeigt mir, wie der Kerl von ihr

ablässt und auf einen Fleck in seinem Schritt greift. Seine Mimik? Lüstern. Gierig. Erregt.

Von Bild zu Bild verändert sich Wills Körper. Er wird von roboterähnlichen Gliedern ersetzt, bis schließlich das Herz des Mädchens einem Stein gleicht.

Wenn ich glaube, dass das alles ist, irre ich.

Weitere Zeichnungen zeigen mir, wie Wills Mum an Krebs buchstäblich hinvegetiert.

Auf der nächsten Zeichnung erkenne ich einen Mann an ihrer Seite, mit dem sie Hand in Hand auf einer Veranda sitzt. Will lächelt, scheint einen Hauch glücklicher zu sein.

Das nächste Bild verändert aber alles. Es zeigt ein tiefes Gespräch der beiden. Über ihrem Kopf stehen die Worte *Enthüllung* und *Vertrauen*.

Auf dem nächsten Blatt, und dieses Mal über seinem Kopf, sind *Verachtung*, *Ekel*, *Abweisung* zu lesen. Sein Gesichtsausdruck wirkt abstoßend.

Die letzte Zeichnung in der Mappe zeigt, wie der Kerl im Sonnenuntergang verschwindet und sie allein und verzweifelt zurücklässt. Ihr Herz, ihr Körper wieder gänzlich aus Stein und Metall.

Wenn ich auf den Hintergrund achte, spielt sich diese Szene hier in Clearwater ab. Denn das Bild zeigt eindeutig die Veranda vor Wills Wohnung.

Mir wird klar: Diese Zeichnungen hier sind der größte Vertrauensbeweis, den Will mir jemals entgegenbringen kann.

Immer und immer wieder schweben meine Blicke

über diese Bilder, die chronologisch verteilt auf meinem Couchtisch liegen. Dabei habe ich keine Ahnung, wie viele Stunden bereits vergangen sind, während ich auf Wills Leidensweg starre.

Irgendwann packe ich all die Enthüllungen ihrer Vergangenheit zusammen und schlage die Mappe zu, weil ich jede dieser grausamen Zeichnungen mehr als verinnerlicht habe.

Nun weiß ich, was Will durchgemacht hat und was sie noch immer durchmacht. Mit welchen Ängsten sie zu kämpfen hat. Und das ganz allein. Mir wird auch bewusst, dass es gute Gründe für ihr Misstrauen, ihr gebrochenes Vertrauen und ihren Schmerz gibt. Aber jetzt, wichtiger denn je, ist mir klar: Ich muss zu ihr!

Der Motor meines Jeeps gluckert auf. Völlig unkonzentriert fahre ich los. Es dauert eine gefühlte Ewigkeit, bis ich endlich vor ihrer Wohnung stehe und an die Tür klopfe.

Es ist Tammy, die mir die Tür öffnet.

In ihren Augen ein Schleier von Traurigkeit. Sie sieht auf die Zeichnungen in meiner Hand. »Sie hat mir von ihnen erzählt.«

»Wo ist sie, Tammy?«, frage ich ungeduldig. »Lässt du mich bitte zu ihr?«

Sie macht einen Schritt zur Seite. »Komm rein. Sie ist in ihrem Zimmer. Und ich glaubte nicht, dass ich das einmal sagen würde, aber sie zeichnet soeben ihren Schmerz weg.« Sie atmet tief ein, als läge ihr noch etwas auf der Seele. »Aber, Josh?«

Mein Blick findet ihren. »Tammy?«

»Wirst du bei ihr bleiben?«, schnieft sie.

Es gibt nichts, was mich davon abhalten könnte, außer Will selbst. »Ich werde. Wenn sich mich bei sich haben will.«

Tammy lächelt und umarmt mich. »Ich wusste es.« Dann lässt sie von mir und stößt mich in Richtung Wills Zimmertür.

Ehe ich sie vor mir stehen habe, weiß ich, dass Will erneut davon ausgehen wird, dass ein Mann sie von sich stoßen wird. Wegen dem, was ihre Vergangenheit nun einmal widerspiegelt.

Ohne anzuklopfen, öffne ich ihre Tür. Dabei fährt Will der Schreck so sehr in die Glieder, dass ich mich dafür mehr als verfluche.

Sie erhebt ihren Kopf. »Josh«, flüstert sie überrascht.

Angespannt steht Will vom Stuhl auf und dreht dem Schreibtisch den Rücken zu. Dann stützt sie sich mit den Handflächen auf dem Tisch ab.

»Was tust du hier?« So schnell sie sich zu mir gedreht hat, so schnell wendet sie sich wieder ab und schiebt ihre Zeichnungen auf einen Haufen.

Als ich auf Wills Bett blicke, sehe ich Stormy. Mein Stormy, der mir langsam ganz schön gefehlt hat.

Ich lasse die Hände vom Türrahmen fallen und komme Will näher. Ich umgreife ihr Handgelenk und drehe sie zu mir. Dabei will ich es mir nicht nehmen lassen, ihre Wangen zu berühren. »Wie kommst du auf die verrückte Idee, dass ich das mit uns beenden und aus deinem Leben verschwinden würde?«

Ungläubig weiten sich Wills Augen. »Hast du sie dir denn nicht angesehen?«

Ich nicke. »Habe ich, Will.«

Für sie gibt es mit Sicherheit so einige Gründe, warum wir nicht zusammen sein können. Doch für mich gab es nicht einen, der jemals dagegen sprach. Und auch jetzt gibt es nicht einen einzigen.

Unsere Herzen wuchsen die letzten Wochen zusammen. Sie waren eine Einheit und schlugen im selben Takt. Wir werden niemals leugnen können, was wir fühlen. Warum sollten wir auch?

Sie war sie und ich war ich. Zusammen waren wir perfekt. Und es ist an der Zeit, dass Will begreift: Ich würde sie niemals von mir stoßen. Komme, was wolle. Weil ich nur mit ihr vollkommen und perfekt sein kann.

»Dann weißt du doch, warum.« Ich nehme ihre Hände und verschränke unsere Finger miteinander. Ich kann spüren, wie Will zittert, wie ihr Körper bebt. »Weil die Menschen so reagieren, wenn sie einmal erfahren, was mir passiert ist. Wenn sie wissen, dass ich einen immensen Schaden davon getragen habe«, spricht sie aufgelöst.

»Wann merkst du endlich, dass ich nicht wie die anderen bin? Ich. Werde. Dich. Nicht. Alleine. Lassen.« Jedes dieser Worte spreche ich entschlossen und wie einen eigenständigen Satz.

»Wirst du nicht?«

»Niemals, Will! Ich brauche dich! Das, was zwischen uns hier läuft, ist nicht von dieser Welt. Es ist so besonders, dass ich mein letztes Hemd dafür geben würde, nur damit wir zusammen in eine gemeinsame Zukunft sehen. Sicherheit, Vertrauen und Liebe. Das wollte ich noch nie mit einer Frau. Aber mit dir will ich all das. Weil ich dich liebe, Will. So sehr, dass es wehtut, wenn du nicht in meiner Nähe bist. Ich habe die letzten Tage ohne dich gelitten wie ein Hund. Und das nur, weil du nicht bei mir warst.«

Will steigen die Tränen in die Augen, die mir nicht nur zeigen, wie unfassbar überwältigend und emotional die ganze Situation ist. Sie zeigen mir auch, wie viel ich ihr bedeute. »Aber ich könnte dir nicht meine Lasten aufbürden. Ich kann dir mich und mein Leben nicht aufladen.«

»Das tust du doch überhaupt nicht. Was dir passiert ist, ist grausam und hat ein so wundervoller Mensch, wie du es bist, nicht verdient. Und in mir lodert die pure Wut auf, dass es Menschen gibt, die anderen Menschen so etwas antun. Aber eins werde ich dir versprechen. Ich werde bleiben, wenn du es zulässt. Und bitte stoß mich nicht von dir, nur weil du glaubst, dass es für mich besser ist. Denn so ist es keinesfalls.« Ich gebe ihr einen Kuss auf die Stirn. »Du bist das Umwerfendste, das Beste, was mir passiert ist, Will. Wie kannst du nur glauben, dass deine Vergangenheit meine Gefühle zu dir wettmachen könnte? Dass ich ohne dich besser dran wäre? Wie, Will?«

Sie schluchzt. »Weil ich das alles schon einmal

durchgemacht habe.«

»Doch das wirst du nie wieder müssen.«

Als hätte sie alles von meinen Worten abhängig gemacht, drückt Will ihre Stirn an meine Brust.

42

Willow

Mein Kopf an seiner Brust sagt mir, dass Joshs Herz mindestens genauso schnell schlägt wie meins. Ich kann nicht fassen, dass er bereit ist, bei mir zu bleiben, nach dem, was er über mich erfahren hat. Meine Zeichnungen zeigen doch eindeutig, wie kaputt ich bin. Wie verkorkst und wie unnormal.

»Warum, Josh? Warum willst du bei mir bleiben?«, muss ich wissen.

»Sieh mich an, Will«, fordert er und legt seinen Zeigefinger unter mein Kinn.

Wie er es will, sehe ich zu ihm.

»Ist das, was wir haben, nicht Grund genug?«

Es ist schwer, zu unterscheiden, wo meine Gefühle enden und seine beginnen.

Joshs Haar ist teilweise zerzaust. Vermutlich weil er auf dem Weg hierher so nervös war, dass er sich permanent durchs Haar fuhr. Gott, nur allein, wenn ich daran denke, schmelze ich dahin. Ich liebe es, wenn er das tut.

Seine Augen finden das gewohnte Leuchten der letzten Wochen wieder, wenn er mich ansieht. Die Grübchen auf seinen Wangen werden tiefer mit jeder Sekunde, die wir uns ansehen. Rundum ist Josh perfekt. Und erneut habe ich das Gefühl, ich heile ein Stück weit. Durch ihn und das, was er ist. Ein hartnäckiger Kerl, der sich auf ehrliche Weise in mein Herz gebohrt hat.

Vermutlich hat er noch nie schöner auf mich gewirkt als in diesem Moment. Nie aufrichtiger.

Josh legt seine Stirn an meine. Dabei schließe ich die Augen, während seine Hände meinen Rücken hinuntergleiten. »Darf ich dich endlich küssen?«

Im Gegensatz zu ihm lasse ich keine Sekunde verstreichen. Keine weitere Frage mehr zwischen uns stehen. Ich will die Chance ergreifen, die uns das Leben geschenkt hat.

Ohne Vorwarnung wandern meine Hände zu seinem Hals. Bestimmend ziehe ihn etwas dichter zu mir runter. Ich hauche ihm einen flüchtigen Kuss auf seine Lippen.

Für einen kurzen Moment schwebt Joshs Braun in meinem Gesicht hin und her. Dann erwidert er meine Einladung mit einem harten, drängenden Kuss. Als versuche er unsere verpasste Zeit, die verpassten Küsse nachholen.

Ich erwidere den Zusammenprall unserer Lippen genauso stürmisch und mit jeglicher Hingabe, die ich Josh geben kann. Und für all die Augenblicke, in denen unsere Lippen getrennt voneinander waren.

Minuten vergehen, ehe er mir das Shirt über den Kopf zieht. Dann zerrt er sich seins vom Körper.

Seine warmen Lippen gleiten an meinen Hals und über meine Schulter.

Mit gewisser Selbstverständlichkeit fährt Josh mit seinen Fingerspitzen über meine Haut und berührt jeden Zentimeter meines Rückens. Er streichelt die Male meiner Vergangenheit und gibt mir unbewusst das Gefühl, sie für diesen Moment akzeptieren zu können.

Immer tiefer lässt er seine warmen Hände hinab wandern, greift unter meinen Po und hebt meinen Körper mit Leichtigkeit in die Luft.

Ich schlinge die Beine um seine Hüfte, bis er mich behutsam auf meinen Schreibtisch setzt. Ein heißer Schauer läuft über meinen Rücken, und als ich mich dichter an Josh presse, ihn enger an mich ziehe, legt er aufs Neue seine Lippen auf meinen Mundwinkel. Er setzt flüchtig verspielte Küsse auf meine Stirn, meine Wangen und mein Kinn, was mir ein leises Kichern entlockt.

»Du hast mir so gefehlt.« Josh lächelt, das ehrlichste Lächeln dieser Welt.

»Und du mir.«

Dann packt er mich erneut auf seine Hüfte und legt mich mit dem Rücken auf dem Bett ab. Anschließend beugt sich seine wunderschöne Erscheinung über mich.

Er drängt sich zwischen meine Beine und fährt mit seinen Lippen über mein Dekolleté.

»Verdammt, Will.« Gierig öffnet er den Knopf meiner Hose und zieht mir die Shorts in einem Ruck aus. »Du hast mir so gefehlt …«

Gott, ich sollte mich von den letzten, emotionalen Stunden erholen, aber nein ...

Als Josh seine Hand unter meinen BH schiebt, halte ich die Luft an und lege den Kopf in den Nacken. Mein Körper bebt, während er meinen Slip zur Seite schiebt, mit den Lippen weiter hinabgleitet und zärtliche Küsse auf meinem Bauch verteilt.

Josh öffnet den BH und wirft in beiseite.

Seine Hände umfassen meine Brüste, er beugt sich über sie, um dann sanft an ihnen zu saugen. Mich mit jeder Berührung anzubeten.

Ich verfalle der Art, wie Josh meinen ganzen Körper berührt. Als wäre ich seine Göttin. Etwas ganz Besonderes für ihn. Die Einzige, mit der er genau das hier machen möchte. Und das für immer. Als wäre alles, was wir soeben tun, ein Versprechen.

Als Nächstes knöpfe ich seine Hose auf und er wirft sie zur Seite, sodass er in voller Härte über mir schwebt. Nackt.

Mit unserer Kleidung fällt jede Zurückhaltung.

»Du bist wunderschön.« Sein Atem trifft auf meine Haut und mein Herz schlägt mir bis zum Hals. Und mit diesen Worten küsst mich Josh so einfühlsam und gleichzeitig drängend, dass ich unter seinem durchtrainierten Körper zu Wachs werde.

Meine Nerven sind wie elektrisiert, was Josh auf jeden Fall mitbekommt. Denn er sagt mir immer wieder, wie wunderschön ich bin.

Ich sehe, wie Joshs schwerer Atem seinen Körper zum Beben bringt, und flehe ihn stumm an, mich zu nehmen. Ich will, dass er mir alles von sich gibt, was er mir geben kann. Weil er mir so unglaublich sehr gefehlt hat. Weil ich ihn liebe.

Er streift seine Härte an meine Schenkel und ich biege mich ihr entgegen.

»Bitte, Josh …«, flehe ich atemlos.

Josh beugte sich zu mir hinunter und gleitet mit seiner Zunge über mein Ohrläppchen.

»Bitte«, flehe ich erneut, während Josh seine Härte an meine empfindliche Stelle reibt.

Und dann gibt er mir alles, was ich in diesem Moment so sehr brauche und was unsere Liebe vollends besiegelt.

Er gleitet langsam in mich hinein und drückt seine Hüfte sanft gegen meine. Ich stöhne vor Lust, vor Zufriedenheit, vor Glück.

Er stößt wieder und wieder in mich hinein und behält den wundervollen Rhythmus bei, sodass ich jeden Zentimeter von ihm spüren kann.

Als könne er meine Gedanken lesen, stößt er fester, schneller in mich hinein.

Ich schließe die Augen und genieße es. Ich verliebe mich in die Verflechtung unserer Hände. Ich verliebe mich immer mehr in das Uns.

Ich gehöre ihm.

Jeder Teil von mir gehört ihm.

»Will, ich…«, haucht er und stößt weiter in mich

hinein, während ich ihm meine Hüfte immer wieder entgegenschiebe.

Josh schließt seine Augen und versinkt in Glückseligkeit, als wir gemeinsam zum Höhepunkt schweben und letztendlich gemeinsam kommen.

Während Josh sich langsam von mir rollt, versuche ich, meinen Atem unter Kontrolle zu bekommen.

Ich schließe meine Augen und genieße das letzte Kribbeln in meinem Körper.

»Oh je. Das war ...« Ich reibe mir den Schweiß von der Stirn.

»Perfekt.«

Ich drehe mich zu Josh und sehe ihn an. Er schenkt mir ein Lächeln. Dann gibt er mir einen Kuss auf die Stirn und zieht mich in seine Arme.

Unsere Körper harmonieren perfekt miteinander und unsere Herzen schlagen im Einklang. Als wäre Josh mein Licht in der dunkelsten Zeit meines Lebens, lässt er mich mit jeder Berührung wieder leben.

Wir lieben uns die ganze Nacht lang. Und als wir gemeinsam kommen, habe ich das Gefühl, zu fliegen. Immer, wenn er meine Narben am Rücken streichelt, fühle ich mich freier.

Wie soll ich jemals genug von diesem Mann bekommen? Jetzt, da ich bereit bin, mich auf ihn einzulassen? Jetzt, da ich weiß, dass er bei mir bleiben wird und mich nicht für das verurteilt, was ich bin …

Ich liege in Joshs Armen, male kleine Kreise auf seine

Brust, während er dieselben Zeichen auf meinem Rücken hinterlässt.

Ich bin gewillt, ihm seine unausgesprochenen Fragen endlich zu beantworten. Und ich weiß, dass ich es in einem ganz eigenem Tempo machen kann. »Hast du Fragen, Josh?« Meine Lippen berühren zaghaft den Teil, hinter dem sein Herz schlägt.

»Die habe ich durchaus. Aber du musst sie mir nicht heute beantworten, Will.« Josh küsst mich auf meine Stirn.

»Stell sie mir, bitte!«, erwidere ich.

»Bist du dir sicher? Wir haben alle Zeit der Welt«, vergewissert er sich.

»Bitte, Josh. Ich möchte, dass nichts mehr zwischen uns steht. Beginne vielleicht einfach mit einer leichten Frage.«

Um die Kontrolle über meinen Körper zu bewahren, umschließe ich fest das Medaillon und beiße auf den Innenseiten meiner Wangen herum. Aber Josh muss auf jede seiner Fragen eine Antwort bekommen.

Ich höre, wie er einen angespannten Luftstoß aus seinen Lungen presst. Dann stellt er fast flüsternd die erste Frage. »Der Mann auf der Veranda. War er dein Ex-Freund? Einer der beiden, die du an dich rangelassen hast?«

»Das war Mark, ja. Er war sozusagen mein zweiter Versuch, nachdem mich Steven, mein High-School-Freund, ...« Ich stocke. »Ebenso verlassen hat.«

Dann, erst einige Minuten später, kommt eine weitere Frage, die Josh wohl formuliert herausbringt. »Das Medaillon in deinen Händen. Hat es irgendeine Bedeutung?«

Ich bin bereit und offenbare ihm alles, was es über meine Eltern zu wissen gibt. Auch wenn es mir nicht unbedingt leichtfällt, macht es mir Joshs Dasein einfacher. »Das Medaillon hier habe ich von meiner Mutter an ihrem Sterbebett bekommen.« Ich nehme es von meinem Hals und klicke es auf. »Das bin ich, als ich noch ein Kind war. Und das da drüben ist mein Daddy.«

»Du hattest damals schon diese wunderschönen Sommersprossen«, schmunzelt Josh, als er mein Medaillon in seinen Händen hält. »Ihr zwei seht glücklich aus.«

»Das waren wir. Selbst nach seinem Tod war ich mit Mum irgendwie glücklich.«

»Hat deine Mum nochmal geheiratet?«

»Nein. Aber sie hat sich nochmal an die Liebe herangewagt. Ihr erster Lebensgefährte war unglaublich freundlich. Er hatte einen Sohn in meinem Alter, mit dem ich mich recht gut verstanden habe. Der Haken, warum es nicht von Dauer war? Von Anfang an führten sie eine Fernbeziehung. Es war irgendwann einfach zum Scheitern verurteilt.«

»Das tut mir leid.«

Ich zucke mit meinen Schultern und erzähle weiter. Solange ich kann. Solange es mir vergönnt ist, bevor sich mein Körper wieder vollends versperrt. »Dann, einige Jahre später, als ich sechzehn war, kam Ronald.«

Ich stoppe im selben Atemzug, in dem ich seinen Namen ausspreche.

Mein Atem wird unregelmäßig.

Mein Herz klopft hektischer.

Die Panik beginnt, meinen Verstand zu überfluten.

Immer, wenn ich seinen Namen nur laut sage, überkommt mich das schlimmste Gefühl, das ich jemals verspürt habe. Angst! »Die Kreatur, die auf den Zeichnungen in meinem Zimmer ist.« Ich glaube nicht, dass ich weiter ausholen muss.

»*Slender Man* ...« Josh drückt mich fest an sich und zeigt mir damit, dass er für mich da ist. Nichtsdestotrotz kann ich die Tränen, die über meine Wangen laufen, nicht aufhalten.

»Er ist schlimmer als *Slender Man*.« Ich balle meine Hände zu Fäusten. »Er war damals Jäger und liebte dieses Gefühl von Macht.«

»Will, ich ...«

»Frag mich weiter, Josh. Ich höre auf, wenn es nicht mehr geht. Okay?« Er umschließt meine Faust, die die ganze Zeit auf seiner Brust angespannt verweilt.

»Wo war deine Mum, als er ...?« Joshs sonst so standhafte Stimme bricht.

»Sie hat geschlafen. Hat nichts mitbekommen.«

Er schluckt schwer. »Warum hast du ihr nichts gesagt?«

Vorsichtig drücke ich mich von ihm ab und sehe zu ihm auf. Er schenkt mir seinen beruhigenden Blick, auf den ich gerade so sehr angewiesen bin. Meine Lippen zittern, als ich die nächsten Worte auszusprechen versuche. »Er hat gedroht, ihr das Gleiche anzutun. Das konnte ich nicht zulassen.«

Josh nimmt mein Gesicht zwischen seine Hände und küsst mich. Danach lege ich mich wieder zurück und fixiere mit meinen Blicken seinen Bauch.

»Will, ich kann dir gar nicht sagen, wie sehr mir mein Herz bricht, wenn ich mir nur vorstelle, was du durchgemacht haben musst.«

Dann merke ich, wie Josh erneut eine Frage formulieren möchte, die ihm weitaus schwerer fällt. »Hat er dich ...« Josh traut sich nicht, dieses Wort auszusprechen. »Also, hat er dich ...« Aber ich weiß ganz genau, was er sagen will.

»Vergewaltigt?«, beende ich.

Ich greife mir an die Schläfe und schließe meine Augen. »Nein, aber manchmal habe ich mir gewünscht, er würde es tun. Und das ist so furchtbar hirnverbrannt. Er hat mir immer dieselben Schmerzen auf immer den gleichen Wunden zugefügt. Hat sein Jagdmesser dazu verwendet, in mein Fleisch zu schneiden, auf die schon vorhandenen, teilweise entzündeten Wunden. Das gab ihm den Kick seines Lebens. Bis heute weiß ich nicht, warum er genau das gemacht hat. Aber ich wollte doch einfach nur davon erlöst werden und das Einfachste war, zu hoffen, dass er etwas anderes mit mir tun würde. Etwas, das an einer anderen Stelle schmerzvoll ist, damit die anderen Wunden endlich verheilen konnten. Gleichzeitig hatte ich so unfassbare Angst, zu sterben. Er schnürte mir die Luft ab und liebte den Anblick, wenn ich um mein Leben rang.« Nun sind meine Emotionen in keiner Weise mehr zu stoppen. Unaufhaltsam weine ich los und vergrabe mich in Joshs Brust. »Ich habe mich damals Steven anvertraut. Aber er hat mir nicht geglaubt, weil er der festen Überzeugung war, ich wolle nur mehr Aufmerksamkeit von ihm. Und als meine Wahrheit untermauert wurde, haben mir viele Menschen einzureden versucht, es wäre meine Schuld, dass Ronald das mit mir gemacht hat.«

»Will«, raunt er einfühlsam an meinen Scheitel und hält mich, so fest er kann. »Es tut mir so unfassbar leid, was man dir angetan hat. So leid.«

Nach einige Zeit, nachdem ich mich etwas beruhigt habe, bringe ich es zum Ende.

»Meine Mutter hat irgendwann blaue Flecken entdeckt. Die ich jedoch verharmlosen konnte. Dann blitzte einmal mein Rücken auf. Ich habe ihr nichts gesagt. Sie hat aber eins und eins zusammengezählt. Mum hat in der gleichen Sekunde die Polizei benachrichtigt. Daraufhin kamen sie und suchten Ronald, bis sie ihn letztendlich gefunden haben. Jetzt sitzt er im Gefängnis. Eine ziemlich lange Zeit. Denn ich war nicht die Einzige, der er sowas angetan hat. Nach der Anzeige meiner Mum haben sich noch andere Mütter mit ihren Töchtern gemeldet. Er war ein Psychopath.«

»Mein Gott, Will.«

Zusammengekauert liege ich in seinen Armen und habe nach Jahren das erste Mal das Gefühl, nicht vollkommen zu zerbrechen. »Dabei sah Ronald so aus, als könnte er keiner Fliege etwas zuleide tun. Er wirkte wie ein riesiger Teddybär.« Ich atme ein weiteres Mal tief ein. »Während ich froh gewesen bin, dass alles einfach nur vorbei war, hörte ich meine Mum in ihrem Zimmer weinen. Jeden Abend, bis tief in die Nacht hinein. Sie hatte furchtbare Schuldgefühle, die ich ihr niemals auferlegen wollte. Denn meine Wunden, die körperlichen wie auch die seelischen, begannen zu heilen. Wegen ihr. Wegen Mums unendlich großer, bedingungsloser Liebe. Zumindest so lange, bis sie von ihrer Brustkrebsdiagnose erfuhr.« Ich erwarte nicht, dass Josh irgendwas darauf sagt oder erwidert. Manchmal ist Zuhören mehr wert als eine Antwort. So wie eben. »Ich liebe meine Mum. Sehr. Dennoch bin ich unfassbar wütend auf sie.«

»Wütend?«

»Im Gegensatz zu meinem Vater hat sie ihre Krankheit einfach hingenommen. Sie hat sich keiner Chemotherapie unterzogen, obwohl vielleicht eine Chance da war, zu überleben. Wer weiß. Aber ich sehe es so, dass Mum, egal wie hoch oder niedrig die Chance gewesen wäre, nicht bereit war, weiterzukämpfen, um noch länger an meiner Seite zu bleiben. Dabei hätte ich sie nach Ronald so sehr gebraucht. Ich hätte sie an meiner Seite gebraucht, um zu heilen. Doch sie war der festen Überzeugung, sie hätte den Krebs verdient gehabt. Was natürlich absolut nicht so sein kann. Denn Eva Wright war eine liebende Mutter und wundervolle Ehefrau für meinen Vater, die einfach nur eine unvorhersehbar schlechte Entscheidung getroffen hat.

Für uns beide. Sie war die beste Mum, die man sich vorstellen konnte. Ganz ehrlich. Und doch bereitet es mir bis heute Bauchschmerzen, an meine Mum zu denken. Kann man das irgendwie verstehen?«

»Irgendwie kann ich das verstehen, ja.«

Ein verhaltenes Lächeln entgleitet meinen Lippen. »Der Wille, für mich zu kämpfen, aber dem Kampf trotz all der Kraft zu erliegen, hätte sich sicherlich besser in meiner Magengegend angefühlt, als ihre Entscheidung, ohne Kampf von der Welt zu gehen. Es fühlt sich an, als hätte sie mich einfach im Stich gelassen.«

»Will, du ...«, begann Josh. »Was du durchgemacht hast, ist grausam. Und ich wünsche mir, ich hätte schon viel eher für dich da sein können. Schon vor vielen Jahren.«

»Du bist jetzt da. Und das heilt in mir mehr, als du dir vorstellen kannst. Wirklich, Josh.«

Ich küsse ihn, um ihm zu danken.

Für das, was er ist.

Für das, was er tut.

Nämlich einfach nur da sein.

»Dass du heute hier in meinen Armen liegst, zeigt mir, welche Stärke und welchen Mut du besitzt, Will. Und ich glaube, dir ist es nicht einmal klar, wie stark du bist, oder?« *Nein, ist es nicht*, hätte ich gern antworten wollen. Aber ich tue es nicht. »Aber ich habe es schon gesehen, als du mir das erste Mal vor die Augen getreten bist. Du bist wie eine majestätische Löwin, der keine Naturgewalt etwas anhaben kann.

Aber du musst das ab heute nicht mehr, Will. Vollends stark sein. Ich bin nun da, um dir einen Teil deiner Last abzunehmen, wenn du mich lässt. Ich bin für dich da, solang du mich an deiner Seite behalten willst.«

Mir schießen wieder die Tränen in die Augen. Doch nicht aus Angst oder wegen der Erinnerungen an meine Vergangenheit. Sondern vor Glück und Zuversicht. Denn ich bin nicht mehr allein. Und das zu wissen, tut unheimlich gut. Besser, als ich es mir jemals vorgestellt habe.

»Darf ich dich denn für immer behalten?«, flüstere ich.

»Und darüber hinaus ...«

»Ist dir klar, wie viel mir das bedeutet?« Ich glaube, ihm ist es bewusst. »Wenn wir schon mal bei der vollständigen Wahrheit sind, Josh.« Denn es gibt nichts mehr, das er nicht wissen soll.

»Ja?«

Nervös kaue ich auf meiner Unterlippe herum. »Der Grund, warum ich mittwochs kaum etwas mit dir unternehmen kann, ist: Ich habe von fünfzehn bis sechszehn Uhr meine Therapiesitzung, um alles aufzuarbeiten. Hinterher bin ich meistens …« Ich versuche, es – so gut es mir gelingt – zu erklären. »ausgelaugt.«

Ich merke, wie sich Joshs Brust anspannt und er überrascht auf mich herabsieht. Ich erwidere seinen Blick. »Wow. Das ist verdammt mutig, Will.«

»Es ist das Einzige, was ich tun konnte. Dr. Tanner diagnostizierte mir eine posttraumatische Belastungsstörung, die durch meine unverarbeiteten Erlebnisse ausgelöst werden. Es schränkt mich im Alltag, also in der Nacht ziemlich ein, wie du vielleicht mitbekommen hast.«

»Das wird mich nicht hindern, bei dir zu bleiben, ...«

Ich schmunzle verhalten. »Dr. Tanner ist der festen Überzeugung, dass es nichts ist, was man nicht wieder hinbekommen kann. Es bedarf halt nur unglaublich viel Arbeit und Zeit«, seufze ich.

»Natürlich braucht es das. Ich bin stolz auf dich, Will. Stolz, dass du immer wieder aufstehst, obwohl du schon so oft gestürzt bist.« Ich verstumme und genieße die schönen Worte von Josh. Sowie seine tiefen Berührungen, die meine Seele immer mehr heilen.

Josh formuliert vorsichtig eine seiner letzten Fragen. »Und was ist mit dem Zeichnen?«

»Was soll damit sein?«

»Warum studierst du nicht Kunst?«

»Das habe ich dir doch schon mal gesagt.«

»Schon, aber das meine ich nicht, Will. Warum lebst du jetzt nicht deinen Traum, wenn du es damals nicht konntest?«

»Ich weiß es nicht so recht. Angst vielleicht?«, gestehe ich mir ein. »Das ist mit einem ziemlich großen finanziellen Risiko verbunden. Mit den Stunden im *Claras* komme ich angenehm, dennoch sparsam, über die Runden. Mit dem Studium kann ich nicht mehr voll arbeiten gehen. Das ist ein unglaublich langer Rattenschwanz.«

Ich merke, wie Stormy uns Gesellschaft leistet und es sich neben Joshs Kopf bequem macht. Unsere Blicke sind voll und ganz auf ihn gerichtet. »Der Kleine muss auch mit einem Messer attackiert worden sein. Siehst du?« Ich fahre vorsichtig über einen Teil seiner Narben.

Josh nimmt meine Hand von Stormy und legt sie in seine. »Ich werde niemals nur annähernd zulassen, dass euch jemand irgendwas antut. Das schwöre ich bei meinem Leben.« Josh schafft es, dass ich seinen Worten vollkommenes Vertrauen schenke und ihm glaube. Mag an der Ehrlichkeit in seiner Stimme liegen. An unserem Versprechen.

43

Willow

Bisher habe ich nur einer Person so viel Vertrauen geschenkt. Und das war Tammy.

Josh wirkt, als wüsste er genau, wie er das Leben zu nehmen hat. Wie er mein Leben zu nehmen hat. Als könnte er umstandslos die Last von mir nehmen und sie in den tiefen Abgrund werfen. So fühlt es sich an, wenn Josh mich ansieht. Dieses Gefühl zu haben, seine Hartnäckigkeit und sein Selbstbewusstsein zwingen meine Ängste in die Knie, lassen mich aufatmen. Es schenkt mir Hoffnung und den Glauben an das Leben, der mir abhandengekommen ist.

Gemeinsam liegen wir auf Joshs Couch und haben soeben begonnen, eine wunderschöne Liebesschnulze anzusehen.

»Wir können auch etwas anderes sehen. Ich will nicht, dass du aufs Klo rennst und dich übergibst«, stichle ich.

Josh grinst. »Früher oder später muss ich mich daran gewöhnen. Deine Nähe an und auf mir macht es erträglicher.«

»Wie du willst.«

Ich drücke auf Play und starte somit *Safe Haven.* Eine der *Nicholas-Sparks*-Verfilmungen, die ich am liebsten mag. Dann kuschle ich mich an Josh heran und freue mich darauf, wie Katie ihr Glück finden wird.

»Auch den Film hast du bereits schon mal gesehen, oder?«, ahnt Josh.

»Jap«, kichere ich.

»Warum schauen wir nicht mal einen, der für uns beide neu ist?«, fragt er.

»Naja, ich halte mich gern in meinem gewohnten Territorium auf.«

»Das ändert sich ab morgen«, droht Josh und streicht zärtlich durch mein Haar.

»Ist das so?«, frage ich.

»Auf jeden Fall. Ich bin bereit, mit dir diese Schnulzen zu schauen, wenn auch für dich mal etwas Neues dabei ist.«

Ich sehe zu ihm auf und drücke Josh einen ehrlichen Kuss auf seine perfekten Lippen. »Von mir aus. Aber pssst jetzt.« Ich lege meinen Zeigefinger an seinen Mund.

Ich liebe es, wie er mich ansieht, als wäre ich die einzige Frau, die er jemals wieder so ansehen wollte. Ich liebe es, dass er mir wirklich zuhört und mich sieht. Richtig sieht. So wie ich nun einmal bin. Und ich liebe seine Grübchen, die sich auf seiner Wange formen, wenn er mir mit dem ehrlichsten Lachen der

Welt begegnet. Eben so wie jetzt.

Während des ganzen Films habe ich das Gefühl, Josh und ich würden uns nicht einen Zentimeter voneinander wegbewegen. Ganz im Gegenteil. Wir liegen immer drängender aneinander, sodass ich fast auf ihm liege. Als dann Katie ihr wunderschönes Leben zu leben beginnt und der Abspann vor uns läuft, flüstert mir Josh etwas zu. »Bist du im Moment glücklich, Will?« Meine Antwort auf seine Frage kommt unerwartet. Selbst für mich. »Mehr als das. Ich habe das Gefühl, ich sprieße vor Glück.« Das hier ist Glück in seiner ehrlichsten und aufrichtigsten Form.

»Verrätst du mir noch was?«

»Sicher.«

»Wenn der finanzielle Aspekt keine Rolle spielen würde, wärst du bereit, es nochmal an einer Uni zu versuchen?« Ich bin überrascht über die Formulierung seiner Frage.

Ich stütze mich von seiner Brust auf und sehe ihn an. Dabei erblicke ich meine Zukunft. Eine Zukunft mit ihm, mit Josh. »Vermutlich schon.«

»Warum tust du es dann nicht und versuchst, ein Stipendium zu ergattern?«

»Weil ich nichts habe, was ich einreichen könnte. Nichts, mit dem ich vollends zufrieden bin. Und das ist Voraussetzung.«

Nachdenklich und dennoch wortlos funkelt mich Josh an und fährt mit seinen Fingerspitzen über mein Gesicht.

Dann, aus dem Nichts entgleitet Josh etwas, mit

dem ich nicht gerechnet hätte. »Was hältst du davon, wenn du mich nochmal mit *Me Before You* quälst?«

»Ernsthaft?«

»Ernsthaft.«

Das lasse ich mir nicht zweimal sagen, sodass ich in Josh Programmen rumzappe und mir die gespeicherten Filme aufrufe. Als die ersten Sekunden anlaufen, erklingt Joshs ruhige Stimme erneut.

»Kannst du dich noch an den Abend erinnern, als wir ihn uns das erste Mal zusammen angesehen haben?«

»Natürlich.« Wie könnte ich ihn vergessen? »An dem Abend hast du unseren Abschiedskuss eingeführt«, erinnere ich mich, was Josh ein Schmunzeln entlockt.

»Kannst du dich auch noch daran erinnern, was du gesagt hast? Dass Filme nur auf Wunschdenken basieren.«

»Durchaus.«

»Damals konnte ich es noch nicht. Aber heute muss ich dir widersprechen, Will.« Josh fixiert meine Lippen und streift sie sanft mit seinem Daumen. »Ich kann selbst nicht glauben, dass ich das sage, denn ich habe viele Jahre ebenso gedacht wie du. Aber, auch wenn Filme auf Wunschdenken basieren, können sie durchaus dein Leben sein, Will.«

»Wie meinst du das?«

»Wie Louisa William liebt, liebe ich dich, weil du eben nicht normal bist. Weil du einfach du und etwas ganz Besonderes für mich bist. Mein ganz besonderes

Highlight im Leben, das nichts und niemand übertreffen kann.«

Gott, seine Stimme. Seine raue und klare Stimme, die dafür sorgt, jedes einzelne Wort glasklar verstehen zu müssen. Die einen nicht zweifeln lässt, sich verhört zu haben.

»Dein Highlight ...«, flüstere ich ihm nach.

Nach seinen Worten vergesse ich sogar Louisa und William, die sich neben uns kennenlernen. Und spätestens als er meine Lippen mit seinen berührt, widme ich mich ganz Josh und verfalle ihm körperlich sowie innerlich.

44

Josh

Sie schließt mich seit Tagen nicht mehr aus und ich fühle mich Will dadurch umso näher. Dennoch muss ich zugeben, dass ihre Gefühle und das Wissen über die Geschehnisse ihrer Vergangenheit schmerzen. Wie Messerklingen, die andauernd in meine Brust stechen.

Ich kann einfach nicht fassen, was meine Will alles durchmachen musste und wie stark ihr Wesen dennoch ist. Eine Schande, dass ihr kaum bewusst ist, wie taff und mutig sie ist.

Jetzt sehe ich diese wunderschöne Frau direkt am Tresen stehen und wie mich ihre einzigartigen grünen Augen verliebt anfunkeln. War ich schon einmal glücklicher? Sicherlich nicht.

Jedes Mal, wenn wir uns sehen, verhalten sich unsere Synapsen wie die zweier frisch verliebter Teenager. Ungeduldig kommt sie um den Tresen auf mich zu, legt ihre Arme erleichtert um meinen Hals. Meine Hände umfassen ihre Hüfte. Wortlos hebe ich Will in die Luft. Ihren Stimmbändern entgleitet ein Kichern.

Behutsam lege ich meine Lippen auf ihre, was meinen Stimmbändern ein befreiendes Stöhnen entlockt, als hätten wir uns Wochen nicht mehr gesehen. Dabei handelt es hier nur um wenige Stunden.

Ich beobachte sie bei ihrer Arbeit und kann nicht leugnen, dass es mich von Mal zu Mal trauriger stimmt. Will gehört nicht hierher. Sie gehört nicht hinter so eine Bar. Sie gehört hinter ihren Zeichenblock. Sie sollte nicht hier stehen und die Getränke an die halbbesoffenen Typen ausschenken. Sie sollte Kunst studieren. Am *Pratt Institute.* Will sollte verflucht nochmal ihren Traum leben, selbst wenn das für mich bedeutet, zurückstecken zu müssen. Denn sobald sie in New York studieren würde, würde unsere Beziehung auf eine Fernbeziehung hinauslaufen. Und könnte das auf Dauer gut gehen? Mit viel Mühe auf jeden Fall.

Aber ich möchte, dass sie glücklich ist. Und Kunst studieren würde sie glücklich machen. Das Finanzielle jagt ihr eine immense Angst ein, was sie davon abschreckt, ihren Traum zu leben. Aber daran soll es nicht scheitern. Dafür sorge ich und das aus tiefstem Herzen heraus. Wir würden alles zusammen hinbekommen, dessen bin ich mir sicher!

45

Willow

Ich hole soeben die Lasagne aus dem Ofen, als Joshs Klingel läutet. Verwundert sehen wir uns an, weil wir keinen Besuch erwartet haben.

»Fang nicht ohne mich an!«, fordert er und drückt mir einen flüchtigen Kuss auf die Nasenspitze.

»Tu ich nicht«, kichere ich.

Während ich unser Abendbrot in der Auflaufform portioniere, nehme ich ein Stöhnen aus Joshs Stimmbändern wahr. »Mum? Was machst du denn hier?«

Mum? Oh mein Gott!

»Darf ich nicht mal meinen Sohn besuchen?«, räuspert sich ihre hohe Stimme. »Willst du mich nicht reinbitten?«

Ich blicke aus der Küche in den Flur und spüre sofort Joshs Anspannung, seitdem seine Mutter die Wohnung betreten hat.

Diese Frau ist gekleidet, als würde sie noch auf eine exklusive Abendveranstaltung gehen. Mit ihrem blauen Glitzerkleid, das bis zum Boden reicht. Ihre braunen Haare fallen lockig über ihre Schultern, während ihr aufgesetztes Make-up alles übertrifft. Ich habe nie verstanden, warum man sich so zukleistern muss.

Als Stormy in den Flur wandert, vermutlich weil er meine Lasagne riecht, schaut sie abgestoßen auf ihn herab. »Du hast diesen komischen Kater ja immer noch.«

Sofort sehe ich mich in der Position, den kleinen Kerl vor ihren schauderhaften Blicken zu bewahren. Also laufe ich ihm entgegen und hebe Stormy auf meine Arme.

Die fragende Mimik von Joshs Mutter entgeht mir dabei keinesfalls. »Oh, Tag. Sie sind?« Höre ich da einen Hauch Herablassung heraus?

»Willow Wright«, antworte ich.

»Hallo Willow. Ich bin Tessa. Joshs Mum.«

»Schön, Sie kennenzulernen.« Sie mag Joshs Mum sein, doch diese Aussage ist absolut gelogen.

»Er hat mit keinem Wort erwähnt, dass er eine Freundin hat.« Ihr Blick wandert mit gewisser Skepsis über meinen Körper. Im Gegensatz zu ihr trage ich ein weißes Kleid, das an den Schultern mit leichter Spitze verziert ist und dreißig Dollar gekostet hat. »Sie sind doch seine Freundin?«

»Ist sie, Mum. Was willst du hier?«, fragt Josh genervt und verschränkt seine Arme vor der Brust.

»Und was macht deine Freundin? Studiert sie? Arbeitet sie? Was tut sie?« Okay? Was soll das bitte? Diese unverschämte aushorchende Art ...

Die Situation kommt mir vor, als würde sie direkt

abchecken wollen, ob ich intellektuell vernünftig zu ihrem Sohn passe.

»Was willst du, Mum?«

»Wie dem auch sei.« Endlich lässt sie von mir ab. »Ich wollte dich, jetzt euch, zu uns zum Essen einladen. Nach der Gala dachten wir, du würdest dich von allein einmal bei uns melden. Aber wir warteten vergebens.« Tessa spitzt ihre Lippen. »Wie wäre es mit kommendem Sonntag? Dein Bruder wird auch teilnehmen.«

»Da können wir nicht«, lehnt Josh direkt ab.

»Sag mir, wann ihr könnt!«

Ein genervtes Schniefen ertönt. »Ich melde mich, Mum.«

»Nein, Josh, ich lasse mich nicht einfach wieder von dir abspeisen. Du nimmst ja nicht mal meine Anrufe entgegen.« Leicht aufgebracht stemmt sie ihre Hände in die Hüften.

Ich spüre, wie Josh immer angespannter wird, und dass er gerade nicht weiß, wie er seine Mutter aus seiner Wohnung bekommt, ohne ihr das zu geben, was sie will.

»Donnerstagabend würde es uns gut passen, oder Josh?«, mische ich mich ein, was ihn veranlasst, fragende, sogleich dankende Blicke in meine Richtung zu senden.

»Seht ihr. Geht doch. Dann Donnerstag. Bis dahin.«

Josh zögert einen Moment und versichert sich nochmals, dass es okay für mich ist. Ich nicke ihm entschlossen zu.

»Gut, bis Donnerstag«, erwidert er und schließt schwungvoll die Tür, nachdem seine Mum die Wohnung verlassen hat.

»Jetzt weiß ich, woher du deine Hartnäckigkeit hast«, stelle ich fest. »Tut mir leid, wenn ich zu weit ...«

»Nein, Will. Alles okay. Es ist nur ...«

»Es ist was, Josh?« Ich setze Stormy wieder auf dem Boden ab, nehme Josh an die Hand und ziehe ihn in die Küche.

Ausgelaugt von den wenigen Minuten mit einem Teil seiner Familie lässt er sich auf einen der beiden Stühle fallen. »Du ahnst nicht, was uns da erwarten wird.«

»Dann erkläre es mir«, bitte ich.

»Uns erwartet ein Abend voller Schein. Denn nichts wird so sein, wie es wirklich ist. Und sollte nur ein Fünkchen Wahrheit durchblitzen, wirst du erkennen, was für ein Choleriker mein Vater ist und wie meine Mum neben ihm immer brav bei Fuß geht und ihm alles durchgehen lässt.«

Ich setze mich auf seinen Schoß. Dann lege ich liebevoll meine Arme um seinen Hals. »So schlimm, ja?«

»Schlimmer. Wenn ich den Namen Clark ablegen könnte, glaub mir, ich würde es sofort tun.« Seine Blicke wandern von meinen Augen zu meinen Lippen hin und wieder zurück. Er streichelt durch mein gewelltes Haar und dreht die Spitzen mit seinem Zeigefinger ein. Ich gebe ihm einen Kuss auf seinen Mundwinkel.

»Die sind wirklich heilend. Weißt du das?« Wenigstens kann ich ihm mit dieser Berührung einen Teil der Anspannung nehmen.

»Dann solltest du erstmal ein Stück von der Lasagne probieren. Ich glaube, sie ist um einiges besser geworden als beim letzten Mal.«

Am Ende einer langen Landstraße voller Schlamm und Kies erheben sich prachtvolle Villen. Als ich das erste Mal mit Tammy den Weg hier her gefunden habe, fiel ich buchstäblich um. Alles hier schreit nach purem Luxus.

Josh fährt eine private Straße herauf, die zu einer grauen Villa führt. Bei Tageslicht sieht das Grundstück weitaus größer aus, als ich es in Erinnerung habe.

Das Gelände erstreckt sich schätzungsweise auf fünftausend Quadratmeter oder so. Wahrscheinlich ist das noch untertrieben.

Der Rasen links und rechts ist malerisch grün. Direkt vor dem Anwesen ist eine überdimensional große Statue, die einen schon aus der Ferne erschlägt.

Außen wirkte schon zur Gartenparty alles edel und extravagant. Was soll mich dann erst drinnen erwarten?

Ich weiß, dass Joshs Familie ein Pharmaunternehmen gegründet hat, das wohl irgendwie von Generation zu Generation weitergeführt werden soll.

Anstandshalber habe ich mich in ein schickes, grünes Kleid gezwängt, damit ich einen vernünftigen

Eindruck auf Joshs Eltern mache. Ich glaube, Tessa war weniger davon begeistert, wie legere ich in Joshs Flur stand. Josh hingegen trägt eine einfache Jeans und ein graues Shirt.

Nachdem wir vor der Villa Halt gemacht haben, laufen wir die wenigen Treppen zur Haustür hinauf. Und ich kann schwören, selbst die Luft hier riecht nach Hundert-Dollar-Scheinen.

»Ich würde dir gern sagen, dass sie dich mögen werden. Aber im Grunde mögen sie nur sich selbst.«

»Wie nett«, erwidere ich.

»Einfach nur ehrlich. Ich will nicht, dass du mit Erwartungen da reingehst. Lass uns einfach die zwei Stunden rumbringen und wieder verschwinden. Ich bin froh, dass du das mit mir durchstehst.«

Josh streichelt meinen Rücken und küsst mich auf die Stirn. Obwohl ich diejenige sein sollte, die angespannt ist, ist es Josh, dessen Aufregung kaum zu übersehen ist. Er fährt sich des Öfteren durch sein Haar und kaut angespannt auf den Innenseiten seiner Wangen herum. Was sind das nur für Eltern, die einem Kind solch ein schlimmes Gefühl geben?

»Keine Sorge. Wir sitzen die Zeit schon irgendwie ab.« Ich verflechte meine Hand mit seiner, was ihm ein zaghaftes Lächeln entlockt.

»Ich bin froh, dass du da bist. Danke, Will.«

»Das ist das Mindeste.«

Wie es zu erwarten war, treten wir in einen riesigen Eingangsbereich. Überall liegen Marmorfliesen aus. Um mich herum sind Türen, die in andere Räume führen.

Doch, was all das übertönt, ist ein lautes Geschrei, das durch die Gänge hallt, um im selben Moment zu ersticken.

»Willkommen im Hause Clark.« Josh streift sich verlegen über seinen Nacken.

Dann hallt eine angenehm tiefe Stimme durch den Flur. »Josh!«

»Henry«, erwidert Josh erfreut.

Der unbekannte Mann mittleren Alters kommt uns in seinem schwarz-weißen Anzug entgegen und reicht Josh förmlich die Hand.

»Will, darf ich dir vorstellen? Das ist Henry. Einer der Angestellten meiner Eltern.« Es scheint, als hätte Henry einen Teil von Joshs Anspannung beiseitegeschoben.

»Der älteste Angestellte«, erwidert Henry.

»Du bist vermutlich auch der Einzige, der es mit ihnen so lange aushält.«

Freundlich reicht mir Henry die Hand. »Wow. Was für eine Augenweide. Also mal ganz ehrlich.«

Leicht überfordert mit dem Kompliment lächle ich verlegen. Josh hingegen zieht mich vor Henry an sich und haucht mir einen Kuss auf die Stirn. »Das ist sie. Perfekt, wie eh und je.«

Henry schmunzelt, während sich Joshs Finger mit meinen verflechten. »Kommt und folgt mir. Der Tisch ist bereits angerichtet.«

Dann hallt uns eine raue, teilweise düstere Stimme entgegen. »Sie sind da, Tessa.«

Ein korpulenter Mann mit weißem Haar steht bereits mit verschränkten Armen an der Tür, zu der uns Henry führt. Vermutlich das Esszimmer.

»Hey. Das hier ist Will. Will, das hier ist Jerry, mein Vater.« Emotionslos, fast abwertend sieht Joshs Vater an mir herab. Weder ein Hallo noch ein Guten Tag entgegnet er uns. Lediglich ein Nicken überkommt seine starre Haltung. Tiefe Falten prägen seine Stirn und lassen ihn durchaus grantig wirken.

Im Esszimmer befindet sich eine lange Holztafel mit mehr Stühlen, als eine normale Familie benötigt. Ich zähle sechzehn. An einem davon sitzt bereits Tessa, die ungeduldig mit ihren Fingern auf dem Tisch tippt.

Hier ist weder Leben noch Wärme im Raum. Alles wirkt trist, dunkel und kalt.

Joshs Vater nimmt an der Front des Tisches Platz, bevor Timothy hinter uns hervorkommt und uns freundlich begrüßt. »Na, ihr zwei frisch Verliebten«, flüstert er uns zu.

Ich lächle und Josh tut es mir gleich. Die für einen Moment angenehme Stimmung wird dennoch sofort zerschlagen. »Los, setzt euch! Damit wir endlich anfangen können.«

»Und die Show beginnt«, flüstert mir Josh ins Ohr. Nun kann ich verstehen, warum er es hasst, im Haus seiner Eltern zu sein. Ich bin nicht mal zehn Minuten hier und möchte am liebsten wieder gehen.

Josh zieht mir einen Stuhl zurück, dann platziert er sich neben mich. Vor mir steht eine große Auswahl an

Speisen. Doch nur wenig davon sieht wirklich appetitlich aus. Froschschenkel, Kaviar und irgendwelche undefinierbaren Häppchen werden definitiv nicht auf meinem Teller landen.

»Da habt ihr ja mal wieder aufgetischt«, spottet Josh und reibt sich dabei das Kinn.

»Wenn du öfter kommen würdest, wäre das nichts Besonderes für dich«, zischt Tessa und nimmt sich eine Schale Brokkoli.

Die Stimmung des Essens wirkt mehr als drückend und geladen. Als würde ein lauter Schrei nicht mehr lange auf sich warten lassen.

Auch Timothy scheint verändert zu sein. Er wirkt in sich gekehrt und kaum ein Lächeln überkommt sein sonst so freundliches Gesicht.

»Timothy, gibt es etwas Neues im Studium?«, fragt Jerry schließlich.

»Nein. Nicht unbedingt. Die Prüfungsergebnisse sind gekommen. Alle bestanden«, fasst er sich recht kurz und blickt flüchtig zu Josh auf.

»Gut, mein Junge. Das hört man doch gern!« Dann wandern die Blicke des »Familienoberhauptes« zu uns.

»Und bei dir, Josh?« Der unterschwellige Ton gefällt mir gar nicht.

»Nichts Neues«, räuspert sich Josh.

»Also immer noch auf derselben Welle«, zischt Jerry.

Sofort lässt Josh die Gabel auf den Tellerrand fallen, was mich für Millisekunden zusammenzucken lässt. »Worauf spielst du an?«

»Ich hoffe vor jedem Treffen, dass du endlich zu Vernunft kommst und deine Spielchen sein lässt. Du bist Ende zwanzig und bekommst nichts auf die Reihe. Du gehörst in das Familienunternehmen. Wann wird dir das endlich klar?«

Habe ich mich da gerade verhört? Josh bekommt nichts auf die Reihe? Geballte Wut packt mich.

Josh verschränkt seine Arme und lehnt sich auf dem Stuhl zurück. »Ich bin voll und ganz bei Vernunft und habe mein Leben wunderbar im Griff. Keine Sorge. Am besten verschwendest du nicht deine Zeit damit, zu hoffen, dass sich meine Pläne einmal ändern werden. Ich. Will. Nichts. Mit. Dem. Familienunternehmen. Zu. Tun. Haben.«

»Wenn ich das wieder höre. Ist dir eigentlich bewusst, dass du mit diesem Laden unseren Namen verschandelst? Gleichzeitig nutzt du ihn für dich aus«, spottet Jerry.

Ich bin fassungslos über diese Kommunikation.

Josh zischt giftig. »Wie bitte?«

»Du glaubst doch nicht, dass du es ohne uns geschafft hast, den Laden überhaupt erst aufzubauen? Schon allein der Name Clark eröffnet dir Wege, die anderen verwehrt bleiben. Durch ihn wird dir hier in Clearwater alles erleichtert. Durch den Namen kannst du diese Farce erst betreiben. Oder glaubst du, du wirst einfach so zu so einer Spendengala eingeladen, die du teilweise mit Füßen getreten hast. Man haut nicht einfach ab, wenn es einem passt.« Abgehauen? Ist Josh wegen mir etwas eher von der Gala verschwunden? Das schlechte Gewissen legt sich über meinen Körper. Doch die Wut auf seinen Vater übermannt gerade jegliches Gefühl. »So eine Gala bringt dir neue, hilfreiche Kontakte. Und dennoch, hätten wir gewusst, dass du einen Teil deines Fonds dafür verwendest, diesen törichten Laden zu eröffnen und dir dieses Eckhaus zu kaufen, und über Jahre noch immer daran festhältst, hätten wir ihn dir niemals ausgezahlt. Immer wieder beweist du mir, dass du versagt hast.«

Dass Josh versagt hat? Jetzt reicht es! Ich schiebe aufgebracht den Stuhl nach hinten, was ein quietschendes Geräusch hinterlässt. Dann drücke ich meine Handflächen auf den Tisch. »Sie haben keine Ahnung, wer ihr Sohn wirklich ist, habe ich recht?«

Wütende Blicke von Tessa und Jerry durchlöchern mich. »Was nehmen Sie sich heraus? Setzen Sie sich gefälligst!« Tessa sieht zu Josh. »Deine Freundin kennt wohl keinen Anstand?«

»Das sollte ich Sie fragen. Und nein, ich werde mich ganz sicher nicht wieder setzen. Dass Sie es überhaupt wagen, so über Ihr eigenes Kind zu reden.«

»Tut mir leid, Timothy.« Ich nicke ihm mit verhaltenem Lächeln zu, bevor ich mich Josh widme. »Aber Josh? Können wir bitte gehen?« Ich halte diese dunkle Wolke über uns nicht aus. Wo sind wir nur hier gelandet? In welcher Familie ist Josh bitte gelandet?

Befreit lächelt Josh mich an, steht auf und ergreift meine Hand. »Nichts lieber als das, Will.«

»Dann, los.« Ich drehe mich ein letztes Mal zu

seinen Eltern um. »Ich bin froh, dass Josh nicht annähernd so wie Sie ist und eine wohltuende, aufrichtige und besondere Einstellung in sich trägt, die Leben rettet. Davon könnten Sie sich mal eine Scheibe abschneiden.«

So schnell wir können, laufen wir aus der Villa und gehen zum Auto. Bevor ich mit meiner Wut im Bauch die Beifahrertür anpeile, dreht mich Josh zu sich und presst seine Lippen auf meine.

»Danke, Will.«

Die ganze Fahrt war es still zwischen uns. Was hätten wir auch dazu sagen sollen? Für meinen Teil musste ich diese unangenehme Situation erstmal verdauen.

Ich lege meine Umhängetasche ab, gehe barfuß ins Wohnzimmer und lasse mich erschöpft auf die Couch fallen. Schwerfällig stoße ich einen Atemzug aus.

»Alles okay?«, versichert sich Josh und setzt sich neben mich.

»Das sollte ich dich fragen. Das war ja fürchterlich«, antworte ich ehrlich. »Vor allem, dass deine Mum einfach zusieht, wie dich dein Vater runtermacht.«

»Ich hab nicht zu viel versprochen, oder?« Ich entnehme seinen Worten ein höhnisches Lachen.

»Was sind das bitte für Eltern?«

»Meine Eltern.« Gemeinsam starren wir an seine Decke.

»Wie hast du das all die Jahre dort ausgehalten?«, muss ich wissen.

»Ich habe irgendwie überlebt.«

»Grauenvoll. Josh, deine Eltern haben nicht die leiseste Ahnung, wer du bist. Und dein Vater irrt, wenn er glaubt, dass das, was du tust, Zeitverschwendung ist. Helfen ist niemals Zeitverschwendung. Wenn das deine Eltern nicht erkennen können, sind sie einfach nur blind.« Ich stoppe kurz. »Aber das zeigt es mir mal wieder. Auch wenn man Augen im Kopf hat, sieht man oft nicht das, was vor einem liegt. So sind die Menschen eben.«

»Sie haben mir nie etwas leicht gemacht und der heutige Abend zeigt mir wieder einmal, dass ich nichts in dieser Villa verloren habe.«

»Es tut mir so leid, dass du mit solchen Eltern gestraft bist.« Ich kann mir nicht im Entferntesten vorstellen, was Josh in seiner Vergangenheit alles in der »Villa Höllenfeuer« durch machen musste.

»Ich möchte niemals so sein wie sie«, gesteht Josh.

»Das wirst du nicht. Niemals. Das ist unmöglich. Völlig unmöglich. Davon bist du schon jetzt viel zu weit entfernt. Viel zu gut.«

Josh dreht seinen Kopf zu mir und ergreift meine Hand, die er sich bestimmt auf dem Oberschenkel fixiert.

»Ich hoffe es. Ich hasse es, wenn meine Mum alles duldet. Du müsstest sehen, wie sie meinem Vater in der Öffentlichkeit hinterherwackelt. Müsstest sehen, wie Jerry sie behandelt. Das Geschrei, als wir ankamen, ist Standard. Er schreit sie immer an, wenn ihm etwas nicht passt. Ist das Liebe, Will?«

»Ist es nicht.« Und das kann ich ganz sicher sagen. Denn, wenn ich mich erinnere, hat mein Dad niemals die Stimme gegen meine Mum erhoben. Ich kann mich nicht einmal daran erinnern, dass sie einst stritten. Aber ich erinnere mich an die sanften, fast flüchtigen Berührungen, die ihre Liebe widerspiegelten. Die Küsse und Streicheleinheiten.

»Aber das zwischen uns, Josh, das ist Liebe«, entfährt es mir ungewollt. Entgeistert sehe ich ihn an, während er mir eines seiner aufrichtigen Lächeln entgegenbringt.

Josh zieht meine Hand an seine Lippen. »Das ist es, Will.« Flüchtig küsst er mich auf die Fingerspitzen. »Ich werde meine Mitmenschen niemals so behandeln, wie es Jerry Clark tut. Er hat mir ungewollt eine wichtige Sache mit auf dem Weg gegeben.«

»Und was ist das?«, möchte ich wissen und lege meinen Kopf auf Joshs Schulter ab.

»Wie man es nicht macht, Will. Wie man es nicht macht.«

Fast fließend lehnt er seinen Kopf auf meinen. »Soll ich dir mal was sagen?«

»Alles.«

»Mir ist es egal, ob ich meine Eltern jemals wiedersehen werde. Ob sie aus meinem Leben verschwinden.« Kaum vorzustellen, wie unterschiedlich die Denkweisen der Menschen sein können. Während ich meine Eltern jeden Tag aufs Neue vermisse, wünscht sich Josh ein Leben ohne sie. »Denn ich habe ja dich, nicht wahr?«

Überrascht und glücklich zugleich sehe ich ihn an.

Josh hebt einen seiner Mundwinkel und bringt mich damit zum Schmelzen. Mit Abstand sind seine Lippen die schönsten, die ich jemals gesehen habe. »Du hast mich, ja.«

Meine Eltern liebten einander. Sie unterstützen einander, wenn es schwierig wurde. Ihre Liebe machte die Welt zu einem so viel besseren Ort. Zwar war ich ein Kind, als ihre Liebe durch Daddys Tod zerbrach, dennoch spürte ich, dass ihre Herzen bis dahin im selben Takt schlugen. Ich glaube zumindest fest daran. Und als Dad dann letztlich starb, gab es keine Eva ohne ihren Jim. Auch wenn sie es ununterbrochen versucht hat. Für mich. Für uns.

Und langsam glaube ich, was Mum für meinen Dad empfand, fühle ich für Josh. Die einzig wahre Liebe.

»Was will ich dann mehr? Es ist mehr, als ich mir jemals hätte vorstellen können. Ich kann wunderbar ohne meine Eltern leben. Aber ein Leben ohne dich ist für mich keine Option mehr.«

Sanft streicht Josh mir eine Strähne aus dem Gesicht. Und dann finden seine Lippen endlich meine. So zaghaft, dass ich mich völlig darin verliere.

Josh schmeckt so verdammt ... perfekt.

Wie die leckersten Pancakes der Welt. Verbunden mit dem süßesten Ahornsirup, den es gibt.

Mit einem Satz hat mich Josh gepackt und auf seinen Schoß gesetzt. Er seufzt in meine Mundhöhle, als verzehre er sich schon den ganzen Abend lang nach mir.

Seine Hände liegen auf meinen Hüften, während ich mich gierig in sein Haar kralle. Unbewusst presse ich meine Brüste enger an seinen Körper. Zärtlich küsst er mein Kinn und arbeitet sich langsam zu meinem Hals vor, sodass ich gezwungen bin, den Kopf seufzend in den Nacken zulegen. Dann lege ich mein Gesicht an seinen Hals, inhaliere seinen Duft. Er packt mich stärker bei den Hüften und ich verfalle tiefer in den Rausch des Verlangens. Ein heißer Schauer läuft über meinen Rücken, der mich nur ungehaltener macht. Ich nehme mir das, was ich so unbedingt brauche. Nämlich allein Josh.

46

Vier Wochen später

Josh

Verdammt, es fühlt sich so gut an, wenn ihr Atem meine Haut streift. Wir liegen hier, in meinem Bett, und ich könnte nicht glücklicher sein. Nie habe ich eine Frau mehr begehrt. Nie habe ich eine Frau sehnsüchtiger in meinen Armen gehalten. Und nie war ich verliebter.

Ich erinnere mich an jeden Moment mit Will. Jede Berührung, jeder Kuss. Jedes Wort, das sie mir sagte, und jedes Lachen, das sie mir schenkte. Und ihr Lachen ist einfach unbeschreiblich schön.

Dieses Bauchkribbeln und Herzrasen, das Will in meinem Körper auslöst, ist fantastisch. Und sie ist sich vermutlich noch immer nicht annähernd bewusst, welche Wirkung sie auf mich hat.

»Möchtest du wissen, was ich gedacht habe, als ich dich das allererste Mal sah?«, frage ich sie.

»Was denn?«, fordert Will ein und funkelt mich gleichzeitig neugierig an. Ihre großen grünen Augen machen mich wahnsinnig.

»Du bist genauso schön wie der hellste Komet, den die Menschheit jemals sehen durfte. Ein Komet, der unaufhaltsam durch die Umlaufbahn fliegt und sich allem widersetzt. Irgendwann prallt er schließlich auf. Ebenso wie du«, erkläre ich und küsse ihre Stirn.

»Wie ich?«, kichert sie.

Ich verfolge jede Bewegung ihres Mundes wie ein Süchtiger.

»Ebenso wie der Komet bist du durch so einige Umwege um mein Leben geflogen. Bis du schließlich aufgeschlagen bist. Unausweichlich und fest verankert im Grund und Boden meines Daseins.«

»Oh, Josh.« Will lächelt mich mit dem schönsten Lächeln dieser Welt an und erwidert meine Worte mit einem innigen Kuss, der mir den Atem raubt. Ich schlinge meine Arme um sie. Die Art, wie sie sich an mich schmiegt, benebelt meinen Verstand, aber es stört mich keinesfalls.

Mehr denn je möchte ich Will vor dem Schmerz dieser Welt bewahren.

Das, was in meiner Brust schlägt, fühlt sich das erste Mal echt an. Dieses Gefühl muss eindeutig Liebe sein. Sie mag eine Täuschung sein, wie ich all die Jahre geglaubt habe, dennoch hoffe ich, dass die Täuschung niemals ihre Kraft verliert. Denn ich bin ihr voll und ganz verfallen.

Ob Will meinen Herzschlag hören kann, der ihr

ununterbrochen erzählt, wie verliebt ich in sie bin?

»Bis vor Kurzem dachte ich, ich brauche keine Frau, kein Haus und keine Kinder, um glücklich zu sein. Aber die Sachlage ist nun eine andere, Will. Denn ich brauche das. Ich will das. Mit dir. Irgendwann mal.«

Will weicht ein Stück zurück. »Du willst also, dass ich mich um deinen Hals klette und dir viele süße Babys schenke?«, stichelt sie.

»Das möchte ich, ja.«

Sie schmunzelt mich an. »Vielleicht bekommst du das, Josh. Irgendwann mal. Vielleicht ziehen wir mal zusammen, heiraten und bekommen wundervolle Kinder.«

Meine Hand fährt ununterbrochen durch ihr Haar, weil ich ganz genau weiß, wie sehr es Will gefällt. »Was hältst du davon, das Vielleicht einfach zu überspringen?«

»Oh mein Gott, Josh. Erneut ein Vielleicht überspringen? Denk gar nicht dran! Kinder gibt es definitiv noch nicht«, lacht sie.

»Ich möchte eigentlich auf etwas anderes hinaus.«

»Auf was denn?«

Ich nehme ihre Hand in meine. »Zieh zu mir, Will.«

Ihr Augen werden so groß wie Tennisbälle. »Ist das dein Ernst?«

»Alles, was ich sage, ist mein Ernst. Du würdest damit nicht nur mir einen großen Gefallen tun, sondern auch Stormy«, schwöre ich.

»Werde ich das?«

»Er ist gern in deiner Nähe, Will«, erwidere ich.

»Also, wirst du ein weiteres Mal mutig sein?«

Ich habe nicht annähernd zu träumen gewagt, all dieses Glück erleben zu dürfen, das ich gerade hier in meinen Armen halte. Und obwohl man nie davon geträumt hat, steht man nun im Hier und Jetzt und merkt, man wollte dann doch nie irgendetwas anderes! Ich wollte Will schon, als ich sie das erste Mal gesehen habe.

Nun kann ich nur abwarten und hoffen, dass sie irgendwann für unser Wir bereit sein wird. Mit allem, was dazu gehört. Aber so langsam gewöhne ich mich daran, Geduld für die Frau aufzubringen. Schließlich weiß ich jetzt: Es lohnt sich!

47

Willow

»Ist das euer Ernst?«, plärrt uns Tammy an und stürmt aus der Wohnung. Die Tür knallt mit einem lauten Scheppern hinter ihr zu.

Ich habe mich entschieden. Und obwohl ich bis gerade eben mit der Entscheidung mehr als glücklich war, bin ich nun gespalten.

Josh legt seine Hand auf meinen Rücken. »Geh ihr nach.«

Ich tue, was er sagt, und trete auf die Veranda raus. Es bricht mir das Herz, als ich Tammy schluchzen höre. Meine beste Freundin, mein Fels in der Brandung, dreht mir den Rücken zu.

»Tammy?« Ich umgreife ihre Schulter und lehne meinen Kopf an sie. »Es tut mir leid. Natürlich bleibe ich, wenn du das möchtest. Wir dachten nur, es wäre …«

»Es ist eine tolle Idee, Wi«, unterbricht sie mich und weint dennoch bitterliche Tränen.

»Ist es das?«

Tammy dreht sich zu mir um. Ihr Mascara ist vor lauter Weinen völlig verschmiert, ihre Lippe bebt. »Aber natürlich.«

Verwirrt schüttle ich meinen Kopf und wische ihr die Tränen aus dem Gesicht. »Warum weinst du dann?«

»Das hat so viele Gründe.« Scharf zieht sie die Luft ein. »Zum einen endet hiermit eine Ära. Da wird man ja wohl mal ein paar Tränen vergießen dürfen. Zweitens freue ich mich so unglaublich für dich, Wi.« Tammy umarmt mich. Ehrlich und aufrichtig.

»Du bist nur gerade so herausgestürmt, da dachte ich ... «

»Josh soll mich nicht weinen sehen. Er würde es doch sofort Timothy weitertratschen«, kichert sie und löst ihre Umarmung. »Aber glaub mir, Wi. Genauso sollte dein Leben laufen. Genau das hast du verdient. Du hast Josh verdient und die Liebe, die er dir schenkt. Nach all den Jahren scheint es endlich wieder ein bisschen bergauf für dich zu gehen.«

»Es ging schon mit unserer Freundschaft bergauf, Tammy.« Und so ist es. Denn Tammy war für mich da, als ich niemanden hatte.

»Ich bin schon so ziemlich das Beste, das es gibt, stimmts?«, schluchzt Tammy und kichert gleichzeitig.

»Bist du! Es wird noch dauern, bis ich vollständig geheilt bin.«

Ich habe noch immer viel zu viel aufzuarbeiten. Aber ich glaube, dass es mir mit Tammys und Joshs Hilfe leichter fallen wird, die grausamen Taten verarbeiten zu können und sie irgendwann als einen Teil von mir selbst zu akzeptieren. Ohne immer das Gefühl zu haben, daran zu zerbrechen.

»Aber das ist der Anfang deines Glücks, Wi. Und außerdem?«, Tammy stoppt kurz. »Einen Schritt nach dem anderen!«

Nun bin ich diejenige, die sich um ihren Hals wirft und der die Tränen in die Augen steigen. »Ich danke dir, Tammy. Du bist die beste Freundin, die man sich wünschen kann.«

»Und das wird sich auch nicht ändern, nur weil wir getrennt wohnen.«

Ich schüttle entschlossen mit dem Kopf. »Niemals.«

»Du, schön wie ein Rubin ... «, schluchzt sie.

»... und du, schön wie das Licht der Sonne«, ergänze ich ebenso weinerlich.

Doch wir beide beenden es wie immer gemeinsam mit Freudentränen in den Augen. »Aber gemeinsam sind wir verrückt wie der Hutmacher.«

Diese erneute Erkenntnis veranlasst uns, gleichzeitig loszulachen. Gedankenlos und frei.

Meine Umzugskartons sind quer in der Wohnung verteilt. Es wird der erste Abend sein, an dem ich offiziell hier bei Josh wohne. Obwohl ich schon so oft hier war, bin ich heute unfassbar nervös.

Mag daran liegen, dass ich eine Überraschung für ihn habe, bei der ich nicht weiß, wie er darauf reagieren wird.

Josh hat uns eine Pizza kommen lassen, die wir auf der Couch verputzen. Vor uns läuft ein Actionfilm, auf den ich mich nicht annähernd konzentrieren kann. Meine Beine und Hände zappeln leicht, was Josh nicht entgeht. »Alles okay, Will?«

»Ist es.« Ist es so ganz und gar nicht. Selbst meine Stimme zittert.

»Bist du dir sicher? Du scheinst nervös zu sein.«

»Bin ich auch irgendwie«, flüstere ich.

Josh legt sein Pizzastück in den Karton und dreht sich zu mir. Er nimmt meine Hände in seine. »Du weißt, du kannst mir alles sagen.«

»Ich weiß«, antworte ich. »Und du weißt, dass ich nicht ganz so gut mit Erklärungen bin.«

»Allerdings«, schmunzelt er.

»Deswegen möchte ich dir etwas geben, dass diese verkorkste Situation wieder einmal erklärt.«

Ich laufe zu einem der Kartons und wühle meine schwarze Mappe heraus, an der ich die letzten Wochen fleißig weitergearbeitet habe. »Weißt du, was meine Mum zu gern gesagt hat?«

»Erzähl es mir«, bittet Josh.

Ich lächle, wenn ich an die Worte zurückdenke, weil ich mir dessen noch nie bewusster war. »Auch wenn alles, was glänzt, wertvoll erscheinen mag, sind es doch die Taten unserer Mitmenschen, die bedeutungsvoll sind.« Ich presse die Lippen aufeinander und versuche, die perfekten Wörter in meinem Kopf zusammenzusetzen. »Ich möchte gern, dass du weißt, dass mich deine wohltuenden Taten ins Leben zurückgeschmettert haben. Unaufhaltsam und unerwartet. Dass sie bedeutender sind als alles Geld dieser Welt. Dafür möchte ich dir danken.« Aufgeregt reiche ich ihm meine schwarze Mappe, die Josh zögerlich entgegennimmt.

Dann schlägt er sie auf.

Ich weiß ganz genau, was er sehen wird.

Bilder, die er bereits kennt und die mein Leben bis zum heutigen Zeitpunkt zeigen. Zum einen die schweren Schicksalsschläge, mit denen ich zu kämpfen habe. Die jedoch durch Joshs Anwesenheit – durch das Wesen, das er verkörpert – von Tag zu Tag erträglicher werden.

Dann wird er auf neue Bilder stoßen, die ihm zeigen sollen, was er mir bedeutet. Was mir unsere gemeinsame Zeit bedeutet, die so ehrlich und aufrichtig erscheint, dass ich platzen könnte vor Glücksgefühlen.

Von Zeichnung zu Zeichnung wird Josh erkennen, dass ich von einer roboterähnlichen Gestalt zu einem gefühlsbeladenen Menschen zurückfinde, der immer mutiger wird. Wie ich zu träumen wage und zu leben beginne. Dank ihm. »In jeder Geschichte gibt es einen Helden. Der, der bereit ist, andere zu retten. Der, der sich schützend gegen ein Monster stellt. Der, der einem aufhilft, wenn man gefallen ist und erschöpft am Boden liegt.« Ich sehe ihn an, lächle und liebe. »Du bist mein Held, Josh. Du hast mich gerettet und stellst dich tagtäglich den dunklen Monstern meiner Vergangenheit entgegen, die mich tagtäglich aufsuchen. Das Grauen bekommt langsam Angst, wird blasser.

Blasser durch dein Licht, das du in mein Leben bringst.«

»Will ...«, stammelt er überrascht, überwältigt. Soeben hält er die letzte Zeichnung in der Hand, auf der wir gemeinsam auf seiner Couch liegen und uns eine Pizza teilen. Eben genau dieser Moment. »Oh mein Gott, Will. Es ist ...« Ihm fehlen eindeutig die Worte. »Die Bilder sind unglaublich. Du bist einfach unglaublich.« Erkenne ich eine gewisse Feuchte in seinen Augen?

Die Zeichnungen sind meine Art zu sagen, dass ich Josh Clark liebe und dass er mir mein Leben zurückgegeben hat. Egal, wie viel Arbeit es in Zukunft noch bedarf, weiß ich: Ich liebe und lebe von Tag zu Tag ein Stückchen mehr! Wegen ihm!

Josh Clark ist die wahre Liebe, die niemals ein Ende nehmen wird. Die Raum und Zeit überwindet und über den Tod hinausgeht. Aufrichtig und ehrlich. Das war die Liebe zwischen Eva und Jim Wright und ist nun die Liebe zwischen mir und Josh Clark.

Wenige Tage später kommt Josh zur Tür herein und wedelt mit einem Stapel Briefe vor dem Gesicht herum. Dicht gefolgt von meiner besten Freundin, deren Grinsen heimtückisch wirkt. »Was machst du denn hier?«

»Darf ich nicht meine beste Freundin spontan besuchen?« Tammy hebt skeptisch eine ihrer Augenbrauen.

»Doch schon. Aber ich muss doch gleich ins *Claras.*«

Bevor Tammy und ich weiter sprechen können, schaltet sich Josh ins Gespräch ein. »Hier, die beiden sind für dich, Will.« Er hält mir zwei Briefe vor die Nase.

»Für mich?« Ich bekomme nie Post.

»Jap. Für dich.«

Überrascht halte ich den roten Umschlag in den Händen. Auf dem Briefkopf steht ein mir viel zu bekannter Name. Wie könnte ich ihn auch jemals vergessen?

Ich verforme meine Augen zu skeptischen Schlitzen. Woher haben die meine neue Adresse?

Als ich den Brief öffne und die ersten Zeilen lese, falle ich aus allen Wolken und frage mich, was das soll und ob ich träume. Anders kann es nicht sein ...

Denn hier vor meinen Augen stehen dieselben Worte, die ich schon einmal gelesen habe.

Sehr geehrte Miss Wright,

als eines der multikulturellen Epizentren der Welt für Kunst, Kultur, Design und Wirtschaft freuen wir uns Ihnen mitteilen zu dürfen, dass Sie am Pratt Institute angenommen wurden.

...

»Was? Die müssen sich irren.« Ich bin imstande, mein Handy aus der Tasche zu ziehen und die Nummer des Institutes zu wählen. Doch bevor ich auf den grünen Hörer drücken kann, stoppt mich Josh in meiner Tat.

»Tun sie nicht.«

»Doch. Ich habe nichts eingereicht und sie werden sich kaum auf Zeichnungen von vor zig Jahren stützen. Das muss ein Fehler sein.«

»Du hast vielleicht nichts eingereicht«, spricht Tammy. »Wir aber schon.«

Ich verschlucke mich an meiner eigenen Spucke und reiße meine Augen auf. »Ihr habt was? Das ist doch ein Scherz. Das geht doch gar nicht.«

»Würden wir scherzen? Bei sowas? Irgendwie geht alles«, entgegnet Josh.

Ungläubig fasse ich mir an die Stirn und spüre, wie mir heiß und kalt zugleich wird.

»Wir haben die Anmeldungen und ein paar deiner Zeichnungen ans *Pratt* und an die *South University* geschickt.«

»Welche Zeichnungen denn? Es gab doch ...« *Keine*, will ich sagen, bevor ich von Tammy unterbrochen werde.

»Zum einen deine Vogelzeichnungen«, setzt sie an. Die, die sie in meinem Zimmer gefunden hat, und die, die ich Josh geschenkt habe.

Dann spricht Josh weiter, der in alles eingeweiht war und nicht ein Fünkchen hat durchblicken lassen. »Zum anderen das letzte Bild deiner Mappe. Wir sehen so verdammt glücklich darauf aus.«

Mir klappt die Kinnlade nach unten. »Ihr seid absolut durchgeknallt«, stelle ich fest. Doch beide grinsen sich nur gegenseitig an. »Warum habt ihr das getan?«

»Weil du endlich deinen Traum leben sollst. Du sollst endlich das tun, weshalb du hier auf der Erde verweilst«, erwidert Tammy forsch.

»Aber ich ...«

Josh unterbricht mich und legt eine meiner Hände in seine. »Will, wir bekommen das gemeinsam hin. Finanziell, wie auch zeitlich. Bitte mach dir darüber keine Sorgen mehr. Nimm das Angebot an. Studiere Kunst!«

Wir bekommen das gemeinsam hin?

»Bist du dir sicher? So ein Studium ist verdammt teuer und ich werde dann nicht mehr Vollzeit im *Claras* arbeiten können. Ich habe kaum Ersparnisse, die ...«

»Aber ich.« Josh stoppt. »Wir!«

»Nein!«, stoße ich aus. »Das kann ich nicht ...«

»Doch, Will. Bitte lass zu, dass ich dir helfen darf. Bitte.«

Überfordert schließe ich meine Augen und beginne, nachzudenken.

»Gib dir einen Ruck. Sei nicht so stolz«, schaltet sich Tammy ein.

Dann sehe ich in Joshs Braun. Dabei entfährt mir ein unsicheres, zögerliches »Okay«. Das veranlasst ihn jedoch, mich in die Arme zu schließen. »Jetzt ist es zwar irrelevant, aber du musst noch den Brief von der *South University* öffnen. Ich möchte wissen, was sie zu deinen Zeichnungen sagen«, spricht Josh.

Irrelevant? Was meint Josh mit irrelevant?

Aufgeregt reiße ich den blauen Briefumschlag auf

und sehe, dass die Zeichnungen auch die *South University* in Tampa überzeugen konnten.

»Auch angenommen«, flüstere ich ungläubig zu mir selbst.

»Oh mein Gott. Ich wusste es, Wi. Weil du verdammt gut bist. Weil das, was du zeichnest, einfach besonders ist.« Händeklatschend springt sie in der Wohnung herum.

Ich hingegen verfalle soeben in ein altes Muster. In ein zweiflerisches Muster. Obgleich ich vor wenigen Sekunden bei allem zugestimmt habe.

Ich kann doch jetzt kein Studium aufnehmen?

»Stopp mal, Tammy.« Ich halte sie an den Armen fest und blicke ihr in die Augen. Es scheint, als wüsste sie, was ich zu sagen habe. Denn soeben beschleicht mich wieder meine Angst, die mich schon Jahre begleitet.

Drohend hebt sie ihren Zeigefinger in die Luft. »Vergiss es, Wi. Du wirst einen dieser beiden Plätze annehmen. Hast du verstanden? Du lässt dir die Chance nicht entgehen, hörst du?«

»Ich weiß nicht, ob …«

Josh unterbricht mich und lässt es nicht zu, dass die fürchterlichen Gedanken sich erneute Kontrolle über meine Entscheidungen verschaffen. Er nimmt mein Gesicht zwischen seine Hände und dann ergründe ich seinen aufrichtigen Blick, der zeigt, wie sehr er mich liebt. »Wage es, zu träumen, Will. Lebe deinen Traum. Denn das Leben ist zu kurz, es nicht zu tun. Ich bin bei dir und unterstütze dich in jede Richtung, so gut es mir möglich ist. Ziehe alles, was dir und deinem Inneren guttut, an dich. Stoße deine Leidenschaft nicht wieder von dir. Wir schaffen das. Zusammen.« Nach diesen Worten scheint alles so unfassbar einfach zu sein. Unfassbar leicht. Direkt greifbar.

Ich beginne, sämtliche Zweifel von mir zu schieben. Dann lächle ich und ziehe Josh an mich. »Du machst mich glücklich. So, so glücklich.«

»Dann mach dich noch glücklicher und fange dein Studium an. Und mach dir nie wieder Sorgen wegen den finanziellen Dingen. Wir unterstützen einander. Das verspreche ich dir! Und auch die Entfernung wird uns nichts anhaben können.«

»Bitte? Bitte was?«

»Clearwater und New York sind nur drei Stunden Flugzeit. Das bekommen wir hin, Will.« Josh versucht, mir die Situation zu erklären, dabei bin ich mir dessen völlig bewusst.

»Stopp mal. Wenn ich Kunst studiere, dann werde ich nicht an das *Pratt Institute* gehen«, will ich Josh, aber auch Tammy erklären.

Doch er schüttelt eisern mit seinem Kopf. »Du wirst dir die Chance nicht durch die Hände fallen lassen.«

Ich atme aus und schließe die Augen. »Werde ich auch nicht. Ich werde mich für die *South University* in Tampa entscheiden.«

Nun sind es Joshs und Tammys Augen, die sich gleichzeitig aufreißen und mich überrascht ansehen, während ich lächle. »Du wirst was?«

Tammy kommt einen Schritt näher an uns heran. »Aber es war doch immer dein Traum, auf das *Pratt* zu gehen, Wi.«

Doch spätestens als ich vor wenigen Minuten den Brief vom *Pratt Institute* in den Händen gehalten habe, wusste ich, dass es nicht mehr mein Traum ist, an dieser Universität zu studieren. Mir fehlte die kreischende Freude, die ich früher mit meiner Mum teilte, als ich den Brief öffnete. Die Vorstellung, ans *Pratt* zu gehen, war damals unerschütterlich. Doch heute ohne Josh und Tammy sein zu müssen, birgt nur unsagbare Bauchschmerzen in mir. Es ist für mich keine Option mehr.

»Träume verändern sich, Tammy. Ihr seid ein Teil, ein viel bedeutenderer Teil meines Traums. Durch euch bin ich glücklich. Dass ich das hier machen darf, ich die Chance bekomme, endlich das zu tun, was ich schon immer wollte, ist nur das i-Tüpelchen. Ich kann hier nicht weg. Hier ist mein Zuhause. Ihr seid mein Zuhause. Ich würde in New York nicht glücklich werden. Deswegen bleibe ich.«

Josh und Tammy sehen mich noch immer ungläubig an. »Wirklich. Ich werde bleiben. Weil ich unbedingt hierbleiben will!«

»Oh mein Gott.« Glücklich schließt mich Josh in seine Arme und verziert mein Gesicht mit vielen, flüchtigen Küssen.

Als er von mir ablässt, wird mir eine Tatsache bewusst, die schöner nicht sein kann. »Ich werde Clara sagen müssen, dass sie mich ab Frühjahr nicht mehr

Vollzeit einplanen kann.« Und als würde es erst jetzt so richtig Klick machen, greife ich mir aufgeregt an die Stirn. »Oh mein Gott. Ich werde Kunst studieren. Endlich.«

Dank den wichtigsten Menschen meines Lebens, die mir den nötigen Mut schenken.

Hab ich all das überhaupt verdient?

Anscheinend habe ich das!

Epilog

Fast zwei Jahre später

Willow

Werde ich irgendwann mit meiner Vergangenheit und dem, was passiert ist, abschließen können? Diese Frage stellte ich mir schon jahrelang. Ich fand nie eine Antwort darauf. Heute weiß ich, warum.

Ich habe mir die Frage nie richtig gestellt. Sie hätte lauten müssen: *Werde ich irgendwann meine Vergangenheit und das, was passiert ist, akzeptieren können?*

Heute habe ich meine ganz eigene Antwort darauf: *Ja, dank ihm.*

Dank Josh habe ich gelernt, die Vergangenheit als einen Teil von mir selbst anzunehmen. Dr. Tanner hilft mir weiterhin dabei.

Man sollte verstehen, dass solch ein Trauma nicht einfach wieder heilt. Man kommt nie wieder zu diesem Punkt, an dem man einmal vor der Tat war.

Aber die Albträume, die Panik und meine Angst

lassen weiter nach. Es wird besser. Heute bin ich den vierundsechzigsten Tag albtraumfrei. Dennoch ist mir bewusst, dass es zukünftig Zeit bedarf, um vollends damit fertigzuwerden. Was sich über Jahre aufgestaut hat, braucht Jahre, um sich wieder abzubauen.

Heute rede ich offener über Ronald und das, was er mir angetan hat. Die Wörter Misshandlung oder Missbrauch in den Mund zu nehmen, fühlt sich dabei falsch an. Es fühlt sich fremd an. Denn ich finde, diese Worte schützen den Täter. Sie verstecken ihn und hören sich nur gut ausformuliert an. Es klingt, als hätte ich einen Verkehrsunfall gehabt. Nicht als hätte man mir den Willen genommen. Nicht als hätte ich dabei um mein Leben gekämpft.

Deswegen sind Begriffe wie Misshandlung, Vergewaltigung oder Missbrauch Fremdwörter für mich.

Das Vergangene hat mich eine lange Zeit getäuscht. Ich war der festen Überzeugung: Wenn man einmal den schwarzen Peter im Leben zugeschoben bekommen hat, ist es unmöglich, ihn wieder loszuwerden.

Aber heute weiß ich, man kann diese dunkle Karte in eine Schublade sperren, und wenn sie wieder einmal herauskrabbelt, muss man nur mutig genug sein, die nächste Karte zu ziehen. Denn die Chancen stehen verdammt hoch, dass ein gutes Blatt dabei herausspringt.

All das braucht natürlich einen starken Willen und ich bin froh, dass ich diesen, samt unbändigem Mut, durch Josh, aber auch durch Tammy wiedergefunden habe.

Vor wenigen Jahren waren meine Erwartungen ans Leben sehr gering. Ich gab mich mit dem zufrieden, was ich hatte, obwohl es nicht annähernd das war, was mich glücklich machte. Heute arrangiere ich mich nicht mehr mit dem Minimalsten, wenn ich weiß, dass es da so viel mehr für mich gibt. Ich kämpfe um das, was ich liebe und wovon ich träume.

Und dass ich hier stehe, beweist, wie furchtlos und entschlossen ich die letzten zwei Jahre geworden bin. Und das sehe ich als großen Erfolg an.

Ich starre auf das Grab meiner Eltern hinab, die sich so viel für mich gewünscht haben. Immer wieder lese ich mir den Abschiedsbrief meiner Mutter durch und beginne, ihr vollends zu verzeihen.

Hier und heute gibt es so vieles, dass ich meinen Eltern gern sagen möchte und endlich kann ich es auch. Ohne daran zu zerbrechen und eine Träne zu verlieren.

Mum, ich lebe das Leben, was ihr euch für mich erhofft habt. Aber noch viel wichtiger, ich lebe ein Leben, das ich mir gewünscht habe. Bist du irgendwie bei mir und kannst es sehen? Siehst du Josh hinter mir und erkennst, wie glücklich er mich macht?

Ihr fehlt mir. Ihr fehlt mir beide so sehr. Aber wisst ihr was? Es ist erträglich geworden, und das dank ihm. Dank Josh ist alles einfacher und besser. Ich glaubte nie daran, dass ich das einmal sagen würde, aber mein Leben ist wunderschön. Kein Traum könnte nur annähernd so schön sein, Mum.

Daddy? Du hättest Josh gemocht, weil er mit mir liebevoll umgeht, mir mit purem Respekt entgegentritt und unsere Pancakes-Kreation mag. Ich bekomme sie, wie damals, jeden Sonntag an den Frühstückstisch gebracht. Gemeinsam mit ihm führe ich unsere Tradition fort, Daddy, und es fühlt sich unfassbar gut an.

Mum? Du hättest dich ebenso in seinen Augen verloren, habe ich recht? Weil sie ehrlich sind, aufrichtig.

Ich habe lange vergessen, dass mein Herz lieben kann. Ich hätte nicht annähernd damit gerechnet, dass es jemals für einen Mann so stark schlagen könnte. Aber ich habe mich geirrt. Mein Herz ist zäh. Es schlug weiter. Und jetzt bin ich bereit, meinem Herzen einen Grund zu geben, für den es schlagen kann. Ihn, Mum. Ihn. Er ist der Grund.

Es hat gedauert, aber nun bin ich bereit. Bereit, meinen Träumen hinterherzujagen und das Glück an meiner Seite nicht mehr loszulassen. Ich bin glücklich. So glücklich.

Ich möchte, dass du weißt, dass ich dir alles verzeihe, was geschehen ist. Jede Entscheidung, jeden Entschluss, jede Tat. Ich liebe euch und ich weiß, dass ihr mich ebenso liebt.

Ach, und Mum? Josh ist mein Grund, jeden Tag mein Lächeln wiederzufinden.

Ich umgreife fest das Medaillon an meinem Hals und lächle zufrieden, als ich beginne, mich an meine Eltern zu erinnern.

Josh kommt mir näher und umarmt mich von hinten. Die Sonne bricht durch die dicke Wolkendecke Seattles und ihre Strahlen landen letztlich auf uns.

Ich habe das Gefühl, Mum sieht auf uns herab.

»Geht es dir gut, Will?« Josh beugte sich etwas über meine Schulter und legt seine Arme um mich.

Ich hatte keine Ahnung, was ihn vor wenigen Jahren in mein Leben geführt hat. Ich wusste nicht, wieso er in meinem Leben geblieben ist. Aber ich bin unendlich dankbar, dass sich Josh Clark so in meinem Leben verankert hat. Denn durch ihn lebe, liebe und lache ich wieder.

»Mir geht es sehr gut. Ich weiß, dass sie gerade irgendwie bei uns sind, und das fühlt sich unfassbar gut an«, antworte ich erleichtert.

»Da bin ich sehr froh drüber«, erwidert Josh und haucht mir einen Kuss auf die Wange. »Denn ich wusste nicht, ob ich es hätte sonst machen können. Fiele deine Antwort anders aus.«

Ich drehe mich in seinen Armen zu ihm um. »Was meinst du?«, frage ich irritiert.

Josh lächelt und streift mir eine lange Strähne aus dem Gesicht. »Ich weiß, dass diese Stadt dir die dunkelsten Jahre deines Lebens beschert hat. Ich weiß, dass du gegangen bist, ohne einen Blick zurück. Ich weiß auch, dass dieser Ort sehr speziell ist, um das zu tun, was ich vorhabe. Aber wir zusammen sind ebenso außergewöhnlich. Wir sind einzigartig.« Josh stockt für einen Moment der Atem. Ebenso wie mir. »Ich möchte, dass du etwas Wundervolles mit dieser Stadt verbindest. Etwas, an das du dich sehr gern zurückerinnerst. Etwas, das alles Schlechte übertüncht. Ich möchte all die bösen Dämonen mit diesem Augenblick vollends zerstören.«

Josh greift in seine Jackentasche und holt eine kleine rote Schachtel heraus. Dann – völlig unerwartet – fällt er auf die Knie. Mein Herz setzt einen Schlag aus, als sein Braun auf mein Grün trifft. Es rast. Doch diesmal nicht vor Panik. Sondern vor Glück, Aufregung, Freude und was es nicht noch alles gibt. Und so, wie es schon immer war, lächeln wir im Einklang.

»Willow Wright. Ich danke deinen Eltern, dass sie dich zu einer so unfassbar starken und mutigen Frau herangezogen haben. Ich danke dir, dass du mich jeden Tag lehrst, was wirklich wichtig im Leben ist. Ich liebe dich, denn du hast all meine Regeln, Ansichten und Vorstellungen völlig über Bord geworfen.« Die glücklichsten Tränen der Welt steigen mir in die Augen. »Und dafür bin ich dir so unglaublich dankbar. Ich habe mir nie so ein Leben erträumt und doch möchte ich nie wieder etwas anderes. Ich möchte, dass unsere Herzen für immer im selben Takt boxen. Also, Will, erweist du mir die große Ehre und wirst meine Frau?« Josh zieht meine Hand an seine Lippen und lächelt ununterbrochen an meine Fingerspitzen. »Heirate mich!«

Ich glaube noch immer fest daran, dass jeder Entschluss, den wir fassen, unser Leben bis in den Tod beeinflussen wird. Ich habe damals entschieden, in Clearwater zu bleiben. Und ohne diese Entscheidung wäre ich nach all den schweren Phasen meines Lebens heute nicht der zufriedenste Mensch der Welt. Jede Entscheidung und jeder Entschluss, den wir für uns fassen, wird unser Leben verändern. Man braucht nur dieses kleine Fünkchen Mut, über seine Grenzen zu steigen und zu wagen.

»Ja, ich will, Josh. Ich will, unbedingt«, erwidere ich glücklich und entschlossen.

Mit einem breiten Grinsen steckt Josh mir den Ring an. Dann steht er auf, tritt etwas näher an mich und legt erneut seine Arme um mich. Er zieht mich fester an sich.

Ich sehe Josh an und damit alles, was ich mir tief im Inneren immer gewünscht habe. Jemanden, der mich bedingungslos und unaufhaltsam liebt. So wie ich bin. Jemanden, der für mich da ist und für mich einsteht, wenn ich wieder zu zerbrechen drohe. Der mir den nötigen Mut schenkt, zu wagen.

Es ist unfassbar, aber ich bin mir absolut sicher, dass mein Glück nur noch bergauf rennt.

Josh empfängt meine Lippen, als würden sie mir die Ewigkeit versprechen. Unsere ganz *besondere* Ewigkeit.

Das hier zwischen uns bedeutet für immer.

Weil wir wir sind. Weil wir besonders sind.

Und alles wird wunderschön werden, solang Josh an meiner Seite ist.

Neben dem Wunsch, Josh immer bei mir zu haben, wünsche ich mir, dass jeder darüber redet, dem Schlimmes passiert ist. Dabei sollte man es nicht hinter vorgehaltener Hand sagen. Man sollte vor die Tür gehen, die Fenster aufreißen und schreien. Damit es jeder hört. Damit jedem bewusst wird, dass so etwas geschieht.

Wenn man solch eine Tat überlebt hat und mutig

durch das Leben geht, sich nicht unterkriegen lässt, darf man stolz auf sich sein. Ich bin stolz auf mich.

Danksagung

Das Buch ist für Dich, für Euch, für Mich! Für alle, die ihren Traum aus den Augen verloren haben. Bitte findet ihn wieder! Bitte greift nach ihm und zieht ihn an euch, bis er Realität wird! Denn jeder (noch so verrückte) Traum ist es wert, gelebt zu werden!

Will hat es mir nicht immer leicht gemacht, ihre Geschichte niederzuschreiben. Ihre Vergangenheit ist grausam und Will endlich ihr wohlverdientes Glück zu schenken, war gar nicht so einfach. Denn wie zeigt man einem Menschen den richtigen Weg, der sich aus Angst nicht an seine Träume heranwagen möchte und sich lieber mit allem zufriedengibt, was er bekommt, obwohl es nicht annähernd das ist, was derjenige verdient hat? Richtig. Solche Menschen benötigen einen Josh in ihrem Leben. Jemanden, der sich genau mit dieser Hartnäckigkeit in einem Leben verankert und Spuren hinterlässt. Komme, was wolle. Jemanden, der bereit ist, gegen Stahlwände zu laufen und sich von weiteren Niederschlägen nicht aufhalten lässt.

Ich wollte, dass Will über sich hinauswächst. Und sie ist über sich hinausgewachsen. Mit Josh.

Ich hoffe, dass ich jedem von euch gewissen Mut zuschreiben konnte. Wartet nicht, sondern lebt!

Und bitte vergesst nicht, was Eva Wright nicht nur

Will, sondern auch euch mit auf den Weg gegeben hat: *Auch wenn alles, was glänzt, wertvoll erscheinen mag, sind es doch die Taten unserer Mitmenschen, die bedeutungsvoll sind.* Nichts anderes zählt!

Ich danke meiner Mama. Denn die mütterliche Liebe wird immer durch Raum und Zeit wandern. Sie sticht in jeder Lebenslage ins Herz und bleibt genau dort verankert. Ohne die Liebe einer Mama ist man nicht dort, wo man eben steht.

Ich danke meinem Sohn Jona, der mir unbewusst zeigt, wie schön das Leben ist. Wie einfach es ist, die Welt bunt zu sehen.

Ich danke Dirk, meinen Mann. Dafür, dass er wieder bereit war, mich mit absoluter Hingabe bei meinem nächsten Schreibprojekt zu unterstützen. Und nicht nur das. Dirk steht hinter mir und dem VAJONA Verlag, der mir unbeschreiblich viel bedeutet.

Natürlich ein riesiges Dankeschön an Désirée und Julia. Zwei weitere Engel im VAJONA Verlag, die mir bei meinem Traum als Verlegerin und Autorin so wundervoll unter die Arme greifen.

Theresa, du warst die erste, die sich eine Meinung zu *BROKEN Will - Bis ich mit dir zu träumen wage* machen durfte. Danke, dass du dich dem angenommen hast, und für den wertvollen Zuspruch! Sowas schenkt einem selbstkritischen Menschen, wie mir, unfassbaren Mut.

Weitere Romane der Autorin Vanessa Schöche

Das erste Buch der **BROKEN**-Reihe

Emotional, tiefgründig und romantisch

BROKEN Hope – Bis ich dich lieben kann

Vanessa Schöche
BROKEN Hope
536 Seiten
ISBN 978-3-9819888-8-8
VAJONA Verlag

»Das Schicksal weiß, was es tut. Auch wenn es manchmal die grausamsten Wege einschlägt.«

Hope bedeutet Hoffnung.
Doch diese hat die junge Hope Green schon längst aufgegeben. Ihr Leben gleicht einem irreparablen Scherbenhaufen. Das Schicksal, das immer gnädig zu Hope war, schlug unerwartet eine andere Richtung ein und reißt sie damit in eine unergründliche Schlucht der Leere.

Die zerbrochene Hope fällt immer tiefer in die dunklen Schatten ihres Lebens, bis sie auf den einfühlsamen und verständnisvollen Liam trifft. Für ihn scheint die junge Frau, in deren Augen ein heftiger Sturm tobt, jedoch unnahbar. Dennoch versucht Liam alles, um Hope aus dieser Finsternis herauszuholen, die ihr den Weg zu einem wunderschönen Leben versperrt.
Unwissend, dass er ihr in diesem Moment schon so viel verbundener ist als sonst jemand.

LEARN TO LOVE ME

Vanessa Schöche
LEARN TO LOVE ME
ca. 450 Seiten
ISBN 978-3-948985-09-7
VAJONA Verlag

»Mein Leben war so gut gewesen, unkompliziert. Bis Allie auftauchte und alles durcheinanderbrachte. Mir jegliche Gleichgültigkeit nahm.«

Als ich den Trip nach Dingle zugesagt hatte, konnte ich ja nicht ahnen, wie diese Entscheidung mein verkorkstes Leben beeinflussen würde. Wie das Zusammentreffen mit Allie alles verändern sollte.
Allein ihre Nähe lässt Gefühle in mir aufleben, die ich mit Absicht tief in mir vergraben und freiwillig gegen pure Gleichgültigkeit eingetauscht hatte.
Ich weiß, dass ich diese bedeutungsvolle Art zu fühlen verabscheuen sollte. Denn es ist absolut ausgeschlossen, dass Allie und ich jemals eine gemeinsame Zukunft haben werden. Dieses Wissen wird irgendwann der Anfang sein. Der Anfang, lieber sterben, statt leben zu wollen.